问鼎

刘建林 著

河北出版传媒集团
河北教育出版社

图书在版编目（CIP）数据

问鼎 / 刘建林著 . —— 石家庄：河北教育出版社，2024.6（2025.2 重印）
ISBN 978-7-5545-8380-7

Ⅰ．①问… Ⅱ．①刘… Ⅲ．①长篇历史小说－中国－当代 Ⅳ．① I247.5

中国国家版本馆 CIP 数据核字 (2024) 第 039129 号

书　　名	问鼎	
	WEN DING	
作　　者	刘建林	
责任编辑	张亚楠　姬璐璐	
	乔　珊　张柳然	
装帧设计	郝　旭	
出　　版	河北出版传媒集团	
	河北教育出版社　http://www.hbep.com	
	（石家庄市联盟路705号，050061）	
印　　制	河北新华第一印刷有限责任公司	
开　　本	889mm×1194mm　　1/32	
印　　张	13.125	
字　　数	270 千字	
版　　次	2024年6月第1版	
印　　次	2025年2月第2次印刷	
书　　号	ISBN 978-7-5545-8380-7	
定　　价	59.00元	

版权所有，侵权必究

目　录

1　永巷的少女

8　不寻常的娘

15　侍女的烦恼

22　荒诞的爱情

30　宫女的宿命

36　老去的主子

46　爱情的力量

55　争宠如战斗

65　夭折的女儿

72　看不透男人

79　后宫的杀戮

85	贱妾与老臣	162	儿大不由娘
92	老臣的悲凉	170	作死的外甥
99	贱妾的辉煌	177	夫妻的较量
106	权力的味道	185	母子的较量
112	秋风扫落叶	194	早逝的太子
120	皇后亦强悍	201	李贤的首秀
127	姨妈心机深	208	人狂没好事
134	杀戮的家宴	215	偏执狂的宿命
143	废后替罪羊	223	个个是戏精
151	洛阳最靓仔	228	大唐的萧何
156	"双圣"的朝廷	236	艰难的大唐

244	名将裴行俭	336	贪婪的武后
252	老将不简单	343	告密者的时代
261	名将炼成记	352	酷吏的乐园
269	最后的辉煌	359	政治的需要
277	值得信赖的天后	368	刘宰相之死
284	终结与开始	377	明堂与宝图
292	无声的厮杀	385	嗜血的权杖
300	唯一的主宰	396	最后的战斗
308	裴炎有"异图"	405	女皇的诞生
317	同相不同命		
326	李敬业兵变		

永巷的少女

永巷，对多数人来说有些许陌生，认为那就是一个叫"永"的巷子。然而，此言差矣。永巷是一个女子离天子最近的地方，是紧邻金碧辉煌的硕大皇宫殿宇的一排排灰瓦灰墙的狭长窄小的房舍。那里生活着从全国各地遴选来的美丽女子，装满了青春少女对美好生活的憧憬，亦充盈着失意女子孤寂日子的凄凉和无奈。

永巷女子唯一的渴望便是得到皇帝宠幸，这便是她们生命的全部意义。若是能够诞下健壮聪明的龙儿，那登上人生巅峰便指日可待。但多数生活在永巷的女子都备受煎熬，青丝变白，青春流逝，一生不曾见龙颜，在那逼仄灰暗的永巷苟且偷生。那永巷一间间舍屋内禁锢着一位位美丽的少女，安顿着一个个空洞渺茫的灵魂。对多数生活在永巷的女子而言，那里便是葬送她们青春、容颜、希望，乃至生命的牢狱。

在永巷，她们无法获得生儿育女的天伦之乐，亦没了施展技艺的舞台，唯有日日夜夜期盼着皇帝的青睐，月月年年幻想着被宠幸。永巷里，生活着急匆匆川流不息的女人和不健全的男人。在阴暗的巷道，这些穿着灰色衣服的人就像是一股灰色的潮涌来涌去。

贞观十二年（638年），一位楚楚动人的十四岁少女收拾行囊，告别亲友，远赴京城，走进那条灰暗的永巷，融进那股灰色的潮。她的父亲与唐高祖李渊颇有交情。然而，祖上并非达官显贵，父亲早期只是个做木材生意的商人，没有世袭的爵位。在隋朝末年，父亲曾资助过起事的李渊。大唐建立后，父亲弃商从政，谋得一官半职，虽然娶了有贵族血统的隋炀帝的近亲为妻，可依然被皇亲国戚们瞧不起。

豆蔻年华的少女如出水芙蓉般亭亭玉立、冰清玉洁，使人见而怦然心动。临别时，母亲苦苦而诉，泪如泉涌，一番绝望的告别和撕扯，也难抑对女儿未来的无尽担忧。然而，十四岁的她却安静如常，这并非生离死别，怎会如此伤心难过？于是，她安慰母亲说："母亲，见天子庸知非福，何儿女悲乎？"

人生就是一次单程旅行，从来没有走回头路的机会，既然一朝入了宫门，再苦再累亦得走下去。她的生命能否精彩乃至灿烂，完全取决于那个正值中年的男人。她那清澈的眼眸里装满了纯真，好奇地打量着皇宫殿宇的一砖一瓦、一草一木，随之便来到了掖庭永巷。初进后宫，她只是才人，慢慢地可升为美人、婕妤、昭仪、贵妃，甚至母仪天下的皇后。这是每一位生活在永巷的女人的进阶之路，也是她们的宿命。

在永巷的第一个早晨，她从甬道两旁无数笼子般小房子中的一间走出来，望着被枯枝、阔大外伸的屋檐割裂的天空，觉得一切都是灰蒙蒙的。不时有几只乌鸦在狭小的空中盘旋，发出阵阵兴奋的鸣叫。唯有挂在房檐上的风铃发出的清脆声音，使她感到一丝人间气息。在那个门阀观念森严顽固的时代，注定了她的出身是卑微的，比起仪态万千、端庄文静、一派大家闺秀气度的徐惠，自然甘拜下风、自叹不如。徐惠说话细声细语，温文尔雅，对掖庭里生活的每一位女人永远报以微笑。

徐惠因才情得皇帝多次恩宠，已搬离旁舍，住进了别院。而她住进永巷数日却未曾与皇帝谋面。但好看的容貌千篇一律，有趣的灵魂万里挑一。早已过了看脸蛋年龄的李世民需要的是有趣的灵魂，以获得情感上的慰藉和精神上的共鸣，来抚慰自己千疮百孔的心，消解心中塞满的烦愁、忧思、哀伤、愤懑。因此，她不去参与女人相互撕咬、诋毁、诬陷的拼斗，无力也无心去争宠，只是淡然生活。她听从徐惠的劝告，整日泡在掖庭内文学馆里，用读书消磨时光。在她看来，皇帝如果能召见她固然是不幸之中的万幸，若是不召见她就读读书自得其乐，也是挺好的。她变得异常恬静，充满着绝非那个年龄的少女所能拥有的淡然、坦然。

英明的李世民倒是一个有心人。三个女人一台戏，何况一群正值妙龄的女人生活在一起，整日里无所事事，岂能不滋生事端？于是，他在掖庭建了个内文学馆，派了个饱读诗书的太监授课，让她们在读书中消解生活的愁闷和空虚。要说读书改变命运，真是至理名言。在这里，她博览群书，跟随老师学习，充盈着空白混沌的脑袋，浸润着贫瘠干渴的心田，为她日后干一番惊天动地的伟大事业储备才学、积蓄能量。然而，她是幸运的，也是不幸的。幸运的是皇帝在一个黑夜宠幸了她，不幸的是皇帝就宠幸了她一次。十四岁的她，不过是李世民为获得更新鲜的刺激而被临幸。

　　那时,李世民最钟爱的长孙皇后去世,使得他跌入思念的深渊。无论他怎么变着花样纵情,亦无法抵消对长孙皇后无尽的怀念。纵使这天下都是他的,亦无法使自己挚爱的女人活着,无法阻挡生命的终结,只因生老病死是每一个人都逃不掉的。再加上,他与最爱女人的长子承乾不成器,身为太子长期借身体抱恙之故不上朝,令他深为痛惜。上了岁数的他每日天灰蒙蒙亮便到太极殿上朝,为守江山操碎了心,而身为接班人,年富力强的承乾却在秦岭里打猎游玩。儿子承乾不着边际,他亦无能为力。

　　这一切好像是命运故意捉弄大唐的主人李世民。魏王李泰——承乾的亲弟弟早有取代哥哥进驻东宫的图谋。李世民不想悲剧重演,不想见李泰与承乾兵刃相见,互相残杀。内心越煎熬,行径越荒唐。承乾在宫廷蛊惑巫术,荒淫无度。李世民闻之,怒不可遏,遂派皇家禁军去教训太子。从班师回朝的禁军那一脸的腾腾杀气,他便断定,东宫已血流成河。他难过极了,这毕竟是他不想看到的。在这样一个排解不掉满腹郁闷的漫长夜晚,宦官问他:"陛下,要不要派人来侍寝?"

　　此时此刻的李世民谁也不想要,可又怕长夜孤寂,于是告诉宦官:"不想看到任何熟悉的面孔。"

　　宦官小心翼翼地说:"有个您亲自下诏刚刚进宫的女子,她年轻漂亮、聪明伶俐……"

　　李世民摆摆手:"就她吧!"

黄昏刚过，秋虫低鸣，掖庭巷道漆黑一片。侍女们在紫檀木桶中盛满冒热气的水，撒满鲜花，擦洗着她光滑细腻的每一寸肌肤。浴后，她穿上华丽的丝绸外衣，化妆梳头，跟随宦官，穿过一个又一个院落、回廊，走过台阶、宫门、碎石铺成的小路，来到那座伟岸森严的皇帝寝宫——甘露殿。

进了寝殿，李世民问她："你是武士彟的女儿？"

她怯怯地回答："是。"

在灯熄那一瞬间，一种陌生气息将她包拢。唯有屋角炭盆里闪着暗红火光，驱逐着寝宫内的寒气。

她只得了"才人"名分，没能搬离永巷。她回味着那夜的恩宠，日夜等待着皇帝再次召见。可是，一日又一日，半年已过，似乎皇帝早已将她遗忘。她变得落落寡合，知道没必要再等了。那夜如一场美梦，梦醒时分，她沮丧、忧郁、绝望，一度认为自己是个缺少魅力的女人。

然而，当她得知太子承乾与魏王李泰剑拔弩张，朝廷中空气紧张、人心惶惶时，认定失宠不是自己的原因，而是因为她无意中被卷进了一场政治的角逐。因此，心中已灭的希望之火复燃。她坚信皇帝不会忘记她，等处理好接班人问题，定会再召见她。人活着一旦有了盼头，自然也就有了生机。她不再沉沦沮丧，而是去内文学馆听课读书，连那赏赐的衣裙也送了姐妹。事实上，她是个有魅力的女人，身上淡淡的馨香令人迷醉。李世民是喜欢她的，她的美貌、身形都深深印在李世民心中。可比起大唐江山，那个妙龄少女显得微不足道。

她是在太白金星与太阳争辉的日子里被不明不白扔进掖庭里的。李世民从她年轻美丽而又健康的身体上，获得了快乐和平衡。然而，阴差阳错，在一个微风拂面的清晨，李世民在古书上看到"唐三代而亡，有武姓女王昌"，这段文字使他触目惊心。李世民走出大殿，仰望天空，寻找答案。不巧的是，蓝天上，不光悬挂着一轮红日，还有闪烁着惨白光辉的太白金星。在那个没有天文学家的时代，这种异常天象被星相大师赋予特殊的征兆。而李世民看到的这个奇异天象，正是更换天子的征兆。这下，李世民慌了神，立即召来星相大师李淳风商议对策。

"圣上，那个武姓女子已经来到了您身边……"

李世民不耐烦地说："这个，朕知道了。"

李淳风若有所思地接着说："这一次太白金星的天象，确实同书中预言有关。那女人是您的宠妃，不出三十年，会成为君临天下的女皇，而且她会毫不留情地将李唐宗室斩尽杀绝。圣上啊，您定要戒备才是啊！"

这番话使李世民痛下决心："那朕就杀了她。"

然而，李淳风又说："圣上，天命不可违，对命数切不可意气用事。"

李世民不解，面带怒色，反问道："难道有人要亡我大唐，朕还不杀掉她吗？你这是什么意思？"

"圣上，命数里定的，无论怎么躲也是躲不掉的。您杀了这个武姓的女子，还会有新的武姓女子出现。武姓女子定然要称皇的，这是人力所不能改变的。还请圣上三思啊，别徒然杀害无辜。"

李世民长舒一口气："那该如何是好？"

正是李淳风出的主意，才使她逃过一劫。"圣上，您可以留她在宫内永不见人，如此就不会有别的武姓女子再来扰乱大唐了。"星相大师的话，皇帝亦是要听。于是，李世民没杀她这个"太白之妖"，而是将她无情地抛弃了。

她被囚禁在掖庭阴暗冰冷的鸽子笼般的屋舍里，从此如没了根的浮萍般漂来漂去，自生自灭，魂断长夜。她，一位永巷的十四岁少女，成了天命的牺牲品。如此凄苦地活着，还不如惨烈地死去。泪流干了，忧郁无望之中，她一头扎进知识的海洋，一日一日地待在内文学馆，读书、听课、写作、思考。慢慢地，她变得高贵，不再计较一时之短，不再惦念那个无情的男人。她死而后生，找到了在永巷活下去的另一条路。看淡了，想通了，自然也就洒脱了。

这种失宠抑郁不得志的日子过了多年。这多年的光阴，使她成熟、成长。人跌入谷底，身处困境，唯有奋斗才能迎来新生，只有自己才能救自己。从书中，她懂了这些。永巷的女子不服命，不认命。她的传奇人生才刚刚起步。

不寻常的娘

在历史上,一个成功的人往往会被赋予一种神奇的宿命色彩,而忽视了其自身的奋斗和努力。那些个帝王将相多是驾着五彩祥云来到人世,在娘胎里便带着大吉大贵的征兆,若非神龙降凡,亦是天相奇异。总而言之,那非凡的成功是上天的旨意。其实,人的成功并非随随便便得来的,而是用汗水心血甚至生命换来的。所谓上天的旨意,只不过是文人墨客粉饰杜撰、拍马屁罢了。历史上如此,今天也这样,未来亦不变。然而,父母对儿女的成功是功不可没的。

武德七年(624年),一个寒冷的冬日,清脆响亮的婴儿啼哭刺破了四川广元利州都督府的安静。都督武士彟见又得一女,旋即心凉了半截儿,但对夫人杨氏却不敢有丝毫埋怨之意,只好偷偷在背地里唉声叹气。

这杨氏不仅生得肤白貌美,而且家世显赫,出自弘农华阴杨氏,父亲乃隋朝冠绝英才的遂宁公杨达宰相,妥妥的唐版"白富美"。她自幼不喜红装,讨厌做女红,却甚喜读书作诗,饱读史书,琴棋书画、诗词歌赋样样精通。长成亭亭玉立的少女时,登门提亲的公子便络绎不绝,但无人能在她心底掀起涟漪。

隋朝末年,兵荒马乱。大业八年(612年),杨达随军远征高句丽,战死疆场,顶梁柱突然坍塌,杨氏家族随之颓废败落。本以为一辈子能生活在父亲羽翼之下的杨氏跟随母亲颠沛流离,过着居无定所的苦涩日子。

直至武德元年(618年),唐朝李氏取代了隋朝杨氏,长安宫殿换了新主人,她这才结束了风雨飘摇的漂泊生活。古时,十三四岁的女孩就该谈婚论嫁了,二十岁若再不结婚便是大龄剩女。可这一晃,杨氏从青春少女变成了三十大几的超级剩女。随母亲诵读佛经多年的她对自己的婚事却很坦然,亦是不急不躁。她相信缘分。缘分若来,如意郎君自会找上门来;若无缘分,强扭的瓜亦是不甜。就这样吧,静静等着缘分来敲门,若是久等不来,一人了却此生,来去了无牵挂亦是好的。这心态亦非寻常之人所能有的。但只要活着,有来日就可方长。况且,那得了天下的叔叔李渊亦帮她操着心呢。

年龄对女人而言是一个秘密,可这个秘密早已被悄悄爬上眼角的几道细细的鱼尾纹泄露了。毕竟杨氏过了挑三拣四的年龄,在最好的年龄没能遇见那个钟情的他,在四十岁已不敢有过多奢望。不然,以杨氏的家世、学识、相貌,木材商人武士彟怕是八竿子都打不着。可人世间的事,就是如此微妙,总有那种看似不可能的事变成现实,令人惊诧。

当时,武士彟正在宫中当班,可是妻子相里氏和两个幼子相继患上重病。他却未能请假送妻儿医治,后来两个儿子夭折,相里氏也匆匆离世。相里氏给他生育四子,现仅有元庆和元爽两兄弟健在。

李渊得知后,夸武士彟"一心奉公,举世无比",随即将待字闺中的侄女杨氏许配给他,"夫人病亡了,朕赔你一个"。

杨氏年龄虽大,可毕竟是生得貌美如花的黄花闺女,亦有皇帝做媒;再说武士彟年过五十,丧妻带子,两人半斤八两,谁也别嫌弃谁。

杨氏终是在快当姥姥的年纪做了武士彟的新娘。殊不知,这份迟到的姻缘缔造了人间奇迹。武士彟一心为公的狠劲果然厉害,这狠劲的基因被那个最厉害的女儿完美继承。然而,两人婚后生活不尽如人意。在那个重男轻女的年代,母以子贵,生个儿子是每一个男人梦寐以求的,也是每一个女人内心极其渴望的。可是,杨氏以年近不惑的高龄冒着丢性命的危险,接二连三为武士彟生了三个女儿。

武士彟失望极了。失望归失望,心凉归心凉,可终究是自己的孩子,还得好生养着!为弥补心中的缺失,他们将二女儿一身男儿装扮。如此一来,抱在怀里,瞅着舒坦许多。自欺欺人也罢,掩耳盗铃也好,舒坦一阵是一阵。就这样,武士彟这二女儿在外人看来就是个儿子。假的终究是假的,尚在幼年倒无妨,一旦长大就会露馅儿。人一旦陷入迷茫无助时,便容易求助于方士,所谓方士就是能掐会算的江湖巫师。

那时,有一位叫袁天纲的方士,据说本事了得,能预言上下几千年的事情。袁天纲有一次途径山清水秀的广元,被满腹失意的武士彟请到府上,为家人看面相、测祸福。这袁天纲看过杨氏面相,便神秘兮兮地说:"夫人骨相非凡,将来必生贵子。"

事实给了袁大师一记响亮耳光，杨氏压根儿就没生过儿子。在给大女儿武顺看面相时，袁大师预言此女将会嫁给高官，但婚后生活不理想。这算说对一半，后来武顺嫁给的贺兰氏不是高官，命也不长，育了一儿一女后便撒手人寰。武顺年纪轻轻就守了寡。

轮到刚满周岁的二女儿，袁大师仔细端详一番，顿时两眼放光，浑身颤抖，咽了半天口水，才用嘶哑的嗓音说："龙瞳凤颈，极贵验也，若为女，当作天子。"

武士彠顿觉脚底升腾起一股帝王之气，心头却是不由自主地一紧："这吹牛吹破天的预言大师咋就没看破这小东西就是女的呢？"

无论当时武士彠夫妻觉得袁大师的预言多么荒诞，这小女孩将来终是成了天子。她命运多舛，尚在年幼时，父亲因李渊驾崩而伤痛欲绝，一病不起，没能熬过五十九岁。同父异母的哥哥元庆和元爽继承爵位，掌管武家，百般刁难和羞辱她们母女。孤女寡母过着寄人篱下的日子，异常艰难。这段凄惨的日子给女孩幼小的心灵造成了一生未能治愈的创伤。

杨氏生来孤傲清高，哪里受得了这般欺辱，终是带着年幼的女儿投奔远在长安的亲戚。在繁华热闹的大唐长安，这位智慧非凡的娘开始为女儿谋划未来。那个年代，女人要出人头地只能依附男人，依附的男人越高贵，女人的生活越富足。在她的斡旋下，十四岁的二女儿被顺利送进皇宫。杨氏盼着女儿凭借容貌做个嫔妃就好，可这个女儿却给了她天大的惊喜。

然而，入宫后，她的女儿仅得了皇帝一次恩宠，便被无情地丢弃在永巷。在女儿那段灰暗、希望渺茫的落寞日子里，她依然没有闲着。一墙之隔，恍若两世，娘儿俩见面难如登天。宫墙之外的杨氏买通宦官，将一封封浸满娘心的家书送了进来。她鼓励女儿，留得青山在，不怕没柴烧，闲来无事多读书，千万别自暴自弃，一定要好好活着。杨氏还将金银首饰变卖置办贵重礼物，多次携重金登门拜访权倾朝野的长孙无忌。然而，长孙无忌却仍然没有答应见她。在屡屡碰壁的情况下，她依然隐忍不发，照旧多次地请求。她终是见到宰相长孙无忌，并将女儿托付于他。

一年又一年，一日又一日，生活平淡无味甚至枯燥。只是女儿的身体更丰盈，读的书懂的理更多，活得更清净更通达。她慢慢习惯了永巷宁静浅淡的日子。原以为人生就这样了，每日读读书写写字，在灰暗的永巷了却残生。不承想，柳暗花明又一村。在十七岁那年，她的人生迎来一次转机。一天清晨，正要往内文学馆去，她却被掖庭管事宦官叫住，命她下跪听诏：“从明天起，专门侍奉皇上上朝以及起居。”

时隔三年，她又一次走出永巷，走进太极宫，来到那个熟悉而陌生的男人身边。在十七岁如花年岁的她整日做着诸如铺床叠被、端茶倒水、更衣沐浴此类的琐碎事务。然而，在日日相处中，虽不曾与皇帝说过一句话，她却能感受到李世民是一个胸怀雄才大略的帝王。

她也深切感受到了帝王的痛苦和煎熬。李世民虽有治国理政之才，却无教育好儿子之能。帝王之心是火，要用皇权之火烧毁一切敌人，哪怕是兄是弟、是父是母，唯有守住江山才是帝王之道；为父之心则是水，亦要用温情之水浇灌儿女的心智，兄友弟恭，其乐融融。然而，水火岂能相容？帝王心、为父心集于一人之身，那种煎熬、痛苦难以想象。生在帝王家，若想兄弟情深恐怕难了。

李世民育有三十五个孩子，十四个儿子，二十一个女儿。原本儿孙成群，尽享天伦之乐。可转眼间，十四个儿子个个长成能互相厮杀的青年。皇位却只有一个，不争不抢，不拼不杀，没有流血，那怎么可能？每一个身上流淌着皇帝精血的人，都虎视眈眈地盯着太极宫政务殿中那把雕镂花纹的木椅。可是，这帮孩子只看到那把木椅在浩大殿宇中闪着至高无上权力的光彩，却没看到坐在上面身体硬朗、精神抖擞的父亲。

谁也不曾料到，血洗东宫、拦腰斩杀承乾溺宠的男奴，会使承乾心生仇恨，竟冒天下之大不韪，谋逆造反。搞如此危险系数极大之事，不好好谋划一番，养精蓄锐一年半载，积蓄浑厚迅猛的力量，只怕会白送性命。显然，情感脆弱的承乾智谋不够，力量单薄，亦是稚嫩莽撞、意气用事。

原本他将枪口对准的是弟弟魏王李泰，可狗头军师纥干承基跟他说："干掉李泰还不如直接灭皇帝，血洗东宫亦是皇帝下的命令，李泰不过是火上浇油而已。再说，灭了皇帝，你就顺理成章做皇帝，这天下就你说了算。"

这承乾被仇恨冲昏了头脑，竟欣然同意。于是，他跟一帮草包谋划准备大干一场，可还未等见着父皇的影子，就偃旗息鼓了。

这狗头军师是一个墙头草，谁那儿风盛就往谁那边倒。他原是齐王李祐的密探。李祐跟李世民叫板，率先在齐州起兵，意欲杀将过来。可惜李祐纠集的一帮散兵游勇尚未出城，就撞见了李世民派来征讨的朝廷军队，即刻败下阵来。

李祐逆子及一帮党羽均被收监。眼见一个个党羽被斩首，而身陷牢笼的狗头军师纥干承基为保小命，竟然供出承乾谋反。狗头军师的命自然保住了，可承乾却遭遇灭顶之灾。骤然间，浩浩荡荡的朝廷大军前来讨伐承乾。然而，那群乌合之众不堪一击，很快全线崩溃，一败涂地。承乾被贬为庶民，发配到偏僻、阴冷、潮湿的黔州。在那儿，他终日郁郁寡欢，不久便撒手人寰。原本能在历史上留下壮丽篇章的皇位继承人，就如此轻描淡写地成了历史的匆匆过客。

李世民心痛不已，难道通往龙椅的路上非得铺满亲人的白骨？他不想，也不愿。可是，血淋淋的现实摆在眼前。大儿子承乾尸骨未寒，二儿子李泰便已蠢蠢欲动。

面对皇室内部残酷血腥的斗争，她这个卑微低贱的侍女爱莫能助。然而，那种残酷对李世民的折磨却深深刻进她的生命。那不寻常的娘不光给了她姣美容貌和聪明才智，还给了她令无数人羡慕的长寿基因。所以，这一切犹如她生命长河里泛起的一朵朵浪花，终究会慢慢凝结成她的灿烂之花。

侍女的烦恼

一个卑微如尘的侍女伺候着日渐衰老的皇帝，而皇帝的儿子却对她暗生爱慕，一度被她迷得神魂颠倒。原本远离庙堂皇权的那个儿子为能与令他神魂颠倒的侍女日日相见，竟然一改往日颓废淡然、不问政事的做派，时常伴在父皇身边，形影不离。

这侍女左右为难，甚是烦恼。这做父亲的要是无才无德无能的平庸之辈，做儿子的是帅气阳光有未来的青年才俊，那就很容易做出抉择。可偏偏造化弄人。这个父亲是魅力无穷、有雄才大略的一代明君，是主宰天下的皇帝。身为贴身侍女，便是皇帝的女人，吃了豹子胆也是不敢对皇帝的女人动歪心思啊！再说，儿子惦记着父亲的女人，有违常伦，断然不能为之。既然不能跟儿子玩暧昧，那就踏踏实实侍奉父亲吧。可这位老父亲对正值妙龄的侍女不咸不淡，甚至不理不睬，使得花季少女苦不堪言。

毕竟花开花落，冬去春来，时光一去不复返。鲜艳欲滴的花朵慢慢枯萎、凋零，生命终将会在无声无息中葬送，错过灿烂的花期。无人欣赏的灿烂，无人采撷的鲜花，不过是星辰大海里一抹亮光而已，断然没了璀璨夺目的光芒。若是认命，也就罢了；若是不认，那就得有勇气和胆量与儿子在皇帝眼皮底下卿卿我我。这无疑是在刀尖上跳舞，要么成刀下厉鬼，要么成王的女人。这种烦恼犹如一团乌云萦绕在侍女的心头，久久难散。她心有不甘，却一时不知如何是好。那来得太突然太猛烈的爱潮，使她恐慌、迷茫、不安，徒增无尽烦恼。

这个怯弱清瘦的儿子对父皇身下那把人人渴慕的龙椅毫无兴趣，却对站在父皇身后的卑贱侍女兴趣盎然，每每随父皇外出狩猎，两眼便直勾勾地盯着马背上英姿勃发的那位侍女。那侍女太迷人。她身穿悬垂的丝绸衣裙，纱巾裹住头发，头戴一顶男人的深棕色毡帽，策马扬鞭，在野外草地上和丛林中奔腾，姿态飘逸优雅；一双清澈明朗的大眼睛望向远方，脸上洋溢着一种梦幻般的神情。儿子醉了，亢奋不已，父亲却五味杂陈。这侍女在山野中的那一派女中豪杰的英姿，使他更加相信那些子虚乌有的预言。侍女越是不同凡响、越是出色，他就越是更加冷淡、更加远离。可令他出乎意料的是，站在身后的儿子却无可救药地爱上了她。

这个多情的儿子便是李世民与长孙皇后的第三个儿子，也是最小的一个，是性情平和、寡淡恬静的晋王李治。生性懦弱的他与生俱来就对皇权不感兴趣，自然就没卷入大哥承乾和二哥李泰之间的权力角逐。他住在离皇宫很远的晋王府，有他的妻儿，原本可以这样简简单单、无忧无虑地过着王爷的生活，直至生命的最后一刻。可是，很少到皇宫中的李治，在陪父亲到秦岭中游猎时，遇见了她。他被这个女人震惊了，那天然去雕饰的容貌仪态，打败了宫中所有女人。她开朗、健康、青春、明媚，骑在马上英姿飒爽，令他心旌荡漾。正值弱冠的他根本无法抵御她那种天然的诱惑，一切像是天意。他默默发誓，无论付出多大的代价，也要得到她，得到父皇身边的这个女人。

在一个风和日丽的冬日，他陪父皇在秦岭中游猎。驯马的官吏牵来一匹英俊威武、骁健剽悍的高头烈马狮子骢。这匹马性子刚烈、不易驯服。武将们急于在主子面前逞强显身手，一个个骑上去想制服它，可几经周折，终是被嘶吼着的狮子骢摔在地上。坐在一旁观望的李世民按捺不住，虽年过半百，但仍雄心不减，他不相信人世间会有他办不到的事情，何况一匹马？他要试一试。于是，在驯马师的帮助下，他骑了上去，勒紧缰绳，双脚紧夹马肚，驱使那烈马按他的意志行事。起初，那匹烈马尚算听话，勉强走了几圈，可就在他将要策马奔腾、一展雄风时，那匹烈马抬起前蹄，高昂头颅嘶叫着，硬是将大唐皇帝狠狠地摔在地上。

李世民强忍着疼痛和满腹的愤怒，在蜂拥的侍从们的搀扶下站了起来。唯有一人没围过来，而是跑过去紧紧拽住那匹烈马的缰绳，并狠狠地勒住它。那烈马如离弦之箭般向前奔跑，将那个死死攥住缰绳的人拖出去老远，直到它耗尽力气再也跑不动才缓缓停下来。

殊不知，将那匹烈马牵回来的竟是那位令李治痴迷的侍女。一时间，那些虎背熊腰的武夫们顿感颜面扫地。李世民突然发问："这样倔强的烈马该怎么驯服？"

那一刻，众多武夫将士低头不语，唯有风吹树林发出一阵阵绿涛声。谁还胆敢在主子尚且未能驯服的尴尬中一展雄风？就在一阵沉闷之后，那侍女用激愤而清脆的嗓音说："婢女有办法制服这匹烈马，只需要三种工具，铁鞭、铁锤和匕首。"

在场的皇子、武将、宦官，包括皇帝李世民惴惴不安地等待着。她接着说："奴婢先用铁鞭抽打它，它如果不服就用铁锤猛砸它的头，如果它还倔强不服，就用匕首割破它的喉咙。奴婢就不信收拾不了一个畜生。"

众人皆惊诧不已：好一个厉害的角色！李世民的后背直冒冷汗，这天底下竟然有如此狠毒残酷的女人，太残忍了，话里充满了杀气。在这个一世英名的皇帝眼里，杀戮这种血淋淋的残忍事情，不是女人脑袋里该有的，更不是女人那纤纤玉手该做的。这个女人尽管聪慧勇敢，但是心肠狠毒，很可怕、很危险。他一言不发，跨上马返回行宫。

那侍女惶惑不已，她只是毫无掩饰地说出了自己真实想法，却被无情地丢在荒野中，悲伤、茫然顿时席卷而来。只有李治勒住马，回头望着她。她心存感激，迟疑地望着这个唯一留下安慰她的男人，惶惶地问："难道奴婢说错话了吗？"

李治斩钉截铁地回答道："没有，当然没有错。"

"可皇上为什么一句话也没说，就扬鞭而去？一定是奴婢说错话冒犯了皇上。也许，也许皇上真的把奴婢丢了，再也不要奴婢做侍女。可是，可是奴婢好不容易争取到这份差事，而且特别喜欢。唉，奴婢怎么就没能管住嘴？"她懊悔不已。

"不会的，我保证你还是他的侍女。"李治铿锵有力地说。

那侍女一脸茫然:"怎么可能?看皇上走时那一脸怒色,他能不降罪于奴婢吗?"

"放心吧!我了解父皇,他战杀疆场,就需要你这样勇敢果断的人。在这一点上,你们倒是挺像的。"

那侍女听李治这么一说,焦虑担忧的心倒是坦然了些许。李治见那侍女脸上绽放出浅浅的一抹笑容,这才扬鞭策马去追赶父皇。那一刻,那侍女不曾想到李治眼里的柔情竟然使她走向人生巅峰,创造了迄今为止无女子能超越的壮举。

李世民很快便忘记了驯马的不快。可眼下,选太子之事依然使他焦头烂额。一个好皇帝,不光是自个儿治国有方,还得选个得力可靠的接班人。原本老大被废,老二顺理成章继任。可偏偏以开国功臣长孙无忌为首的一帮朝中老臣极力反对,尽诉李泰之恶。

他们说李泰聚拢党羽,图谋不轨,在废掉太子承乾过程中无所不用其极,不念手足之情。总而言之就一句话:李泰不能当太子,更不适合做皇帝。

李泰是李世民与长孙皇后的第二个儿子。然而,李世民对这个身体肥胖的儿子溺爱不明。按惯例,皇子成年后均要去封地居住生活,不得长驻京畿。偏偏李泰是一个例外。只因李世民怕他去封地见面太难,所以特许他居住在长安。后来,一度下诏准许李泰搬进紧临东宫的武德殿。

要说,在哥哥承乾客死异乡之时,李泰佯装悲伤亦去劝慰父皇,其实早已心花怒放,只因搬进东宫指日可待,他离太极宫那把镂雕木椅又近了一大步。有野心、有魄力、有智谋、有才华的李泰聪敏绝伦，写得一手好字，心心念念要坐上龙椅。为此，他处心积虑地预谋已久，隐忍多年。可亲舅父却瞧不上他，不但不助他一臂之力，还在他即将美梦成真时从中作梗，愣将父皇的心思搅乱。在舅父眼里，那个淳善仁爱的弟弟晋王李治，才是合格的太子人选。

尽管长孙无忌一干人等在朝廷中有相当大的势力，可毕竟这朝廷诸事还是皇帝说了算。臣子有再大的功绩、再老的资历亦是臣子。可是，长孙无忌一句话刺痛了李世民，也动摇了李世民册立李泰为太子的想法。他说："李泰天性狠毒，若是有朝一日当了皇帝，朝廷必然动荡不安，那皇上的皇子们，哪怕对李泰没一丝威胁，他也会斩尽杀绝，一个也不留。而李治生性善良，将来称帝，断然不会赐死兄弟姐妹，反而会尽他最大的努力善待他们。"

这儿孙们的血拼、亲骨肉的相互残杀，是李世民心上的一道久久难以愈合的伤疤。他顿然觉得只有李治上位才能保住他的子孙的性命。过去，他不曾注意这个孩子，没留下什么印象；而如今那孩子唇颔上也生出了细密而柔软的胡须，但依然很平静，与世无争，多愁善感。这样的孩子没主见，一旦做了君王很好被操纵，容易成为任人摆布的木偶。此刻，李世民恍然大悟，顿然明白长孙无忌这帮老臣的真正用意。可他又不得不承认，老臣们对李治以及未来朝政的分析是准确的。

一时间，英勇雄壮的皇帝李世民在李泰和李治两个儿子之间为立谁为太子而犹豫不决。但是，他要即刻熟悉曾经被他淡忘的儿子李治。于是，他将李治随时带在身边。

而此时，李泰又蠢蠢欲动想要做些什么，一场兄弟反目的暗流正在向朝廷涌来。而那位侍女在这场角逐中，不仅仅是看客，更是有了自己的立场。

荒诞的爱情

爱情原本是美好的、甜蜜的，是人世间最弥足珍贵的一份情愫。可一旦男女身份特殊，那份绵绵情意就有些荒诞不经。一个侍女、一个皇子，有了爱情，不荒诞才怪。可荒诞归荒诞，人家还愣是走在了一起。虽然几经周折，差点儿丢掉性命，但终究成为夫妻，还生儿育女，夫唱妇随，干出了一番惊天动地的伟大事业。

皇子李治的激情如决堤洪水般汹涌澎湃，势不可挡。然而，那位侍女却始终不敢越雷池一步。在刚刚入宫时，她因妩媚而被李世民唤作媚娘。媚娘对李治几近疯狂的爱又喜又怕，喜的是那个为她癫狂的男人是近日被推荐为太子人选的皇子李治，一旦李治有朝一日真成了太子，又登基继承了皇位……那不就是她苦苦期待的明媚春天吗？怕的是以她皇帝侍女的身份，不敢大胆放手痛痛快快地去爱，去热烈地回应李治的激情。因为她不但从心底里热爱和崇拜着那个非凡的晋王李治的父亲，而且不会把自己的性命当儿戏。深宫锁春，步步惊心。她的感情是复杂的、纠结的，可她深知，不纠结、不复杂就难以走出困境。

李治更加坚定要想得到父亲的女人，只能先得到父亲的位子。因此，这个为了女人才去要江山的男人比以往更勤奋、更努力，在父亲身边的时间也更多。

对魏王李泰而言，他实在难以理解弟弟李治频繁跑到父皇宫里只为那个侍女。在他眼里，人世间哪有什么山盟海誓的爱情，那些不过是文人雅士玩的一种酸腐情调而已。女人只是生活里的调剂品，而真正主宰男人生命的只有权力。在灰暗心理的驱使下，偏执地将无意与他争皇位的弟弟李治视作眼中钉，更是把所有兄弟列为与他争夺皇位继承权的敌人。

一个深秋的傍晚，甘露殿庭院里铺满了枯黄的落叶。肥胖的李泰踩碎了落叶，急步而来，在推开院门时，与刚刚从父皇寝宫出来的弟弟李治撞了个满怀。两人驻足，四目凝视，一时不知该说些什么。片刻沉默后，终究还是李治先开口："哥哥，我要走了"。

李泰从弟弟满脸惶恐中，顿觉他已搅了进来。"你看上去有点儿兴奋？是不是长孙无忌那帮老东西推荐你当太子，你就把自个儿当成储君啦？"他冷酷地望着弟弟，"看你这个样子，哪里是当皇帝的料啊，只怕是做个王爷也不称职。"

"是吗？也许有些事使我兴奋，但绝不是你想的那种事。我才不愿当什么太子，更没把自己当储君。做个王爷有吃有喝、有闲有乐，不好吗？"

"是吗？你真是这么想的？大哥一向关照你，他东宫谋反，难道你一点儿也不知情？是不是你也出了主意啊？"李泰眼里喷着一股浓烈的妒火，恨不能将弟弟烧毁。

"我怎么会呢？大哥的事，我从来就没有参与过。"面对李泰凭空捏造的罪状,李治极力反驳,"我住得那么远,要不是父皇通知我来,我压根儿见不着你和大哥。"

李泰懒得听他辩解,只是一味施压,使这个生来脆弱胆怯的弟弟知难而退,接着说:"有没有,不是你说了算。你也知道,父皇最痛恨背叛,尤其是他的亲儿子。一旦被告发,恐怕你的性命堪忧。"

这是明晃晃的恐吓、不加掩饰的威胁。李泰冷冷地瞅着脸色苍白、眼里浸满泪水的弟弟,继续道:"小小年纪,野心不要太大了,做事要用脑子,最好是小心行事,千万别卷进来。不然,不是你掉几滴眼泪那么简单,恐怕要你血流成河,甚至是丢了你全家的性命。"

李治浑身颤抖,站在暮色渐深的宫门口,一时恍惚。这还只是唇枪舌剑,没到真刀真枪的地步,李治显然败下阵来。但李泰也不见得能笑到最后。李治是软弱无能,可架不住支撑他的人无比强悍。得江山不是靠匹夫之蛮力,而是靠众人之合力,更不是耍横斗狠,而是天时地利人和。

逞一时口舌之快的李泰,丢下弟弟在秋夜的凉风里瑟瑟发抖,径直推门进寝宫来拜见父皇。只要父皇金口一开"好了,太子就是你",那长孙无忌之流就不足挂齿。可这个夜晚的拜见,李泰用力过猛,适得其反。他一见着父皇便质问:"李治怎么在这儿?"

"怎么,你能来,他为啥就不能来?你们都是朕的儿子。"李世民一眼就看穿了李泰的小心思,"泰儿,你可千万别性急啊。你哥承乾无能,沉不住气,坏了自己的大好前程。你别重蹈覆辙。再就是,你弟弟晋王李治善良仁厚、简单纯真。谁要是伤害他,也就是伤害朕。朕定然不会放过他。你明白吗？泰儿，你们三个是亲兄弟啊！"

李泰顿时跪地磕头表决心："我明白。父皇，请把太子之位传给我吧。别听那些个老头子胡说八道，他们的狼子野心您还看不出来吗？他们企图通过我弟来窃取大唐的李家江山啊！父皇，有朝一日我当了皇帝，我一定会尽心尽力、耗尽心血守住您浴血奋战打下来的这来之不易的江山。等有一天我老了，没能力守江山了，我就杀了我唯一的亲儿子，把皇位让给弟弟晋王。请您放心，请您相信我！"

"什么？杀儿子？"李世民顿觉那颗衰老的心恍若掉进深不见底的黑潭，凉透了，痛极了。虎毒尚且不食子，他竟然如此狠毒。他是多么可怕的一个人，又是多么心理扭曲的一个人。这种人一旦得志，成为手握生杀大权的皇帝，岂不是将血流成河、生灵涂炭？万万不能，万万不可！李世民脸色突然间变得铁青，与儿子李泰不欢而散。

那夜，李世民的情绪糟糕透顶，告诉宦官一个人睡。站在一旁的媚娘大气不敢出，小心翼翼地伺候着。她目睹了这一幕，从中感受到了皇帝李世民的痛苦和皇子李泰的狠毒。她心中那个伟岸挺拔、无所不能的雄伟男人，此刻变得颓废沮丧、衰老臃肿，眼眸里发出的微弱暗淡的光里透着绝望。往日那一脸的豪迈英气顿然间变得灰暗混沌，全然没了雄霸天下的帝王之色。

夜已很深，李世民依然独自坐在椅子上，久久不愿就寝。他不能预见自己百年之后，大唐江山能否保得住，而使他失望至极的是最宠爱的儿子李泰。想当初，李泰因身体过于肥胖，走路亦是吃力。他便特许儿子上朝可以坐轿。然而，就是他如此疼爱的儿子却是如此凶狠残忍。这利欲熏心的儿子图穷匕见，不顾血脉亲情，竟然将刀架在亲兄弟乃至亲儿子的脖子上。这下又使他原本就苍老脆弱的心更加难以抉择。无论谁最后失败，他都不会心安。

媚娘往灯里添完油，径直走到皇帝身边，低声劝慰着："皇上，早早歇息吧！明日还要早朝。"

是啊，他不光是疼爱孩子的父亲，亦是掌管天下的皇帝。那如画的江山亦需要他去指点，辽阔的疆土依然需要他去驰骋。他那一腔悲痛逆流成河，需要释放，需要融解。何以解忧？唯有杜康。于是，他要来很多酒，独自痛饮，直到喝得酩酊大醉、天昏地暗。他喊叫着："你们都给朕退下！"

就在媚娘转身离开那一瞬间，他却指着她，醉眼蒙眬地说："你留下来。"

寂静的寝室亮着昏黄温暖的烛光。媚娘心有余悸，不知将会发生什么。可无论发生什么，她亦是只能从命，而不敢抗旨。这便是宫女的宿命。她战战兢兢地站在醉醺醺的皇帝旁边，瞅着他一碗接着一碗地喝。良久，他竟然大哭起来，手按在胸膛上，痛苦地说："朕这儿痛啊！为什么朕的儿子要相互残杀？难道皇室的兴旺只能靠亲人的鲜血吗？"

她一时不知该说些什么，只怕是说什么都显得苍白无力，只好任由这个曾经不可一世的男人哭诉，听着他苦闷的声音，闻着他鼻息传出的阵阵酒气。她能感受到这个男人的苍老脆弱，更能体味到他身为父亲的痛苦悲伤。然而，此刻她没了同情怜悯，反而幸灾乐祸，一种杂糅着爱与恨的复杂情感涌上心头。多年前的那个夜晚，在这儿，十四岁的她成了他的女人。那种痛苦如毒瘤般留在她的生命里。这一刻，她竟然有些许狠毒的得意，嘴角微微上扬。

　　她知道这个男人此刻需要温情和抚慰，她曾想着用手去抚摸他那花白头发，给他以她特有的温情和安慰。可在抬起手臂、那颤抖冰冷的手指几乎碰到他头发的那一刻，她又收回了悬在空中的手，放弃了那一闪而过的念头。她恨他，被遗忘在永巷的无数个日日夜夜，又有谁给她以温情和安慰呢？

　　此时，她才恍然大悟，或许那个痴情的皇子才是她的未来。那荒诞不经的爱情才能救赎她那不堪的宫女宿命。那一刻，她心如止水，对眼前男人痛苦不堪的挣扎不曾动一丝丝恻隐之心。她犹如一尊冰冷而美艳的雕像，自始至终任由他折腾却无动于衷。

　　后来寝宫的烛灯熄灭，四壁暗了下来，折腾良久的皇帝沉沉地睡去。生性敏锐的她知道，他已做出最后的决断。无论对错都是真实发生过的历史，而这个历史却越来越接近着她。永巷暗无天日的清苦日子终将要熬到头，而她期待的那个生命里的明媚春天指日可待。再后来，窗外天空开始明亮，一抹黎明的微弱亮光照进黑暗，依稀可见她娇媚脸庞上挂着一丝诡异阴冷的浅笑。

　　李世民不得不痛苦地舍弃他最为宠爱的魏王李泰，只有这样，才能换来君臣和睦、天下太平、儿孙安全。李泰太有智谋和主张，绝不会任人摆布。正因为他不愿成为木偶，使得舅父极其讨厌他，甚至诬陷他。然而，李世民看得清楚却无可奈何。只怕这也是身为君王的悲哀。

这个历史性的决断，把心高气傲的魏王李泰彻底逼疯了。那帮顽固阴险的老臣们无论如何诋毁他，他都不曾动摇半点儿对父皇的崇敬和信任。可如今，父皇亦是昏聩，竟然听信谗言，无情地抛弃了他。他岂能坐以待毙？那日日夜夜期盼的即将成真的梦想瞬间碎了一地。气急败坏的他不管不顾，带领着百余骑全副武装的人马直逼太极宫。

在城西永门外，他叫嚣着高声讨伐李世民："不是说得好好的吗？怎么出尔反尔，把我李泰当猴耍吗？不是我无礼，只是你欺骗了我。把门打开，让我进去问个明白……"那被愤怒填满的肥硕身体在瑟瑟秋风中像是即将爆炸。

她看着一脸沮丧、神情颓废的李世民坐在大殿的木椅上一动不动。殊不知，那李泰的叫骂声犹如一把把冷冰的匕首直接扎在李世民的心上。大儿子承乾已先于他随长孙皇后而去，眼下这个他最疼爱的儿子李泰又赴哥哥的后尘，亦要永远地离开他。历史竟是如此相似，狗急跳墙的儿子要讨伐言而无信的父亲。

在梦想破灭的那一瞬间，一向诡计多端、深谋远虑且沉稳冷静的李泰竟也自乱了阵脚。那种失落、愤慨夹杂着屈辱、沮丧的复杂情绪如狂风暴雨般袭上他的心头，使他疯癫到丧失理智，疯狂地踏上不归之路。他违背伦常，竟然要将父皇置于死地。

　　李世民浑浊的老泪顺着眼角流了下来。他强忍无限苦楚，又下一道圣旨，将二儿子李泰降为东莱郡王。同时，他册立李治为太子。如此一来，荒诞的爱情再怎么荒诞，媚娘亦会飞蛾扑火般爱下去。

宫女的宿命

古时，宫女伺候的主子一旦驾鹤西去，她们就难逃为主人殉葬的劫难，要么被处死，要么削发为尼。最早的时候，但凡帝王驾崩，被他临幸过的所有活着的女人都得殉葬，与帝王长眠地下。后来就没那么残忍，可以不处死，但都被赶出皇宫，迁往寺庙削发为尼，守着青灯古佛度过余生，这个被称为活殉葬。虽然肉身不死，但失去了难能可贵的自由。所以，宫女意欲活得更久，就得日日祈求她所伺候的主子能够长命百岁。

历朝历代皇帝宠幸过的女人不计其数，谁又能记得清楚呢？会不会有漏网之鱼？很不幸，皇帝不是一个普通男人，不可以恣意妄为、无拘无束。他是一国之君，吃喝拉撒均事关江山社稷，况且宠幸女人牵扯到生皇子。生皇子无疑是关乎国家接班人和江山长治久安的大事。因此，绝对不会有遗漏。朝廷专门设置了一个官职，负责将皇帝一天吃啥、喝啥、干啥，当然还有晚上宠幸哪个女人，均一一记录在案。所以，有册可查，谁也逃不掉。

媚娘眼睁睁地看着曾经恃宠骄横、自作聪明的李泰一夜之间沦为阶下囚，深感宫廷皇权斗争的残酷，即便是一母同胞的亲兄弟甚至骨肉至亲的父子亦是斗得死去活来。皇权的斗争不流血是不可能的。再看那位所向披靡、英姿飒爽的李世民，经此番折腾，苍老了许多，雄风已远逝。他一个政治老手竟被朝臣玩得团团转，明知落入几个老臣的圈套，亦是无可奈何。

在这场太子争斗的政治风暴中，真正的胜利不属于不如大哥承乾、亦远远比不了二哥李泰的晋王李治，也不属于一世英名的盖世英雄李世民，而是属于以长孙无忌为首的在朝廷根深蒂固的关陇贵族势力。

虽将最无君王之才、性情软弱的李治顺利地扶上了太子之位，了却了一桩心头大事，然而李世民却大病一场，终日萎靡不振，一副老态龙钟的样子。承乾、李泰两个儿子在这场角逐中败得一塌糊涂，又远离了他。他寝食不安、忧心忡忡，感觉老了许多。他日渐衰老，而搬进东宫的李治却也不是那么合心意。李治依然尚未长大，依然那么稚嫩脆弱，离成为一名称职君王还差得很远。现在，他唯一能做的就是把儿子诏入宫中，与他朝夕相处，尽可能地将他塑造成勉强过得去的君王。

这下李治名正言顺地从东宫搬进父皇的宫殿，可以与那朝思暮想的媚娘天天待在一起了。父亲在哪里，他就在哪里，自然媚娘也在旁边伺候着。只要沐浴在媚娘那双大眼睛射出来的梦幻般的目光里，他就热血沸腾、亢奋不已，愿意翻阅奏章至深夜，乐意与父亲一道在大殿临朝。李世民要知道儿子如此勤勉努力只为他身旁的侍女，非将肺肝气得炸裂不可。事实上，这儿子还真是一个痴情种。东宫里有他自己的女人，可他依然迷恋父亲身边的媚娘。

面对太子炙热的目光和满腔的热情，媚娘的感觉是强烈的。就在李世民亲临则天门宣布册立晋王李治为太子的那个清晨，她有一种心中悬着的石头落地的奇妙感觉。她日见主子衰老，自然而然心生悲凉，不愿也不甘将二十几岁的美好年华随之葬送。她渴望获得青春的气息，更渴望摆脱宫女的宿命。

这年的夏天格外热。李世民整日烦躁焦虑，在闷热的太极殿里一刻也待不住。骊山凉爽惬意，适合消夏避暑。于是，他常常离开炎热的长安，去几十里外的骊山行宫。在那儿，他终日泡在骊山温泉里。然而，再泡亦难以销蚀他内心深处那深深的焦虑。

媚娘原本爱的是像李世民那样雄壮伟岸的英雄男人，而非李治这般胆小怯懦、多愁善感的脆弱男孩。李治稍不留神被拉进政治舞台，虽成为别人专政的工具，可亦是媚娘摆脱宫女宿命的唯一救星。她惧怕李世民逐渐老去，却又窃喜李治火热的挚爱之情。她不敢放肆，更不敢轻视，如履薄冰地在皇家父子间小心翼翼地周旋。

一度意志消沉、精神颓废的李世民，需要一个重振雄风的契机。公元644年的深秋，机会来了。暑热刚刚散去，长安街头已满是萧萧落叶。远在千里之外的诸侯国新罗遣派使者历经千辛万苦来到长安，向朝廷禀报高句丽侵占了他们两座城，恳请大唐派兵将其赶走。

那时，大唐在李世民的治理下，可谓国强民富、万邦朝拜，周边那些小国尽管相互之间有摩擦，可对大唐从来不敢造次。新罗是朝鲜半岛历史上的国家之一，虽不是大唐的疆土，可早已对大唐俯首称臣、忠心耿耿，每年进贡；而同为朝鲜半岛历史上国家之一的高句丽却勇猛强悍，虽不敢肆意跑到大唐辽东边境的城池上撒野，却不断侵犯新罗等邻邦，足见其野心不小。

前朝隋炀帝长年受高句丽的侵扰，烦恼不已，曾以庞大的军费开支，冒着国库亏空的危险，派大军三次征伐，却无一次凯旋，三次均是丢盔卸甲、惨遭大败。现在，高句丽如此猖狂，对李世民这样的英雄来说，正是上天赐予的一次再建新功、英名远扬的良机。驯服这样的邦国，自然是英雄依然是英雄的最好印证。金戈铁马、驰骋疆场、驯服强敌，是何等威风？又是何等雄伟？他哪里肯放过？对李世民这样浴血奋战、东征西讨、从战争中走出来的一代君王来说，征伐高句丽天然具有一种无法抵挡的诱惑。战胜更为强悍的敌人，亦能证明自己更强大。所以，当着满朝文武百官，他不假思索地宣布："朕要亲率十万大军东征，灭灭那高句丽的嚣张气焰，扬我大唐国威。"那坚定的语气里洋溢着浓浓的雄霸之气，一扫连日来的阴郁衰颓。

然而，征讨高句丽谈何容易。且不说两军对垒时将士拼杀的腥风血雨，单就是从长安到辽东那漫漫千里长路，十万大军浩浩荡荡，每日长途跋涉，跨过千山万水，一去一回少说得三个年头。这不光需要勇气胆识，更需要强大国力的支撑。众臣一时惶恐，老臣褚遂良当即激愤地说："如今大唐国泰民安，既无内患也无外忧。此次高句丽侵犯新罗，并无侵犯大唐之意，皇上何必大动干戈，将战火引到大唐身上来呢？"

长孙无忌亦是心急火燎，满眼祈求地说："皇上，您那个太子儿子还需要您好好带一带啊！您御驾亲征这一去就得好几个年头，丢下那初出茅庐的太子怎么治理国家啊？您还得以江山社稷为重啊！"

然而，李世民心意已决，断然难以纳谏。他被驯服高句丽的荣耀吸引着。一想到能打败凶狠彪悍的高句丽，他就莫名亢奋，精神振作，一度不再焦虑烦躁，仿佛重拾当年雄风。他想暂时离开长安，离开浸透着亲人鲜血的太极宫。

曾经从谏如流的李世民，变得固执、易怒且多变。前不久，宰相房玄龄只因多言两句，遭到奸人陷害，他便不分青红皂白将忠心耿耿的房玄龄贬出京都。前车可鉴，除了长孙无忌、褚遂良等重臣胆敢反驳他之外，偌大的朝堂，那群文武百官竟不敢多说一言。

萧瑟的秋季刚过，李世民便迫不及待地穿上战袍，骑上战马，带领十万大军，浩浩荡荡朝东开拔。尽管胡须发白、身体发福，披甲戴盔后，他依然英武威严，不失当年英雄姿态。

李治作为监国，遵旨留在长安，但要将率军东征的父皇送至洛阳。跪别时，李治想到那寒冷的天气、遥远的路途、血腥的战场、年迈的父皇，顿时泪如泉涌。

李世民瞅着泪流满面的李治顿时火冒三丈、愤怒不已。堂堂太子动辄哭得稀里哗啦，哪有半点儿男子汉的雄壮气概？真是丢尽了大唐皇室的脸面！于是，在呼呼北风中，李世民怒不可遏地呵斥李治道："你这算什么？你还能算一个顶天立地的男子汉吗？动不动掉眼泪，眼泪能抵御外侵吗？朕留你监国，就是让天下人知道朕了解你甚至信赖你。可你倒好,哭成泪人,让文武百官、天下百姓怎么看你?又能如何信赖你啊?"

儿女情长,英雄气短。在出征前几日,李世民得知大儿子承乾在被贬之地病逝,一时老泪纵横。可眼下,他瞅着痛哭流涕的李治,气愤归气愤,训斥归训斥,可终究木已成舟。此刻,他突然想起远在均州的李泰,如果是李泰,断然不会这般模样。他深叹一口气,率大军缓缓而去,渐渐消失在一道苍茫的山路中。

李治擦干眼泪,跨上马,扬鞭返程。他懦弱无能也罢,胆小如鼠也好,那江山的千斤重担已毫无悬念地落在他的肩上。那空空荡荡的政务殿已等着他到来。朝臣们自然会全力辅佐他。当然,李世民的侍女也将会尽心尽力侍奉好代为执政的储君。

父亲远征,李治最为愉悦的就是日日能与媚娘无所顾忌地卿卿我我。没了父皇那双犀利眼睛,他们日益大胆起来,痴情男女终是偷偷摸摸地好上了。一时的放纵、一世的情爱,点燃了宫女摆脱宿命的希望之火。

老去的主子

父皇在辽东边境受苦挨冻打仗,太子却在皇宫大殿与父皇的侍女花前月下。媚娘自知与李治的爱情再怎么轰轰烈烈,也只能偷偷摸摸。若是丑行败露,别说期待什么明媚春天的到来,只怕当即就一命呜呼了。

在李世民驰骋疆场的那段时光,两个年轻人的地下情升温极快,密切程度与日俱增。可一旦宫殿的主人归来,这一切甜蜜美妙的情愫就会犹如喷薄许久的岩浆般又沉睡在火山中。

李世民再怎么老去,亦无法忍受儿子如此胡作非为。可毕竟他年过半百,对女人的心思淡了,也就没那么敏感,儿子与媚娘在眼皮底下偷情,他却不曾察觉。若有察觉,他必会绞杀,只怕历史又得重写。

辽东征战近三年之久,贞观二十年(646年)三月,李世民带着病痛、愧疚甚至耻辱,率领唐军拖着缓慢而疲惫的步伐返回长安。消灭高句丽是他姨姥爷、表叔和父亲都无法完成的夙愿,这次他亦是未能完成。这成为他始终无法迈过去的一道坎,抱憾终生。

这次东征虽攻陷十余座城池、斩获十几万高句丽大军,却没能攻下重镇安市城,没能彻彻底底地打败高句丽,未能大获全胜。这样的战果，远远没达到李世民的期望。在久久攻克不下安市城时，李世民曾一度愤怒至极，放出狠话：一旦破城必将屠城，一雪前耻。然而，战事拖得太久，一度拖进了北风凛冽的寒冬。天公又不作美，唐军遭遇了极为罕见的寒冷天气。那东北风卷着残雪、凛冽刺骨，草枯水冻，将士们衣不蔽体，困在一片僵硬原野上哀叫着、呻吟着，无数兵马被活活冻死。

那一场寒流摧毁了李世民的英雄美名。眼瞅着众将士在寒流中倒下，粮草日渐不足，李世民满腹悲凉，在绝望中质问苍天："难道这是苍天的旨意吗？"他雄心渐消，再坚持下去，只怕是白白多丢大唐将士的性命。再者，他患上了疽疮，久治不见好转，身体状况堪忧，这无疑是雪上加霜。他纵然有千般不愿，万般不舍，亦不得不向残酷的现实低头，班师回朝。

天气是比彪悍的高句丽更凶猛的敌人。纷纷扬扬的大雪铺天盖地，处处是冰冷的泥塘和沼泽。一路上，瘦弱的战马、疲惫的士兵，甚至死去将士的白骨、匆匆堆起的坟冢，随处可见，满目疮痍。李世民老泪纵横，不灭的信念、战无不胜的意志也随之坍塌。

此时，他在想念一个故人，那人性情耿直、敢于直言，是他又惧怕又喜欢的臣子。那老臣是唯一不怕死、直言敢谏的魏徵。魏徵是他的一面镜子。他不禁感叹道："如果魏徵尚在世的话，一定会拼了老命劝朕取消这次远征。"人一旦衰老极易善变，常常多愁善感，脾气自然大不如前。

他念起魏徵的好，回到长安，还特地召见魏徵妻儿加以赏赐、给以抚慰。一面镜子没了，自然就难正衣冠，犯些错误在所难免。人非圣贤，孰能无过？过而改之，善莫大焉。他是一个好君王，最为厉害之处就是知止，善从错误中汲取教训和智慧。

可那不成器的李治身在错中不知悔改，在错误的道路上勇猛前行，沉迷于媚娘的温柔乡忘乎所以。他终将会在这女人的怀抱里丢掉父辈们用生命换来的大唐江山。

一路上，李世民身披破旧的战袍，忍受着病痛的折磨，终是回到了长安太极宫。李治见父皇发着烧，疽疮未愈，毒疮又在肉里埋得太深，一时心急如焚，竟俯身用嘴去吸吮。李世民瞅着儿子趴在身上用力吸着的样子，直犯恶心，可对这种忠孝之行又无力拒绝，只好任由他去。媚娘竟被李治这种孝行感动，感受到这儿子是深深地爱着他的父亲的。

这次东征高句丽受挫，无疑是对李世民的致命一击。在御医精心治疗下，疽疮被治愈，但他的精神却依旧萎靡不振。他时常住进山清水秀的骊山行宫休养身体，将大唐江山甩给柔弱的儿子李治和文武大臣们。

之前，他煞费苦心，将老臣李勣派去当儿子太子府的总管詹事。要知道，那时候与李世民一起打天下的功臣宿将大多不愿再管事，唯独李勣老当益壮，任事能干。这次东征高句丽，李勣亦是坚决赞成，还随李世民奔赴战场，屡建奇功。

李勣绝非庸俗之辈，单从姓氏看就知是李唐皇室看重的人物。李勣原本姓徐，乃是大名鼎鼎的徐茂公。唐初，因为打下大唐江山立下汗马功劳，唐高祖李渊便赐予他皇家李姓。当时，赐姓是天大的荣耀，一介臣民跟皇帝一个姓，亦算是皇亲国戚。

　　李世民对这位老臣极好。一次，李勣突发急病，有偏方说用"龙须"做药引服下立竿见影，李世民毫不犹豫地剪下胡须命人送去。这可是天大的恩典，只因那时讲究身体发肤受之父母，不敢毁伤，况且是龙体。李勣当即拖着病体拜见皇上，连连叩头谢恩，直至磕碰出血。李世民连忙免其礼，轻描淡写地说："这有什么好谢的啊？你若能痊愈，就能继续为大唐江山鞠躬尽瘁。朕这么做，只是为了大唐而已。"

　　不知是偏方灵验，还是磕头放血管用，这番君臣情深之后，李勣的疾病突然消失得无影无踪了。

　　更有甚者，有一次，李世民拉着李勣非要小酌两杯，酒过三巡，李世民话锋一转，开始托孤："朕求群臣可托幼孤者，无以逾公。"他觉得把儿子交给李勣最放心。那李勣刚刚有点儿上头的酒劲顿然消失，当即咬破手指写血书，发誓一定竭尽全力辅佐太子，然后醉得不省人事。李世民担心他着凉，竟然解下衣服给他盖在身上。这般情真意切只怕石头心亦能暖热。

　　年轻稚嫩的太子李治被在朝廷浸淫数年的老谋深算的名臣硕老玩得团团转却浑然不知，更是难以镇得住诸如李勣之类功高盖主的老臣。李世民终日难以心安，他深思熟虑之后，决意要为儿子培养值得信赖、值得托付的肱股之臣。为了给儿子再加持一把，他竟自导自演了一场悲情大戏。在李勣毫无过错的情况下，他却突然将其贬到甘肃一个偏远地方——叠州当都督。李勣倒是逆来顺受，遵从皇命，亦不为自己辩驳，不假思索地奔赴叠州上任。

李治百思不得其解，李勣好端端的，怎么就被父皇无缘无故地贬官呢？于是，他忙去拜见父皇问个究竟。李世民借机给儿子开了个君王权术的小灶："你虽然跟李勣关系不错，可无恩于他，他不会真心帮你。朕如今贬他，他若立刻走，说明他知道朕在考验他，等你将来施恩于他，将他调回京都便是了；他若不走，那就是心怀怨气，必须立刻拿下。"听父皇这么一分析，李治顿时开窍，明摆着父亲做恶人给他买个好。皇家的水向来就是这么深，开明的唐太宗李世民亦未能免俗。

对死亡的恐惧是天下苍生的一种普遍心态。然而，老去是一个人无法逃脱的自然规律。垂暮之年的李世民恐惧衰老，在生命最后几年坠入帝王追求长生不老的怪圈。他对那些用化学毒品凝结而成的黑色丹丸深信不疑。于是，他招募道士，架炉炼丹，每日服用丹丸。然而，长生不老丹吃了一箩筐，身子骨却是一日不如一日，不但没能延缓衰老，反而老得更快。

贞观二十三年（649年），一代明君李世民鸠形鹄面、骨瘦如柴，身体状况堪忧。他干脆离开太极宫，搬到终南山脚下美丽凉爽的翠微宫专心养病了。太子李治自然寸步不离地守候在父皇的床榻前。媚娘和侍女们一直伺候着病恹恹的主子。长孙无忌、褚遂良等朝臣们每日在太极宫与翠微宫之间来回奔波。其实，谁都看得明白，这是唐太宗李世民最后的日子。人人心情沉重，被大厦将倾的恐惧和悲哀笼罩着。

自李世民病重以来，一旁侍奉的媚娘已几天几夜没合过眼。她不停地忙着端水端药，神色中除却疲惫还夹杂着一种对未来深深的恐惧。主子的逝去意味着自己尼姑庵生活的到来。不知此时沉浸在父皇病危痛苦之中的李治能否鼓起勇气冲破千年陈规，将她从那暗无天日的苦海中解救出来。她时而偷偷瞄一眼趴在床头痛不欲生的李治，心里泛起阵阵凄凉。

这年五月二十六日，翠微宫含风殿上空盘旋着成群的终南山乌鹊，黑压压一片，如黑云般掩盖住了高悬在天空的那轮红日的光芒。那群乌鹊痛苦鸣叫一阵后，又彷徨而去，飞进了丛林。此时，在含风殿久病卧床的李世民脸色青绿、呼吸急促，像是被什么催促着，一时昏迷，一时清醒。

他一睁开眼，看到儿子李治那张泪水纵横的脸和那双无比真诚哀伤的眼睛，心里欣慰了许多。在垂死挣扎之际，他知道，这个儿子是深爱着他的，是真正因自己的病痛而伤心流泪的。然而，这个儿子过于柔弱，恐怕难堪重任。一旦他撒手人寰，儿子就得坐上皇位守江山。这副担子对柔弱的儿子来说过于沉重。于是，他又将凄婉的目光投向儿子身后的长孙无忌、褚遂良，并召唤他们。或许，老臣们能助儿子一臂之力，帮儿子分担一些重任。

李治离开父亲的病榻，心情无比沉重地走出含风殿，沿着殿外用碎石铺成的山道，缓步向终南山走去。在半山腰，他见满山翠绿，无限悲伤涌上心头，泪眼婆娑。

这时，有人递过来一条温暖的巾帕，柔声地说："你别太伤心难过，多保重身体啊。"

那熟悉的声音令李治心头一热，转身望去，果然是她。

在崇山峻岭、郁郁葱葱的树林里，他将她紧紧地搂在怀里，用从她身上感受到的温情去销蚀无尽的丧父之痛和对即将成为国君的担忧、恐惧的复杂情感。她自然哭成了个泪人，知道自己即将成为活的殉葬物时，格外觉得李治的爱和她的青春是多么宝贵。她那么年轻，还想见到年迈的母亲、至亲的姐妹和可爱的侄女、侄儿，她还想快快乐乐、痛痛快快地在人世间活下去，哪怕只做个民间女子，嫁人、生儿育女，过着恬静淡然的日子，亦是好的。

良久，李治骤然松开怀里的女人，像是感到有什么在召唤他，忙说："我该回去了，父皇在呼喊我。"

泪流不止的媚娘紧紧搂着他不愿放手，可她又不得不放手，只怕这一放手，就放掉了自己唯一的希望。

李治擦干媚娘漂亮脸庞上挂着的眼泪，将她冰凉白皙的手放在脸上，动情地说："相信我，我不会忘记你的，你是我的，谁也不能将我们分开。"

媚娘想用泪水和美貌留住李治的心，想让李治感受到如果他们分开是多么残忍和悲伤。她惶恐地问："真的吗？即使你当上了皇帝，也不会忘记我吗？更不会忘记我们在一起的日子吗？"

李治满目深情地望着媚娘，动情地说："你先跟他们一道去，我绝不会让你总待在那个地方的。你一定要相信我，不要灰心，不要沮丧,等着我,给我点儿时间。"他的眼眸里透射出一种坚毅和勇敢。

媚娘感受到了一种男人保护女人的力量,颇为欣慰,泪眼蒙眬地说:"我相信你,你是我的未来。"说完,她极不情愿地放开了手。

李治转身一步一回头地朝山下走去。媚娘那绰约的身姿渐渐模糊,消失在终南山丛林中,犹如天边消失的一朵云彩。

李世民将大唐江山及太子托付给长孙无忌和褚遂良后,永远地闭上了眼睛。他走过五十二个春夏秋冬,戎马一生,有辉煌、有欢喜,亦有遗憾、有悲伤。他的谢世预示着一个时代的结束。含风殿里哭成一片,众臣跪拜,痛哭流涕。李治跪在父亲的床榻前,在悲哀嚎叫中继位。自此,大唐进入高宗时代。

在举国发丧、令人断肠的那三个月里,媚娘与其他侍女一道在太极宫安放李世民遗体的两仪殿里前后照应着。李治下诏举行大葬典仪后将李世民的遗体送往礼泉县的昭陵与母亲长孙皇后合葬。李世民入土为安的第二日便是侍女们离开皇宫的日子。所有曾与先皇有过肌肤之亲的女人都对即将降临的厄运充满了无限恐惧。

媚娘自然难逃一劫。然而,她没想到的是,一向乐呵呵的好姐妹腊腊,竟然用一丈白布将自己年轻的生命仓促了结了。媚娘在永巷里认识最早的人就是腊腊,在那些灰暗日子里是腊腊陪她度过的。在离开永巷的前夜,腊腊就这样悄无声息地淡然离世。等她跑到腊腊屋舍时,几个宦官走进来,急着要抬走腊腊的身体。她几乎流着泪恳求他们再等一会儿,几个宦官默许。她为腊腊化了淡妆,整理好衣服,才眼看着那些宦官漫不经心地用破木板将腊腊抬走。那一刻,无限悲伤如潮水般将她淹没。难道宫中女人的命运就是如此凄惨悲凉吗?难道一个生命就如此轻微卑贱吗?她暗暗发誓,要为所有女人复仇。

在那群沮丧惶恐的女人们中,唯有徐惠显得特别。她身着朴素的衣裳,秀发披肩,恬静而无半点儿惊慌之色。她是李世民生前宠爱的女子之一,位虽已至充容,但也不能留在宫里,难逃削发为尼的命运。然而,自从李世民病逝以来,她痛不欲生,吐血不止,不吃不喝,拒绝服药,对生命毫无留恋,一心求着早早赴黄泉去陪先皇。她亦进入生命的弥留之际,脸色苍白,没了血丝,终究身体熬不住,青春之躯转瞬即逝。她因忠贞而被追封为贤妃且特许陪葬,在李世民宏伟壮阔的昭陵边上,找到了一个小小的安放灵魂的地方。

媚娘对徐惠的死从心底生发出崇敬和悲伤。但是,她觉得徐惠作为一个女人活得未免太过愚蠢。为什么非要将自己的生命依附于别人呢?非要用宝贵的生命换取那虚无的忠贞精神呢?她宁可不要。她要好好地活下去,哪怕背负骂名,也不会傻傻地去仿效。

媚娘对自己的未来感到无比迷茫、无比彷徨。那个曾誓言铮铮的男人如木偶般忙碌着,偶尔撞见,眼神亦无昔日的光彩。她的心碎了,无法逃脱自己的宿命;但她的心却没死,知道新的皇上不会忘记她,那彻骨的爱会拯救她。她明白,他需要时间处理父皇的后事,只要能腾出工夫来,一定会想尽办法将她接回宫。那时,她再也不用提心吊胆，可以光明正大地做圣上的女人，为其生儿育女。只是，初为皇帝的他现在有点儿焦头烂额，只能完全听从于老臣的安排。

爱情的力量

父皇驾崩，即便有点儿惶恐不适应，甚至内心深处有些抗拒，李治也不得不坐在太极宫大殿那把镂空雕龙木椅上。大哥承乾为它搭上了性命，二哥李泰因它被踢到偏远的均州苟延残喘。

如今古均州已被丹江口水库淹没，当年的人与事被历史尘封。我们撕开一个裂口窥视唐朝，只能瞅见失望、沮丧且郁郁寡欢的李泰。李泰若知弟弟李治竟是那么脆弱，坐在龙椅上战战兢兢、如坐针毡，心里怕是悔恨极了。眼下，他只能在那个偏隅了却残生，不敢有半点儿非分之想。父皇没了，那雄心壮志也随之消失得无影无踪。大唐王朝的主人毫无疑问已是弟弟李治。

李治被历史的潮水推上皇帝的宝座，真是小马拉大车，费劲吃力不讨好。不管他情不情愿，在如此重要的位子上，他就得受苦受累，玩权术、玩智谋甚至玩心眼儿。以他的能力和个性，还得适应一阵子。

在一个炎热的深夜夜晚，没有一丝凉风吹来。长安皇宫掖庭被夜色笼罩，永巷里一间间逼仄屋舍里亮着烛光，先皇的女人们各自忙着与皇宫生活做最后的告别。依照惯例，她们洗澡打扮，换上布衣布裙。以后，那丝绸缎带、金钿、金花、金坠及珍珠玉石做成的花头饰等，但凡有点儿皇家气息的物件，一概不准再用。

这次沐浴没有人精心伺候媚娘,没有人为她梳好看的发髻,也不再像十四岁那次需要侍奉男人。冰凉的清水洗尽了几个月来的辛苦和疲惫,也洗去了她同先皇同宫廷之间那一层看不见的关系。天一亮,她将被赶出皇宫,离开永巷那间狭窄而阴暗但能够慰藉她心中伤痛的小屋。

五更刚过,东方开始泛白。媚娘穿好崭新的布衣裙,精心盘好头,对着铜镜化了淡妆。这时,敲门声响起,是宦官催促她该走了。于是,她带着小包裹走出来,融进那群素衣素裙的女人们中间,缓缓走出掖庭安福门。她们无力反抗,一个个坐进那装饰得五颜六色、气派辉煌的车辇里,被送往城郊的感业寺。

一时间,这座依山傍水的寺庙多了一群养尊处优、漂亮精致的尼姑。作为先皇女人们的收容所,这里古朴秀丽、曲径通幽,院舍错落有致,松柏参天蔽日,木雕巨佛威严肃穆。这些女人们若能斩断青丝,彻底放下俗心杂念,安然接受宿命,那这里也不失为一个修身养性、安度残生的好去处。

可是,对这帮在宫中生活习惯的女人们而言,这里就是坟墓。她们是先皇李世民的活的殉葬物,余生只能守着青灯古佛度过。

她们先是被带进大雄宝殿,在磬钵有节奏的敲击声中跪拜佛像。然后,一个个走进大殿两侧的耳房,接受那些老尼姑的剃度。一把把乌黑秀发被无情地剪掉扔在地上,有人反抗,哭泣撕扯,除能惹来老尼姑几句讥笑嘲讽外,无济于事。

轮到媚娘,她出奇地平静,坐在木椅上,任由老尼姑将她精心盘好的头发硬生生扯散开来，用冰冷的剪刀将她的秀发一缕一缕地剪掉。她闭上眼睛，任由那一缕缕秀发坠落，落在地上，也落在她心底。她想着李治过于消瘦和苍白的脸，身着帝王朝服，穿过一道道门，踏上通往太极宫的石阶，步履沉重，朦胧茫然，恍惚间坐在父亲留下的那把椅子上，学着父亲的样子环顾四周，却恍惚不知所措。他还会不会想起她？也许他不会忘记誓言。可他太脆弱，只怕是真想接她回宫，也会因畏惧那些老臣们而打消念头。

道德伦常是一道无形却有力的精神枷锁，他尚且缺少冲破这道枷锁的勇气和胆识。他坐在龙椅上，却难以娴熟驾驭暗潮涌动的朝廷，尚且不能为所欲为。天下那么多漂亮女子，他尽可享用，又何必因单恋一枝花而遭受众臣和伦常的双重夹击呢？

媚娘一想到自己的命运掌握在如此脆弱的一个男人手里，就感到无比悲凉，回宫只怕会成为一种奢望。可她心不甘更不死，那浓烈的爱情是真实的，她相信爱情的力量。那个男人只是需要时间使自己变得足够强大、足够勇敢，强大到敢于悖逆众臣，勇于逾越道德伦常。在清净枯寂的感业寺，她静待着那个男人的到来。

后宫纵然有佳丽三千，李治依然惦念那个与众不同的媚娘。他并非无情无义的负心汉，只是还没找到一个绝佳的去寺里拯救她的机会。纵然他是主宰天下的君王，也不可为所欲为，仍有太多太多的无奈。面对钩心斗角、明争暗斗的朝廷，他一时束手无策、备受煎熬。继位刚满一月，他便迫不及待地将被先皇贬到甘肃的李勣调回京。他需要一个忠心耿耿、足智多谋的老臣来帮他排忧解难。

在感业寺吃斋诵经礼佛的生活,没想象的那么可怕。没了男人,女人们就无须争宠也无宠可争,日子过得清净而和谐,妒忌之心随之化为乌有。没了宫廷生活的锦衣玉食,吃着粗茶淡饭,穿着粗布灰衣,心里却更亮堂。郊区的清新空气洗尽了她们一身的苍白和疲惫,日子一久,人也变得红润好看起来。即便是穿着素朴灰色的海青,也掩盖不住她们浑然天成的那种揉进骨子里的美。媚娘自然越发楚楚可人、美貌若仙。

依照惯例,李治在先皇祭日除祭拜先皇外,还要探望那群被赶进感业寺削发为尼的先皇的女人们。一年后的李世民祭日那天,李治终是见到了朝思暮想的女人,望着面色红润的媚娘,心中压抑已久的相思犹如沉睡多年的火山岩浆般喷涌而出。他眼里只有这个日日夜夜想念的女子。

李治拉着媚娘那双白皙冰冷的玉手,捂在胸前:"朕没有忘记曾经在终南山许下的誓言,一刻也不曾忘记你,无时无刻不在想念着你。"

媚娘泪珠盈眶,不无动情地说:"是你吗?是皇上吗?是那个曾经深爱着我的皇上吗?"无论是复杂的还是苦涩的,在一年的漫长等待之后,都是为情所困的万千滋味。原本等了一日又一日,一月又一月,等得花儿凋谢、心如死灰。突然间,那个男人悄然而至,岂能不使人喜极而泣?那如死灰般沉寂的心再次升腾起新的希望。她再也忍耐不住,眼泪扑簌簌地滚下衣衫。

"是朕,朕来看你了!"李治将媚娘紧紧搂在怀里,生怕她跑掉似的,"你要好好地活着,朕一定会把你接进宫的!"

绿树浓荫,清泉流响,寂静的寺院上空笼罩着玫瑰绚丽的色彩。尘世间自从有了两情相悦,便注定就会被情所累或是为情所伤。他们久别重逢,自然陷入无尽缠绵之中,饮醉滚滚红尘。自此以后,李治便隔三岔五地跑一趟感业寺。

这天底下就没有不透风的墙。那个高傲孤冷、目空一切的王皇后终是察觉到皇上总是微服私访的缘故,原是私会媚娘了。可眼下,李治早已厌倦了曾为太子妃而今身居后宫之首的王皇后。他一夜一夜地停留在萧淑妃的床榻之上。在温柔贤淑的萧淑妃那里,他能彻彻底底地放松,而王皇后只有无休无止的唠叨、哭哭啼啼的胡搅蛮缠。王皇后出身关陇贵族,是名门之后,雪肤貌美,贤淑端庄却过于矜持和严肃,少了女性的温柔和妩媚。更要命的是,她有天然的缺陷,空有一副好皮囊,却无法开枝散叶。那个懂男人的萧淑妃自然夺走了皇上。她徒有皇后虚名,日日夜夜独守空房,苦闷烦躁。她妒火中烧,恨不得将萧淑妃千刀万剐。

一个萧淑妃已经搞得王皇后焦头烂额,这又冒出来个武媚娘,搞得皇上跟丢了魂似的,一得闲就往城外跑。王皇后气急败坏地跑到母亲柳氏那儿哭诉,恳求母亲帮忙出主意将皇上身边的狐狸精赶走。柳氏不但不替女儿担忧,反而眉开眼笑,原来柳氏心生一计,欲借媚娘这把刀除掉萧淑妃。

柳氏告诉痛哭流涕的女儿,这个使皇上迷恋的媚娘正是女儿干掉萧淑妃最好的武器。她要女儿将媚娘接进宫,做贴身侍女。在柳氏眼里，一个被先皇遗弃且过气的女人，就是一只蝼蚁，翻不起什么浪花，尽在掌控之中。天下男人都一个德行，喜新厌旧，图个新鲜，新鲜劲一过，就不会那么热乎了。可这次，柳氏低估了媚娘的魅力，也看错了李治的痴情。

王皇后倒是个听话的好孩子，当即便偷偷派人去感业寺命媚娘开始蓄发。而后，她又在李治面前展现其大家闺秀贤淑明理、善解人意之风范，不计前嫌地祈求李治将那聪慧尼姑媚娘赐给她，做她的侍女。李治猛一听，竟有点儿慌神，这是真的吗？不会是个圈套吧？这个一向妒心甚强的女人又整什么幺蛾子？难道是欲擒故纵？

王皇后见李治一时犹豫不决，忙又将媚娘夸成一朵花，尽诉其过人之处。总归一句话，那媚娘是个不可多得的人才，留在寺里就是暴殄天物。她需要这样一个贤能的女子来帮她管好后宫，说得有理有据、有情有义，态度恳切，毫无虚妄之语。

李治面色淡然却早已心花怒放，自己久久思量不曾琢磨出接媚娘回宫的妙计，竟然被王皇后主动请用，迎刃而解。只要将媚娘接回宫，不管她是皇后侍女还是别的什么，总归是他的皇宫中的女人。以后只需移步皇后庭院，便可解相思之苦。

然而，李治一时摸不准王皇后的真正意图，终究不踏实。王皇后怎么会那么好心？背后肯定藏着不可告人的目的。他没立即表态，而是含糊其词地说："容朕思量思量。"待王皇后前脚走，他便后脚把李勣请来。君臣分析半天，一致认为王皇后接媚娘进宫，绝不是心疼皇帝，而是需要一枚能击败萧淑妃的棋子，媚娘就是那枚棋子。

柳氏见女儿办事不力，心急如焚。她不得不着急啊！皇上正琢磨着册立萧淑妃的儿子雍王素节为太子，试想，一旦萧淑妃的儿子成为大唐未来主人，那王皇后及柳氏家族怕是必然会丢掉如今的显赫地位和富足日子。柳氏与女儿又进行了一番深入心扉的交流，劝女儿要立足长远，以大局为重，千万别因小失大，得继续去求李治，一定要把媚娘接回宫中。

王皇后又跑去央求李治。这次，李治稍作沉思，便痛快应允。为了家族的前途命运，王皇后真是拼尽了全力。她一刻也没耽搁，立即将媚娘接回宫，安顿在身边。这招果然好使。李治去萧淑妃那儿日渐减少，总是来她这儿先与她嘘寒问暖说几句，便去见媚娘。

王皇后身为后宫之主，嫔妃再得宠亦要臣服在她的威严下。她便放任媚娘争宠，借此平衡萧淑妃，不让其一家独大。

可是漫漫长夜，王皇后依然是孤孤单单一个人，难免滋生出许多愁闷来。于是，她跑到母亲及官至尚书的舅舅柳奭面前发牢骚。可母亲和舅舅压根儿没空搭理她。他们正在谋划着下一盘大棋。相对永葆柳氏家族长盛不衰来说，王皇后那点儿空虚寂寞就显得微不足道。王皇后没儿子成为柳氏家族的心病。媚娘一来，皇帝就冷落了萧淑妃，不再提立其儿子李素节为太子的事。可这只是缓兵之计，太子迟早是要立的，而立谁都跟柳氏家族毫无关系，那他们家族的未来就令人担忧啊。

王皇后身为正宫无子，为何不认庶子？于是，在舅舅柳尚书明里暗里的操作下，她将李治与宫女刘氏所生的儿子李忠过继膝下，认作干儿子。李忠先被爷爷赐为陈王，后又被继皇位的父亲封为雍州牧。接下来，他们柳氏家族便要竭尽所能将这个干儿子立为太子，那样他们的家族未来才能高枕无忧。

一切正如柳家预测的那样，在舅舅柳奭的娴熟运作下，在长孙无忌等老臣的鼎力支持下，这个李忠还真被李治册立为太子。殊不知，媚娘的枕头风无比强劲，愣是将萧淑妃和雍王素节吹凉了。媚娘初回宫如履薄冰，事事小心，忍受着王皇后的傲娇和凌辱，心惊胆战地伺候着王皇后母女。她明白王皇后能把她接回宫，同样也能把她扔回感业寺。人在屋檐下，不得不低头。她现在得倚仗王皇后，只好心甘情愿地成为王皇后射杀萧淑妃的一支利箭。这样的隐忍，起码能使王皇后不会将枪口对准她。她虽深得皇帝独宠，但远远还不具备与王皇后叫板的实力，她依然只是王皇后身边一名卑微的侍女。

然而，媚娘在二十七岁这一年迎来转机，怀孕了。母以子贵，她身怀龙种自然不能再干伺候皇后的粗活。李治下诏赐封她为才人，媚娘身份发生翻天覆地的变化，从奴才成为皇帝的嫔妃。

李治为让她安心养胎，赐给她一座种满奇花异草、琉璃黛瓦的庭院。十月怀胎，瓜熟蒂落。永徽三年（652年），她在宫中诞下与李治的长子李弘。她瞅着儿子红嘟嘟、闪着亮光的脸庞，心里充满了爱和希望，同时更能感知到后宫危机四伏。为保全自己和儿子的性命，她就得谨言慎行、小心翼翼。那被冷落的萧淑妃虽已疯疯癫癫，可王皇后依然虎视眈眈地盯着他们娘儿俩，那双眼里射出的凛冽寒光冰冷狠毒。

　　媚娘一个人坐月子，备感孤寂，便恳请皇上将她母亲和姐姐接进宫来。得了儿子的李治对她倍加宠爱，岂能不同意？当即安排人将她母亲杨氏和姐姐武顺及其子女接进宫。这是媚娘十四岁离家以来，第一次与亲人团聚。在宫中孤军奋战十多年，她从来没像现在这么满足过。她有自己的儿子，有母亲和姐姐的陪伴，还有一处别致辉煌的宫廷院落，最为关键的是皇上依然迷恋她、宠爱她。只要他们的爱情不死，那她的美好生活就会长久。这就是爱情的力量。

争宠如战斗

皇帝后宫就是嫔妃厮杀争宠的江湖。那里有欢笑，有泪水，有死有生，有人有鬼，有仗义执言的女丈夫，也有小肚鸡肠的小女人。江湖里有的，那里一样不少。后宫里有写不尽的钩心斗角、说不完的男欢女爱，虽没有纷飞战火、金戈铁马，却一样你死我活、血流成河。

硕大的皇宫里，生活着一大群正值妙龄的青春女子，男人却只有一个，争宠便成了这群女人们生活的全部。而一个男人的宠爱是有限的，她们必然抢得头破血流。得宠的女人毕竟是少数，大多数女人是被冷落的，可怜、焦虑、寂寞、无助、郁闷，大好青春年华只能如落花流水般逝去。唯一能出人头地的希望全寄托在那唯一的男人身上。他若喜欢亦能拥有享不尽的荣华富贵，他若不喜欢就等于判了死刑，只好干杂役苦差事，混吃混喝等死。

像媚娘这么命好的寥寥无几。她愣是将死局盘活，起死回生。她被赶出宫，安置在感业寺，原本得守着青灯古佛了却残生。可她竟然奇迹般又回到后宫，真乃天选之子。上苍青睐，不是无缘无故的，她有她的过人之处。十四岁那年，她因貌美被李世民选入宫中。要说皇上看上的女人，前途应是无限美好的。可是命运跟她开了个大玩笑，只在一次痛苦经历后，她便被扔进掖庭昏暗寂静的永巷，成了活着的"死人"。

父皇抛弃的女人，却成了儿子的心尖肉，爱得死去活来。那时，她是皇上的侍女，却跟皇子打情骂俏，无疑自作孽不可活。可她在儿子与他父亲中间周旋，竟押对宝赌赢了。这是运气，更是智慧。永巷那内文学馆里消磨的孤寂时光，化成她身处绝境泥潭亦能做出最佳选择的智慧。

她第一次怀孕，吃不香睡不安，呕吐难受，精神萎靡。她原以为自己病了，御医把脉问诊确定是喜脉后，她都不敢相信。在后宫，一个女人被皇上宠幸，只是暂时地衣食无忧，而生个孩子，哪怕自个儿地位低下，也意味着生存有了保障。将来，她可以与皇子或公主名正言顺地住在一起，永远不会再过掖庭或感业寺那种生活。

上苍眷顾，她竟然生了个健康的皇子。李治喜得一子的那日，异常高兴，前来探望，轻轻吻了她的额头，显得既冰冷又飘忽。她知道是皇上，但已精疲力竭，虚弱极了，柔声说："我累了，想睡会儿。"

李治却在她耳边柔声说："你再坚持一下，朕要送你一份礼物。"

她强打着精神睁开眼，迷迷糊糊地只听到宦官在宣读着什么。她集中注意力，费力听清了，是在宣读皇帝的一份诏书。

从即日起，她将升迁为昭仪。皇上给她连升三级，一下从才人跃升为列九嫔之首的昭仪。

幸福来得太突然、太猛烈，她一时竟然有些恍惚。原本生个活泼可爱的儿子已经够快活，想不到又收到李治如此丰厚的升迁大礼。

她感激不尽，试着挣扎起来谢恩，却浑身酥软无力，使了半天劲也未能起身。李治忙将她按在床上，说："免了吧，好好躺着歇歇，你受苦啦。"

她满目泪光，满心欢喜。在这后宫，眼前这个男人就是天，就是她人生阶梯升向云端的依靠。一个女人只要得到他的宠爱，就可在后宫呼风唤雨。她柔声细语地说："圣上，答应我，永远不要离开我。"

李治拍了拍她的肩膀，点点头。有了皇上庇护，他们母子在宫里的生活就是安全幸福的。

一时间，曾经那个活生生的萧淑妃彻底销声匿迹了，武昭仪成了皇上的新宠。自然，她也就成了后宫的焦点。在这儿，一个女人得宠就是罪恶，就会对其他女人，哪怕是曾经的好姐妹造成一种自然伤害。谁得宠谁就是其他女人的天敌。她深知看似风平浪静的后宫其实暗流涌动，处处暗藏杀机，得宠升位也不敢太放肆，而是尽最大努力克制内心深处的喜悦，始终保持着一种冷静和警惕。在后宫里，越是地位显赫，越容易成为众矢之的，生存起来也就越是举步维艰。她深谙此理，即便从才人变成昭仪也没不可一世，而是更加谦恭，待人更加友善。因此，她在宦官和侍女中结交了不少朋友。

儿子刚过满月，她便恢复每日向王皇后请安的惯例。即便频频得宠又生儿子，她也不恃宠张扬。尽管王皇后阴阳怪气，说话绵里藏针，她还是受着、忍着，在王皇后面前只字不提儿子，给虚荣心极强的王皇后留足情面。然而，王皇后却一脸不屑，说道："这身子骨还没养结实就天天来请安，难为武昭仪还有如此孝心，只怕是心里面早就不情愿了吧？"

她脸上浮现一抹淡然的笑容，柔和地说："皇后，天天给您请安是我应该做的，心里没半点儿不情愿。您的大恩大德，我永世不会忘记的。"

王皇后坐在殿堂之上，双目的狠毒冷光恨不得将她碎尸万段："那你还是感恩圣上吧。没有他的话，我怎么会知晓那偏僻的感业寺还住着你这么一个才貌双全的小尼姑？"

"当然啦，我也要报答圣上的大恩大德。没有圣上，只怕我还在吃斋念佛，也不可能过上今天锦衣玉食的日子。"

"是嘛？可我听说，你这生完儿子还没几天，就耐不住寂寞了，一夜一夜留圣上在你屋里。你可不能置圣上的龙体于不顾啊！他是一国之君，日理万机。白天就够累心费神了，晚上还被你缠着累身行乐，难道你就不怕伤了圣上身体吗？难道你就是这样报答圣恩吗？"

这么猛烈的赤裸裸的羞辱，也没能激怒武昭仪，足见其定力非凡。她抬头望着一脸邪笑的王皇后，不禁感叹："没想到这个小小年纪的女人，竟能说出如此狠毒的话来。"她觉得，王皇后坐在那么高的位置上，一点儿气度和分寸也没有，难怪皇上冷漠她。

无论王皇后说得多么难听、多么不堪，也动摇不了武昭仪在皇上心中的地位。武昭仪一笑而过，只是将无尽的尴尬留给王皇后。她始终为自己在灵魂深处保留着一块充满欲望和野心的隐秘之地。

她原本没想伤害这么一个简单愚蠢的女人，可现在她不这么想了。因为王皇后伤害了她，开始向她宣战。她不会逃避，更不会躲闪，而是迎上去，与王皇后决一雌雄。

王皇后又开始在李治耳边喋喋不休地说武昭仪坏话。她极尽诋毁之能事，将武昭仪说得一文不值、十恶不赦。李治厌烦透顶。不承想，后宫女人争风吃醋竟然到这般地步，恨不能将你生吞活剥，这反而使他这个做皇帝的男人处在一种紧张的精神状态之中。

武昭仪以静制动，任你狂风暴雨，我自岿然不动，以防为攻。以她现在的地位和在皇宫储备的能量，还容不得莽撞行事，更不能以卵击石。所以，你说你的冷言酸语，我自做我该做的事，依然每日坚持去请安。她明白战胜这个女人的唯一一条路，就是更加尽心尽力侍奉好那个男人，取悦那个男人，在属于自己的一方天地里精心耕耘，使那个男人更加迷恋、更加沉醉。

后宫原本就是皇后的天下。她容不得别的女人兴风作浪，更见不得皇上独宠别的女人。她一逮着机会，便在皇上面前恶毒地攻击武昭仪。有时，说得李治也产生些许疑惑，开始重新审视武昭仪。

然而，武昭仪依旧出奇地平静，不吵不闹，不在李治面前诋毁王皇后，反而变得更温柔、更可爱、更妩媚。加之初为人母，她身上多了一分母性魅力，使得原本就如痴如醉的李治更加离不开她。结果，生下儿子李弘后不久，她再次怀孕。

武昭仪重新挺着高高隆起的肚子，在后宫美丽的庭院里走来走去。她的母亲和姐姐左右不离，陪她散步说笑解闷。她脸上洋溢着一种难以言表的幸福。那种幸福复杂而热烈,除却那份满足、自豪和骄傲,似乎还有一种更加神秘的力量。

在这硕大空旷的后宫里,失宠的女人,哪怕之前争宠争得你死我活,一旦都被冷落,自然而然结成同盟,对抗那个得到皇上独宠的女人。满面春风的武昭仪终日挺着肚子在后宫花园里走来走去,最受打击的自然是那个妒忌成性的王皇后。她恨武昭仪,她其实恨所有能生育的女人,天生的缺陷使她的灵魂扭曲。

万般无奈之下,王皇后屈尊向那个她曾恨得咬牙切齿、欲置其于死地的萧淑妃求助。她悄然来访萧淑妃。可那萧淑妃一下子从高处跌坠到地下,尤其是儿子素节未能当上太子,精神打击太大,神志不清,疯疯癫癫,对前来诉苦求救的王皇后置之不理,甚至恶语相加。王皇后碰了一鼻子灰,气呼呼地无功而返。以前那令皇上心动的美人如今蓬头垢面、衣衫不整,总是把窗帘拉紧,遮住阳光,害怕那射进来的光如剑般刺穿她的胸膛。她的心碎了,人终是疯了,令人惋惜。

王皇后搬救兵无望,只好将怨气撒在母亲身上。她愤恨流泪,气急败坏,大声斥责母亲柳氏引狼入室,害了她。整个宫中弥漫着日夜折磨王皇后的难以平息的怒火和怨气。

柳氏机关算尽也未算到皇上竟然如此痴情,更没想到媚娘竟然那么快就生下一个健康活泼的皇子,还又有了身孕。柳氏原想着借来灭掉萧淑妃的刀,如今却成了悬在她们母女头顶的一把利剑。

柳氏母女眼里那只任人宰割的卑贱蝼蚁,竟悄然间变成了一只凶猛的野兽。那女人到底有什么魔力，竟能将李治迷得神魂颠倒。宫里那么多年轻貌美、身材火辣的宫女也争她不过。柳氏想不明白，王皇后更是稀里糊涂，只怕是后宫那些女人们也找不到答案。

　　人世间的事，有许许多多就是没什么道理可讲。一个男人对女人的迷恋更是无解的谜。那个谜底藏在彼此的生命里，只能感知却不能言说。再美的容颜也易老，而心灵伴侣却如陈年佳酿般历久弥香。美人易得，有智慧的美人就可遇不可求。武昭仪就是有脸蛋有脑子的优质美女。即便她年近而立，生儿育女，李治依然迷恋她，甚至依赖她。

　　柳氏一时没了主意，可她担心女儿如此闹腾下去，只怕会将他们柳家的未来及娘儿俩的性命闹腾没了。可女儿如着魔似的，大有不把武昭仪整死不罢休的架势，诋毁污蔑，无所不用。柳氏无能为力，只好任由女儿胡闹。

　　武昭仪挺着大肚子在后宫里晃悠，依然按兵不动。不过，她现在不是孤军奋战，而是有母亲和姐姐的陪伴。这来之不易的亲人团聚，使她备感欣慰。她不图口舌之快，只静待一个绝佳时机。她犹如猎豹，潜伏在杂草中，静静观察猎物，一旦瞅准机会，便雷霆出击，一举拿下，绝不会给猎物留下任何喘息和逃跑的机会。这就是她战斗的智慧，要么装傻充愣、认怂服软，要么不留余地、斩草除根。

　　此时，她清楚地意识到，与王皇后这场漫长的战斗终于开始了。她没得选择，在这后宫，唯有打败王皇后，才能有她和母亲、姐姐及孩子们的安生日子。她尽管惧怕这场战斗，不想出击，可是又不得不出击。王皇后一次又一次触碰她的底线,恶毒中伤,她若再退缩,不去应战,只怕会丢了一家人的性命。这就像角斗场中的两个斗士,你不打倒杀死对手,就会被对手杀掉。要么血淋淋地生,要么血淋淋地死。为母则刚,女人一旦有了孩子,就会去战斗。她积蓄力量,箭在弦上,随时待发。

不承想,她怀有身孕,竟怠慢了李治。每每李治来探望她,姐姐武顺总是不走,还与李治眉来眼去、暗送秋波,一来二去,两人暗生情愫。她或许淡忘了,这是后宫,姐姐依然年轻貌美,对男人的渴望不曾随着丈夫去世而消失。尤其是姐姐进宫以后,没了平头老百姓日子的艰涩苦闷和油盐酱醋茶的烦恼,吃得好,穿得暖,那藏在丰润身体里的渴望就会越发强烈。每每见到李治,姐姐心头总有一股暗流汹涌澎湃,而且那么猛烈,那么令她愉悦。

后宫美女如云,男人却独有皇帝一人。她忙着照顾儿子、养胎,挖空心思与王皇后斗智斗勇,竟被自家姐姐钻了空子。她绝望痛苦至极。那骨肉相连的亲姐妹难道为争宠要反目成仇吗?尽管姐姐的侍女向她告了密,但是她执拗地不相信,也不愿相信。或许这是一个荒唐的误会。

然而,在一个很美的黄昏,她亲眼所见的场景,击碎了她抱有的那一点儿可怜的幻想。那个傍晚,玫瑰色的暮霭在后宫湖面上停留了很久。她伫立在湖边,沉醉于美景,大自然的美滤尽了她心中的烦恼和仇恨,心情格外好。她从湖边回来,路过姐姐房间时,无意间看到屋里竟晃动着熟悉的身影。

那一刻，她的心在滴血，眼冒金星，站在凄冷的院里，死死地抠住低矮的院墙，目不转睛地盯着那扇窗户，任凭那窗里发出令她心悸的响动。为什么，为什么？她恨不能当即撕破脸，将那不自重、轻浮的姐姐赶出皇宫。在宫里这么多年，她忍辱负重，什么都能承受，不惧怕王皇后的权势，可她难以承受亲人的背叛。

李治一边系着衣带一边走了出来，匆忙而慌乱。她听见姐姐在门里说："皇上还会来吗？"

李治做贼心虚，胆小地说："再说吧。你妹妹去湖边散步了，这会儿可能回来了。我得快点儿过去看看。"

武顺不由得泪眼婆娑："还是我妹妹命好，我就是苦命的女人。"

李治最受不了女人的眼泪，忙劝慰说："放心吧，你住在这宫里，你妹妹有的，自然也有你一份。朕不会亏待你，别哭了。"说完便匆匆离去。只见穿着薄薄纱裙的武顺走出门来，斜倚着门框，望着李治消失的方向，一脸惆怅。

事情既然发生了，大哭大闹只会徒增烦恼。武昭仪折返湖边，在夜风中冷一冷被愤怒冲昏的头脑，理一理纷乱如麻的思绪。一个巴掌拍不响，这是两相情愿的事，不能只忌恨姐姐，还得埋怨李治。可她哪敢埋怨李治，只能一如既往地讨好取悦李治。眼下，王皇后还是后宫之主，王皇后的干儿子陈王李忠还住在隔壁的东宫。她断然不能因姐姐横插一杠子而自乱阵脚，她还有更重要的事去做，岂能因男女这点儿蝇营狗苟的琐事而坏掉大事？她绝不会因小失大，只好隐忍不发。她独自在湖边漫步，闻到一股清凉的味道，那味道沁人心脾,令人心旷神怡。她回头望着这座被黑夜笼罩的庞大而阴森的宫殿,一点儿也不喜欢。可她还得留在这里战斗。对手一天天增多,但她足够自信,坚信自己所向披靡,终将会打败所有侮辱或伤害过她的人。

夭折的女儿

在宫中湖边静思了一阵，武昭仪又将姐姐武顺与李治偷情给她造成的羞辱、委屈和伤害埋在心底，佯装不知。这时，她感到有人把一件温暖的皮毛裙袍披在她的身上，然后那人紧紧搂住她的肩膀，殷勤地说："外面起风了，天色也已晚，回去吧。"

在那温暖的爱抚和柔语的欺骗中，她顿感心里装满苦楚和羞辱。她靠着那男人单薄的胸膛痛哭起来，将一切的委屈化成泪水发泄出来，哭一哭，心里舒服了许多。她擦干泪水，对那男人没有表现出任何不悦，依然笑脸如初地相迎。

主宰天下的君王亦是有血有肉、有情有义的活生生的人，怎能没点儿愧疚？见她流泪，顿时心慌缭乱，忙急切地问："怎么了？是不是那个毒妇又惹你伤心？这身子一天比一天重了，可千万不要跟她怄气啊！"他忐忑不安，生怕眼前这个令他迷醉的女人将他与她的姐姐偷情的丑事当面揭穿。

李治身为帝王抗压能力太弱，他怕她，怕失去她，怕失去她的激情和柔情。武昭仪知道他很脆弱、不扛事，断然不会傻到兴师问罪，而是轻描淡写地说："没有，没有。王皇后近日待我挺好。刚刚是风把沙子吹进眼里，现在好啦。走吧，咱们回去。"

李治悬着的心顿时落地，握紧她那柔软光滑白皙的手，深情地说："来，把外衣披好，千万别着凉。"说着，又将那件皮毛裙袍往上提了提，拥着她朝寝宫走去。

武昭仪遇事不慌，情绪管理的能力使人望尘莫及。对已发生的坏事，鲁莽胡闹只是情绪宣泄，会把坏事搞得更坏，给自己带来更大的伤害。然而，冷静沉着地应对，便能及时止损，遏制坏事朝更坏的方向发展的势头。那对男女始终对她充满着一种深深的愧疚感。她隐忍不戳穿，使得他们莫名地心生感激。

在一次跟姐姐闲聊时，她有意无意地说，她不是个被人随便欺负侮辱的女人，无论是谁，对她造成的伤害和侮辱，最终都得付出代价。武顺闻听此言，脸庞发热，只觉掌心发凉。她接着说："今天的一切都是我历经千辛万苦、经受无尽苦难换来的，包括你和母亲现在富足体面的生活。因此，我绝不会轻易放弃，也绝不会让人抢走。你和母亲是我的亲人，希望你们帮助我，给我支持，而不是釜底抽薪，甚至背地里倒打一耙，伤透我的心。"

武顺慌张地说："我们疼你还疼不过来，怎么会伤你的心？我们不是萧淑妃，更不是王皇后，而是你的亲姐姐和母亲，是血脉相连的亲人。没有你的话，我们也不可能脱离苦难的生活。你是姐姐在这个世界上最最最疼爱的人。"

武昭仪冷笑两声，郑重其事地说："姐姐，你也更疼爱你自己吧？那么我真心奉劝你，在这个到处是陷阱、充满杀机的后宫，千万要洁身自好、谨言慎行，别把你和那两个天真可爱的孩子的性命无端搭进去。那时，只怕想哭也没眼泪。你可别怪我没提醒你。你能懂我的意思吗？"

武顺惊恐不已，在妹妹那凛然肃杀的神色中，早已吓得魂不附体，怯怯地说："懂，我懂。放心吧，妹妹。"

这个昔日跟她吵闹着要冰糖葫芦吃的妹妹已经长大，走在夜晚街道需要她紧紧牵手的妹妹已经不再惧怕黑暗。自此以后，她尽管与皇上藕断丝连，但再也不敢那么明目张胆，而是更加隐秘、更加收敛。姐妹之间的事总归是家事。武昭仪将不安分的姐姐安抚妥当后，再来对付在朝廷有着庞大后盾支撑的王皇后。

李治对武昭仪的专宠已经使王皇后的精神濒临崩溃，她好些日子见不到皇上，感觉自己像一件破衣服似的被丢弃，皇后位置危在旦夕。她感到很恐慌。她怕武昭仪，一旦武昭仪得势成气候，那她的死期也就到了。她还年轻，不想这么早死去。即便是死，她也不想仇敌安然无恙地活着，她要破坏、毁灭、撕碎武昭仪。她就在这样一种焦虑和紧张中度日，精神已从衰弱发展到了一种潜伏的分裂。

她与母亲柳氏曾花碎银收买武昭仪身边的侍女和宦官，企图发现一些蛛丝马迹，将武昭仪扳倒，让蒙在鼓里的皇上看清武昭仪野心勃勃的真面目。武昭仪面上和善，与人无争，大肚大气，可实际上在隐忍的背后藏着鲜为人知的欲望。那日有侍女悄悄告诉王皇后，武昭仪不但要将她取而代之，还要儿子将她干儿子李忠的太子之位也取而代之。眼瞅着柳家要被那个居心叵测、藏得很深的女人连根拔掉，怎能不使人紧张惶恐呢？

永徽五年（654年）的隆冬，武昭仪顺利诞下她与李治的第二个孩子，一个漂亮的小公主。这个公主是上苍赐给她和李治最珍贵的礼物。李治将小公主视为掌上明珠，对这个女儿的喜爱程度超过以往他所有的孩子。可是，喜悦还未散尽，不足一个月，上苍又将这份弥足珍贵的礼物无情收走。

她悲伤至极，紧搂着安静"睡去"的女儿痛哭起来，一次次昏厥过去。那时，刚生完女儿，她的身体还没有恢复，她不能接受自己的女儿没能挨过这个寒冬的现实。这个过早夭折的女儿留给父母的悲痛远远大于带来的欢乐。

然而，那些阴谋论者把女儿的死杜撰成母亲为夺得皇后之位的筹码，将母亲认定为刽子手，看成不惜将幼小女儿掐死嫁祸给王皇后，比男人更凶狠的女魔头。那时婴幼儿死亡率极高，加之小公主太娇贵，又生在寒冷的冬季，房中的炭火或被褥的不适、饮食的失调以及先天的不足等，都可以导致一个极其脆弱的新生儿的骤然死亡。杀女夺位的残忍桥段，是对母亲的亵渎，也是对生命的玷污。如果上苍让她在皇后之位和女儿生命之间做选择，她会毫不犹豫选择女儿的生命，哪怕搭上自己的性命。

女儿的死至今尚无定论。然而，女儿的死却在冥冥之中助了她一臂之力。正因为这个，她被恶毒丑化的阴谋论才有了基础。要说王皇后不犯大忌，她想轻松将其拉下皇后之位绝非易事。王皇后浸淫后宫多年，根深蒂固，在朝廷中又有以她舅舅柳奭为首的老臣势力支持。王皇后虽无子，但萧淑妃生了一堆孩子，也无法取代。这就足以证明王皇后的地位,不是敲打哭闹就能撼动的,或许唯有用生命才能连根拔起。

那日,王皇后不知何故竟悄然潜进武昭仪寝宫,抱了抱那可爱的小公主,逗耍了一会儿,又偷偷溜走。那时,武昭仪正在宫中花园散步,等着早朝归来的男人。她见李治走来,便疾步迎上去,相拥着来到小公主的房间。在掀开女儿身上小棉被的那一刻,他们一同看见那双曾经明亮而清澈的眼睛黯淡无光了,小公主早已没了生命迹象。她瘫坐在地,痛哭流涕。她刚刚离开时,小公主还咧着小嘴巴冲她微笑,可转眼的工夫,她心爱的女儿不哭不闹地永远离开了她。她抱着女儿,痛不欲生。那群侍女们吓破了胆,全部跪在地上哭泣着异口同声地说:"皇后刚刚来过,我们全都看见了。她什么也没说,又急匆匆地走了。"

李治眼冒怒火,咬牙切齿地问:"是王皇后吗?"侍女们战战兢兢地答道:"是的,是王皇后刚刚来过。"李治绝望地嘶吼:"那女人太狠毒了!是她,是皇后,是那个愚蠢的女人杀死了朕的女儿!她简直丧心病狂!连婴儿也不放过。朕绝不会饶恕她的!"

事实上,神情恍惚的王皇后几天几夜没合眼,早晨梦游般地飘进武昭仪寝宫,不知为何来。来了,没见着武昭仪,她便移步小公主房间,走近了摇篮。然而,小公主眼里闪动着的光辉令她眩晕。从未与这么幼小的孩子如此亲近过,她竟然滋生出抱一下的冲动。她试着轻轻抱起那女婴,可突然间条件反射似的扔掉。她只觉得那双眼睛射出来的光芒刺穿了她的灵魂。旋即,她便魂不守舍地撒腿跑掉。

无论从哪个角度来看，王皇后绝非杀死小公主的凶手。王皇后杀她毫无意义，难道给武昭仪递刀子，故意留罪证迫使李治废后吗？除非她真的疯了，但是她没疯，所以她没那么傻，更没那么蠢。然而，此事对她的冲击犹如晴天霹雳般巨大。在疾步返回宫殿的永巷里，她听见武昭仪痛哭的声音和李治的叫骂声。那声音分外刺耳，令她惶恐不安。回到宫中，王皇后更加惊恐，躲在房间里不愿出门，怕碰见谁似的。自此以后，她很少离开自己的房间。在极度绝望和无助迷茫时，她开始乞求神灵的护佑。殊不知，巫术是皇宫大忌。但她已顾不上那么多禁忌，迫不及待地将一个老女巫请进她的寝殿，沉迷于咒语和巫术之中。

而武昭仪自从失去女儿，变得呆滞麻木。她依旧没有大哭大闹、寻死觅活，而是沉默寡言。丧女的沉重打击和忧郁的沉默，使她变得更美更惹人怜爱。李治日夜陪伴着她，抚慰她，更加迷恋敬佩她，彻底被她征服。经此一难，李治觉得她是这个世界上最善良最完美的女人。她独自吞咽丧女的悲伤，宽容忍让。若这事发生在王皇后或萧淑妃及其他女人身上，非得闹个天翻地覆。那样的女人，他再也不想领教。

武昭仪没亲自送女儿最后一程，只是在被抱走时，叮嘱说："你们轻一点儿，她还那么小，千万别吵醒了她。"眼里闪烁着一丝惊恐和深深的幽怨。李治亲自将女儿放进墓穴，强忍悲伤，安葬了女儿。那时那刻，他恨透那个狠毒的女人，心中冒出一个最为强烈的愿望：

废后。

几天后一个寂静的黄昏，武昭仪独自来到女儿墓前，任凭寒风吹乱头发，拔起几朵干花放在石碑前，无声地流着泪，默默地说："女儿，母亲不会让你白白地被上苍拿走的。"然后，她转身离开，一去不返，不再提及她这个过早夭折的女儿。

或许，在失去女儿的悲伤中，她稍稍加了些戏份，使皇上误以为是王皇后杀死女儿，被后人演绎成低俗残酷的宫廷斗争。她渴望得到皇后之位，但绝不会以牺牲女儿生命为代价。只是这个精读儒学、满腹经纶的皇上比较简单，竟然信了。然而，她心里明白，皇上一时气愤，只是说几句过头的话，要真刀实枪地干，只怕他会退缩。这个身为帝王的男人遇到困难或矛盾总是躲躲闪闪，不敢迎难而上，不愿顶住压力。废后可不是简单的事，也并非李治一句话的事。表面上看，立后废后就是皇上娶媳妇或休媳妇的事，可实际上这是朝廷各种势力角逐的结果。每一个皇宫里阶位靠上的女人，背后都站着一群在朝中为官的亲人，皇上的后宫只是朝廷的另一种存在罢了。

看不透男人

女人眼里的男人都是一个模样，而男人心中的自己却是另一般模样。哪怕是绝顶聪明集容貌与智慧于一身的武昭仪，也不曾看透懦弱的李治。她的灼灼光辉和李世民的丰功伟绩，掩盖住了李治的光芒。李治终是落了个哭哭啼啼、软弱胆怯的颓废形象。

然而，历史或许是另一种真实的存在。李世民儿子众多，个个比他有出息，有帝王之才，为什么皇位偏偏就落在他的身上？那他也定有过人之处。李世民玄武门之变得皇位，最怕亲骨肉自相残杀。哥哥们争先恐后、竞相登台亮相上演争储君大戏时，他偷偷躲在暗处默默流泪。他的眼泪没有白流，而是流进了李世民那颗坚硬的心中最柔软最敏感的地方。比起他的父皇和武昭仪，他夺得皇位既没弑父杀兄，也未沾半滴血腥。殊不知，他的眼泪就是最有力的武器，直接击碎了父皇那颗帝王心。哥哥吼他两句，他流泪；父皇东征，他又流泪；先皇逝世，他趴在舅舅长孙无忌胸前哭成泪人，那泪水浸湿舅舅的官袍，也浸软了老臣的心。

在武昭仪眼里，这一切都是虚无、不存在。她只是看到，她的男人成为老臣们的提线木偶。他们之间是一种相爱相杀却谁也离不开谁的奇葩关系。在世人眼里，她是智商情商超一流、有才有貌有手段的悍妇，将丈夫李治收拾得服服帖帖。实际上，李治的"仁儒"人设注定他不能太过强悍。

李治绝非傻白甜而是狠角色。自幼没娘疼爱，亦无父皇庇护，年纪轻轻坐上皇位的他只能如履薄冰般摸索前进。摸着石头过河，断然不可冒进，而是要稳扎稳打。不然，一脚踩进泥潭跌落下去，只怕会一命呜呼。他装可怜博同情，先稳住大局，按部就班，再一点儿一点儿瓦解那些根深蒂固的权贵门阀势力。

试想，他刚登基不久，得有多少野心勃勃的唐室老臣虎视眈眈地盯着他啊。他若不装可怜，不依靠舅舅长孙无忌这群权贵老臣的势力，岂能坐稳皇位？只怕是高阳公主就能将他掀翻，旋即将吴王李恪扶上皇位。所以，有关陇军的保驾护航，他自然高枕无忧。长孙无忌他们将高阳公主的谋反轻而易举就平定了，借机又将吴王李恪、荆王李元景、薛万彻等潜在威胁皇位的政敌一个个送上断头台。

李治继位以来，凤夜在公，勤勉施政。一年精心耕耘后，他倒想小试牛刀，看看自己在朝堂之上办事阻力在哪儿、有多大。于是，他拿武昭仪进宫这件事情来试试。不承想，起初滴水不进、铁板一块的朝廷有了些许松动。这一试，日夜思念的女人竟然成为他的昭仪。后宫就是他试水深浅的地方。王皇后与萧淑妃争宠，没准就是李治故意玩的花招。武昭仪重返后宫，或许是他下的一步高棋。将萧淑妃干掉后，怕是就该王皇后了。他若动王皇后，说废就废，显得忘恩负义太不道德。要知道，王皇后是李世民亲姑姑同安公主保的媒。李治能站稳脚跟，跟皇后家族势力的支持也是密不可分的。

如今，李治稳稳地坐在太极宫大殿那把镂空雕龙木椅上，抬眼望去，七个宰相，六个关陇集团的，只有李勣一个不是。以舅舅长孙无忌为首的关陇势力权倾朝野，牢牢地把控着朝政。外戚干政，已成定局。他不玩铁腕政治，而是采取怀柔政策，在润物细无声中悄然瓦解。因此，用后宫争风吃醋解决掉王皇后来撬动那股势力，似乎更稳妥些。要这么说，那个狠毒悍妇不过是他的一枚棋子而已。

他明白，想做稳皇位，就得有知根知底、对他绝对忠诚的心腹。可宰相职位有限，人家好端端当着宰相，总不能无缘无故将人家的官帽摘掉吧。于是，他别出心裁，在制度上创新，扩招宰相成员，弄出个同中书门下平章事的头衔，也是宰相。他果断将当太子时的东宫属官高季辅、张行成、于志宁等心腹提拔为宰相。这样，长孙无忌和褚遂良也就无法一手遮天，凡是军国大事就得开会研究，而会上各抒己见，总能产生分歧。一旦有分歧，李治的作用就凸显出来。帝王绝不能使得一枝独大，而要多方制衡、相互牵制。如此，他才能坐稳人人觊觎的那把龙椅。

武昭仪只怕不曾察觉这些。在她眼里，李治是个能退就退的主，抗压能力差，一旦遇到困难，还没进攻便在心理上退缩。你箭在弦上不得不发时，他这个主心骨却打退堂鼓。所以，自女儿夭折，在很长一段时间内，她终日郁郁寡欢，却没把对王皇后的仇恨付诸行动。

这次，李治却一反常态，着实男人了一把，或许他未能从失去女儿的愤怒情绪中清醒过来。在他看来，那个没教养、恶毒、冷血的女人赖在皇后之位上，简直是莫大的耻辱，辱没了堂堂大唐皇室。或许他也想试探些什么，于是，他要废后。可他是一国之君，废后是朝廷大事，换好了利国利民，换错了祸国殃民。他觉得皇后德不配位，不见得朝廷上下也这么认为。在一个阳光明媚的早晨，例行早朝结束，他留下长孙无忌、褚遂良、韩瑗、来济等老臣。这帮老臣一脸茫然，不是该议的事都议完了吗？

面对这帮处理政务和决定国家命运的朝臣，李治故意摆出帝王的霸道，硬撑着男人的强悍，低声说："朕以为皇后德不配位，有些太过分，搞得后宫鸡犬不宁。最为可恨的是，她竟然摔死了朕的女儿，朕以为……"

还未等他说完，长孙无忌果断打断他说："皇上，王皇后她出身贵族，知书达理，温柔善良，是个蚂蚁都不敢踩的人，怎么可能杀了您的女儿？臣以为，恐怕是别有用心的人嫁祸于王皇后吧。谁是杀您女儿的真正凶手还真不好说，也有可能另有其人啊！您可不能犯糊涂干傻事啊！"

舅舅如此无礼插话顶撞，李治甚是气愤，提高嗓门高声道："怎么？不是她还能是谁？难道是武昭仪？不可能，她怎么可能亲手杀死自己的女儿？天底下不可能有那么狠心的母亲，她也不可能嫁祸于皇后，你们不要妄加猜测。这些都有侍女眼见为证。况且那皇后即便不是杀朕女儿的凶手，可她作为国母却不能生育，实在辱没皇后之位。朕以为，她离母仪天下差得太远。难道这样一个女人还适合待在皇后位置上吗？"他放了几句狠话，却不敢与一脸冷色的长孙无忌对视,只是瞅了瞅李勣,从李勣那眼神里找到了一些慰藉内心恐慌的暖意。

王皇后在后宫神魂颠倒的操作,一点儿用也没有。可她舅舅柳奭不是吃素的,能当上吏部尚书绝非平庸之辈。还没等王皇后的舅舅柳奭出头,长孙无忌、褚遂良他们竟然先跳了出来。褚遂良说不能生育不是废掉王皇后的理由,前朝有皇后不能生儿育女,可以收养,一样为国家培养继承人。这还没完,韩瑗、来济等齐刷刷跪下,异口同声地说:"皇上,三思而后行,不可意气用事啊!"

老臣们声泪俱下,将废后上升到危及江山社稷的安全高度。总而言之,李治想废后是不可能的。虽然王皇后是你的女人,可也是千万个臣民的国母。李治最终败下阵来,气呼呼地甩袖离开政务殿。长孙无忌意味深长地笑着说:"辛苦各位了!快回去休息吧。"

李治仍不死心,又将李勣召进甘露殿。李勣急匆匆赶来,表示坚决支持皇上:"这是您的家事,用不着跟朝臣商量。"然而,李勣鼓劲打气未过半天,李治就被长孙无忌泼了一头凉水。长孙无忌把官帽一卸、官服一脱:"这官帽官服还给您,老臣年迈恳请辞退归隐。"这阵仗李治哪儿见过,便如霜打茄子般蔫头耷脑,不敢再提废后之事。他依然很弱,难以与老臣们相对抗。

李治心里苦闷,堂堂一国之君竟在朝堂之上碰了一鼻子灰,跑到后宫找武昭仪诉苦,将憋在肚子里的苦水倒给最心爱的女人。武昭仪知道这个穿着龙袍的男人,依然缺少那颗雄霸天下的帝王心。比起先皇,他太弱了,毫无掌控时局的手腕,更无血性霸道的铁腕。

他只是个提线木偶，任由那帮精于算计、吃透人性的老臣们随意摆布。

武昭仪由此断定扳倒王皇后的时机尚未成熟。操之过急，胜算不大，不但不能成事，还可能得不偿失。于是，她收起对政治的敏感，和颜悦色地安慰李治："别伤心难过了，有你的宠爱，我已经心满意足，要那个皇后之位有何用？我有圣上就足够啦。圣上是最实在的，是一切的一切。"

李治将这个善解人意、从来不咄咄逼人的女人紧紧搂在怀里。

在感情的旋涡里，谁也不是圣人，都难逃真情的束缚。自从女儿夭折，武昭仪在绝望中极度悲伤冷漠，一向旺盛的欲望和热情悄然退尽。她变得很冷漠，习惯于思考周全再付诸行动。这个好习惯总能使她在迷雾中找到离成功最近的一条路。

她又神奇般地怀孕了。在这后宫，怀孕亦是无声的战斗。自上次较量和交锋后，李治便将废后之事束之高阁。长孙无忌那群老臣便坚信朝廷依然牢固地掌控在他们手中。他们轻蔑地将武昭仪视作一个只是有点儿心计的女流之辈。可这女人后来却成了他们最凶猛的对手。李治也不再瞎折腾，彼此相安无事，度过了平静淡然的一段时光，李治与武昭仪也是尽享情爱的甜蜜。武昭仪天生身体好，具有旺盛的生育能力，接二连三地生下李贤和李显两个皇子。

她的容貌绝对非凡脱俗，但岁月催人老，每当对镜梳妆，她瞅着两鬓生出的华发，一种强烈的危机感从心底油然而生，令她不寒而栗。娇美容颜易逝，皇上专宠亦难以长长久久。她在宫中阶位止步于昭仪，若再不抓住美丽容颜最后的尾巴搏一搏，只怕未来一片茫然，甚至母子性命堪忧。此时，她觉得无论和孩子们在一起怎样幸福欢乐，也难抵心头升腾而出的无尽担忧。随着儿子们一个接一个地降生，她的心态变得越来越失衡，也越来越难以满足。她厌恶这狭小的宫殿，不喜欢封闭的后宫生活，这儿天地太小，几乎令她窒息。时光荏苒，她不能再等，亦等不起，得主动出击。

后宫的杀戮

三个女人一台戏，那有三个老婆只怕是一场残酷的战争。李治乐于坐山观虎斗。三个各有千秋的老婆为他争风吃醋，斗得死去活来：一个为他生了三个孩子的萧淑妃整天闷在屋里已憋得疯疯癫癫；一个痴迷装神弄鬼的王皇后天天忙着在寝宫烧香施法下咒；而另一个得宠的女人几乎以一年一个的节奏忙着为他生娃。

有一天，在当够这样一个终日忙于生儿育女、繁衍后代的皇室生育机器后，这个得宠的武昭仪突然不满足，不满足于仅仅独享李治的宠爱，也不满足于一成不变地待在昭仪位置上。她的野心日渐膨胀，对皇后之位心心念念已久。在她眼里，男人是靠不住的，只有权力才靠得住。一旦登顶后宫正主之位，她就能消除潜藏在后宫暗处的危机，安好地活下去，她的孩子们自然无性命之忧。

那个萧淑妃败得一塌糊涂，对她压根儿构不成任何威胁，可以忽略不计。每日，萧淑妃蓬头垢面，把自己关在寝宫里，将所有窗户堵得严严实实，一见阳光就躲，唯有躲在黑暗里，才能安静下来。

王皇后将神秘而丑陋的老女巫请进寝宫，搞诡谲的诅咒活动。那老女巫听从王皇后旨意诅咒着武昭仪。其实，她对那个女人根本一无所知，她只是为从王皇后那儿得到赏钱。殊不知，此乃宫中禁忌。

王皇后斗得无计可施，才寄希望于虚无缥缈的蛊惑邪术。不承想，武昭仪正犯愁不知从何下手，你倒是好，主动将明晃晃的刀子递上去，只怕不死都难啊。

于是，在一个令人陶醉、充满诗意的傍晚，武昭仪陪着李治在池塘边漫步。塘边种满垂柳，正值初春，吐绿柔嫩的柳条在晚风中轻舞，脚下是一片片青青的毛茸茸的草地。她望了一眼悬挂在城墙西边红彤彤的落日，轻挽着李治的手臂，轻叹道："冬天总算过去了。"

春天万物复苏，总能使她僵滞的心情有些许好转。他们缓缓沿着池畔走着，时而沉默，时而闲聊。她终于像往日聊家常般举重若轻地说："听说皇后近日招了些乌七八糟的女巫进宫，沉迷于玩些咒杀的把戏，将她的那个宫院搞得乌烟瘴气。"

李治顿时驻足，神情凝重地说："你说什么？是真的吗？难道她不知道这是违反宫中禁令的吗？她是疯了吧？"

"这当然是真的。她疯没疯还真不好说。可听说她干这种事不是一天两天了，她沉迷已久。她最恨我，天天诅咒我不得好死，也诅咒咱们的儿女。"

"连朕也诅咒吗？"李治目露寒意。

"我想，这个她自然不敢。其实她不记恨圣上，只痛恨我和咱们的孩子。她用巫术咒我们死，这又何苦？在心里狠狠骂骂我就好，又何必如此害自己呢？"她脸色平静如水，未起一点儿涟漪，风轻云淡，像是诉说别人的事。然而，李治却听得心惊胆战。

"朕容不得她如此胡作非为下去，真是对她忍无可忍啦。"

既然动手，那就彻底一点儿。武昭仪又说萧淑妃越来越不像话，跟疯子似的，侍女们都怕她。她住的那院里整天疑神闹鬼，不得安宁。李治决定彻查她们。武昭仪又话锋一转，说什么只是说说而已，别太较真儿。只要她们不危及她和孩子们的生活和生命，就任由她们折腾下去吧。

看似闲聊，实是一场后宫杀戮即将上演。

几日后，宦官们突袭王皇后宫院，恰好那老女巫在起居殿里双目紧闭，装神弄鬼，嘴里念着只有她听得懂的咒语，蛊惑下咒。突然，一股肃杀之气正从她的脚心向上升腾。她正欲喊不好，还没来得及睁开眼睛，就被拦腰砍断，倒在血泊之中。那个自以为是的柳氏被这突如其来的血腥场面吓得即刻晕死过去。在倒下那一刻，她清醒地意识到她们娘儿俩的末日悄然而至。

然而，王皇后大义凛然，毫无惧色，坐在殿中央看那群宦官在大殿里胡砍乱杀，鲜血溅射。她无回天之力，既然已大难临头，也就无所顾忌和畏惧。一不做，二不休。她破口大骂，骂这帮阉人是那个蛇蝎心肠狠毒女人的爪牙。可是，那帮领命行事的宦官只顾翻箱倒柜找罪证。

经过四处搜查，宦官们终于在皇后的木椅下发现那个写着武昭仪名字被诅咒的扎满针的俑人。有罪证就好交差。一帮杀气腾腾的宦官正欲走，却被王皇后叫住："等等，你们把这个死尸搬出去。我就知道她根本没有什么巫术，她是个废物，活该死。你们搬到那个恶毒女人殿前去邀功吧！你们转告圣上，我在这里等他废后的诏书。"

事情进展得出奇顺利。当天下午，王皇后在寝宫接到由皇上盖印的废后诏书。一个曾抱着金娃娃的主，终是将自己折腾得丢掉了阶位。她被安置到破败不堪的西院。那儿早已荒芜，杂草丛生，连侍女也不住。一同被押解过来的还有那疯癫的萧淑妃。她们曾高高在上，眼下被捆绑着，一直被押送的宦官们推推搡搡。这番凄惨景象，怎能不使人落泪？

武昭仪这个女人果然厉害。她干净利落地干掉了王皇后，连带着将那萧淑妃彻底打入了冷宫。而这次李治也一改往日的优柔寡断，在最短时间里不通过任何朝臣便拟成废后诏书。他没有一丝的犹豫和动摇，不曾动半点儿恻隐之心。他只是觉得对朝廷的势力稍有掌控，后宫隐患也该清除。

他放权给武昭仪，让那帮宦官听从她的调遣，一步一步，打了个漂亮仗。他这次打了那些老谋深算的老臣们一个措手不及，还未等他们缓过神来，王皇后和萧淑妃已被治罪，关进了一个只留传饭食口的永无天日的特殊房屋。实际上，他又将武昭仪推到了台前。

武昭仪有魄力，有胆识，废后计划周密，行动果断，令混迹朝廷的男人都自叹不如。她心思缜密，担忧皇上心理负担太重，特意在行动时一家人出宫，去位于长安城晋昌坊的大慈恩寺。在这座李治为悼念母亲长孙皇后修建的宏伟寺庙里，给皇上做了个心灵治疗。要说，李治也不愿见杀戮。这样一个安排，真是极妙。这个女人最懂李治。

在这段时间里，那个不安分的姐姐却从人间蒸发，无影无踪，至今仍是一个谜。然而，透过斑驳陆离的历史空隙，能从武顺的放荡不羁中找到一个答案。

在武昭仪怀孕时，大她一岁的姐姐武顺用她特有的风情和韵味填充着李治的空虚。李治是皇上，在宫中可以为所欲为。可武顺最不该自甘堕落，压根儿没把妹妹苦口婆心的劝说当回事。她傻傻地以为有皇上的宠爱就可高枕无忧，甚至渴望得到更多。殊不知，她的野心犹如贪婪的野兽，胃口一天比一天大，直至吞噬她的生命。无论她的消失是怎样诡异离奇，那也是咎由自取，怨不得别人。聪明人往往能看清局势，不会身处泥潭还一个劲贪婪地往肩上加重量，以致越陷越深，难以自拔，直至沉到潭底，一命呜呼；聪明人往往会拽住一根结实的藤条往上爬，即便抓住的是一棵救命稻草也不会放弃生的希望，而是扼住贪婪的欲望之兽，舍弃一些东西，拼命爬出深不见底的泥潭。显然，武顺是愚蠢的。

武昭仪脸色苍白，眉头紧锁，脸上挂着淡淡愁容，夹杂着失去亲人的伤痛。她告诉母亲："姐姐没了。"

杨氏哀叹，护着身旁没爹又没娘的贺兰敏之和贺兰敏月："孩子们尚小，又是血亲，你要好好照顾啊！"

她点点头，然后盯着亭亭玉立的侄女，从那凌冽的眼神中捕捉到一丝转瞬即逝、不友善的敌意。

一个女人被一个个冒出来的强悍敌手推到邪恶悬崖之上，她不成魔便得成鬼。可她还有一群活泼可爱的孩子。她成鬼，一死了之，孩子们便凶多吉少，甚至会成为他人通往皇位那条道路上的白骨。在宫中浸淫多年，她深谙其中凶险。哪怕是亲姐姐，一旦触犯她的底线，她也绝不会心慈手软，一定不留后患，做事就得如此决绝。离开母亲府邸时，她意味深长地叮嘱母亲："娘，您可要费心看好姐姐的两个孩子。"

要知道，李治自从与这个大他四岁的女人相识，便有一种深深的依恋，内心生发出一种莫名其妙的情愫。从父皇病榻眉目传情到感业寺旧情复燃，再到接进宫生儿育女，他内心这种情愫愈发强烈、清晰。他离不开她。正是李治这种刻进骨子里的对她无限的依赖，使她变得无比自信。姐姐消失了，可还有年迈的母亲、活泼可爱的侄儿侄女以及她的孩子们，依然需要她的庇护。

她只是在一个月色暗淡的黑夜与姐姐推心置腹地长谈了一次。不承想，武顺竟然用一丈白绫结束了自己性命，将生命定格在四十三岁，走得匆忙且无声无息。她绝不允许任何人成为她的威胁，只要是威胁，就得清除。只因她有了更为雄壮的志向。

贱妾与老臣

永徽六年（655年），王皇后被废。王皇后的舅舅柳奭随之被罢免中书令官职，发配外放。树倒猢狲散，墙倒众人推。曾经不可一世的王家和萧家全族受到牵连，丢官的丢官，丢命的丢命，流放的流放，最后连祖祖辈辈留下来的姓氏也弄丢了，王氏被追改为"蟒"，萧氏则为"枭"。

要说，最惨莫过于王皇后和萧淑妃，好好反省过错不行吗，可偏偏要将囚禁她们的那个破院改成"回心院"。李治这个男人不知是多情还是多事，闲来无事跑去探望，一听昔日爱人提出如此简单的要求，念在夫妻情分上，当即拍板应允下来。可还未等他把"回心院"牌匾制作好，那两个可怜女人已被砍掉四肢装酒缸里了。

武昭仪心里清楚，死灰复燃是有可能的，也是极其恐怖的。因此，哪怕只看到一丁点儿星火，她也会毫不犹豫地踩灭。当她得知李治偷偷探监，便大发雷霆，以迅雷不及掩耳之势，彻底结果了那两个可怜兮兮的女人。其手段之残忍，足见其有多么残酷，她仿效吕后"人彘"，搞出"骨醉"。那"人彘"有多残酷，将人手足砍去，挖眼割耳，弄哑后投到厕所，过着猪狗不如的生活。而她搞出的新花样有过之而无不及。

养尊处优的贵妇人娇柔细嫩的身体，哪里承受得了如此惨绝人寰的折磨，没挨几日便一命呜呼。武昭仪即便背负千年骂名，也得如此做。她在向世人宣告："千万别惹我，惹我就得是这个下场。"这么一顿令人发指的惨烈动作，着实使她在后宫立威，站稳脚跟。那些心底燃起火苗的女人们自发地偷偷掐灭了。这个女人非虎胜虎，吃人不吐骨头，惹不起就得躲啊。

如此，朝堂之上的恶言恶语便疯传开来。武昭仪成了毒妇贱妾、人性沦丧的恶魔。李治装傻充愣，袖手旁观。要说，没他的默许，她也难以掀起如此壮烈的浪花，将后宫血洗一番，顺带清洗掉朝廷中王、萧两族的残渣余孽。或许这是李治的帝王智慧，是他的过人之处。削弱贵族势力，直接冲锋陷阵太鲁莽，然而隐藏在深处可进可退，实乃明智之举。

没准，李治是故意跑到西院上演苦情戏，激怒武昭仪，逼她出狠招的。事一出，宫里宫外、朝廷上下都看风向。见风使舵的人向左还是向右，李治一眼便能看清朝臣的真正嘴脸。人须在事上磨。李治拿废后的事测了一下朝堂臣子的忠心。这只怕是武昭仪看不到也想不到的。

长孙无忌和褚遂良等老臣终是难以咽下这口气，便觐见皇上来兴师问罪。打前阵的自然是长孙无忌。他颇有微词，直接质问李治："废后这么大的事，怎么不说一声就给办了。这也太草率，太不把我们这帮老臣当回事了吧！"

李治懒得多费口舌，瞅了瞅气得吹胡子瞪眼的舅舅，又看了看一脸怒色的褚遂良，淡然地说："哎，这后宫有后宫的规矩。她们犯了禁令，竟在宫内搞诅咒邪术，还意欲毒害武昭仪。人赃并获，罪该至死。"

嘿，这臭小子翅膀硬了，竟敢如此轻蔑地跟权倾朝野的舅舅说话。一时怼得长孙无忌哑口无言，毕竟李治言之有理。倒是褚遂良看出老搭档的难堪，忙出来解围："圣上，长孙宰相以国家为重，这废后原本就是国之大事。您这么悄无声息地给办了，确实太草率，欠妥。"

李治绝不会止步于废后，而是要将无背景的武昭仪扶上皇后之位。他心里小算盘打得叮当响，受够了老臣们手握重权、架空乃至裹挟自己。他不愿再当提线木偶，而要将整个朝廷牢牢掌控在自己手中。再说，武昭仪聪慧过人，能帮他分担政务，还不会有外戚干政的担忧。两全其美的事，多好啊！最最关键的是，这个女人走进了他的心里。所以，在李治心里武昭仪是皇后的不二人选。恰好几位老臣都在，不妨看看这帮老家伙又有什么想法。于是，李治轻言道："好了，好了。废后之事木已成舟，无须再多言。朕觉得咱们最该讨论一下立谁为后。"

众臣愕然，废后的事还没弄清楚，又谈立后的事，李治果然是跟老臣们公开叫板。这次，长孙无忌倒是冷静了下来。是啊！废后诏书已下，王皇后已死，再去纠缠也无济于事，难道要让皇上承认错误吗？那岂不是乱了身为臣子的分寸。当前最为要紧的依然是立谁为后。这小外甥还真行，主动出击来探舅舅的底。长孙无忌哪能一下就亮出底牌，于是，他将皮球踢回去："圣上，您以为谁最合适呢？"

李治直截了当地说："武昭仪。你们意下如何？"

一言既出，老臣们便七嘴八舌地控诉武昭仪："她残忍狠毒、道德败坏，岂能成为一国之母？""若封她为皇后，那将是大唐的奇耻大辱，必将成为全天下的笑话。""她魅惑皇上，怎能成为后宫之主？""皇上啊，万万不可啊！"

众臣言辞激烈，群情激愤，将武昭仪说得一无是处，就该千刀万剐，哪还能当皇后？李治想到有人反对，可不曾想到反对的声音如此强烈。这次，他没有退缩，而是挺起胸膛，斩钉截铁地说："朕以为她最合适。"

这回打口水战恐怕难以动摇皇上的心意，得搞出大动静。长孙无忌轻拽身旁发愣的韩瑗的外袍下摆，示意他该亮相了。韩瑗心领神会，扑通跪倒在地，痛哭流涕，高声哀求道："圣上，万万不可啊！那贱妾何德何能竟能成为皇后？辱没大唐皇室啊！愚臣斗胆冒犯圣上，死也要劝谏。"

韩瑗见李治面不改色，亦不松口，竟起身一头撞在龙椅下的石阶上，鲜血直流。李治震惊，忙说："快，快将他送去太医院。"

要说以命相谏，还真得狠人才行。韩瑗绝对够格，头上冒着血，嘴上还说："圣上啊，臣以死相谏，若能改变圣意，臣死而无憾。"

李治最见不得打打杀杀，血流一地搞得他一时慌了神，只得改口："好，好！此事改日再议。你们快快扶他去救治吧。"

韩瑗承受得住疼痛，奈何身体中血量有限，再不止血，只怕真的会一命呜呼。长孙无忌、褚遂良等老臣见好就收，忙扶起韩瑗退去。李治甩袖离开政务殿，直奔武昭仪别院。他急着将刚刚发生的一幕告诉她。或许，她能安抚他此时此刻惶惶不安、惊恐万状的心。

武昭仪一听便哭笑不得，看来自己男人对自己还真是上心，对那帮老臣却也一时毫无办法。她安慰他，告诉他别急，废后已经惹怒那帮老臣，他们决然会在立后这件事上以命相搏。他们看重的并不是废谁立谁，而是对废后立后这件事的掌控权。他们怕大权旁落，怕圣上扯断那根牵制木偶的线，怕圣上真正主宰天下。

李治深以为然。这帮老臣贪图的是手中权力，而不是非要为那个猖狂愚昧的女人打抱不平。看清这些，他便坦然了，刚刚还颤抖的手也不再抖动，满目惊慌荡然无存。或许，一个男人可以有脆弱的心，可一个帝王得有一颗坚硬的心。他试着将自己的心变得坚硬。

武昭仪一时也不敢轻举妄动。那帮老臣在朝廷耕耘多年，能量不可小觑。她没有万分把握，决然不会出手。可这个聪明的女人懂得舆论的力量。要说，她还真是天生的政治高手，虽无显赫家世，也无高官亲属，却知在朝廷暗自培育势力。这样一来，关键时刻总有人能站出来替她说话。这次，她发动朝堂之上的小跟班李义府等马前卒为她助威。而最为关键的是，丞相许敬宗在朝廷上力推她为后。不承想，一呼百应。文武百官中阶位不高的朝臣齐声喊道："立武昭仪为后！立武昭仪为后！"那声音响彻整个太极宫大殿。这是众望所归，是舆论力量，也是犹如滚滚洪流的民意。

站在前列的长孙无忌、褚遂良等老臣一时乱了阵脚，这如浪潮般席卷而来的呼声将他们淹没了。李治稳坐龙椅，目光里透着惊喜和坚毅，挥挥手说："众爱卿，既然如此，那就立武昭仪为后吧！民意不可违。"

老臣们见大势已去，亦不再做最后的挣扎。皇上长大了，他们老了。那不断膨胀的野心该收收了，只怕把持朝政的日子即将远去。

永徽六年（655年），也就是王皇后被废的这一年十月，李治下诏立武昭仪为皇后。二十七岁的武昭仪费尽心思从感业寺再次入宫，忍辱负重，苟且偷生，用短短四年时间，便登顶后宫最高的位置。她无疑是混迹官场、洞悉人心的天才，智谋绝对在她的容貌之上。

要说，李治这身子骨还真是羸弱，而立刚过便患上风疾。这个病是家族遗传，他家祖上不少人受尽这种病痛折磨。奈何身体抱恙，又不愿皇权落入他人之手，只好拉皇后帮忙。武昭仪曾在李世民身边耳濡目染，处理政务批件拟文样样得心应手，根本不费吹灰之力。而她从母亲那里继承的长寿基因，使得她精力充沛，忙起来不知疲倦。

另外，在李治眼里，她是最可靠最稳妥最合适的代言人。他头晕目眩，无法处理政务，交给皇后最踏实。武后虽为女子，竟然是个政治高手。她给那些无法挤进贵族门阀圈子的小人物在等级森严的唐王朝打开一条向上的缝隙。正是打开门阀贵族占据朝廷高位的密闭通道，才使得更多无权无势的有才之人进入庙堂。

要想夺权，就得赶人，就得把那帮手握重权的人一个个赶出朝堂。李治不愿做恶人，身体也扛不住，就又一次将皇后推了出来。这个武姓女人不负他的重托。接下来，她会将那些曾爱过恨过、新仇旧恨牵扯不清的老臣们一个一个赶出朝廷，而将那些可信可倚重、才高八斗、毫无背景的贤臣委以重任，开启属于唐高宗的辉煌时代。

老臣的悲凉

在唐王朝舞台中央跳了三十余年的资深政治老玩家竟然被他眼里的弱女子干翻在地。想当年，唐太宗李世民将二十四位功臣画像挂在凌烟阁，他则位列第一。所以，他从来没把那位弱女子当回事，只是觉得她有点儿卖弄风骚的小本事而已，不承想她竟有这般翻云覆雨的大能耐。

从一开始，他就太轻敌了。无论这个女人再怎么不简单，在他眼里就是一个一文不值的贱妾。他终将为他轻蔑对手而付出惨重代价。这个女人不出手则已，一旦出手，环环相扣，步步紧逼，不给对手留一丝喘息的机会，直到胜券在握，将对手消灭。

长孙无忌满腹怆然怅惘，无论如何也想不明白，何以败在这么一个女人手下。回到府上，他仍心有余悸，那卫尉卿许敬宗在大殿上声嘶力竭地高声宣读皇上李治的《立武昭仪为皇后诏》的情形仍然历历在目，恍若眼前。这个他眼里什么都不是的女人竟将他这样一位历经沧桑的开国元勋打得一败涂地。

再看看那诏书，尽诉李治对那毒妇的肺腑之言。诏书曰："武氏门著勋庸，地华缨黻，往以才行，选入后庭，誉重椒闱，德光兰掖。朕昔在储贰，特荷先慈，常得侍从，弗离朝夕。宫壸之内，恒自饬躬；

嫔嫱之间,未曾迕目。圣情鉴悉,每垂赏叹,遂以武氏赐朕,事同政君,可立为皇后。"短短八十二个字,尽诉武昭仪之贤德,极尽洗净污名之能事。

大概意思是,武昭仪出身名门,自幼才华横溢。选入后宫之后,也是出类拔萃,有口皆碑。最为露骨的是李治竟然在诏书中为他做太子时的行为披上了合法的外衣。他说自个儿当太子时,李世民恩准由武昭仪左右侍奉他。那时,他们便朝夕相处,情深意长。父亲得知他们的这一份情爱,非但没责怪,反而大加赞赏。于是,父亲将武昭仪赐给了他,就像当年汉宣帝将自己后宫的宫女赐给皇太子一样。所以,那些个流言蜚语不足为信,可以立武昭仪为皇后。

长孙无忌自知这一切都是事先精心安排的,只怕这洗脱臭名的诏书也出自那恶毒女人之手。当时在大殿之上,他蓦然觉得身边空空荡荡,朝廷的一切失去了它的原本意义。他亦无所留恋,决然迈开蹒跚步履,转身离去。他之所以敢如此,是因为他深知已无退路。无论对皇上是冒犯还是不冒犯,都无法改变他的结局和命运。他心里清楚,在他和那个女人之间不是生就是死。败者只有死路一条。于是,他唯有大义凛然地退出大殿,走得风度翩翩、气势磅礴,才能挽回老臣最后的气节和尊严。

要知道,在立后前,武昭仪曾向他抛来橄榄枝,可他却不理不睬,一意孤行。那是一个美丽的黄昏,晚霞映红半边天,煞是好看。一队皇家车辇在嗒嗒马蹄声中,停靠在皇宫外长孙无忌家的豪华庭院前。武昭仪带着李治来看望舅舅,纯属走亲访友。长孙无忌受宠若惊,这样的事太少见，莫不是今儿太阳打西边出来了？他虽为人舅，可也为人臣，不敢有丝毫怠慢。他立即动员全府上上下下动起来，将皇上和武昭仪请进大厅，很快就备好了丰盛的酒宴。

席间，李治话不多，说今晚只是家人的聚会。尔后，他沉醉于欣赏歌伎与乐师的轻歌曼舞，似乎认为这样的举动总归有点儿跌份，有失大唐天子的风度。可没辙，禁不住武昭仪的莺莺柔语，才乖乖就范。

那武昭仪光彩照人，与长孙无忌一家人寒暄周旋，聊得不亦乐乎。她既妩媚动人又优雅得体。她将长孙老臣夸上天，含而不露地称赞长孙无忌的为人，直截了当地指出如果没有长孙无忌的鼎力相助，就不会有李治今天得以统领天下。这还没完，又说舅舅的大恩大德没齿难忘，如今国泰民安是舅舅苦心辅政的结果。各种花式夸完长孙无忌后，还不忘再将他的儿孙、大小老婆统统赞美了一番。总之，她说尽了溢美之词，极尽巴结讨好之能事。临走，她还留下一份丰厚的礼物，足见其诚意。

待那队皇家车辇在黑夜中消失，长孙无忌叮嘱一家老小不准对外提及此事，抓紧歇息。然后，他躲进书房独自回味这突如其来一幕背后的深意。他清醒地知道，这个女人为拉拢自己促使皇上屈驾来访，可谓下了血本。他也明白，册立武昭仪为后的事不远了。可他固执地认为出身寒门、侍奉先皇的武昭仪无论如何也不能做皇后。如若这样的女人做了皇后，可真是礼崩乐坏，他尽会拼老命阻止。一场不可避免的战斗就这样打响了。

然而，长孙无忌的悲凉在于他低估了那个女人对李治的影响。实际上，他与那个女人的较量，胜负关键不在交战双方，而在皇上李治。谁赢得李治的支持，谁就胜算大。一个老臣有功于皇室，可一个女人偷走了皇上的心，即便老臣功不可没，怕也难抵女人柔情。一位忠贞老臣易得，一个知心爱人难觅。古往今来，多少英雄帝王心甘情愿且俯首帖耳地被那些美人左右。李治显然站在他无比宠爱且须臾离不开的女人武昭仪一边，将使他成为皇帝的有功之臣舅舅扔在了一边。长孙无忌盲目自信，甚至有些自负。

而另一个极力反对武昭仪为后的曾帮唐太宗鉴定王羲之书法真伪的老臣褚遂良，无疑成为武昭仪打击的对象。褚遂良是在那帮反对立她为后的老臣中打头炮的，而且将头都磕出了血，摘下官帽，将官笏放台阶上，以死相逼。那架势劲头远远超越韩瑗的以死相谏。要知道，在李治执政四年间，这个男人登上仕途巅峰，官至丞相。他一向听从圣意，可在废王立武这件事上却与皇上唱起反调。

如今武昭仪已成后宫之主武皇后，这帮老臣必然凉凉。但是，这些人如何安排着实使李治伤透了脑筋。他不知该如何处置几位德高望重、为大唐立下汗马功劳而又在废王立武为后的事上与自己作对的老臣。可不能一拖再拖，要在皇后册立大典前有个说法。不然，那武皇后不会答应。其实，李治从心底不愿把事做得太绝，希望留他们在朝中。可他清楚，这么做肯定过不了武皇后那一关。以他对这个武皇后的了解，她绝不会放过任何一个敌人。他一时骑虎难下，左右为难，心中无限苦恼。在一个美妙夜晚，他试探着说出自己心思。

武皇后竟没立即跳起来又哭又闹，而是请皇上容她思量几日。李治心中的烦闷立即消失一半。看来长孙无忌那帮老臣还有留在朝廷继续发挥余热的可能。

武皇后太了解这个男人。无毒不丈夫，可他生来就有一颗柔软脆弱的心，一下子将那帮老臣斩尽杀绝，他绝对难以接受，迈不过去心中那道坎儿。她明白，如果将李治逼得太狠，必然适得其反。因此，她得从长计议，一个一个来。别人或许可以留，但褚遂良绝对不能留。他不光是反对立她为后的问题，关键是他在大殿上的行为侮辱和触犯了皇上。对于这般无法无天的朝臣若不责罚，恐怕会削弱皇上的权威，容易在朝堂立下不好的典范，要杀鸡儆猴。她已将褚遂良贬为潭州都督的敕令拟好。而那个年迈的长孙无忌留下来倒也无妨，毕竟他是皇上的舅父，也是亲人。再说，断了左膀右臂，他已再无往日雄风，无法像以前那样操控朝政。至于韩瑗，曾在皇上面前激烈阻止立她为后。可无论他怎么伤害她，但终究出于公心，如此忠心耿耿的老臣难能可贵，不该被处罚，而该奖赏。这个女人太有政治手腕，打一个拉一个，释放出她爱才、惜才，不计前嫌、虚怀若谷的信号。如此一来，之前那些站在她反对面的朝廷命官大可不必惊慌，只需坦然转身投奔她。

李治听完这个安排方案，顿时烦恼烟消云散。她比他原来想的要温和很多。动情之下，他将她揽入怀中，紧紧抱着，太钦佩这个女人了。她是那么温柔宽厚，那么高尚善良，受尽那么多攻击、诋毁和侮辱，依然能如此大度地宽恕那些曾伤害过她的人。扪心自问，他也难以做到。殊不知,人家只是安抚他那颗脆弱的心而已。不承想,他的心竟然被彻底征服。后来,那些老臣无一例外客死他乡。不过,眼下看这番操作,打击了异己,击碎了党阀,又赢得了圣心,可谓一石三鸟,不得不使人佩服。

再说,册封大典即将临近,她无暇顾及将那些人收拾干净。她将心思和精力都花在办一个隆重、气派、庄严、辉煌的封后典礼上。她要把这个封后大典搞得规模宏大、盛况空前,使整个长安的臣民、朝廷的命官以及全天下的百姓忘记她侍奉先皇被赶进感业寺削发为尼,后又入宫斗败王皇后的那段不光彩的历史,而要牢记这个立武昭仪为皇后的大典。

李治经不住武皇后的吴侬软语,只好同意花费巨资办。钱能出可事谁来办?还未等皇上细琢磨,她便主动请缨,恳求皇上将典礼的事交由她全权办理。虽然他佩服她的才华,可这终究是关乎国体的盛大典礼,让一个女流之辈操持,李治还是心里不踏实。她哪能拱手相让,必是据理力争。她说,正因为这是关于她的典礼,所以此事无论交给谁她都不放心。她一定要亲力亲为,亲自筹办,请皇上相信她。于是,李治不再犹豫,将此事交给了她。实际上是李治懒得耗神费力,只想躲清净,给灵魂放一个假。

不承想,她跟打鸡血似的,变得兴奋、积极、勤勉、严谨,每天在她的寝宫里呼风唤雨,调动千军万马,事无巨细地过问,将典礼诸多事项安排得井井有条、有序推进。她一天从早忙到晚,虽累得精疲力尽,却乐在其中,毫无抱怨,反而兴冲冲地,异常满足,脸上洋溢着别样的光彩。人逢喜事精神爽。她已迈向人生第一个巅峰，怎能不欢喜不兴奋？再累她也不觉得累。

贱妾的辉煌

一朝天子一朝臣,自古如是。乳臭未干的李治未能掌控朝廷时,只能倚仗父皇临终托付的以舅舅长孙无忌为首的那几位顾命大臣。起初朝廷诸事自然是舅舅说了算,李治言听计从。可一旦他坐稳了江山,必然会随便找个什么理由,将那些根深蒂固的老臣们踢出朝堂。

李治不知是真傻还是装傻,懒得费劲找理由,直接将那聪明老婆武后当枪使。他们反对立她为后,就是她的敌人。武后这个女人没使自己男人失望,的确是一支精准打击、威力无穷的好枪。她将那些个老臣们打得落花流水,封后大典前,抬眼望去,整个朝廷曾站在反对武后阵营的老臣们寥寥无几。那个冒头最狠的褚遂良被贬,长孙无忌赋闲在家醉心写史,唯有韩瑗和来济仍在朝中为官。不过,老哥儿俩的日子过得也是异常艰难,小心翼翼地伺候着皇上和皇后。

当了炮灰的褚遂良满腹委屈和无奈,再次携家眷离开繁华的长安城赶赴遥远的潭州。这就是朝廷,瞬息万变,前途未卜。当初,他费尽心思,巴结讨好长孙无忌,才有顾命大臣的荣耀。如若不倚仗长孙无忌的权势,单凭他个人的努力奋斗,只怕还不知在哪个穷乡僻壤的小城里讨生活,泱泱历史不会留下他的名字。正是长孙无忌的提携，他才能走近皇上，成为权倾朝野的宰相。在反对武昭仪立后的关键时刻，他不站出来，难道要身后的长孙无忌抛头露面不成？依附于人家时，就已注定他会成为上演冒死顶撞皇上戏码主角的命运。他被贬官的悲惨遭遇，在所难免。岂不知，这只是悲剧的开端，日后他被一贬再贬，直至生命尽头。

姜还是老的辣，那个老臣李勣却未沾染半点儿这趟浑水。那日，长孙无忌纠集一帮老臣进殿阻止皇上册立武昭仪为皇后时，他佯装患病未去。事后，李治犹豫不决，私下召见问计于他。他则含糊其词地说："此陛下家事，何必问外人？"就这样，李勣享尽三朝元老之恩惠和宰相之荣耀。就连守寡住在他滑州老宅的姐姐也沾了光，武皇后曾经路过时，特意到家中慰问还赐其衣服。所以，在汹涌澎湃的浪潮袭来时，认清形势，看清趋向，果敢躲避才是正确的选择。祸福全在一念之间。

那个侍中韩瑗深知破了的瓷瓶粘得再好也是有裂痕的。他曾三番五次劝阻皇上立武昭仪为后的举动，已在武后心里埋下无法消除的祸根。武后虽未责罚，但他深知那个如日中天的女人只是一时顾不上，该来的迟早会来。他不甘心也不愿坐以待毙，于是便主动出击。他嘴上为褚遂良鸣冤，心里想着如何能使皇上回心转意，帮老臣们撑腰说话。于是，他觐见皇上说："圣上，褚宰相冤枉啊！他为国家操碎了心，对大唐忠心耿耿，何罪之有？您若治他的罪，怕会遭后人唾骂。臣恳求您赦免褚遂良吧！"

李治向来怕落下"杀功臣"的恶名，听他这么一说，当即反驳：

"看他那目中无人、不可一世的轻狂样，朕说向东他偏向西，一次又一次地顶撞朕，胆敢以下犯上，朕治他罪难道有错吗？"

韩瑷又说："褚遂良是国之重臣，有辅政之功，哪能说他有如此严重的罪名呢？圣上，您富有四海，安享太平，这不都是老臣们日夜尽忠报国的结果吗？难道您非要一意孤行，将那些为大唐江山立下汗马功劳的功臣和流血流汗的旧臣驱逐出朝廷吗？您千万别再执迷不悟，该醒一醒了！"

韩瑷说得情真意切，可圣意已决。在李治看来如此安排已是各方最满意的，不可能再改变。因此，他不予理睬，不听其劝。韩瑷忧愤不已，又要辞朝，可他没批准。韩瑷只好如履薄冰地在朝廷工作，过着提心吊胆的苦闷日子，默默祈祷着那个该来的来得更晚一些。

武后忙得焦头烂额，压根儿没空理睬韩瑷。她心里明白，李治对她就反对立她为后这群老臣的安排已十分满意，绝不会节外生枝，自寻烦恼。她专心在为即将到来的、属于自己的辉煌时刻而忙碌着，不知疲倦地工作着。以前，武后还是昭仪时，李治曾提出要赐她封号宸妃，不光韩瑷跳出来反对，来济也力谏，搞得皇上下不了台，后来不了了之。来济当时反对皇上说："妃子有正常名额，另立名号不行。"就是说编制已满，别想了。在立武昭仪为皇后时，他说得更多更绝更狠。他劝李治，皇后是为了承嗣宗庙，做全天下人的国母，不光有脸蛋就行，还要选礼义名家、优雅贤淑的大家闺秀。这才符合百姓的愿望，迎合神灵的旨意。讲完道理，又讲案例，有反有正。他说："周文王立姒氏为皇后，《关雎》加以颂扬，恩泽施于百姓，福运就像那样；再看看汉成帝纵欲，贪恋女色，将个婢女立为皇后，结果国运中途衰微，其祸患就是这样。皇上可得详察，不能犯下不可饶恕的错误。"如此反对武后的来济，竟得到她的宽恕。她不但没怪罪还恳请皇上加以赏赐。这个女人高深莫测，行事风格使人捉摸不透。或许，这正是她的高明之处。

永徽六年（655年）十一月初一，武皇后的册封大典如期举行。谁也不曾料到，主持大典的人竟然是韩瑗和来济，而并非那个鞍前马后追随武后的许敬宗。这个令人费解的安排，使两位老臣心头一颤、眉头一紧，难道武后真的如此宽宏大量、不计前嫌？难道他们错怪她了吗？她就是这么个出其不意、不按常规套路出牌的主。她的辉煌注定载入史册，令后人玩味膜拜。

她又一次沉浸在无穷无尽的巨大喜悦中。在典礼前的那一个月明风清的夜晚，她几乎彻夜未眠。她要干的事情很多，要沐浴，要化妆梳头，要穿上那套专门为她量身定做的奢华而典雅的皇后礼服，还要戴上镶嵌着无数宝石的皇冠。然后，精心妆扮后的她在早朝时走向太极宫的大殿。这夜的沐浴又使她浮想联翩，要说洗澡能有啥可想。当然了，平日里讲究卫生洗个澡，自是无法激起万千思绪。可是当这种洗澡不单是为了洁净身体，而是一种庄严肃穆的仪式，那就不能同日而语了。明早她要以国母的身份来接受朝廷文武百官及全天下百姓的朝拜，那将是何等荣耀？何等庄重？何等不凡？怎能教她不思绪万千？而此时，墙上时而晃动着侍女的影子，她浸泡在盛满温水的木桶中，突然想起那个雄伟的男人李世民。

她之所以能够历尽千辛万苦登上皇后宝座,绝不是那个英勇父亲的功劳,而是要归功于眼前这个懦弱的儿子。她用水奋力冲洗身体,试图将所有往事洗刷干净。可往事如烟,如影随形,总会在不经意间被一个动作、一句话或是一个熟悉的场景勾起埋葬在心底的人或事。一切收拾妥当后,她照镜时被自己非凡的气度震住了。那镜中的女人是她吗?是那个自幼没爹、孤儿寡母、受尽欺凌的女人吗?她一时感觉恍若梦境。

天色渐亮,早朝时间已到。她缓步走出后宫,身后十几名侍女小心地托着精美礼服的裙摆。她走得款款动人,又不失端庄典雅。她内心时而翻江倒海,时而风平浪静。在她看来,这是她该得的。她要以王者的姿态,出现在她为自己操办的这场气派非凡的盛典上。不承想,已过而立之年且生过四个孩子的女人竟然如此美丽,如此迷人。她被一项项辉煌的仪式映衬得无比灿烂。她在众多侍女的簇拥下,从正门走进雄伟壮观的太极殿。自从李世民驾崩后,这是她第一次移步出后宫来到这里。在步障的遮挡下,她姗姗缓行,穿越两旁的文武百官,径直朝高宗走去,心中有点儿跳荡,步伐时而凌乱,可她很快就能调整好。

在韩瑗和来济的主持下,她有条不紊地按程序完成仪式的每一个动作,一个接一个,严丝合缝,连接得滴水不漏。她将手搭在李治手上,犹如婚礼上的新娘。他们并排站在象征最高权力的皇位前接受群臣的朝拜。典礼隆重而热烈。原本典礼结束,她该回后宫与心爱的男人把酒言欢,共享辉煌时刻。可高高在上的她鸟瞰众臣时,心里冒出个大胆的想法：她要与皇上一起登上肃仪门楼，接受朝廷命官和外国使节的朝拜。众人愕然，就连对她百依百顺的皇上李治也觉得不可理喻，大唐明令禁止，后宫女人不准与外人见面。这大大超越了她皇后的权限，是败坏纲常的事。尽管李治附耳低语，好心相劝，可她像着魔似的，执意要抛头露面，偏偏要打破这禁锢女性的皇家条款。

消息如长了翅膀似的扑棱棱飞出皇宫，飞进长安城里的千家万户。人们哪里肯放过这千年一遇、能一睹皇后真容的机会。很快，人们从四面八方涌来，肃仪城楼门下面人山人海。她拽着李治说："来吧！牵着我的手，让我们一起登上门楼。相信我，这绝对是一个不一样的仪式。作为君王，就尝试做一些开天辟地的事情，而不是总守着传统，故步自封。听听，那人声鼎沸，我相信一定会让皇上看到最激动人心的场面。"

李治终究还是妥协了，扶她拾级而上，登上城楼。她站在城楼上仪态万千，使得万民激动不已，齐呼"皇后千岁千千岁"。那声浪排山倒海，在长安城上空滚滚而过。那阵仗、那场面、那声势，超越任何一次皇上朝拜。眼前的景象使李治恍惚，却感到很欣慰。他怎么也不会想到，人们竟然如此热爱皇后。这个女人真是太神奇，竟然有如此大魅力，总会给他一些意想不到的惊喜。

她厌烦深锁后宫的日子，压抑、苦闷、焦虑、憋屈。在她看来，女人的天地要跟男人的天地一般宽阔。那些陈旧老套的传统难以束缚住她那颗放飞的心。站在城楼之上，她气宇轩昂，神采飞扬，望着万千民众的朝拜,大有天下舍我其谁的风度。她很享受,也是从心底里生发出一种豪迈。在如此的年龄,她竟然有如此热忱的心,有这么炽烈的情感,那颗千疮百孔的心里还藏着万千豪情。可使她更享受的是尝到权力的味道。皇后不光是一种令人羡慕的荣耀,更是一种至高无上的权力。当她下令处死王皇后和萧淑妃后,两个鲜活的生命很快就变成了僵硬的死尸。自那以后,她手握生杀大权,很多人的性命就在她的一念之间。那种冲击带给她的是对权力无限的向往和崇拜。或许,在她对李治的感情里掺杂了太多东西,也埋下了太多期许。

而对一代君王高宗李治来说,这个女人是所向披靡的利剑,也是柔情妩媚的宠妃。他用这把利剑斩断了牵制他行使皇权的看不见的手。无奈,身体不争气,在扫清朝廷顽固不化的势力后,他的眩晕症时常会犯,偶尔走路都费劲。可他至死也不曾想到,这把剑会斩断李家皇室几十载的帝王之命。

完成册封大典,武后真正成为后宫的主人。她从一个寄人篱下的苦命丫头到后宫之主,走过三十一个年头。她心里最清楚,要使这地位更持久更牢固,还需要战斗、需要牺牲。她盘算着大儿子李弘已经四岁,该将那李忠赶走了。

权力的味道

一个女人生来是善良的，并不是杀人如麻的刽子手，只是为活命且不被蚕食才无奈变得凶狠起来。遇虎不杀，或许你就成了猛虎的一顿美味大餐。后宫那一群楚楚动人的女人们看似相安无事，可实际上暗潮涌动，背地里藏着无数看不见的杀机，而那杀机只因动了窃取别人权力的心眼。

武后生来不是杀人不眨眼的女魔头，只是对权力的向往和痴迷犹如烈火燃烧般愈加旺盛。她站在肃仪城门上满心感动，频频向那些为她欢呼雀跃的人们挥手致意，一股股热血不停地涌向她的大脑。那一刻，她意识到这就是权力，这就是那种万人之上、可以主宰和超越一切的皇权力量。那种力量磅礴宏大，能摧毁人世间的一切，亦能缔造人世间的一切。

她身旁的男人虽胆怯懦弱，可皇权使他不可侵犯。她尝到了权力的味道，誓死要守护这得之不易的权力。哪怕稍有风吹草动，她也会拼了命地斩草除根，不留一丁点儿后患。李治只是跑去探望一下王皇后和萧淑妃，闲聊两句叙叙旧，她便毫不犹豫地下令将两个女人杀死。

但凡触犯她的女人，无论是谁都将从这热腾腾的人世间消失，她的亲姐姐韩国夫人也不例外。她说，这么做只是出于对皇上身体和生命安全的考虑，担忧原本疾病缠身的皇上因贪恋男女之事而雪上加霜，因纵欲过度使得身体更为羸弱，甚至早早归天。命若没了，一切岂不是化为乌有？所以，皇上有她这么一个风韵犹存的美丽女人足矣。

而事实上，有皇上的专宠，她才有独一无二的权力。一旦有其他女人走进李治的心，那她的皇后权力就有可能被撬开一个小小缝隙。随着皇上与那女人感情逐渐升温，那缝隙便会随之逐渐变大，直至将她吞噬掉，取而代之。她就是这么走过来的，因此，她绝对不允许发生在王皇后身上的事在自己身上发生。她要独占皇上的恩宠，一切欲跟她争宠的女人毫无疑问都将是她的天敌，必死无疑。

他们夫妻之间始终保持着一种神秘的默契。无论谁都不曾提及那些已命丧黄泉的女人，那些化为白骨的女人好像不曾存在似的。他们将王皇后、萧淑妃及姐姐韩国夫人封存在如烟往事中，从生活中统统清除干净。

然而，她却日益被一种沉重的东西缠绕着。她不知那是不是因手上沾满鲜血，内心深处滋生出一种对索命鬼魂的无限恐惧。在尽享皇后荣耀时，不经意间，她的心底会冒出一种深深的罪恶感。夜里总是睡不好，噩梦连连，大汗淋漓，似乎到处飘着鲜血的腥味。她产生了一种难以解脱的恐惧。

她对这个阴森恐怖、极尽奢侈的太极宫厌恶极了，一刻也不想在这儿待着。这宫殿里曾发生太多太多杀戮，流了太多太多鲜血。

于是，在一个晚霞映照皇家林苑的黄昏，她对心爱的男人说："咱们一家人出去透透气吧！我很累，我的精神很紧张，可能又怀孕了。咱们离开这压得人喘不过气的宫殿，去一个山清水秀的地方住一阵子吧。"李治自然欢喜地应允下来。

这皇上外出度假，可不是搞个家庭旅游那么简单。那伺候的侍女宦官，理政的文武百官及家眷，再加上护卫皇上的军队，人马浩浩荡荡，甚是壮观。一眼看不到头的车队从长安出发，一个月才能抵达八百里外隋王朝在洛阳建的宫殿。人们一路疲惫，一路颠簸，都盼着早点儿到达。这无疑是一场声势浩大的迁徙。

历经旷日持久的长途跋涉，他们终于抵达洛阳依山傍水、秀丽俊美的宫殿。一住进远离杀戮的洛阳宫殿，她整个人就轻松了许多，睡得也踏实了，似乎八百里秦川阻碍了那两个幽灵的纠缠。她顿时精神焕发，又恢复了往日神采奕奕的神韵。

然而，她却发现自己的男人经过那些生生死死的种种痛楚后，对她淡然了许多。终日忙完政务，回到后宫，一言不发，时常一个人静静地坐在亭榭里发呆。他还是难以忘记那些曾给他无限激情和柔情的女人们，那曾经热烈澎湃的美好终将伴随他走到生命的尽头。

大儿子李弘已五岁，长得俊俏无邪，惹人疼爱。儿子读书识字时摇头晃脑的稚嫩神态，一扫她连日来舟车劳顿的辛苦。她深爱着自己生命里的第一个孩子，要为他讨回属于他的东西。可她很清楚，此时唐突提出废忠立弘的事，会勾起那个男人对逝世不久的王皇后的深深怀念，甚至会击碎她好不容易赢得的李治的认可和信赖。要说，她当上皇后，她的大儿子理应被立为太子。这个女人真是对这个男人又爱又恨，总得费点儿周折才能把事办妥，太直截了当，怕他受刺激。

于是，在风和日丽的一天，她将追随她的礼部尚书许敬宗请来，细诉心中苦闷，时而叹息，时而哽咽。就连门外待命的侍女佩儿闻之也惊叹不已。这娘娘怎么跟别的男人哭哭啼啼地诉上苦了？那夜夜同床共枕的圣上难道不能消解娘娘的愁闷吗？事实上，那皇上还真不能一解她的愁苦，只因那愁绪就是因皇上而起的。

在几天后的早朝上，李治收到许敬宗呈上的请示，洋洋洒洒几千言，归根结底一句话，废忠立弘。东宫总是那么凶险，谁住在那里谁就会无辜卷入后宫斗争的旋涡，受尽折磨。李治皱着眉头，懒得细看，好不容易消停几天，又整出这种闹心烦事。还未等李治怒斥许敬宗，东宫太子侍臣又将一封李忠言辞恳切的辞请书递了上来。

这一唱一和来得如此及时，只怕是有一只隐形手在背后操纵。一边使得心腹力荐李弘当太子，一边给稚嫩的李忠施加压力，使其知难而退。李治懒得再费心思，甩下一句"你们看着办吧！"便转身大步流星地离去。然而，他的心底有一种如洪水般蔓延开来的无尽忧伤。他厌倦后宫争斗、女人纠缠、儿女舍弃，只因掀起的每一场腥风血雨或惊涛骇浪最终都是将亲人或爱人夺走，使他心痛不已。如今，该走的走了，该死的死了，好不容易赢得一片祥和平静，岂能打破？他宁愿受尽委屈，忍气吞声。所以，他的态度无足轻重，只要她开心就好。一回到内殿，李治还没来得及坐下喘口气喝点儿水，那早已拟好的废忠立弘的诏书已摆在案桌之上。他无可奈何地签字盖章，完成最终皇权认定法定程序。于是，在她立后次年，显庆元年（656年），她的长子李弘被立为太子。而那年仅十三岁的李忠被废黜，流任外地。

李治摆脱了老臣的束缚，却逃不脱武后的魔爪。他觉得自己真的老了，连自己的亲生儿子也无法留在身边。前一阵子素节被一脚踢到河南申州任刺史，这次又是李忠被封为梁王，任梁州都督。眼见一个又一个儿子远去，他心中生出几分凄凉。李忠临行来辞别，一番无奈恳切的离别感言，惹得李治老泪纵横。高高瘦瘦的李忠尚是少年，正在长身体，显得苍白孱弱。他在后宫没有一个地位显赫且得宠的母亲。生母刘氏是一个早已被人们遗忘的不起眼的卑微侍女。若不是王皇后将他当棋子拉进宫斗，勉强在东宫住了几年，只怕他早已在远离皇宫斗争旋涡的地方，过上了逍遥快活的王爷生活。生母卑微，继母已故，生父软弱，他只好放弃令人神往的太子之位。识时务者为俊杰。他知道原本不属于自己的东西就该还给人家，即便是心里有万般的不舍，也只得拱手相让。不然，恐怕他的性命堪忧。只因那个女人太强悍凶狠，她为儿子是会不惜一切代价的。

李治瞅着长跪不起、痛哭流涕的儿子李忠，愁肠百结，只能唉声叹气，嘱咐儿子注意安全。李忠请他放心，这下倒是落得个清净，到梁州自由自在，不再担心生命之忧，算是最好的安排。李治只顾着流泪，觉得无限伤感，自己无能，愧为人父。他任人摆布，无法把握儿子们的命运，只好在无情的现实中送他们一个个远赴偏远地方。

　　李治从此积郁怨气，接连不断的情感上的打击，使他对她日益冷淡。他想念已故的王皇后、萧淑妃，还有千里之外的儿子们，却唯独对眼前女人的好感日渐变淡。他甚至认为那些亲人都是被她坑害的，反而生出一种难以名状的仇恨。可她忙得不亦乐乎，懒得理睬他，压根儿顾不上意志消沉、精神颓废的皇上。她又是满血复活，忙着给儿子办一场最盛大、最热烈的册立太子大典。

　　这个典礼整整举办了三天三夜，隆重盛大，赦免天下。那些犯错的人因此而有了改过自新的机会，又有了为大唐尽忠报国的机会。她将儿子李弘送进东宫，为儿子杀出一条血路。她深爱着自己的儿子，如一头母兽般为儿子不顾一切地拼杀着。

　　时日不久，她又顺利地生下第四个儿子李旦。而这个儿子的降临，非但没有给她带来一丝喜悦，反而心头蒙上了一层淡淡的忧伤。她不想再要儿子，她可不想看到将来儿子之间为皇权而相互残杀。那种亲骨肉之间的厮杀太残酷。她见过也经历过，所以她要用情用心用尽全力在儿子之间建立爱，建立手足情意，使他们能够相互谦让。她想用温情尽可能销蚀掉那无情的残杀。可是，活生生的现实却会烧尽那一丝温情。

秋风扫落叶

女人一旦狠起来，真是无人能敌。一旦时机成熟，那凌冽秋风必然会使每一片叶子瑟瑟发抖，进而扫得一片不留。她从来没有忘记诽谤她、阻止她成后的那帮老臣，只是无暇顾及。再说，还需要时日消解那个男人心头的忧伤。在忙完自己立后和儿子立太子两件大事后，她便腾出手来准备彻底清除她和儿子人生路上的一切障碍。她绝对不允许敌人立于朝堂之上指点江山，还对她指手画脚。然而，儿子李旦的到来，缠住了她战斗的脚步。刚刚生完孩子的她与皇上感情一度缓和，卿卿我我。在风和日丽的一天，一家人泛舟湖上，其乐融融，尽享皇家天伦之乐。可待身体恢复如初，她又痴迷于朝堂上的事，冷落了皇上。

李治越来越觉得她真的变了，变得有些陌生，不像以前那么柔媚多情，也不像从前那么待他温情脉脉。如今她跟着魔似的，热衷政务，热衷朝廷诸多杂事。他倒落个清净，不用担忧她与外戚内外勾结，从而架空自己，将李家王室皇权夺走。因为她那些亲戚兄弟不成器，而且被她贬到了蛮荒之地。

原本一人得道，鸡犬升天。正如《长恨歌》里描述的"姊妹弟兄皆列土，可怜光彩生门户"。她不曾放弃这样的权力，就连那坟头长满草的爹也被追封为司徒。武士彟恐怕做梦也不曾想到，自个儿在土里埋了几十年，还能被追封个大官。母亲杨氏被封为代国夫人，享尽女儿的荣耀。那些异母兄弟元庆、元爽，堂兄惟良、怀运个个雨露均沾，分地封官，都得到大大小小的升迁。

然而，她和母亲难以忘记父亲去世后，族中那帮因她成皇后而获得官位的亲人曾带给她们娘儿几个的苦难和创伤。那种苦难和创伤种在她那幼小心灵的深处，久久难以淡忘，反而随着时光流逝、年龄增长愈加浓郁。童年遭受的欺辱和凌霸是根深蒂固的。而那些武家兄弟们却不知好歹，尽管因她而迁升，却不知悔改，对杨氏口出秽言、不恭不敬。孤儿寡母的杨氏寄人篱下时，只能受着忍着，可眼下已贵为代国夫人的皇后生母岂能再容他们羞辱？哪怕说一个字也不行。于是，杨氏哭着向女儿诉说那帮所谓亲人的丑恶嘴脸。她被惹得新仇旧恨难以平息，心底升腾起阵阵寒意。沉默好几天后，她将写好的敕令拿给皇上。李治一瞅，这女人真是不寻常，怎么将那些有着血缘关系的兄弟们贬到最荒芜最偏僻最遥远的地方。可他懒得费脑筋细琢磨，既然是她的家事就按她的意思办，画圈了事。

那些得意忘形的兄弟们还没来得及赴升迁地方上任，便已被赶上流放之路。结果，那元庆到深山沟里抑郁愁闷，没几天便一命呜呼。而其他几个兄弟在瘴湿之地艰难度日，苦熬时光。他们懊悔不已，当年欺凌人家孤儿寡母时下手有多狠，如今就有多惨。当年，他们要是多少顾及情面，如今也不至于落得个这么狼狈不堪的下场。所以，人啊！得势时千万别欺负弱小，愿意帮那些不幸的人就帮一把；

如果不愿意帮，千万别在人家伤口上撒盐，增加不幸的筹码。

原本是家族内部一场恩怨之争，却被不知个中原由的人们说成是新皇后为防范外戚势力扩张而采取的一种大义灭亲的举动。当然了，能有这般论调，离不开朝中以许敬宗为首的拥护她的臣子们小心翼翼对舆论的操控。你们看看武后，这一番生猛操作多么无私啊！只怕是历朝历代无论多么高尚的皇后也做不到。这不得不使人肃然起敬。然而，明眼人一眼便能看穿她醉翁之意不在酒的小把戏。可眼下，皇上李治深信不疑，也敬佩不已。他再也不用担心又冒出来一个国舅操控自己。再说，他自始至终都将丞相的任免权紧紧攥在自己手里。这用人权才是皇权的根本所在。只要根本不动，任它东南西北风可劲吹，也无大碍。只是那几个老臣，尤其是大书法家褚遂良时不时给他写来信，那信中言辞诚恳用情，令他无比忧伤、烦恼不已。

褚遂良终究不甘心亦不死心，辛辛苦苦忙活大半辈子，熬到头来还落得个罪臣之名，被贬出京城。这真是太悲凉。他深知皇上是个有情有义的男人，只是一时被那"狐狸精"迷惑住而已。于是，他频频给高宗写信尽诉他的一片忠心，打起君臣感情牌。

他说："皇上啊！咱可是个忠厚老实的好人啊！当年你爹想立你哥为太子，那可是我和你舅拼了老命才把你扶上太子之位的。你有今天，可不能忘了我的举荐之功啊！你爹临终前，把你托付给我和你舅。我可是一天也没歇过，一天当三天干，一年当三年干，一丝一毫不曾懈怠。你不能忘了我的辅政之功吧？"

总之，说尽讨好的话。这些陈年旧事总能在李治心底掀起一阵涟漪，虽然不是汹涌波涛，但终究影响心情。那些信都石沉大海，褚遂良不曾得到朝廷的只言片语。不知谁竟然将此信密告武后，她一看便急了眼："这褚老头是敬酒不吃吃罚酒嘛，自找苦吃，不收拾都不行。"

显庆二年，立她儿子弘为太子的次年，即显庆二年（657年），她随便搞了些子虚乌有的罪名，将褚遂良又贬到桂州任都督。这次一脚将褚遂良踢到比那长沙更偏远的桂林。要说桂林山水甲天下，那不是风景如画的好地方吗？那是现在，唐朝的桂林可是个破落荒芜的偏僻之地。褚遂良只能将一腔悲愤化作一时悲情，在那青山秀水间度过流年。然而，桂林仍不是他人生的最后一站。

那个每日心惊胆战的韩瑗仍不忘在李治耳边替褚遂良求情，一个劲地贯耳音、吹耳旁风，喋喋不休，叨叨个没完没了。他一个劲地说："褚遂良忠诚干净担当，不该被一贬再贬，这样做会让那群老臣心寒。"这番说辞搞得李治心里面挺不是个滋味，凭空又增添了一份对她的怨气。

她哪里容得下韩瑗几个老臣上蹿下跳扰乱圣心？那个迂腐不堪的韩瑗，没把你踢出朝堂已是万幸，你还不老老实实待着，非要一天到晚没事瞎折腾，一刻也不消停。那好吧，只好将你踢到荒蛮之地凉快去吧。不然，耳根不清净，迟早会出事。她最了解那个男人了。她无法盯住李治，更不能看穿李治的心。那些耳旁风多了，一旦风力强劲，必然影响李治的心性。她不允许有人搞乱李治的心。因为人的心性一旦乱了，势必会乱作为。那她费尽十几年青春岁月熬成的婆，有可能会遭受到来自外力的无情冲击。她一定会将这种祸患的小火苗扼杀在萌芽状态，绝不会使其燃烧起来，以至于蔓延开来。她将那帮跟班心腹许敬宗、李义府等秘密召进宫，仔细谋划了一番，一场来势汹汹的清洗老臣的暴风骤雨即将不期而至。她没有给那几位老臣留下一丝丝喘息的机会。

很快，一封密折递到了李治的手上。那密折认定侍中韩瑗与已被外放到桂州的褚遂良里应外合，意欲起兵谋反。这可是掉脑袋的罪啊！殊不知，这老哥儿俩相隔千里见个面都难，怎么可能勾结造反呢？要说，以李治的智商很容易看清这背后的猫腻，可他偏偏揣着明白装糊涂，批给许敬宗他们去严查严办。欲加之罪，何患无辞。许敬宗和李义府还真是会办事，很快就收集好铁证，干净利落地将一封详尽的调查报告及处置意见放在皇上案头。李治匆匆瞄了几眼，便大笔一挥批准了。随即，那帮老臣被治罪的诏书立即下达。皇命不可违，几位老臣只能远赴他乡。

侍中韩瑗一直悬着的心终是落地，该来的终归来了。可他没想到会来得这么快、这么猛烈，还搞得这么惨。他一下子被贬到振州任刺史。就这样，年过半百的老臣被踢到天涯海角，终身不得返京、朝觐天子。他一时难以接受终身被驱逐的惩罚，心绪恶劣，在漂洋过海不久，因中瘴气之毒而痛苦地死在了那炎热的岛上，仅仅活了五十四岁。

而那个被贬到桂州的褚遂良屁股还没坐热，还没来得及四处走走，看看这秀美如画的风景，又再次遭贬。这回更狠，直接被贬到边境，到爱州任刺史。唐朝的爱州就是如今的越南清化。那么遥远的地方，一封书信来来去去得三四个月。这回褚遂良心灰意冷，不再浪费纸墨给李治写信，只是在偏隅一角哀叹人生无常，在那炎热难耐的地方翘首以待，空怀一腔热血和热望，在看不见的希望中将垂危的生命慢慢耗尽。

那个仍身居要职的皇上舅舅长孙无忌事实上大权已旁落，赋闲在家，专心研究史书。他对那些同朝为官的老哥儿们的悲惨遭遇有所耳闻，眼瞅着他们一个个客死他乡，明白自己在劫难逃，死期不远。只不过那个女人有所顾忌，怕拿他开刀过不了皇上那一关。毕竟，他是皇上的舅舅，而且对皇上恩重如山。然而，那个恶魔般的女人如此残酷地整肃朝廷，令他这个身经百战的老臣也噤若寒蝉。

可武后心里明白，不把这棵老树连根拔掉，她和儿子的敌人就难以消灭干净。她只有一步步逼近，先将老树的旁枝砍掉，将他置于孤立无援的境地。秋风扫落叶，绝不会手下留情，一定要斩草除根、一毛不留。她对长孙无忌深怀着一箭之仇，她恨长孙无忌，恨以他为首的那群老臣，恨之入骨，恨不得将他们一个个碎尸万段，撕成碎片。她不顾一切地将亲兄弟贬官流放，立下个抑制外戚的榜样，其矛头不正是指向长孙无忌这个操持朝政多年的舅舅吗？事实上，斗转星移，曾不可一世的长孙无忌现在却成为任人宰割的羔羊，他空有仇恨却无力去报，只因那个女人太狠毒。

果然没过多久，朝廷中便传出长孙无忌结党营私，集结朝中不满分子，企图改变大势已去的局面，夺回旧日政权的种种舆论。这个女人真不简单，怕直接干掉长孙无忌阻力太大，先搞舆论战。紧接着，亲武派的许敬宗便跳出来弹劾长孙无忌。姜还是老的辣。长孙无忌看透了他们耍的小把戏。要治他的罪，哪还需要玩出这么多新鲜花样来，直接来就好。可人家倾情演戏不是给他演的，而是促使皇上李治下决心的。没有一个听起来像模像样的谋反罪名，李治绝对不会顺从下诏将自己舅舅拿下的。即便做足文章，李治仍不相信，对他有大恩大德的舅父怎么可能反抗朝廷？李治忌讳沾染忠臣的血。他为舅舅的事没少与那个又爱又恨的女人拌嘴，往往吵得不欢而散。他对已被赶回家的舅舅原本存有一种深深的愧疚，一直想找个机会弥补自己对舅舅的怠慢。这下，他一听到舅舅意欲谋反，脑袋瓜嗡的一声炸了，连声说："不可能，绝对不可能！一定是你们弄错了。舅父怎么可能会反对朕？一定是有人陷害他。"

  然而，许敬宗这等人还真不是吃闲饭的，干正事行不行不知道，落实主子命令那是绝对不走样。主子要谁死，谁绝对活不过今天。他煞有介事地拿出有理有据有铁证的调查报告，证实长孙无忌的确勾结韩瑗、褚遂良等一群老臣意欲谋反。李治捂住眼睛不愿看，不愿相信舅舅造反的事实。可掩耳盗铃只是自欺欺人而已，他悲伤极了，也痛苦极了，怎么他那么尊敬的舅舅也反对他？他已无力去处理，只好交给许敬宗去处置。他躲回后宫，又钻进那个女人的怀抱，似乎那里才能慰藉他滴血的心。

  这个英勇果敢的老臣临危不惧，在幽禁他的地方，从容不迫地点上香，换上干净朝服，然后大义凛然地将脖子套进悬在木梁的麻绳上。他毫无激动气愤惧怕之色，更没有怨谁骂谁，只是长叹一声命数已尽，便自缢身亡。他的一族人尽数被发配到岭南瘴疠之地，那些与他交好的朝臣均被放了外任，在无边无尽的苦海里久久挣扎。

显庆四年（659年），这个女人花费四年时间将以长孙无忌为首反对她的老臣全部清理干净，家眷们一个也不留地发配岭南。至此，朝廷中反对武后的势力被完全肃清。

皇后亦强悍

男人一旦娶了个强悍能干的老婆是福亦是祸。如果驾驭得好，那将是开挂人生的加速器；如果没能管好，那无疑将是一场无法预知的灾难。强势的女人有耐力有毅力，坚韧不拔，认定的事必能干成。那皇上李治就娶了个既能干又强悍还妩媚的老婆武曌。这个"曌"字也是人家硬生生造出来的。日月当空，疏朗飘逸，才配得上天选之人的她。可这个老婆对李治来说既是福也是祸。

那些个辅政老臣一个个被收拾时，李治是真落泪还是真演戏无可得知。可他躲在幕后，将脏活累活、挨骂背锅的坏事全甩给了老婆。那个女人还真是强悍极了。自从被接进宫，九年的时光，她从后宫卑微侍女做起，先后干掉了不可一世的王皇后、多情妩媚的萧淑妃，又将战火引向朝廷，接二连三地干掉长孙无忌、褚遂良、韩瑗和柳奭等权倾朝野的重臣。她将朝廷干了个底朝天。如今的朝堂之上，再无敢顶嘴、不服管、倚老卖老的朝臣，更无倚仗辅政和开国之功裹挟皇上的老贼。她还将一个京都干成两个。她不愿待在长安，而是常住洛阳。

李治装好人却得实惠，得到了一个清清爽爽、面目一新的朝廷。他的老婆却背负了千年恶妇的骂名，成为强悍且狠毒的女恶魔。然而，刚过而立之年的李治，面对崭新的朝廷，振奋精神，正准备甩开膀子大干一场，可那个不争气的身体却又报警。他突然患上了一种昼夜头晕目眩的眩晕症，一睁眼就天旋地转，头疼欲裂，压根儿没法用力去干一番经天纬地的大事业。他周身疼痛，苦不堪言，心情一直很坏。好不容易将皇权完完全全攥在手中，可自己却没有一个强魄健康的身体去驾驭它、运用它。每一个男人都有一腔热血，都想干出点儿令后世敬仰的丰功伟绩，更何况一位贤德的君王。那种纠缠、磨砺、煎熬，使李治的病情久久难以好转。

然而，时过境迁，随着地位、心境的变化，这个强悍无比的老婆的心态悄然发生了变化。他们也变得大不如从前那么相亲相爱。如今朝廷上没有长孙无忌那群老臣碍手碍脚，他们夫妻之间却变得莫名其妙起来。之前，他们之间说话聊天无禁区，无所不谈。她在做昭仪时，常常向李治表达她对皇后之位的无限渴慕。可随着她坐稳后宫女人最高位置之后，反而失去了往日的坦诚，无形中与皇上产生隔膜。凡是她有什么想法，也不直接告诉李治，而是借心腹朝臣的嘴说给李治听。这正是她绝顶聪明之处。许敬宗之类的大臣一旦说出来，那就不是她的想法，而是大臣们的想法。李治身体有病，但脑子没坏。他分辨得清，朝臣们所谏之言、所议之事，哪一件背后有她，而哪一件是属于他们自己的。李治对她这种做法实在难以理解。因此，两人的心离得越来越远，感情自然越来越淡。

感情再淡也是夫妻。李治在很多事情上还得依赖她。令人莫名其妙的是，她这个深锁后宫的女人始终同整肃过的朝廷保持着一种密切、牢固、稳定的关系，就连皇上亦难以理解。她却没空理睬皇上这些顾虑，而是在幕后悄悄指使朝中礼部的官员修改唐太宗时代修撰的《氏族志》。她授意将书名改为《姓氏录》。这改书名只是皮毛，而贯穿全书的指导思想亦发生了天翻地覆的变化。她意欲从理论上打破贵族门阀的封锁并击倒他们，可以让士民百姓有永载史册的机会。她就是要让人人都有出彩的机会，不能因世袭而阻碍每一位普通人走向辉煌的道路。她对这件事极其上心，只因她受尽出身卑微的苦。如此一来，她可以轻而易举地将原先不值一提的低下的武氏一族描述成天下第一名门望族。如此就可不费吹灰之力，强有力最有效地驳斥回击那些"贱妾""商人之女""地位低下"等喧嚣的杂音。她懂得从灵魂深处着手。她明白打口水仗只能惹得一地鸡毛，而要堵住悠悠众口，就得从上层建筑法规上入手。一旦有国家层面的认定，你纵然说得天花乱坠也属无稽之谈。在这次修撰中，她摇身一变成了血统高贵的大家闺秀。

除却这件文字游戏的要事，她还帮皇上干成了一件开疆拓土、抵御外侵的大事。这件大事是李治的父皇及李渊都想干却没干成的事。乾封三年（668年），她肃清朝廷后不久，强悍的高句丽又开始兴师北上，对大唐辽东边境进行大面积侵犯。久病卧床的李治一听便来了劲，腾的一下从床上跳下来，不顾头晕目眩，意欲以病弱不堪之躯率十万大军东征高句丽。然而，皇上决心再大也是天方夜谭，走路都走不稳，怎么领兵打仗？也许，李治心里太苦，只想战死疆场，一了百了。男人们往往就是这个样子嘛，他们总是在最自卑、最低迷的时候想做出最自尊、最豪迈的事情，以使他们痛苦的灵魂得到解脱，证明自己依然强大威武。李治只是想想而已，在武后的劝阻下，并未能像父皇那样成行。李治终究是派信得过的旧臣李勣率军东征。不承想，李将军不负众望，一路凯旋，轻而易举地击溃了高句丽。这次东征大获全胜，换来辽东边境多年的和平。至此，唐王朝版图已是最大，东起朝鲜半岛，西临咸海，北包贝加尔湖，南至越南中部，持续三十余年，附属藩国比比皆是。大唐王朝更加稳固坚强，国泰民安，天下太平，到处呈现出一派欣欣向荣的景象。

然而，李治这身体日益严重，根本无法上朝，只好不理政务，静心休养。每日全国上下文武百官得有多少事等他裁决，等他发号施令，但病痛将他折磨得精疲力尽。他不得不把手中的权杖暂时交出去。然而，交给尚且年幼的儿子李弘，他实在不放心。想来想去，他觉得暂时交给武后最为妥当。因为他信得过这个强悍皇后的政治才能。就这样，天降大任于是人也，而这个人就是武后。她就这么阴差阳错地被推到政治舞台的中央。第一次坐在翠帘之后，亲自裁决政务时，她会有怎样的一种感受和体验？只怕她也难以名状，用什么语言描述都显得苍白无力。可是，她超级喜欢和享受这种使她兴奋、使她激动的感觉。她愿意在这个政治舞台上尽情表演。上苍赐予她这样一个千载难逢的机会，她的表演时刻已经到来，那就尽情施展自己的政治才华吧，绽放自己无穷的魅力吧。

要说身体不好的李治脑子还真好使，他选她暂管朝廷算是选对人了。她做派干练，裁决果敢，说话切中要害从不废话连篇，办事干净利落从不拖泥带水，使得政务之风焕然一新，政事效率提高一大半。那些立于朝堂的众臣对这个女人刮目相看，既敬又惧。她生来或许也如普通女子般想着找个好人嫁了，生儿育女，相夫教子，过着无忧甜蜜的小日子，平平淡淡了却此生。可滚滚而来的历史洪流将她逼到主宰天下的君王位置上，她不得不放弃曾经小女子的纯真美好幻想，只能硬着头皮去承载历史的重任。不承想，这皇权千斤重担压下来时，竟然激发出她身体内潜藏的无尽政治才能。

　　人在某些方面是有天赋的，可政治才能不是光有天赋就行。她在永巷那四年花在读书上的时光没有白费，她在一代名君李世民身边的八年光阴没有浪费。她是个学习能力超强的人，她善于从书本中学，也善于从身边人身上学。她能将书本知识与实际操作融会贯通，然后自成体系，化成自己的政治智慧。她在机会降临时能抓住也能胜任，这都归功于无数个寂寞黑夜的苦读，归功于对李世民处理政务的细心观察和留意。哪个人也不是随随便便就能成功的，成功的背后一定是加倍的努力和付出。她手握权柄，得心应手。很快，处理政务方面非凡的才华使她在朝廷中建立了威望。而且，她干脆果断的行事风格，使得整个朝廷充满了生机和活力。待李治身体慢慢恢复，他又回到朝廷时，突然间在武后和众朝臣的神色中，产生了一种物是人非的感觉。这还是他的朝廷吗？那些人还是他的朝臣吗？他坐进那把属于他的皇帝宝座时，好像所有人都觉得很别扭，有点儿尴尬。他一时有些无所适从，感到属于他的大殿很陌生。他倒是想得开，既然武后打理得如此井井有条，干脆当起甩手掌柜，任由武后处理政务。他连早朝也懒得上，整日待在寝宫养病。他将祖上浴血奋战打下的李家皇室江山放心地交给了武后。

武后整日被繁重政务缠身，忙得不可开交。这时候，又有一个美丽女子悄然闯进李治的视野。这又将会上演一出怎样惊心动魄的宫廷悲情故事呢？武后绝对不会轻易放过任何争宠的女人，那位妙龄少女凶多吉少。而那美丽的少女正是销声匿迹多年的韩国夫人的女儿贺兰敏月，也是她的亲外甥女。

她从来没想过对姐姐的仇恨会殃及姐姐的家人，尤其是那一双活泼可爱的儿女。姐姐消失就消失，一切还是姨妈疼爱外甥女和外甥、外甥女和外甥孝顺姨妈的美好样子。后来，很多年过去，姐姐那双儿女悄然长大成人。她将那美若天仙的外甥女封为魏国夫人，又让那个外甥贺兰敏之继承外公的所有爵位。因此，这个风流倜傥的少年，童年生活颠沛流离，如今却因皇后姨妈而一跃成为周国公。小小的少年，被授予太子左庶子、弘文馆学士兼左散骑常侍，多少人穷其一生不曾达到如此人生高度。她对这两个孩子怀有一种莫名其妙的感情，或许是一种难以启齿的深深愧疚。无论怎样，她对他们的好却是实实在在的。她把他们接进宫，给予最好、最优越的生活。因此，他们出落成英俊的少年和美丽的少女。她为有这样的外甥和外甥女骄傲，常在母亲面前夸奖他们是武家最杰出的后代。

然而，两个孩子在姥姥的庇护下长大，对这个一向不苟言笑的姨妈怀有一种复杂的情感。尤其那些在宫中疯传的他们母亲是姨妈逼杀的谣言，使他们对这位风韵犹存的姨妈又爱又恨。或许，在后宫中亲情亦掺杂了太多恩怨情仇。魏国夫人亭亭玉立，长得好看极了。她学着姨妈的样子，穿好看的衣服，戴精美的头饰，化淡雅的妆容。在那后宫如百灵鸟般飞来飞去，飞到哪儿，哪儿就阳光明媚。终是，这只欢快的鸟儿飞进久居后宫养病的姨父的宽阔怀抱，还停留在那儿幻想着得到皇上专宠。有朝一日，她将会替代那个狠毒的女人，为不明不白丢掉性命的母亲报仇。母亲的悄然离世在少女心中埋下一粒仇恨的种子。然而，她太稚嫩、太单纯，亦缺乏斗争的经验和历练。她无疑是在钢丝绳上跳舞，将她年轻的生命推到万劫不复的深渊边缘。

姨妈心机深

人的精神生活是由他对生命生活的体验和对外部世界的感知构成的，其丰盈程度从某种意义上来讲，决定了一个人的幸福程度。功成名就的辉煌只是昙花一现，稍纵即逝。真正能使人内心安宁、幸福永久的是和谐而稳定的感情生活。武曌虽已登顶女人在那个年代最高的位置，但是她的感情生活却被后宫的钩心斗角搞得七零八散，甚至是千疮百孔。她沉浸在繁忙政务里，疏忽了身体欠佳的皇上李治，少了对四个儿子和她最疼爱的女儿太平公主的陪伴。她俨然成为一台忘我工作的国家机器，替皇上维系着大唐王朝的正常运转。

事实上，和谐稳定美满的感情生活能使人精神更丰盈，得到极大的满足。而人的感情生活有两种：一种是有血缘关系的亲情；一种是没有血缘关系的感情，比如爱情和友情。亲情是血脉相连，无法割舍的。如果兄弟姐妹能相亲相爱，那便是天大的福分；如果不能且相害相杀，那只能自认倒霉。亲情是血亲，无法选择。而爱情和友情是可以选择的。对于武曌这样的女人来说，爱情只不过是通往辉煌的阶梯，而友情就显得更微不足道，往往亲情会成为她痛苦的源头、前进路上的绊脚石。美好的爱情和靠谱的友情，是人的生命里不可或缺的精神慰藉和心理需要。然而，这一切，对于胸怀天下的帝王而言都是浮云。只因天底下最无情的便是帝王。在他眼里，不是斗得你死我活的敌人，便是忠心耿耿跟随自己的忠臣。哪怕血脉相通的亲人，只要背叛他，就是敌人，必然死路一条。所以，一旦成了宫中人，感情就显得无足轻重。

身为皇后的她疼爱姐姐的一双儿女，她对他们倾注的情感不比自己的儿女少。那种情感是最真切也最真挚的。她给了他们最荣耀的阶位、最优越的生活。总之，她对他们极好。可悲哀的是，姐姐的突然消失却成了孩子们心中一道永难愈合的伤疤。她原以为韩国夫人的亡灵会永远禁锢在那座阴森森的太极宫，可那亡灵穿过八百里秦川附着在了孩子们身上。她无法阻止仇恨在孩子们心底野蛮生长，就如同无法阻止姐姐的背叛一样。她没有想到，这样一对她倾尽心血爱护的孩子，有朝一日竟敢冒犯她。无论情感上有多么不舍和痛苦，她用心疼爱过的外甥女又一次踏上背叛她的不归之途。她眼睁睁地瞅着那美丽少女一步步走近死亡的枯井。亲人的背叛最使人心痛，犹如将心拿出来放在油锅里煎似的。可她即便心在滴血，也不得不强忍着去收拾这么一个充满血腥的残局。她尚且念及亲情，可也无法接受这样的背叛。别的女人一旦触犯她，她会毫不犹豫斩杀。可对至亲至近的美若天仙的外甥女却无法快刀斩乱麻，只好静待时机。

那个美丽的外甥女魏国夫人随着时光流逝慢慢成熟，也渐渐懂得漂亮的含义。在青春期身体开始发育时，她特意学着姨妈化妆打扮自己，还超级喜欢穿袒胸露臂的衣裙。她浑身上下洋溢着青春的气息，白嫩的肌肤在华丽锦衣的衬托下愈发迷人。无论穿什么样的衣裙，都难以裹住她身体里向外喷涌的那种少女特有的魅力。自母亲消失，她便与哥哥贺兰敏之住在姥姥杨氏的府邸中，在七十多岁尚且健康的姥姥呵护下无忧无虑生活。姥姥的疼爱始终能聊以慰藉他们成为孤儿的苦寂和悲伤。几乎每天，她不是陪着姥姥，就是跑到姨妈宫里与她的孩子们玩耍，稚嫩的脸庞上总是挂着明媚灿烂的微笑。那双深邃好看的眼眸里溢满了无邪和纯真。那时，她似乎还不懂得什么叫欲望。她是个漂亮得令人赏心悦目的少女，成了后宫最绚丽的那株花朵。李治虽病得头晕目眩，可男人的心却依旧活泛。所以，那个纯真无邪、喜欢臭美的少女魏国夫人，已经悄然搅动了皇上心中的一江春水。

  武曌自从坐在政务殿翠帘之后，就忙得晕头转向。全天下多少事啊！哪个边境又有外族侵扰，哪个地方又遭了千年不遇的虫灾洪灾旱灾，哪儿的藩王又欲谋不轨，哪个官员又在拉帮结派搞事情，哪儿又冒出来个稀奇古怪的新鲜玩意儿，等等。她只要一睁眼，就有批不完的折子，听不完的汇报，议不尽的事。一天从早到晚，她忙得连觉都睡不够，哪儿还有劲头和精力与病恹恹的皇上卿卿我我啊？她只是叮嘱御医精心治疗，有时来看一眼便走。可在后宫养病的李治无案牍之劳形，甚是悠闲。他每每看见那株鲜艳欲滴的花朵，心中就会有一只小鹿乱撞，连病痛都减轻了一大半。天底下的女子哪里抵挡得住帝王的恩宠啊？再说，这么一个单纯少女很容易被李治头顶的皇帝光环折服。一个有意,一个有情,很快,他们干柴烈火般燃烧起无尽的情欲。而那个女人忙得焦头烂额,无暇顾及。

这日,武曌突然特别想念牙牙学语的女儿太平公主,想知道孩子们在干吗。这个想法非常强烈。于是,她突然宣布退朝,公务待明日再议。在侍女们的簇拥下回宫后,她先是在花园里看到被奶妈抱着的天真烂漫的女儿太平公主。她亲了亲宝贝女儿,觉得这个女儿太珍贵,美好极了。自然,女儿对她的爱也是深入骨髓的。她仙逝之后,女儿太平公主哀思无尽,将思念编织成塔楼,公元705年在长安东关修建了穷极奢华的罔极寺用来纪念母亲。只是那名寺的建筑物大半都在一代又一代的兵荒马乱中毁坏。尔后,她又想起久病卧床的皇上李治。今儿恰巧安排御医召集天下名医给皇上会诊。于是,她急着去给予那男人妻子的慰藉和温情。可不巧的是,她竟然撞见了令她心碎的一幕。推开屋门,御医们已不见踪影,只有那纯真的外甥女和自己的男人。那外甥女头发凌乱、衣衫不整,慌忙地从男人怀里挣脱开来,眼里满是惊恐和不安。

她简直不敢相信自己的眼睛,昨天那荒唐的一幕竟然又重现了。这外甥女像极了她的母亲,外貌心性都极像。她太大意,竟然又是引狼入室。李治被突然造访的武曌震住了,一时语塞。三个人尴尬至极,足足顿了十多秒。武曌看见这个病中男人的眼里,正有一种很亮的光慢慢消失,就像灯灭了一样。她得体地接受外甥女的跪拜请安,然后一言不发地转身离去,就像一阵风似的来得那么突然,又去得那么匆忙。锥子装在布袋子里迟早要露尖的。李治与貌美如花的魏国夫人偷偷在一起,享尽情爱甜蜜。可是,她一旦发威,这种甜蜜顷刻会变成一柄索命利剑。她对亲人的背叛忍无可忍。在转身那一刻,她从那惶恐不安的少女眼里看到一种挑衅和仇恨。或许,这就是报应。原以为离长安远了,恩怨情仇也就淡了。可有些事一旦发生,你想或不想,忘或不忘,它都在那儿。你离得近还是离得远,它亦不会变淡。

李治将那瑟瑟发抖的贺兰敏月一把揽入怀中,紧紧抱着,安慰道:"别怕,别怕,朕是皇上,这天下是朕的,朕会保护好你的。你放心,朕不会让任何人伤害你的。你要相信朕,你是朕最爱的女人。"

那少女顿时心花怒放,一扫丑行被发现的尴尬和恐惧,擦干眼泪,深情地望着李治说:"真的吗?圣上是不是早已厌倦那个恶毒的老女人?"

李治那颗饱经沧桑的心都快被含糖量绝对高的甜美嗓音融化了,连连点头:"是啊!在这硕大后宫,朕只爱你一个女人。朕早就烦她了。朕自从有了你,才觉得生活有了起色,生命有了色彩。"

魏国夫人眨着迷人清澈的大眼睛,又细声细气地说:"那你得封我为贵妃。不然,在这后宫里我们偷偷摸摸的,总使人难以心安。我总觉得有一双眼睛死死盯着我们。一旦有了贵妃之名,那我就是圣上名正言顺的女人,我再来伺候皇上,就名正言顺了。"

这么漂亮的女人怎么能使李治不动心、不动情?他坚定地说:"放心吧!朕一定会风风光光把你接进宫的,让你成为天底下最美的新娘。"

魏国夫人动情地问:"真的吗?比那个狠毒的女人还要美吗?"

李治天生就是一个多情种,病得班都不能好好上,可遇上心仪的女孩便劲头十足,头不晕,眼不花,说起话来倒像个爷们铿锵有力:"必须啊。她哪里有你美啊!差得太远。当年朕都能把她从感业寺接进宫来,如今接你进宫不是轻而易举的事嘛。"然而,今非昔比,今天的皇后姓武而不是王。狠人说软话干硬事,而懦夫恰好相反,说硬话却不办事。李治真是十足的懦夫。他辜负了魏国夫人,没将魏国夫人封为贵妃,亦没能保护好人家。

武曌跑回寝宫大哭了一场。她往往就是这样,悄然疗伤,然后静待时机。她绝不会像那些愚蠢至极没脑子的女人,遇事就上头,大动肝火,哭闹不止,搞得声名狼藉、两败俱伤。她按兵不动,静静地等待一个恰到好处的时机,将伤痛加倍还给那个伤害她的人,甚至使对方丢掉极其宝贵的性命。因此,当第二天太阳从东方升起时,一切还是原来的样子。她像是什么也没发生似的,没有兴师问罪、大动干戈,而是如以往般忙碌,待外甥女依然如从前般和蔼可亲。李治偷偷窃喜,杨氏深感欣慰,魏国夫人暗自庆幸。人们真的以为相安无事。其实,人们被她亲切的假象迷惑了。她就是心力极强的一个女人,一旦平静下来,她就不再痛苦、不再愤怒,而是悄然进行着复仇计划。

只是外甥女不像以前那么狂妄、肆无忌惮地在龙床上与姨父缠绵。她躲在姥姥杨氏府邸中,静静等待着封她为贵妃的诏书。这可怜的魏国夫人却不知后宫诸事都是她那个姨妈说了算,那个她所依赖的男人对她那姨妈百依百顺、言听计从。

杨氏干瞪眼亦无办法,只好暗暗祈祷。皇上喜欢她的外孙女,她敢横加干涉甚至强行阻止吗?那岂不是忤逆之罪?她怕漂亮年轻的外孙女步大女儿韩国夫人的后尘。知女莫若母。她是深知女儿武曌的心性和做派的,恐怕外孙女的好日子即将到头。她恨极了那个懦弱的皇上李治。大女儿韩国夫人的悄然死亡,她难以怪罪对她孝顺的女儿武曌。她怪罪李治,怪他的多情滥情,又那么怯弱。如果外孙女魏国夫人又因与他相好而丢掉性命,她依然会把这笔血债记在李治头上。因为她深爱着女儿武曌,若是没有这个女儿的忍辱负重,哪来武族的飞黄腾达?更没她锦衣玉食的贵族生活。她从心底里感激这个非凡的女儿,恨只恨那个多情的皇上。因此,她为消解心中无尽的担忧,唯有去打坐诵经,祈求上苍护佑。

殊不知,看似风平浪静的背后则是波涛汹涌。平静孕育着更大的风浪。武曌从外甥女魏国夫人身上嗅到久违的战斗的火药气息。这个长成漂亮女人的外甥女毅然决然地成为她的情敌。她曾经对外甥女倾注的爱显得苍白脆弱,在外甥女眼里是虚伪,是愧疚,甚至是假惺惺装好人。韩国夫人的死已经摧毁了她们之间爱的桥梁,取而代之的是杀母之仇。她没得选择,敌人只能死。

杀戮的家宴

高宗李治那颗疲惫已久的心开始活泛起来。无论多么危险多么困难重重，也难以阻挡他占有那个天真烂漫、纯净光洁的少女的意念。那种意念来势凶猛，点燃了少女怀春的心。于是，那个美若天仙的少女变成了一个女人。因为变成女人，便萌生欲望。因为萌生欲望，便不再纯洁善良。以前清澈如水的眼眸也变得不再那么纯情。就这样，一种战斗意识在那愈发仪态万方的女人身体中萌发、生长。那可怕的沉睡数年的野心之兽被悄然唤醒。魏国夫人脸上总挂着淡淡的忧伤，她心里埋下了太多太多怨愤乃至仇恨。她时常被内心深处藏着的一种对姨妈难以名状的复杂情感所折磨，备受煎熬。突然间，她有了野心，有了成为后宫之主为死去的母亲报仇雪恨的念头。无论姨妈多么疼爱关心她，她总会想起去世多年的母亲，心底燃起复仇的火焰。那火焰烧尽了姨妈对她疼爱滋生出来的那份温情。可是，她高估了那个男人对她的宠爱，低估了姨妈对情敌的残酷。在每每相欢之后，她总是一次次逼问李治："陛下，到底是谁害死了我的母亲？"李治却佯装不知，避而不谈。

可魏国夫人揪着不放，又说："后宫的人都说，谁僭越了姨妈接近圣上，谁就只有死路一条。"

李治疲倦的眼眸里流出老泪，依旧闪烁其词地重复一句话："你的母亲只是不幸，也许是我们不该相爱。"

她若是一再逼问，逼得太急，李治只会一味亲吻她松软的头发，不停地说："不，不，你不要听后宫那些人乱说！朕只剩下你啦，你那纯真美丽犹如清晨露水，滋养朕干涸的心田和阴暗的生活。朕不能没有你，如果连你也离开朕，那朕就真的要病死了。"

可她仍旧告诉皇上，她怕姨妈的目光和微笑，怕什么也没说的姨妈，怕迟早有一天，她也会像母亲一样被姨妈害死。李治将她抱得更紧，使尽浑身解数安慰这个内心充满恐惧的女人。他信誓旦旦地向她保证，会不惜用生命来保护好她的。他也告诉她，姨妈也是深爱着她的。

姥姥劝她别太任性用情，宫中的事风云突变。她却有恃无恐，自觉有皇上专宠，便能为所欲为。虽然不再去皇上寝宫，可在姥姥府邸中，她依旧等待趁着武曌临朝之时微服来访的李治。在这里，他们尽情地缠绵。事后，她恋恋不舍地将李治送出家门。然后，她站在院门口，痴痴地望着皇上的马车渐行渐远，直到消失在通往皇宫的石板路上。她心绪纷飞，五味杂陈，不知以性命相托的这个男人值得吗？殊不知，酣畅淋漓之后的承诺就是海市蜃楼，美丽得令人目眩，却虚无缥缈。

一日，细雨绵绵，武曌正在政务殿里忙着批复那堆积如山的奏折，魏国夫人如浮萍般从殿门口飘进来。她直逼那个虽已是五个孩子的母亲，但体态依然轻盈，周身洋溢着成熟女人魅力的姨妈。她流着泪质问:"是你逼杀了我母亲吧?是你让我成为孤苦伶仃的孤儿吧?我恨你。你知道吗?圣上已不再爱你,他要下诏封我为贵妃。他现在最爱的女人是我,他说他已经离不开我,我是他生命的全部。"

还未等武曌缓过神来,李治已经追来,以一种极端的爱怜将悲痛欲绝的魏国夫人拉开。他紧紧地搂着她,安慰着她,甚至用一种大无畏的目光直逼武曌投过来的惊愕而严厉冷酷的眼神。他替深爱的女人出头,义无反顾地站在魏国夫人这边。可那年轻气盛的魏国夫人很固执,不见好就收,仗着皇上撑腰,依然不依不饶地骂个没完没了,她将心中压抑已久的怨气怒火全发泄了出来。她憋得太久,又有皇上的保证,自然斗胆指着姨妈的鼻子泄愤。

武曌任由魏国夫人撒泼发疯,她始终坐在那儿沉默不语。不过,令她惊诧不已的是,一向软弱病恹恹的李治竟然会跑来保护魏国夫人,还明目张胆地放纵那小妮子如此地羞辱她。她感到危机,更感到痛心。她面色依然平淡,如不起半点儿涟漪的湖面。她总是把情绪拿捏得稳稳的,绝不会喜形于色。那外甥女终究还是被皇上拉走。她望着他们离去的背影,眼里放出一道道利剑般的寒光。她忍着,忍着亲人背叛的痛苦。她如猎豹般趴在草丛中一动不动,静静等待一个绝佳捕食猎物的机会。她一旦出击,必然得手,猎物必死无疑。

这个机会终于来临。麟德二年(665年),朝廷准备十月份登泰山进行封禅大典。这个大典绝非寻常,是古代帝王规模最大、规格最高的祭祀天地的国家级重大活动。说来也怪,古时皇帝不光封活人为宰相将军,封爵封王,还热衷于封神封物封山。而那一座处在山东大平原拔地而起的泰山很突兀，显得很高。那时没什么海拔的概念，人们局限地认为泰山之顶便是离天庭最近的地方。因此，在千年历史长河中有六位皇帝在泰山搞过封禅大典。这么隆重的封禅大典可不是随随便便就能举行的，而是用在改朝换代、战争胜利、江山易主、国富民强等重大的时间节点上，向神灵向世人秀一番当今皇上因治国有方而取得的丰功伟绩。在赴泰山封禅大典之前，按照常规惯例，各地封王诸侯、地方命官都督刺史、各国使节等，都得先赶到京都洛阳集中，然后再与皇帝一道浩浩荡荡前往泰山。那些被外放的官员因此得以有了一个难得的进京机会。

这下，那些在荒蛮偏僻地方苦熬日子的官员们开始各显神通，四处活动调回京城的事。京都各大名家酒肆人满为患。洛阳城里将相王侯的府邸门庭若市，攀高枝的外地官吏走马灯似的来了一波又一波。歌舞升平的宴请宴会接连不断，就连武曌母亲杨氏的府上也来了不少宾客。而宾客中被贬往瘴气弥漫的荒蛮之地苦熬时光的武姓堂兄弟们居多。杨氏原本就是名门望族，自然明白得饶人处且饶人的处世哲学。那武姓堂兄弟已为他们当年的傲慢无礼付出惨重代价，吃尽放任外府的苦头。她原谅了他们，对登门拜访的武曌堂兄惟良和怀运给予极高礼遇。此时，武曌那个异母兄弟元庆已在被贬之地郁闷而死，而另一个兄弟元爽却因未得到参加封禅的许可未能回京。

这次，惟良和怀运带着丰厚礼品小心翼翼地先来拜望杨氏夫人，希望杨氏递个话，缓和一下紧张关系，消解一下当年的陈旧积怨，替他们向堂妹武曌认错道歉。他们痛哭流涕，历数自己诸多不是，将自己骂得猪狗不如，说自己是不知好歹的衣冠禽兽，那悔过自新的态度认真诚恳至极。他们狠狠地将自己蹂躏一番，又向杨氏提出一个悔过自新的想法，希望能举行一个小小的家庭聚会，给他们一个向武曌当面赔罪道歉的机会。他们不敢奢望能见到那个高不可攀的堂妹武曌，只是想拿出一种卑微姿态为能博得武曌一笑。他们希望堂妹冰释前嫌，饶恕他们过去犯下的低级错误，在京城给他们赏一口饭吃。

杨氏到底是大户出身，陈年旧事过去二十多年，早已淡忘曾经受尽的屈辱和伤害。她很快便将惟良和怀运两兄弟的意思转告女儿武曌。

武曌若有所思地顺嘴说了一句："人啊，是难得知道悔过的，但愿他们是真心认错的。"

而后，她竟然提出参加这样的家宴。她跟母亲说："家里的人不多了，能聚在一起实在不容易！况且，我好些时日没见到敏之兄妹两个，想他们了，很想回去看看他们。"她脸上始终挂着淡然和善的笑容。

杨氏随之轻松许多，还是她这个女儿足够宽宏大度，唯有如此才配得上当今皇后的高位。

惟良、怀运两兄弟受宠若惊，幻想着美好生活即将到来，脱离苦海的日子不远了。敏之兄妹却惊诧不已，她怎么愿意来呢？在他们年轻身体中翻滚的仇恨情绪依然未能平复，他们自然不知面对前不久顶撞过的姨妈如何是好。尤其魏国夫人更忐忑不安,难以预料碰面又会引发什么样不欢而散的事情。

在晚霞映满天边的一个傍晚,作为女儿、堂妹、姨妈亦是皇后的武曌在几名侍女陪伴下,微服来到母亲杨氏府上。她微笑着同堂兄、外甥、外甥女等一个个家庭成员寒暄,全然无皇后的威严和架子,和蔼可亲,平易近人。她还津津乐道地跟惟良、怀运回忆小时候一起做游戏玩耍的美好时光。她告诉敏之兄妹,她的孩子们如何想念表哥表姐,过去的不愉快就让它随风去吧!杨氏甚是欣慰,到底是一家人,能有多大的坎迈不过去啊!

这个家宴开始时,皇后的随和使得气氛温馨融洽,一家人就这么和谐地围坐在一起其乐融融。他们真的像久别重逢的亲人似的聊天叙旧,有说有笑,只是小心翼翼地只字不提韩国夫人和异母兄弟元庆,也不曾念及远在异乡备受折磨的元爽。他们似乎是相亲相爱的一家人,好像从来没有敌视过,也没有相互残害过。然而,席间的欢声笑语营造出的一片祥和,却被突然间捂住胸口倒下去的魏国夫人打破。她就喝了一杯酒,还没来得及说一句话就倒在地上抽搐不已。众人皆惊得目瞪口呆,敏之急忙把妹妹抱到床上。她紧抱胸口,抽搐着,呻吟着,苍白的脸上满是汗珠,绝世容颜因疼痛而变得扭曲丑陋。

武曌紧紧地握着外甥女的一只手,脸色凝重。杨氏开始抽泣起来。一家人神色慌张,不知所措。敏之高声呼喊:"妹妹,妹妹,你这是怎么了?"但他喊破喉咙也无回应。

转瞬之间,那年轻漂亮的魏国夫人不省人事。在这个女孩咽下最后一口气时,虚弱地喊出一声"母亲!"在生命弥留之际,她看见正在张开双臂迎接她的韩国夫人。就这样,她永远闭上了那双清澈漂亮的大眼睛,嘴角缓缓流下一股鲜红的血。

杨氏失声大哭,悲痛欲绝。这外孙女自从父母双亡,就一直跟着她生活,是她一手带大的,那份似母的情感深入骨髓。她抱着渐渐变凉的魏国夫人哭天抢地:"是谁,是谁害死了我的宝贝啊?我劝你多少次,可你总不听啊!造孽,造孽啊!这只怕是报应啊!"

敏之忍不住流泪,相依为命的妹妹身亡,以后,在这凡尘人世间,除却无比疼爱他的姥姥,他没有一个真正的亲人。姨妈那个大骗子太阴毒,她那和颜悦色的背后藏着一把把夺人性命、沾满鲜血的利刃。她那么无辜、那么悲伤,都是装的、假的,在演戏。

武曌神色严峻,先是稳住七十多岁的母亲,紧接着以迅雷不及掩耳之势,当即喝令随从将呆站在那儿的惟良和怀运绑起来。她大骂他们良心坏透,胆大包天,竟然暗下毒酒意欲谋杀皇后。那两兄弟慌得六神无主,还没搞清楚发生什么,便被五花大绑捆了起来。

武曌怒不可遏地训斥他们:"你们真是狼心狗肺,原本以为你们知错悔改,能够真心从善。我还想着给你们在京城安排个好职位,再把家眷接来好好生活。没想到,你们还是不知悔改,竟然将我的一片好心当成驴肝肺。只是可怜我那外甥女误喝了你们放错毒药的酒,这么年纪轻轻就无缘无故地丢了性命。我得拿你们俩的狗命来为外甥女偿命!"

惟良和怀运两人自知大祸临头，异口同声地说："不！不不！不是我们。我们不敢，我们没有，我们冤枉啊！"

可武曌哪里容得下他们鸣冤控诉，一声令下："你们是太狠毒了，人面兽心。来人啊，将他们推下去斩了。我绝不能让外甥女的性命白白丢了。"

那两个倒血霉的傻蛋就如此稀里糊涂被推出门外砍了头。那颤抖的身躯还未安静下来，就已身首异处。原本想着吃顿家宴，面对面道歉，便能回京谋个差事。不承想，世事难料，竟然一顿饭吃没了小命。他们无疑成了别人的替罪羊。当侍从将那俩倒霉蛋的脑袋提来复命时，武曌看都不看一眼，只是轻声说："埋得远些，别被野狗吃了。"

祸从天降。那个远在安徽濠州的元爽未能逃过一劫，虽然远在千里之外也受此案牵连。第二天，朝廷下达敕令，将他贬到潮湿的振州。很快，他跟被贬到此地的老臣韩瑗一样，在绝望和郁闷中病死。

武曌得意至极。这才是权术，一箭双雕。她痛恨的外甥女和堂兄弟都跌进她精心编织的陷阱。她在安排好为外甥女办葬礼的人后，即将转身离开时，迎上敏之射过来的绝望的目光，像一把仇恨的利剑直刺她的心窝。她有些许紧张，便有意回避那如剑的目光，想抽身离去。

那凶狠的敏之紧握拳头挡住她，片刻沉默后，从牙缝里挤出几个字："等着吧！迟早有一天我要你血债血偿。"

在那个伸手不见五指的黑夜，她匆匆地赶回后宫。她心里清楚，敏之渐渐变成对自己恨之入骨的敌人。活生生的现实总教人无可奈何。为什么？为什么总是最亲近的人背叛她？她碍于年事已高的母亲对外孙百般呵护，怕母亲经受不住接二连三失去亲人的惨痛打击，只好先将斩草除根的念头收起来。她由衷希望潇洒英俊帅气逼人的外甥敏之有所收敛，千万别再干傻事蠢事。不然，神仙也救不了他。

废后替罪羊

魏国夫人的突然离世，给武曌带来无尽的麻烦。那夜，她一个院落一个院落地看望完孩子们后，没去告诉养病的李治，他迷恋的女人已经中毒身亡。她独自回到寝殿想补个觉。这一箭双雕的完美缜密计划从构思到实施，不知费了多少脑细胞，终是尘埃落定，需要踏踏实实地好好睡一觉。可偏偏碰上那个不知天高地厚的外甥敏之恶语相加，一时使她心绪如三月纷飞的柳絮，欲理更乱。她躺在床上，觉得夜很长，辗转反侧难以入睡。人啊，心里有事，哪能安然入睡？即便是心性坚如磐石的武曌，遇上心里化不开的事，也会遭受失眠的煎熬。其实，人心都是肉长的，她很爱很爱姐姐和姐姐那双儿女。然而，造化弄人。真正使她和她的孩子们生活遭受威胁的，却恰恰是她深爱的姐姐和外甥、外甥女。现在只剩下外甥敏之一个人，他竟然紧紧攥着拳头恶狠狠地盯着她，仿佛要将她随时砸碎。她明白，她已失去这个俊美少年。敏之是一定要为母亲和妹妹报仇的。那么，既然躲不过，就较量一番吧！只是她不想再背负过多弑亲的恶名。她要等到敏之恶贯满盈的那一天，自作孽不可活。她知道，敏之会杀掉自己，她也坚信，那一天终会在不久后悄然到来。另外，蒙在鼓里的老男人李治一旦得知将他迷得神魂颠倒的小情人突然身亡，会不会发疯？或是会有怎样癫狂的反应？她想都不敢想，也不愿去想。那夜，她受尽煎熬，经历了一场痛苦的浩劫。

可是，一旦朝阳东升，清晨第一缕阳光洒向大地时，她随即将一切烦心糟心的烂事抛之脑后，稳稳坐在翠帘之后。自然，人们从她焦虑的神情和疲惫的步履中，能多少感知到她精神上遭受的一场浩劫。然而，她却没有轰然倒下，依旧开启一天忙碌充实的替夫打理江山的繁重工作。

李治一觉醒来，得知魏国夫人身亡，便不管不顾地跑到杨氏府院。一进门，便看见躺在灵堂中仍那么美丽的魏国夫人。他扑上去紧紧将她抱在怀里，痛哭流涕，捶胸顿足。他懊恼不已，只怪自个儿太大意、太无能，没能保护好她。在皇后参加的家宴中发生这样的事情一点儿也不奇怪，关键是死去的那个人正是自己无比热恋的女人。他不敢相信那个做着贵妃梦、幻想着为人母的漂亮女人，真的就这样仓促地走了。

昨日上午，她送他出门时还好好的。在杨氏府上，他们一起缠绵，诉说衷肠。她告诉他，可能怀孕了，将来不久，要为他生下一个活泼的皇子。李治饱受病痛折磨的身子骨，还能开枝散叶，真是上苍的眷顾和恩赐。他开心极了，心存感激，更是倍加珍惜。他答应她很快就赐她为贵妃，只有贵妃名分才配得上这么无比曼妙且难能可贵的人生际遇。不承想，李治满心欢喜地睡了一觉，等早晨醒过来，已与那深爱的美人阴阳相隔。人世间的一切美好顷刻化为乌有。魏国夫人不曾等到出人头地、贵妃加冠的那一天，却在家宴酒席间离奇地死了。李治心如刀割，恨不得将那毒妇碎尸万段。他只剩这么一点点聊以自慰的爱了，那个心狠手辣的女人却无情地收走，不留给他。这个女人做事如此之决绝，如此斩尽杀绝，令他心惊肉跳。

这一跤摔得太重也太疼。他回头望来时路，这不正是当初心甘情愿甚至不顾众人反对跳进来的吗？一开始，他以为武曌这个女人是美丽迷人的花，是相伴长久的路，是温馨的家。可现在，他被伤得遍体鳞伤，已是满身疲惫，才恍然大悟，那个女人是煎熬身心的劫，是一个大得没边的坑，是深不可测的万丈深渊。这个女人太可怕，她杀人不眨眼，不念及亲情，是一个彻头彻尾的冷血动物。她已经不是从前那个温柔妩媚多情的武昭仪，而成了一头权欲野心不断膨胀的怪兽。她的人性已泯灭。那么漂亮好看年轻的外甥女，她怎能下得去毒手？这次绝不会轻易饶她。他要废了她。她的一切都是他给的，他同样也能全部收回。

敏之走过来将李治拉开，却一句话也没说。李治恋恋不舍地将魏国夫人轻轻地放在灵床上。这两个深爱魏国夫人的男人默默地坐在一边，默默流泪。在他们双目对视的那一刻，彼此清楚地感知到对方对武曌的仇恨，他们不约而同地想着怎么报仇。人死不能复生，对亡人最好的悼念莫过于替她报仇雪恨。李治歇斯底里，满目仇恨。他突然从绝望中站起来，擦干眼泪，抽身便走。一回到皇宫，他即刻密召刚刚荣升为西台侍郎的上官仪。上官仪急匆匆赶来时，看皇帝正满脸杀气地在大殿里踱来踱去等他。这次真的把李治这么温和的一个男人给激怒了。他脸色严厉，嘴唇铁青，往日的儒雅随和荡然无存。此时此刻的他与以往判若两人。

他直接摆手免去上官仪行君臣之礼，一上来就劈头盖脸地跟上官仪说："快，快给朕拟一份诏书。朕要废后！那个女人太恶毒，实在是不配为一国之母。她简直就是禽兽，她竟然费尽心思把朕最爱的女人害死了。可你要知道，朕是个男人，需要那美丽女人的陪伴。再说，那个女人还是她的外甥女。她怎么就忍心下如此之狠手呢？你说说，她这么一个阴毒女人是不是该废？压根儿不配做皇后！"李治语无伦次地发泄着对武曌种种恶行的不满。

被愤怒情绪裹挟的皇上说的一番气话，使得上官仪周身冒冷汗。混迹官场多年的上官仪自知朝廷之上的很多事瞬息万变，做了朝臣多年，他也十分了解武后的厉害和为人。那个女人，你一旦违逆她，必死无疑。那女人的心性比眼前的皇上强千倍狠万倍。他虽对武曌的专横恣肆一直反感，却也深知以皇上的实力很难与她对抗。他只能小心翼翼地坦诚告诫盛怒中的李治："皇上，您真的要废后吗？可这废后是朝廷的大事啊，要慎之又慎，切忌当作儿戏。您现在很生气，只是说说而已，不是真心想这么做吧？臣以为……"

还未等上官仪抛出锦囊妙计，李治就迫不及待打断他说："怎么？难道你也要抗旨不成？你就不怕掉脑袋吗？难道朕连废她的权力都没有了吗？朕心意已决，一定要废了她，你就别再犹豫了。她太歹毒，朕是真心废她，将她废为庶人。你就快快起草诏书吧！"

上官仪进退两难，矛盾至极，一时不知所措。他仍然没有百分之百的把握，这个懦弱的皇上真的能够把武后废掉吗？但他也看到，皇上真的是达到忍耐程度的极限。这么多年，他从未见过李治如此之坚决，采取的行动如此之果断。可他明白，一旦废后失败，那他上官仪一家人的性命难保，必遭灭九族满门抄斩的大难。他怎么能拿上官家族上上下下几百口人的性命当儿戏呢？思前想后，他终是不得不认命，或许这便是他的劫数。君命不可违，他只能在夹缝中找到一线生存希望。

皇上死死地盯着他，催促道："你还在犹豫什么？难道你还要去请示她吗？"

上官仪长舒一口气，战战兢兢提笔依照皇上的指令在诏书上写下：皇后专恣，海内失望，宜废之以顺人心。岂不知，这区区十五个字竟然使得上官家族灭门。身为臣子，他没得选择。或许，这就是命数。

那诏书上的字墨迹还未干透，武曌便杀将过来，来势汹汹，卷着一种令人心惊胆战的阴风。李治顿时自乱阵脚，瞅着那女人发疯似的在大殿走来走去。她先是将那诏书拿起来，大声读了出来，然后她哼哼两声，声嘶力竭地质问李治："这是你的意思吗？你真是狼心狗肺啊！你身体有病没法受累处理政务，我顶着压力，在外抛头露面替你没日没夜地打理朝政。你说你不感恩也就罢了，还说我是专恣，令天下失望。我问你，那边境侵扰是谁运筹帷幄平息的？那朝廷中比比皆是的栋梁之材是谁层层选拔培养的？还有那每日成堆成堆的折子是谁点灯熬油批复处理的？你现在龙体稍有好转，就不需要我了是吧？你来给我说说，到底是不是？别跟一只病鸡似的站那儿发抖！"

武曌咄咄逼人，那如山洪般涌来的气势当即将李治击垮。李治刚刚熊熊燃烧的复仇怒火随即凉了下来。人已死，又何必为死人而去难为活人甚至得罪活人呢？李治许久一言不发，身体却不停地颤抖，他注定逃不掉武曌这个女人的魔爪。其实，皇宫里到处是武曌的眼线。今天一早，她便吩咐手下盯着李治，随时向她报告李治的行踪。

一大清早，李治去母亲家，抱着魏国夫人僵尸大哭，又回后宫密召大臣。这些她都不想干涉，任由皇上折腾去消解怒火吧！在她眼里，李治那点儿愤怒情绪一旦发泄完自然就好了。他翻不了天，也没翻天的本事。可是，这次她低估了外甥女在李治心中的分量。当年李治力排众议立她为后，今天一样也能为他深爱的女人废她。当她得知李治下令让上官仪拟废后诏书的消息时，先是一愣，紧接着火速赶回后宫。她既不通告也不传报，直接闯进来。如果那诏书一旦当庭宣读，那就木已成舟，为时晚矣。所以，她马不停蹄地赶过来兴师问罪。她会将废后之事按得死死的，李治复仇废后的计划自然也就胎死腹中。

李治胆怯，只好跟高举诏书的武曌结结巴巴地说："不，不，不是朕的意思。"

武曌逼问："不是你的意思，那又是谁的？"

李治抬眼望向沉稳冷静的上官仪，怯怯地说："是他，是上官仪的主意。"

武曌知道这个没骨气的家伙终会甩锅给别人。可她此时已清楚，李治已断废后的念想。她太了解这个比她小四岁的男人，他情绪化严重，又用情至深。他一旦对哪个女人动心，便会终生疼爱。只是近来，她忙于政务，疏忽冷落了他，才使得那娇美的魏国夫人有机可乘。他离不开女人的柔情，需要女人那温暖如春的怀抱，需要女人那激起他无限欲望的妩媚多情。于是，她将那诏书撕得粉碎，直接摔到上官仪脸上，怒斥道："上官大人，我没记错的话，是我刚刚给你提职升官。你要知道，我爱惜你的学识和才华，能为国家做出巨大的贡献。可你怎么会如此糊涂？"

上官仪自知大难临头，再做无谓狡辩亦无用处，只是眼里装满了无辜和无奈。他恨只恨遇上如此软骨头的君王，悔只悔将来恐怕没机会再陪那个无比可爱聪明伶俐的孙女上官婉儿读书玩耍。他这个替罪羊只好任人宰割。面对武曌的质问，他只好选择沉默，心却凉透。自此，李治终是看清了真相，承认不争的命运，只好认命。

武曌就是做事如此干净利落的一个女人。要说权力真是可怕，一旦谁掌握它，谁就可以将别人的性命玩于股掌之间。好个不识抬举的上官仪，既然情愿背锅当替罪羊，那就成全你。果然在家等候发落的上官仪等来五雷轰顶的噩耗。他被诬告与被幽禁的已废太子李忠共同谋反，这可是灭九族的大罪。原以为牺牲自己一个人的性命即可，眼下看来整个上官家族的性命危在旦夕。然而，定罪的理由却牵强附会，只因上官仪在李忠还是陈王时曾在陈王府做过咨议参军。这帮武曌的爪牙费尽心思挖出这么一个理由，真是欲加之罪，何患无辞,这是朝廷惯用的伎俩。于是,上官一族被满门抄斩,只有那尚不满一岁的上官婉儿与母亲郑氏被赶进掖庭,充为宫婢。

不久之后,李忠再次因此事受牵连而遭贬,被贬到大西南荒芜的黔州。李忠是个可怜的人,他若是只做他的王爷,不曾被王皇后收养,被立为太子,也许就不会成为武曌的眼中钉肉中刺,那他自然就不会常常被武曌夺命的噩梦惊醒,再也不用过那种提心吊胆的日子。或许,他在那个偏僻安静的小城中娶妻生子,日子过得悠闲自得,断然不会遭受大山里苦寂的折磨。可人生哪儿有回头路可走,他终究是被赐死。

武曌对母亲杨氏的爱是深厚且绵长的。然而,魏国夫人的死带走了她最挚爱的母亲。年事已高的杨氏被外孙女的身亡彻彻底底击垮。姐姐的突然消失,已在母亲那颗柔软善良的心上划了一刀。那时,幸好有敏之兄妹的存在,他们兄妹使母亲的丧女之痛渐渐变淡。然而,这次外孙女的突然离世成为压垮母亲的最后一根稻草。在魏国夫人下葬不久,她的母亲终因悲伤过度而撒手人寰,令她万分痛心。她擦干眼泪,理顺纷乱思绪,还得精神抖擞地为孩子们去战斗,为皇上去承担政务。

洛阳最靓仔

自古以来，富家子弟多纨绔，况且在皇宫长大的少年，那更是放荡不羁。洛阳城里，一个翩翩公子骑着骏马四处闲逛，惹来不少少女渴慕的目光。他生得恍若仙人，不染一尘，唇角挂着淡淡的笑意，一双透彻明亮的眼眸里藏着无穷的魔力，高挑的鼻梁，星剑浓眉，看似柔弱的身体增添了几分书生的儒雅。他就是无数少女梦中的白马王子，洛阳城里街上最靓的那个仔。他正是韩国夫人的儿子，魏国夫人的哥哥，当今皇后的亲外甥贺兰敏之。不过，那个后宫之主的姨妈给他赐了武姓，他应该是武敏之。这位少年生得英俊却风流成性。他倚仗姨妈乃后宫之主，有事没事就往宫里跑，说是来找弟弟妹妹玩耍，实是来放纵自己欲望，祸害那些深锁后宫的怨女们。

姥姥杨氏的溺爱娇惯使他更加肆无忌惮。大女儿死于非命，使这位名门出身的古稀之年的老人生出许多感悟来。她清楚地知道，一家人享用的一切富有和奢华，得到的任何尊敬和荣耀，都是小女儿武曌历尽艰辛磨难为她们争取而来的。她感谢女儿，更心疼女儿进宫后那十几年凄惨的生活。她由衷地佩服女儿拼搏奋战的毅力和打不死的坚韧不拔的精神。当然她也看到做了皇后的女儿心性中非常残忍狠毒的那一面。不狠毒，恐怕她早已成为别人的刀下鬼了，哪还能有她的今天？所以，杨氏不再为韩国夫人偷偷抹泪，而是把所有爱倾注到帅气的外孙敏之和美丽漂亮的外孙女身上。

然而，姥姥一味地放纵娇惯使敏之不知天高地厚。他骄奢淫逸，吃喝玩乐，放荡不羁，成为京都各大酒馆的座上宾。每日里，他混迹于赌场，一掷千金，挥霍无度。他斑斑劣迹中，最使武曌难以忍受的是，这个浪荡公子竟然利用太平公主探望外婆之际，每每同侍奉小公主的侍女们鬼混，在他的屋里寻欢作乐。很快，此等丑事被武曌知道了。她勃然大怒，想不到有爵位有地位有头有脸的外甥竟然下作到与那些卑贱的婢女厮混。如此毫无节制地作践，哪还有贵族公子的高贵模样？她失望透顶，也伤心至极。她花费大量心血在他身上，可谓付诸东流。她给他财富，给他爵位，可他竟用如此荒唐的行为回报她。

然而，色胆包天的敏之偏偏动了她最喜欢的侍女佩儿。她察觉到佩儿的异样，一天天萎靡不振，神情恍惚。都是从懵懂少女过来的人，她凭着女性的敏感自然知道其中原委。于是，在一天忙完政务后，她问佩儿："我那外甥敏之是不是你们都稀罕得很？"

佩儿顿觉一股热血从心底直蹿脑顶，有些恍惚，皇后冷不丁冒出这么一句来，难道是与敏之的丑事败露？佩儿知道无论如何狡辩也是无用的，只好和盘托出，将敏之与她及所有侍女的苟且之事统统招了出来。

武曌痛心疾首，下狠心将包括佩儿在内所有宫中与敏之有染的侍女全部赶进龙门西山中的万佛寺。她们为一时放纵付出了惨重代价,只能接受削发剃度,在寺院里守着青灯古佛了却余生。武曌虽然心疼且不舍佩儿,但不得带头破了规矩,徇私枉法,只好忍痛割爱亦将佩儿赶走,杀一儆百。无论是谁乱了规矩,都将受到应有的惩罚。她觉得不能再让敏之如此荒唐下去,放任自流,为非作歹。因此,在一个阳光温暖的午后,她将诸事安排妥当,特吩咐宦官将敏之召进宫来。

敏之一脸茫然,不知平日里不见身影的姨妈为何突然召见他。无论他情不情愿都得乖乖复命。

一见敏之,她便声色严厉地质问:"你可否注意到侍奉你妹妹太平公主的侍女都换了吗?"

敏之一副无所谓的样子,轻声回道:"噢,是吗?换了就换了!可这事跟我有啥关系?再说,我那小妹妹同意你换了吗?"

她又训斥道:"你难道不知道她们为什么被换掉,她们又去哪儿了吗?"

敏之才懒得理睬这些,不屑一顾地说:"姨妈是主子,想换就换啊!哪还需要找理由?至于她们去哪里,关我什么事!"

武曌瞅着敏之那一副死猪不怕开水烫的神色,怒火噌噌地往上蹿,可仍强忍着,厉声道:"她们都去寺庙为她们犯下的罪恶忏悔去了。难道你不该为你在后宫犯下的恶行悔过吗?"

敏之年轻气盛,难以抑制直往外冒的邪火,怒吼道:"我有何错要忏悔?倒是你这个姨妈该好好地忏悔忏悔吧!为我那可怜的已死母亲。难道你手上沾满的鲜血不比我犯下的错误更该去悔过吗?"

武曌怒火中烧地训斥道:"你,你也太放肆了!今天看来,你们骨子里一个样,都太风流、太不安分!"

敏之轻蔑地笑道:"你不风流,你安分,可你忘了你的过往了吗?你以为改了书就能改了曾经为尼的事实吗?你以为没人敢说就没了太宗病榻前偷情的丑陋行径吗?别装了,来吧,要杀要剐,悉听尊便!只要你不杀我,我依然会继续荒唐下去。我就是要这么颓废、这么风流,就要看你难受痛苦的样子。你不该为我死去的母亲承受一点儿痛苦吗?难道你就不怕她的冤魂向你索命吗?"

她扬起手臂,狠狠地扇了敏之一记响亮的耳光。这个风流公子太不把她这个姨妈放在眼里了。敏之哼哼两声,狠狠地瞅了她一眼,便扬长而去。那眼里冒的火,恨不能喷出来将她烧成灰。她顿感一阵空虚寂寞,空荡荡的大殿里似乎藏着无数双嘲讽她的眼睛。难道真的是她错了吗?从杀王皇后开始,紧接着萧淑妃、姐姐韩国夫人,再到客死他乡的褚遂良、韩瑗及长孙无忌等一帮老臣,一个个活生生的人都或多或少因她而相继死去。她若不这么狠,不将敌人一个个消灭,只怕她早已成为孤魂野鬼。她是被逼的,是被不断从心底涌来的权力欲望逼迫的。她成了权欲的奴隶。她为了权杖,丧失了许许多多美好而甜蜜的情感。再说,难道韩国夫人的悲惨结局是她一手造成的吗?难道她不是咎由自取吗?她若是懂感恩、惜亲情,不去碰她的男人,怎会丢性命?她是爱帅气的敏之的,正因为太在意这个外甥才生出这么多愁绪来。她一想到敏之那眼里射出来的如箭般锐利的目光，就心生一阵寒意。原本想将敏之叫来训斥一番，使他知错能改，反而被敏之一顿反问搅乱心绪。她心中空荡荡的。

她突然很想很想那五个活泼可爱的孩子。一眨眼的工夫，姐姐的一双儿女长大成人，卷进后宫斗争旋涡中，女儿丢了性命，儿子执迷不悟。或许，敏之是有意为之，这就是他对姨妈的一种独特报复。因此，她希望孩子们快快长大，又担心孩子们长大。孩子们长大，就会有斗争，有斗争就会有流血，有流血就会有残杀，那是她万万不想看到的。可无论她多么纠结，时光荏苒，孩子们在春风里自然长大成人。她唯一能做的，就是长情的陪伴，尽最大的努力在孩子们之间建立起深厚的兄弟手足之情。

这些时日因政务繁重，杂事太多，鲜有时间去陪孩子们。此时此刻，她断然没了批折子处理朝政的心情。她得去陪陪孩子们，哪怕什么也不做，看一眼也是好的。于是，她匆匆赶去看孩子们。大儿子李弘在灯下苦读，令她欣慰。她所做的一切，不就是在为这个勤奋努力的儿子扫清未来路上的一切障碍吗？那个她最心疼的女儿太平公主已蹒跚学步了，那三个儿子也都过着各自无忧无虑的童年时光。

"双圣"的朝廷

一个女人步入仕途，久而久之自然会感受到权力带来的快感，权力能使女人更有魅力、更有力量。所以，在仕途中拼命向上攀爬的只有活生生的人，而没什么男人或女人的区别。

武曌将那绝对是男人掌控的天下以一己之力捅了个大窟窿。她以无比强大的坚韧心性和超群非凡的权谋智慧，将那帮自以为是的男人们收拾得服服帖帖，尤其是那个主宰天下的皇帝李治。别人见皇帝小腿肚子转筋，而皇帝见武曌这个女人却胆怯地发抖。实在是没招儿，拼身体拼智谋拼啥都不行，他就只能乖乖就范。他有点儿小情绪，寂寞想谈个恋爱，跟谁谈谁丢性命。那韩国夫人、魏国夫人母女不就是活生生的例子吗？他那可怜的儿子素节和李忠亦是早早死亡。因为他而丧命的人越来越多。他真心不想再有人因他而丢掉性命。再说，这个女人狠是狠了点儿，可还是有真本事。在他养病的那段日子，她将国家管理得井井有条，朝廷诸事处理得很得体、很妥当，上上下下都还挺满意。另外，儿子们都尚年幼，还不能替他守江山。自此，他身体状况允许时就去早朝，如果不乐观就由她全权处理。就这样，夫唱妇随，出双入对，一个七口之家生活得其乐融融，看起来无比幸福。

然而，对武曌而言，在经历了如此一连串血性杀戮后，不知是良心发现，还是为驱逐心魔，竟然大发慈悲，要拿出巨资在龙门西山石窟中建造一座最雄伟的寺院。她那已故母亲礼佛多年，或许受其影响，她对佛事饶有兴趣，内心难宁时便吃斋念佛。或许，是因为她出身卑微、侍奉先皇、残杀王妃等过往的种种不堪凝结成心中的一道疤，需要用修建寺院来慰藉、平复。她总是热衷于造势，好大喜功，喜讲排场。她就是要把仪式感做得足足的。这次，她慷慨解囊，捐出两万贯脂粉钱，在寺院里造了一尊顶天立地、壮丽永恒的大佛，使得世世代代在佛光普照下永远铭记她的功德。唯有如此，她心里才能平衡，才能转移天下人的视线。一个心中有佛的皇后，自然是没有杀戮的执念。那寺院里的雄伟建筑和雕塑佛像花的钱越多，就越能掩饰她过往残杀众多将相嫔妃的暴行，内心就越能安宁。就这样，在龙门西山的南边，开凿奉先寺的浩大工程启动。数以千计的石匠们夜以继日地在那儿开山凿石，叮当响的声音持续了整整三年。施工期间，她拉着皇上多次亲临现场视察工程进度。传说寺内龛雕主尊卢舍那大佛的模样就是照着她雕刻而成的，面目丰满秀丽，嘴角微微上翘，使人见而忘俗。这是一项悲壮的工程，因施工难度大死掉不少工匠。而那尊大佛端庄肃穆，宁静的双目注视着人世间。她如此花费心思修建的奉先寺，在历代劫难中却灰飞烟灭。如今，只有那尊仍屹立在龙门中的大佛依然用深邃的目光凝视着世人，它成了盛唐时期雕塑艺术创作的巅峰之作。

其实，她大修寺院只不过是灵魂深处的一种自我救赎罢了。而经历了种种血拼残杀后，李治的性情发生了更为深刻的变化，变得更加多愁善感。要说，一个身处高位的人不具备与之相适应的能力和才干，无法胜任无疑是一场在所难逃的劫难。他这个皇帝干得有点儿委屈，也很憋屈。他内心深处只留下一种深深的自责，他不愿再为一个死去的女人而去触怒活人。在独处时，他动不动就会掉眼泪。他既难过又痛苦，看不到日月的光辉，觉得前程晦暗。他承认自己不是一个好男人，无力保护一个个他曾深爱的女人。他再也没有想入非非，而是安静下来，将家里家外、朝廷上下完完全全地拱手相让，让给精力旺盛的武曌。

上元元年（674年），武曌赢得李治完全的信任和依赖，或是他迫于某种压力，终是正儿八经地颁发诏书，明文规定准许皇后可与皇上共同临朝。皇后垂帘听政，有权处理一切朝中政务，以辅弼龙体总是欠安的天子。这或许是李治一种深沉的报答，是他做出的一个最明智的决定。无论怎样，她获得了一道通往皇位的阶梯，为日后篡权提供了一种精神的也是物质的准备。李治只怕不曾悟得这么深，以为这只是为减少杀戮而使自己解脱所采取的权宜之计。就这样，历史上独特的"双圣"临朝诞生。他们夫妻俩一东一西坐在乾元殿的御座上，共同管理天下，与文武百官共议国是。可那些立于朝堂之上的大大小小官员们心里明得跟镜子似的，皇帝已聋了耳朵成了摆设，而真正说了算的是皇后。这个曾在掖庭活尸中爬出来的侍女已将帝国大权独揽于一身。她成了大唐王朝真正的主人。

她天生就是不安分的主，平平淡淡、相安无事的日子过得久了，就容易懈怠。她就是积极进取、张扬的女人，生活不可一日无波澜。她不甘平庸，觉得人活一世就得不停地折腾，去创造属于自己的奇迹，从而名垂青史。朝廷刚刚平息一阵，她又突发奇想，要搞一次泰山封禅。这可是个不折不扣的大事，是帝王专有的最重大的祭祀大典。她琢磨此事直接跟李治提欠妥，于是叫来忠心耿耿的许敬宗。两人三言两语后，许敬宗便对主子心思了然于胸。于是，他立刻加班写了个封禅请示，拿着觐见皇帝。

李治一听，便急眼了。这不是瞎胡闹吗？先皇牛气冲天、功绩显赫都不曾搞，他这么一个毫无建树的平庸帝王哪有资格举行如此风光无限的大典？他对这个劳民伤财的事不上心，甚至有极强烈的抵触情绪。许敬宗终是胳膊扭不过大腿，灰头土脸地忙跑去向主子复命。

武曌想干的事哪儿有干不成的？如今，她已扫清朝廷上的绊脚石，急需在世人面前亮个相。这封禅可不是李治两口子去泰山玩两天，而是一场声势浩大的政治活动。朝廷费钱耗神是必然的，可对那一路上所到之处的地方官员而言，将是痛并快乐着的。几乎全国所有有头有脸的大人物，平时请都请不来的，这一下舟车劳顿全来到咱执政的地方，不得拿出点儿姿态来，以最高的标准好吃好喝好招待啊。这花钱可就没个数了，地方官只好咬牙自己凑。她才懒得管那么多，只想借封禅之机宣告天下，以后大唐我说了算。

李治终被武曌说服，同意明年初一举行泰山封禅。于是，封禅的各项准备工作全面展开，有序推进。司空李勣、太子少师许敬宗牵头筹办，很快按旧制拿出活动安排。李治看完觉得没什么不妥，皇帝祭天初献，群臣亚献，自古以来就是这么做的，整个活动就没女人啥事。可武曌不干，如此一来跟她就没什么关系了。这哪能行啊？她费了半天劲，软磨硬泡，才使得皇上勉为其难同意。如果她没法参加，那还有什么意义！于是，她又洋洋洒洒写了一篇东拉西扯的报告，拐弯抹角地告诉皇上这个封禅得咱俩一起去，你祭天，我祭地！哎，这个女人还真是牛，李治竟然同意了。这下泰山封禅史无前例地有了女人的身影，开创了历史先河。她就是这么一个不断打碎旧制、冲破传统的与众不同的女人。

麟德二年（665年）十月一个阳光明媚的日子，李治和武曌率领着这个三千多人的封禅队伍从东都洛阳出发赴泰山。同行的还有突厥、波斯、天竺国、新罗、高句丽、百济等邦国的使节、酋长及随从。那声势之浩大令人叹为观止，车乘绵延几公里，车马首尾不可相见。从寒冷的十月，耗时五十多天，于腊月中旬到达齐州的灵岩寺。武曌与李治就在灵岩寺住下，休整十天。在这十天里，李治累得老毛病又犯了，只得吃了睡睡了吃，休养生息。而精力充沛的武曌却一日也没闲着，她替皇上接受那些外国使节使臣的朝拜，顺带告诉邻邦小国家，以后有啥事跟我商量。她用心良苦，时刻不忘工作，不动声色搞外宣。这还没完，平日里难得一见的外围大臣也是拿着号挨个儿求见。她乐此不疲，愿意与主政一方的封疆大吏谈心聊天，套套近乎，顺带摸摸底。她从政顺风顺水有一条宝贵经验，就是要有一个庞大而有效的信息收集系统。于是，她的密探遍天下，告密之风盛行。而这样的见面谈话是拉近关系的需要，是探测一些消息真伪的需要。同时，她又能于无形中消解一些对她不好的传言。

乾封元年（666年）的大年初一，晴空万里，泰山封禅如期举行。李治先是在泰山南山下的封祀坛祭天，祭祀昊天上帝。第二天一大早又爬到山顶登封坛封玉册，这里还有个小小仪式，山高为尊，皇帝抓一把土撒在山顶，添一把土就使得山更高一些。而那把土代表皇帝做出来的引以为傲的功绩，意思是说，干得好的皇帝用成绩增加泰山高度，离天更近，政权也就更稳固。第三天祭地。历来祭地仪式应由皇上主持，可这一次却破天荒地由一个女人来主持，四十二岁依然风韵犹存、精神抖擞的武曌登场亮相，这一次又是对传统很完美的颠覆。她毫无惧色、热忱满怀。皇帝初献完毕，走下祭坛后，她拖着庄严华丽的裙裾，在步障掩映下，带领着众多盛装打扮的她的女官们登上祭坛。那一刻，她为人生能有这么一个仪式而备感荣幸，死而无憾。在亚献仪式进行的整个过程中，她觉得自己被净化了，整个人都升华了，与大地融为一体，隐约听到从上天传来的声音：武姓女子亡唐。她激动不已，身心颤抖，伸开双臂拥抱苍茫大地。她闭上眼睛沉浸在这么一种感天应地的美妙奇幻境界中，难以自拔。那她只得顺应天命。或许，在那种浓烈的祭祀活动中，她在寻找一个心理暗示，在为自己不断膨胀的野心找到一个心安理得的理由。一个女人与那帮男人拼脑力、拼智慧，在朝廷上斗智斗勇，那是上天的旨意，不是那个女人非搞得与众不同。那个年代，整个世界天最大，天底下皇帝最大。世人顿悟，既然是上天的旨意，那咱就跪拜吧！

儿大不由娘

在泰山封禅上祭地时,她闪亮登场,果然轰动天下。她费尽心机来泰山封禅,就是要让全天下认识她,认识她这么一个伟大且智慧的女人。她就是她,绚丽灿烂,有脸蛋、有身材、有智慧、有权谋。这个轰动效果比预期好几百倍。在这么一个庄严肃穆的仪式上,她替李治完成亚献,昭告天下人:我来了,大殿上那翠帘是不是该撤掉了?从今以后,我要从幕后走向前台。这个女人做事滴水不漏,使每一个人都心悦诚服。这三天封禅大典依照既定方案按部就班地顺利完成。在她与皇上接受随行而来的群臣们拜贺时,她当即宣布将年号改为"乾封"。这个女人对改年号这事尤为上心,甚至成为一种特殊的癖好。自当上皇后,但凡搞出名堂大动静时,她都会改年号。儿子立为太子,她将长孙无忌奠定的"永徽"改为"显庆";她登基时又将年号改为"天授";直到她在上阳宫驾崩,改了十七次年号。更为奇葩的是,她还搞出四个字的年号,比如"天册万岁""万岁登封"等。或许,改年号对她有着一种特别意义。她还喜欢改官名、朝服和国旗。她热衷于在一种崭新的形式和色彩中开始新的一个阶段的统治。她喜欢变化,一直不停地在变化。

正当大伙儿收拾行囊准备返程时,她给每个人送来了大礼包。

这一来一回长途跋涉够累够折腾人，不能使大伙儿一无所获地回去呀。她最懂人心也最会办事，当即让所有人坐地都官升一级。大唐王朝三品及以上的官员人人爵位升一等，四品及以下的官员个个职位加一阶，同时大赦天下。如此生猛而实惠的操作，朝廷上下的官员能不高兴吗？能不念及她的好吗？在岗位上兢兢业业干多少年才能向上迈一个台阶啊？这回来得有点儿太突然的升官使大家欣喜若狂。活人得实惠还不行，在回东都洛阳的路上，她和皇上还去拜孔庙，举办追认儒圣孔子为"太师"的仪式。途经谷阳老君庙时，如出一辙，她追尊老子为"太上玄元皇帝"。这下活的死的、大官小官、上上下下，都得了这个女人的好处。哪里还会有人再去说那些酸溜溜的闲话？她在收买人心方面绝对段位极高，胡萝卜加大棒应用自如。搞完这么大的活动，她与皇上的称谓也发生了变化。既然她受这管天下的累是上天安排的，那就把皇上叫天皇，把皇后叫天后，大唐自此有了天皇天后。

　　回到洛阳皇宫，她久久难忘与天地对话的那种奇妙际遇。要知道，在祭地环节，有一个为大地添把土增加地厚度的仪式。那时人们以地为厚，而以厚为德，添把土就是积份德。她在添土那一刻，想到逝去的母亲、姐姐、外甥女，甚至那绝情而英勇的男人李世民。她在与天地融为一体时，觉得那些亡灵该安息，所有亲人的死都值得。可是，死去的亲人太多太多，现在只剩下姐姐那个宝贝儿子敏之。比起此次泰山封禅给她带来的满足和荣耀，那个不成器的外甥显得微不足道。这次封禅回来使她生出无限活力。四十多岁的她仿佛重获青春芳华，肌肤新鲜，面色红润，更加自信，更加精力旺盛。在此后数十年中，直至李治驾崩，她临朝听政，治理大唐，将朝中一切权力独揽于一身。那无形的至高无上的权杖给了她最实在、最牢靠的安全感。

她虽为女儿身却有男儿志。她知道，要把这么庞大的一个国家治理好，靠一个人的力量和智慧是万万不行的，需要用思想统一人心，形成一个维护政权稳固的国家意志。因此，她需要一个真正能体现她的意志的智囊团。而当今朝中那帮古董般食古不化的朝臣们根本没法跟上她的节奏，很难搞出一套符合她想法的思想政治丛书。治国就是治人，而治人最为关键的是治心。思想一旦乱了，地动山摇，只因思想是根基。于是，她独辟蹊径，借助外脑，在朝廷之外广纳天下有识之士，组织这帮民间能人智者，专门为她出谋划策，编著了一大批由她监修的大唐政治读物，而这些读物从头到尾贯穿着她的意志。这群游离在朝廷之外的能人志士还真不是酒囊饭袋，搞出来的成绩不少。其中被历代为臣者奉为必修书的《臣轨》二卷最为著名。她对这群有真才实学的年轻人还真是一点儿也不含糊，允许他们自由出入皇宫北门，也就是玄武门。因此，这群才华横溢的年轻人被历史学家称为"北门学士"。

她不光著书立说搞思想建设，还不忘抓制度建设，革除陈规陋习，建章立制，规范朝廷。之前规定，父丧守孝三年，母丧守一年。她觉得这个太没道理，凭啥为母亲服丧才一年？要知道，之所以为父亲服丧三年，是因为古人觉得一个人出生后在父母怀里得生活三年。父母抱了你三年，你服丧三年自然顺理成章。可这个规定不合理的地方是，人刚出生的三年抱得最多的是母亲，怎么偏偏给母亲服丧一年？这不公平，也很荒谬。于是，她强调，今后母亲如果去世，子女们也得像对待父亲那样，为含辛茹苦把我们养大的母亲服丧三年。她身为人母，有切身体验。母亲对儿女的爱是世上最伟大、最无私的爱，享受的权利理应与男人们平等。

除此之外，她还破天荒地提出，人们要多种田、多纺线，大大发展生产力，而朝廷需想方设法减少人们的苛捐杂税，从而释放人们劳作的积极性。无论是对外还是对内都要少打仗，那打仗不就是打钱吗？不要用拳头暴力去管国家，而要用道德感化天下，以求国泰民安。一旦边境有外敌侵犯，她也不着急派大军压境全部干掉，而是派使臣去讲和。往往很多时候，使臣凭三寸不烂之舌，不动一兵一卒，便妥善地解决了边境小摩擦。另外，哪里地震，哪里水灾，哪里闹匪患，总之天灾人祸在她的精心治理下，都一一化解了。她的英明决断将大唐带向光明。

就在她殚精竭虑地忙于治理一个幅员辽阔的国家时，大儿子李弘悄然长大。那天，她见到儿子时，惊呆了，不觉然间，儿子已经长成一个真正的男人。他的嘴唇上已布满细细密密的胡须，说话时喉结上下颤动，嗓音粗重。她兴奋极了，儿子长大，自己就不用那么累了。可她能把天下治理好，甚至不惜双手沾满鲜血杀掉所有威胁到她和儿子生活的人，却不知自己这个母亲在悄然长大的儿子心里是个什么样。无论是什么样，她是深爱儿子的。她怀胎十月受尽煎熬给他生命，又费尽心思将年仅四岁的他早早推上太子之位。她安排最好的学识渊博的太傅教他读书识字，教他如何做一个贤德的君王。总之，她极尽自己之所能为儿子铺就通向皇位的康庄大道。她从来没有想别的，只想着儿子有朝一日能顺利登基称帝。

然而，她的强势甚至霸道，使儿子无形中对她生发出一种淡淡的厌恶。尤其是她对皇上的逼迫、专横，使儿子老是替那个懦弱的父皇叫屈，感到压抑乃至喘不过气来。事业心极强的工作狂魔式的女人，一旦忙起事业来，哪还记得自己是一个孩子的母亲？她绝对是事业型女强人，整天处理大唐上下的政务，忙得不亦乐乎，哪儿有空陪孩子？只是想了，便跑过来逗逗玩会儿，又急匆匆走了。自然，她疏忽了与儿子的感情交流，少了些许温情陪伴。

李弘继承了她的聪慧和机敏，同样继承了父亲身子骨弱的体质。孩子一旦长大，就如同长成的参天大树，直也好弯也罢，固念若已在心中形成，想改变只怕是天方夜谭。事业心极强的女人往往在外面风风火火、精力四射，可一回家便累瘫在床，一句话也不想说。她根本没精力将自己的思想和风细雨般润物无声地灌输给孩子。况且她掌管一国之政，哪有闲暇时光与儿子进行灵魂交流、思想碰撞？她任由儿子在那帮饱读儒学经典的太傅们的精心教导中成长。风儿吹着，日子溜走，儿子便自然就长大了。可小孩子那心灵之门打开的时候，你鲜有交流，更无一起读书识字、玩耍游戏的陪伴时光，等他慢慢长大心门已关，想再将温情注入他的心灵就为时已晚。一旦错过花期，就再无灿烂绚丽。因此，在孩子小时候，花在他身上的每一段时光，终将化为孩子长大后对父母的爱。

她在儿子童年时的陪伴时光太少，等她惊叹儿子长大时，李弘暴青的血管里已注满迂腐守旧的儒教汁液。而他的儒雅风度使得身边围绕着一批故步自封、食古不化的门阀贵族。他们保守、怀旧，紧紧地抱着传统不撒手。他们常常在李弘耳边对武曌的执政说三道四，认定当今朝中已是礼崩乐坏，甚至表现出对武曌深恶痛绝的一面。在他们眼里，这个女人乱了纲常，坏了祖祖辈辈传下来的规矩，简直是十恶不赦。没办法啊，这群儒教徒心里装的是男尊女卑那一套根深蒂固的老思想、老传统。女人就该大门不出二门不迈，在家里生儿育女、相夫教子。哪能如你母亲这般不守妇道，还在朝堂之上抛头露面、专断弄权？简直是无法无天，败坏纲常，有违伦理。再说，他们最恨武曌打破举荐制，削弱门阀贵族权势，使得他们引以为傲的家族荣耀显得微不足道，失去了作为贵族门阀后代的一些特权。他们能不怨恨天后吗？好不容易逮着太子李弘恰好对儒家思想深信不疑的机会，这岂不是天赐复辟旧制的绝佳时机吗？太子无疑成为这群人打一个漂亮翻身仗的唯一希望。他们意欲借助太子的力量从武曌那儿夺回被她收走或废止的特权。

李弘自幼读儒学，在四书五经中长大，自从学会独立思考，便自然地同那个在执政中崇尚革新、反对传统、标新立异的母亲站在了对立面。这书读多了，真是读傻了，心性随之也变了。他自然而然地认为，确实是母亲做得太过火。他却对病恹恹的父亲既恨又怜，恨他不像个爷们儿，更别说君王，怜他活得太窝囊、太憋屈，连个大气都不敢喘。他时常感叹,为啥近五十岁的母亲愈发活力四射,脸色红润发光,而比母亲小四岁的父亲却如深秋霜打树叶般枯萎,脸色灰暗无光。在李弘心里无端生出些许对母亲所作所为的不满和愤懑。事实上,李弘打心眼里非常瞧不起懦弱和无能的父亲。他那空怀一腔热忱和一颗善心的怂样成为一个个笑话。在李弘看来,美丽的母亲就像一团看不透的美丽迷雾。他深爱着母亲,也崇拜母亲的才华和能力,但是对太强势的母亲对父亲那么专横很不满。他百思不得其解,为什么母亲会如此对待父亲呢?那些儒家经典没有给他答案,反而从某种意义上使他更迷惑。

李弘是个悟性极高的人,他自幼便懂得母亲为把他扶上太子之位做出的努力。因此,他搬进东宫,便更加刻苦用功地学习。然而,他的心灵是很纯洁的。少年时,他读《春秋》看到楚国商臣逼死父亲的故事,掩卷长叹,不解地问太傅:"为了王位杀害亲生父亲的事怎么还可以写在书上呢?"

自此以后,无论孔先生是为明辨是非也好,是为惩恶扬善也好,李弘死活不肯再读孔子这本巨著。尽管李弘深爱着给他一切的母亲武曌,但是固化的儒教观念使他对母亲的作为看不惯,甚至有些逆反。武曌后来追悔莫及,那帮尽职尽责的儒学教养最深厚的太傅将儿子李弘培养成了那虚伪儒教的牺牲品。眼下,她懒得理睬那看不见摸不着的思想深处的反叛,而是要给已二十岁的儿子实实在在的好处。太子读书太用功,常常通宵达旦地诵读经典,不曾动过男女之情的念头。他身边没有一个女人,也从未沾染宫里年轻漂亮的侍女，弟弟李贤都已经娶了老婆，生了好几个娃。为母的能不着急吗？于是，她着手给优秀的儿子物色个漂亮媳妇。

作死的外甥

人啊，不作不死，太作必死。敏之放肆太作，作得有点儿太狠，只怕不死都难。那位生命力极其顽强的杨氏终究没能从失去外孙女魏国夫人的悲痛中熬过来，生命终止于九十一岁。在给姥姥服丧守灵期间，敏之竟然偷跑出去，到青楼与烟花女子鬼混一夜。唉，白瞎杨氏生前对他疼爱一场。武曌得知，顿时火冒三丈，大发雷霆，劈头盖脸地将敏之狠狠地数落了一顿。这人要是没了羞耻之心，那真的就是天下无敌了。你骂你的，等你气一消，我该干吗还干吗，压根儿置之不理。即便是被你骂得狗血喷头，我也是见怪不怪。武曌动了贬他为庶人的念头，可念及自己对姐姐和外甥女的愧疚之情，只好一忍再忍，暂且作罢。但是，小黑本本上又给他记下了重重一笔。

每每瞅着姨妈气得火冒三丈，敏之就爽翻了天。他看着这个不可一世的姨妈越难受、越气急败坏，他就越开心、越爽。他搞这么一出，就是要激怒姨妈，最好是姨妈一怒之下将他送去见日夜思念的母亲和妹妹。或许，这是一个人因心死而无所畏惧的缘故吧！这也有可能是他的一种独特的复仇方式，用毁灭自己来折磨仇人姨妈，因为他知道姨妈是深爱着自己的，他是武氏家族仅剩的一个男丁。他觉得，姨妈需要一股武姓势力支撑她在朝廷中的地位。因此，她断然不会斩尽杀绝。可他天真地忘记了,叔叔伯伯们虽死光,他们的孩子依然在流放之地如表弟李弘般悄然长大。事实上,死了他一个,武姓仍后继有人。

是啊,人的心性一旦沉沦,就会偏执愚昧,再想复燃向上的力量无疑难比登天。破罐子破摔更容易些,将破罐子修复如初太难。那裂痕只怕是永远不会消失。母亲和妹妹的死在他心上划下两道伤痕,久久难愈。那伤口时不时隐隐作痛,使他压根儿没法对姨妈笑脸相迎。在他心底如洪水泛滥般的恨意销蚀着姨妈对他那份夹杂着愧疚和功利的疼爱。他只剩下一颗布满裂痕的破碎心。所以,他将继续荒唐下去,唯有荒唐才能自我救赎,觉得生命有价值。他中了邪,变得魔怔,心性已被仇恨完全泯灭。他沉迷于女色,在声色犬马中销蚀着躯体中越积越多的仇恨。

武曌气归气,但敏之毕竟是亡姐留在世上唯一的儿子,只好放任自流。眼下,她最牵挂的还是心尖肉李弘。李弘倒是一个老实疙瘩,二十岁的男人身边没女人,不谙男女之事。他不着急,可做娘的却很着急。武曌迫不及待地开始为太子纳妃。要说,她最烦看门户。自当皇后以来,她就不遗余力地纠正宫中一种最坏的风气,那就是对贵族门阀势力的盲目崇拜。可事情落在自个儿头上,她却一点儿也不反感,而是悲哀地落入贵族门阀的陷阱。她为儿子选妃也是在那些贵族门阀中寻找。在东都洛阳城里,王孙贵族云集,这等天大的好事终究花落谁家,人们拭目以待。哪个女子能嫁给李弘,无疑就踏上人生快车道,大好前程指日可待。李弘是储君,将来就是皇帝,一旦成为他的妻子，现在是太子妃，不出意外的话，将来肯定是后宫之主皇后。

武曌挑来挑去，选定了杨思俭的女儿。杨思俭不单单是司卫少卿，他爷爷杨雄与武曌的姥爷杨达是亲兄弟，都是隋朝杨氏贵族一脉。这么说起来，武曌与杨思俭还是正儿八经的表兄妹。关键是那杨姑娘出落得十分标致，其美貌在京城里有口皆碑。所以，这门亲事门当户对，亲上加亲。天有不测之风云，这么好的姻缘却败在那个花花公子敏之身上。

李弘心地善良，性格温和，待人真诚，是个妥妥的好男人。可他的身体跟父亲似的三天两头生病，总是病恹恹的。虽然身体弱可人家有人品担当，仁德有爱。作为太子，他常常参与政务，一旦有什么好想法，就会直接跟皇上皇后说。他倒不是爱抢风头乱说话的主，凡事深思熟虑后才付诸行动。这不，他对当时大唐征兵的工作有些看法。当时规定，但凡征为大唐士兵，如果未能如期赴军营报到，一律处死，家人充官为奴。他觉得这个规定有些太残酷、太苛刻。不论人家为啥耽搁报到就一刀切杀头问罪，这也太简单粗暴了。如果真是出尔反尔的逃兵，该杀就杀，无可厚非。可有的因为是路上遇到土匪打劫、洪涝灾难，或者生病什么的给耽搁的，不救人于危难之中也就罢了，还雪上加霜，治人家的罪。这天底下哪有这般道理？于是，他大胆向父皇建议取消连坐，分情况进行惩罚。高宗李治竟欣然同意。

太子李弘就是这么一个有抱负、有热情却晚熟的男青年。他倒是不反对母亲忙着给他找媳妇。在这件事上，他完全听从母亲的安排，让娶谁就娶谁。所以，听别人说杨思俭的女儿美若天仙，生得倾国倾城，他亦是静待花开，既没心旌荡漾，也无想入非非。母亲武曌自然尽心尽力，专门将那杨姑娘召进宫相看一番。她觉得那姑娘看起来有些轻佻，但也许只有这样的女子才能将那个木讷得有些固执的儿子唤醒。因此，她大包大揽为儿子选定了成婚的黄道吉日。她想，儿子会满意的，会喜欢如此漂亮的姑娘。

可是，不安分的敏之非要与表弟李弘作对。有一天，敏之在朝中听说，名门杨氏家那貌美如花的唯一的女儿要嫁给那个跟块木头没什么两样的弱不禁风的表弟。他真心替那杨姑娘愤愤不平。于是，他在酒桌上向那些放浪形骸的狐朋狗友大放厥词，说什么好端端的美女就这样被毁了。他说得义愤填膺，那帮闲人听得心动不已，恨不得立刻飞去向那杨姑娘表白，可他们终究只是想想而已。而敏之却不只是过过嘴瘾，他冒着生命危险精心筹划了一次疯狂的报复行动。他要让那个狠毒女人哑巴吃黄连，有苦说不出，把她的大好事给生生毁了。

敏之买通杨姑娘的奶妈，每天替他传送不署名的情书。他将一封封饱含深情的书信送到杨姑娘手上，那不经人事的女子读得脸热心跳，一次次想象着写信的那个男人是个什么模样。在他情书的狂轰滥炸之下，杨姑娘被搞得意乱情迷。她对嫁给太子有些许动摇，反而对那倾慕自己已久的陌生男子生出些许好意。他觉得信写得差不多时，便琢磨见个面以解相思之苦。于是，在一个宁静的深夜，他翻过院墙，从窗户跳进杨姑娘闺房。杨姑娘惊诧万分，还未等她惊呼，他便报上名来。他说他就是天天给她写信的风流倜傥的京城少帅贺兰敏之。他又说："我那表弟是个榆木疙瘩，嫁给他就等于葬送了大好青春年华。那小子身子骨太弱，没准熬不过几年便一命呜呼了。你说你嫁给他，没准太子妃的福还没享几天，就被赶出皇宫，沦为寡妇。那岂不是白白浪费这么美妙的年华，令人惋惜。"

敏之的花言巧语将那涉世尚浅的杨姑娘说得有所心动。她不曾见过太子，但太子身体多病有所耳闻。她哪里肯早早守了活寡。

敏之见她眼神飘忽不定，藏着一种淡淡忧伤，便知其心已动。那些情话全是骗人的鬼话，他对杨姑娘根本没动心。杨姑娘是不幸的，她被敏之当作复仇工具。他就是要让杨姑娘嫁过去，然后给表弟李弘戴一辈子绿帽子，如此来中伤那个杀害他妈妈、妹妹，甚至气死最最疼爱他的姥姥的恶毒女人。很快，敏之玷污太子准媳妇的事便被武曌知晓。这般奇耻大辱岂能坐视不理？这个风流浪荡的外甥真是无药可救，再不严惩只怕天理不容。气归气，怒归怒，可她终究难下杀手。最后，她以身居高位、行为不检的罪名奏请皇上，将敏之流放到遥远的雷州半岛，夺走他从姥爷那儿继承的所有爵位，废敏之武姓。自此，敏之成了一个彻头彻尾的平头百姓。

在诏书下达之时，敏之又恢复了他的贺兰姓，被五花大绑、手铐脚镣地塞进囚车。如今，他了无牵挂，走得很洒脱。然而，囚车吱吱呀呀地往南走，在离雷州还有一千多里的荒山野岭，他却突然被那凶狠的解差用一根粗糙的马缰绳狠狠勒死，暴尸荒野。或许，那两个解差走得太累，不想再受千里迢迢的跋山涉水之苦，旋即起了歹意，将敏之的命给了断了；也有可能是那个狠毒姨妈的密令。无论如何，敏之年轻的生命走到了尽头。

恨一个人总想着去报复乃人之常情。可是，如果那个人势力强大，而自己力量薄弱，还不足以与其相抗时，最明智的办法就是按兵不动，静待时机。而非敏之这般傻，一次又一次地激怒仇人，试探着仇人忍耐的极限。最后，人家忍无可忍，便不费吹灰之力将他消灭了。他真的愚蠢至极，能活这么久已属万幸。

可那杨姑娘却陷入无穷无尽的痛苦深渊，武曌立即通知杨思俭取消这桩皇家婚事。杨思俭被皇婚降临在自家头上的突如其来的幸运冲昏了头脑，还未等他从欢喜中清醒过来，又被闹出这等丑事打了个措手不及，乱作一团麻。皇后说取消那就取消吧，不怪罪已是不幸中的万幸。杨家姑娘被祸害，可是儿子婚事不能耽误。于是，武曌又张罗重新选太子妃。这次不看脸蛋身材，而是注重内在德行，得有点儿才学。她又一次开始海选，最终裴大将军居道的女儿脱颖而出被选中。这绛州裴家可不简单，曾有"无裴不成唐"的说法。裴居道凭借祖上显赫地位官居左金吾将军之职，正三品，掌管着京城巡防和王府保卫的重任。

李弘对婚期临近却换新娘倒无所谓，但对敏之捷足先登坏他初定婚事多少有些怨恨。李弘受的这份窝囊气却凝结成对武氏族人反感的心病。在母亲精心操持下，婚礼如期举行，隆重而热烈，令众人惊叹不已。因为之前发生的不愉快，礼官告诉皇帝在婚礼上得有一只白雁，这样才能保太子婚姻幸福美满、太子妃纯洁如白雁。难能可贵的是竟然在皇宫的后苑里捕捉到白雁。为此，李治喜上眉梢。裴妃守妇德，以后东宫诸事没什么可担心的。这个自然也是武曌的心愿。武曌从儿子日渐好转的气色中看得出来，这桩婚事达到了预期效果。两个年轻人相爱，那个有点儿木讷的儿子李弘在裴妃的陪伴照顾下有了活力、有了生机。

夫妻的较量

人最痛苦的事莫过于最亲近的人将你视作洪水猛兽，最后还反目成仇。而那个人若是亲生儿子，无疑是人世间的一场最悲痛的劫难。不知内心要遭受怎样的煎熬，经受多大的痛苦，才能挺过来。武曌是令人羡慕的，因为她走上人生巅峰，还将继续创造新的神话。可她也是令人惋惜的，好不容易将儿子李弘引上做皇帝的正途，可儿子李弘根深蒂固的思想与她打破传统的想法背道而驰。在某些事情上，李弘甚至对母亲的做法极其反感。

她一开始就很喜欢儿子李弘。因为有了李弘，她才能在短时间内从尼姑变成昭仪，又从昭仪变成皇后。而李治废王皇后时，很重要的一个原因是王皇后没儿子，而她有。所以，李弘不光是她生命里第一个孩子，而且是她改变青灯古佛命运的"福星"。因此，她对李弘抱有一种深沉且复杂的爱。可是，李弘的儒家固念注定会削弱那份弥足珍贵的爱。

一个人的行为可以通过约束改变，可是一个人的思想定型后想再改变，无疑是天方夜谭。所以，读书得读经典；如若不然，被坏书带偏甚至带"沟"里想再爬出来走正路，无疑要经历一场脱胎换骨的浩劫。

武曌瞅着新婚宴尔的儿子的身体一天天强壮起来，满心欢喜。她这么累这么辛苦，不就是为儿子扫清障碍吗？她不惜网罗天下英才，用"北门学士"另起炉灶，参与政事，在朝廷之外又搞一套，不就是为削弱朝廷中宰相的权力吗？可悲哀的是，李弘却不领情，对她的好意很冷漠。而李治更像是防贼似的防着她，生怕她夺走皇位似的。所以，皇上李治从来不正眼瞧这些所谓的青年才俊，尽管有为灭高句丽写檄文的元万顷，还有写成拍皇帝马屁雄文的刘祎之等人。

武曌将制衡之术用透了。刚刚当上皇后时，怕留人口舌，说她外戚势力庞大，她就玩了个六亲不认大义灭亲的壮举，将武姓的堂兄弟统统流放到荒蛮之地。实际上，她是报小时候受尽那帮兄弟欺辱之仇。大伙儿看到的就是一个不为亲戚封官加爵的"好皇后"。可是天外有天，人外有人。李治也是个玩制衡的高手。最后，他们两口子上演了一出政治玩家巅峰对决的大戏。这不，为向李治表忠心，武曌又杀了亲外甥贺兰敏之。母亲杨氏走了，就连朝廷中她最为依赖的许敬宗也因年事已高退休，她成了孤家寡人。可最让她心寒的是儿子李弘跟她唱对台戏。李治虽身体不好，可他依然紧紧地攥着宰相的任免权。抬眼望去，宰相队伍里没有一个你的人。这是李治的高明之处，让你高高在上却没有支撑。如此一来，你就是受累干活的苦命。这朝廷依然还是李治的。

武曌明知被架空，岂能置之不理？这朝廷局势瞬息万变，危机四伏，随时可能大祸临头，总不能赤膊上阵吧？思来想去，关键时候还是有血缘关系的亲人能扛事、靠得住,毕竟打断骨头连着筋,身体里流着一样的血。毛豆烧豆腐,好歹都是自家人。武氏家族不可一日无子嗣。于是,她尽快把武三思和武承嗣召回京城。他们是那同父异母哥哥武元庆和武元爽的儿子。不过,李治绝不允许皇后权势太重,就没给这俩小伙子多大权力,而是随便将他们扔在一个破地儿了事。一个做了右卫将军,就是皇家护卫队的小头目;一个做了秘书监,相当于大唐图书馆的馆长。武曌对这样的人事安排虽有一万个不愿意,可脸色无改,没起半点儿纷争。你是皇帝你说了算。但是,从此其他武氏家族第二代们逐渐从流放地纷纷返回京城,谋得一官半职,在京城扎根。于是,他们在姑妈武曌的庇护下,感恩戴德地形成一股无限忠于姑妈的家族势力。

　　武曌心里明白得跟镜子似的,李治随便找个缘由将最忠于她的许敬宗撵走,就是在不遗余力地清理宰相队伍。李治将宰相位置全换成自己人,其中就有著名的大画家阎立本和极力反对她的郝处俊。这两个人当上宰相,是李治压制她的需要。她替李治"背锅",把亲人"背"死,宰相"背"没,还得继续当这个千年不变的"背锅侠"。她已年近半百,早已参透权力的真谛。她自始至终没有向李治推荐宰相的人选。因为她深知,有些东西只能别人给,而不能伸手要,否则你就别有用心。要说,她真是将"争是不争,不争是争,夫唯不争,天下莫能与之争"这句话的奥妙深意参得透彻。在她看来,积极作为与永不称霸并不矛盾,不争不抢并不代表不作为。她只是静静地等待一个绝佳时机。

上元元年（674年）的中秋节，李治接受她的建议，下诏把他变成"天皇"，把武曌变成"天后"，大赦天下，改年号为上元。就在武曌还没有从封为天后的欣喜中走出来时，李治又无情地给了她一记"闷棍"，打得她晕头转向。同年九月，李治突然下诏为长孙无忌平反。李治不但恢复长孙无忌的官爵，还将埋在贵州的尸体挖了出来，费尽周折，运回长安。他将舅舅安葬在李世民的昭陵旁，让老哥儿俩在地下做个伴不寂寞。然后，他又让长孙无忌曾孙长孙翼继承赵国公爵位。十五年，长孙无忌终于洗清冤屈。这件事对武曌来说，无疑是晴天霹雳。当年可是她将人家舅舅一手整死的。这平反不就是做给她看吗？这下，她又一次陷入迷茫之中。身经百战的她知道，越是在这种危急时刻，越不能乱方寸。眼下，她唯一能做的就是耐着性子等，等李治接下来出招儿。不到性命攸关的时刻，她不会轻举妄动，她只能见招拆招。可接下来朝廷中发生的一幕，使她彻底看透李治颇深的心机。

上元二年（675年）春暖花开的三月一日，天色刚灰蒙蒙亮，朝会如往常般如期举行。李治拖着疲惫不堪的病体听了两小时汇报，哪儿发水，哪儿地震，哪儿又闹饥荒，等等，全是些糟心事，听得他脑袋瓜嗡嗡响，好不容易挨到大臣们安静下来。按惯例，皇上简单点评，重要事项点名道姓一一落到人头上就算完事。可今儿李治到点也不宣布散朝，而是意味深长地抛出来一个莫名其妙的问题，让大伙儿各抒己见。他轻描淡写地说："朕的风疾越来越厉害，只怕天天操劳吃不消。朕想让天后全权处理军国大事，不知各位爱卿意下如何?"这绝对是"重磅炸弹"。坐在另一端的武曌惊诧不已。这搞的哪一出?难道是良心发现不成,知道我靠得住?可转眼一想,李治怎么会将大唐江山拱手相让?绝无可能。这背后藏着一个天大的阴谋。她镇定自若地坐在那儿静观其变。

大殿中的群臣比她更震惊。刚刚还饥肠辘辘、昏昏欲睡的大臣瞬间跟苍蝇一样吵成一团。虽然双圣临朝十余年,毕竟皇帝活得好好的,岂能将皇位拱手相让?退一步讲,太子年过二十,完全可以摄政,传皇位得传给太子啊,怎么突发奇想要传位于天后?若真的传给天后,那还是李家王朝吗?难道李治真的病入膏肓,已经糊涂至极?

大臣们越吵越激烈,越吵越混乱,日常肃穆的议政大殿俨然成了吵吵闹闹的"菜市场"。吵归吵,说归说,使人感到奇怪的是,偌大朝廷之上,竟然没有一人胆敢真正站出来,直截了当地反对。混迹朝廷多年的朝臣岂能轻易冒头?哪个不曾见识过那女人的厉害狠毒?但凡跟她唱反调的,无一得以善终。长孙无忌是当年权倾朝野的宰相啊,不也被她悄无声息地干掉了吗。再看看,那褚遂良、韩瑗、上官仪等,哪个不是学富五车、权倾朝野的厉害人物啊,到最后不是被踢到天涯海角,就是被贬到荒蛮之地。一个个郁闷地客死他乡,哪个结局不悲惨不凄凉啊?

所以,无人愿拿性命和前途开玩笑。最为关键的是,皇上搞这么一出,没事先演练沟通,众人一时拿捏不准圣意。万一搞错,掉了脑袋,岂不是傻得冒气,死得冤枉?再说,反正是你李家天下,"崽卖爷田心不痛", 爱怎么着就怎么着吧。一些朝臣认为，自己只是替李家打工的，换老板能干继续干，不能干解甲归田，游山玩水乐享生活也是好的，犯不着为此丢掉性命。因此，这班人等站在原地，你瞅瞅我，我看看你，任你狂风暴雨袭来，我自岿然不动。

这下，该李治蒙圈了。原本他故技重演，想让大臣们陪他演一场"双簧"，在天后那儿卖个好、做好人，让大臣们做坏人。当年杀哥哥的时候，他就是这么干的。他装仁慈，让大臣们做坏人，杀长孙无忌的时候，他仍是这么干，他做好人，让天后和许敬宗做坏人。如今要杀杀天后威风，他又做好人给长孙无忌平反昭雪。可眼下，无朝臣愿陪他演，一时尴尬至极。这可如何是好？好戏刚刚开头就偃旗息鼓吗？他皱着眉头，目光扫向站在班列最前面的几位宰相，那表情分明在告诉他们："你们是真傻还是装傻啊？要是真想把皇位交给天后，前不久朕怎么可能给去世多年的长孙无忌平反啊？"

但是，那几位宰相佯装不见，依然不愿当"出头鸟"。大殿上又是一阵死寂般的沉静。李治满眼失望和无奈。关键时候还是老臣有觉悟，靠得住，那位年已七十岁的宰相郝处俊跳出来，逮住李治又是一顿猛怼，只因这位倔老头怼皇上已是家常便饭。

一次，李治看儿子们玩耍嬉戏，便有心让两个儿子比比谁的本领更大。这倔老头便不干了，直接怼他："孩子那么小，性格还没养成。应该培养推梨让枣，而不是争强好胜，以后兄弟不和睦怎么办？"一席话怼得李治肺疼，可心里舒坦，人家说的话在理。

可越是这样，李治越觉得这个倔老头可爱可用。没人怼他，他难免会膨胀，做出许多荒唐事。有这么一个怼天怼地怼他的倔老头挺好，总能使他悬崖勒马。因此，郝处俊怼他怼得越猛烈，他就给郝处俊升官升得越快。李治自然知道郝处俊是难得的忠臣。此刻，见郝处俊站出来，他那颗悬着的心终于落地。

郝处俊果然没使李治失望，他出口成章，将李治提出的荒唐决定批驳得体无完肤。他先是从天道角度来论述，不能把大权交给武曌。他说，天子理阳道，天后理阴德，把权力给天后，就是阴阳不分，老天爷都不愿意；接着，他又从历史角度分析，当年曹丕专门发布命令，即便皇子年幼，也不许皇后临朝，就是为避免像东汉那样外戚专权，你怎么连曹丕都不如？这是告诫李治不能开历史倒车。这还没完，他又从祖宗角度论证，你要是把皇权交给你老婆，就是天底下最大的不忠不孝，大唐江山是你爷爷和你爹浴血奋战打下来的，又不是你的，你凭啥将它拱手相让外姓？这老头子还真是诡辩家，三个角度论据论证充分，一下就替李治解了围。

中书侍郎李义琰看郝处俊如此猛烈地抨击皇上，皇上不但毫无怒色，反而刚刚紧张的脸色却变得坦然舒缓，他就无所顾忌、义愤填膺地跳出来，坚决支持郝处俊所言。李治被怼得颜面尽失，可心里无比舒坦畅快。这两位在大殿上陪他演戏的朝臣无疑都升了官，五个月后，他把郝处俊升为中书令，一年后，又把李义琰转成正宰相。

下朝之后，李治装作异常为难的样子跟武曌说："你看，没办法啊！不是朕不愿意将皇权交给你啊，只是大臣们反对强烈啊！这朝廷终究得靠他们，万万得罪不起。朕这风疾越来越严重，身体每况愈下。朕看弘儿身体状况越来越好，要不就把皇位禅让给弘儿吧！咱们寻一处山清水秀、风景如画的地方享享清福吧。"

　　武曌一时语塞，她看穿李治闹腾这么一出的真正用意。她清楚地意识到，李治在下一盘大棋。他先借日食、旱灾等天机，把她安插在朝廷中的宠臣一撸到底。然后又打出一套组合拳，先为长孙无忌平反，使得大臣们看到他对她的真正态度。接着，他假模假样地欲把权力让给她，其实借大臣的嘴达成为太子接班铺平道路的意图。这李治还真是心思细腻。

　　武曌继续念她的"忍"字诀，隐忍不发。她明白，只要活着就有无限可能。要不然，她早在那十二年暗无天日的掖庭生活中灰飞烟灭。再说，李治如此折腾，不也是为儿子吗？她又有什么不甘心的？她或许有大权即将旁落的失落，可她明白儿子李弘才是名正言顺的大唐未来的主人。

母子的较量

武曌虽然在与李治共理朝政时,尝到权力的味道,但她毕竟还没有对权力迷恋到丧心病狂的地步。她是母亲,对儿子的爱最无私、最深沉。儿子是母亲用生命写下的历史。然而,李弘对母亲的感情却很复杂。在他的内心深处是深深地爱着母亲的,可这爱里却夹杂着厌恶甚至憎恨的情愫。那种政见分歧将母子间的深厚感情撕裂出一条缝隙。老话说:"娶了媳妇忘了娘。"自从李弘娶了裴妃后,有了情绪便找裴妃诉说。裴妃温厚贤淑,写得一手好字。这令平日喜欢舞文弄墨的李弘对她更是增添一份爱怜。她用女人特有的魅力将李弘从旧日的木讷中唤醒。李弘从她身上感受到爱情的美妙。他容光焕发,原先虚弱的身体逐渐强壮起来。

对那个病恹恹的皇上李治来说,李弘真是他的"迷你版",性格温和,妥妥暖男一枚。他对李弘的爱深入骨髓,即便病得不轻,为给儿子铺平称帝的道路,也硬挺着与那野心膨胀的天后继续玩"权力的游戏"。他唯一的愿望就是将李弘尽快扶上皇位。他是这么想的,也是这么做的。他从中斡旋,尽可能地缓和母子之间剑拔弩张的感情。因为,他不愿看到他们母子之间兵戎相见。毕竟,一个是他挚爱的女人,一个是他疼爱的儿子。无论哪一个惨败,他都会感到无比伤痛难过。最好是彼此退让，相安无事，有事商量着来，不玩阴招儿，不相互伤害。他的愿望是美好的，可现实却很无奈。李治十几岁刚刚当上太子，就给李世民上书，为被废的两个哥哥求情。李弘同样懂得宽容，待人和善。在监国时，关中地区遭遇旱灾闹饥荒，李弘巡查时发现那些饿得只剩皮包骨头的士兵吃榆树皮充饥，他便安排东宫管后厨的家仆送去米粮。

　　人人都喜欢极像自己的儿子，李治也不例外。因此，他特别注意锻炼儿子李弘的执政能力。江山迟早是儿子的，还不如早早介入。自李弘八岁起，十五年里，他让儿子李弘监国七次。只要他和武曌外出，去地方巡游或是到边疆巡查，花个一年半载，便会把维系大唐日常运转的重任交给李弘。父子关系越来越融洽浓烈，母子关系却日渐紧张疏远。他们母子因观念差异、立场不同而慢慢变得冷漠。这是他们都不情愿却毫无办法的。如果李弘还深怀一种弥合愿望，但有裴妃作为他的感情释放营地，就没必要将母子破裂情感修补起来。自此，他们母子间那种说不清道不明的较量真正开始了。

　　武曌不会感情用事，她对待感情极其认真，但也是理性冷静的。她感到儿子的疏远，却不去横加干涉，而是放任自流。因为她懂得，人世间的感情，无论亲情友情还是爱情，犹如花开花落，在每个人心底自然生长。爱了恨了，笑了哭了，皆是一次次灵魂深处的自我修炼。这个东西很难干预，只能自己醒悟。然而，这种放任却加剧了母子间感情的恶化。而发生在母子间的种种不愉快，更像是催化剂，使他们母子间本已恶化的感情更快地跌破冰点。

先是儿子身边那几个"马屁精"偷跑到皇上那儿告武曌的小黑状。这群人早已看不惯武曌做派，他们见李弘的身体和精神逐渐好起来，而李治的状况却令人担忧，便火急火燎地密见皇上。他们向皇上死谏，别再犹豫，别再徘徊。现在朝廷这个不明不白的局面太尴尬。皇上坐在大殿之上成了摆设，倒是那坐在翠帘之后的皇后事事说了算。最为尴尬的是，太子年富力强，却被晾在一边。

他们控诉武曌："那个垂帘听政的女人乱了朝纲，败坏大唐风气。一介女流之辈不好好待在后宫，整天立于朝堂之上抛头露面，对国家大事指手画脚，成何体统？这违背常理。她是瞧不起皇上您，还是觉得皇太子无能？真是丢尽大唐颜面。如果任由皇后听政，长此下去，终将国将不国。"

李治最讨厌没事找事又无事生非的主。好不容易消停一阵，这群不安分的家伙猴急地挑拨事端？再说，他病情加重无法理政，有如此能干的皇后听政不好吗？好好的日子不好好过，瞎操什么闲心啊？他双眼紧闭躺在龙床上，眩晕病原本就折磨得他很烦，现在更是烦上加烦，不胜其烦。于是，他极其不耐烦地说："你们要个什么样的说法？"

他们见皇上金口已开，就异口同声地说："皇上，自古以来，皇后就是掌管后宫的，现在这皇后总在朝中垂帘听政的局面太荒唐。再说，您的身体扛不住繁重政务的劳累，可您还有一个贤德的皇太子啊。如今皇太子已年满二十三岁，是一个成年人了。想当初，您登基时，不也是刚满二十岁吗？如今这皇太子正值干事创业的好年华,您可千万别给耽搁啊。"

李治脑袋"嗡"的一下变大。"你们太放肆,难道只有你们心怀天下为大唐社稷着想吗?难道朕不比你们着急吗?可这换皇帝的事是着急的事吗?欲速则不达,弄不好鸡飞蛋打,天下大乱,生灵涂炭。朕为儿子顺利接班费了多少周折,你们这群愚蠢的家伙知道吗?这是大事,必须慎之又慎,方方面面都要考虑周到,做到万无一失才行啊。你们啊,揣着小九九跑到朕这儿装清高、卖忠相,嫩了点儿吧?你们不就是急着将太子扶上皇位,得到加官进爵的好处吗?这也太浅薄、太露骨了吧?"然而,皇上毕竟是皇上,看透却不说透,他顺着他们的话茬儿问:"直说吧,你们究竟什么意思?"

"我们认为皇太子已经具有足够的资格和能力治理朝政。莫不如皇上您急流勇退,由皇太子摄政吧。"

李治顿时有一股无名怒火从心底直往外蹿。这几个不长眼的狗奴才竟然如此胆大妄为,竟然胆敢逼宫?完了,完了!真是一群狂妄之徒。李治摆摆手,气急败坏地说:"你们先退下,容朕好好想想吧。"

李治病得很重,终日卧床,不思饮食,意志更加消沉。他曾想过把皇权交出去,可犹豫交给谁。他只想儿子能顺利继位,可他不得不顾及摄政多年的皇后的感受。皇后能够心甘情愿退居幕后吗?他还拿捏不准。假若皇后从中作梗,只怕儿子李弘继位不会那么顺畅,甚至会惹来杀身之祸。因此,他不敢想也不愿想。他就是遇坎就退、遇事就躲之人。

尽管李治对此事不了了之,但告小黑状这事却在武曌心头蒙上一层阴影。她执意认为这是儿子李弘精心策划的一场阴谋。因为这帮人都是东宫的太傅和太子身边那些高级侍从。她感到很意外、很惊诧,一向仁德憨厚的李弘难道开始玩"套路"啦?康庄大道你不走,偏偏玩邪乎的,这可不是好兆头。她油然而生一种深切的担忧。她曾想过,若李弘继承皇位,她将会落得个什么样的境地。当皇后可以帮病重的皇帝打理政务,而一旦成为皇上的母亲只怕不好再掺和政事。那么,她只好安心在这奢华的后宫陪着李治颐养天年。她虽舍不得用几十年隐忍换来的权力,可知道这是大势所趋。她只是希望儿子当皇帝的那一天晚些到来。可这次企图推翻她摄政的事,使她对这个亲生儿子存有很深的戒心。

一波未平,又起一波。接着,儿子李弘又整出揭父母短而抬高自己的蠢事。这件事情使得本来日益紧张的母子关系发展到白热化的境地。事情是由萧淑妃的两个女儿引发的。

一天,李弘与裴妃闲聊,聊着聊着就聊到陈年旧事。裴妃一脸哀伤地跟李弘说:"那义阳公主和宣城公主真是太可怜,自从母亲萧淑妃被贬为庶人,她们就被强令关进掖庭。在那个阴暗狭小的永巷中,被囚禁了十几年。她们已经衰弱苍老,但却孤苦无助,终日见不到阳光。那日子太煎熬,她们真是受尽折磨,命太苦了!"

李弘顿时起了恻隐之心。这一切实在是太凄惨。那两个可怜女人身体里流着他父亲的血,她们毕竟是他同父异母的姐姐啊!而那裴妃接着又说:"我偶然听侍女们提起的,那个下令将你的两个姐姐关进去永世不准她们出来的就是你的母亲。她真的是……"裴妃自知失言,愣将到嘴边的话又咽了下去。

李弘不敢相信:"我的母亲,我的母亲是那么的光彩照人,怎么会做出如此心狠手辣、惨绝人寰的事呢?"他当即有一种无地自容的感觉。如果裴妃所说属实,那他真的为有这样一位母亲而感到屈辱和羞愧。

裴妃不无担忧地说:"或许那些事不是母亲干的,而是她的手下擅自做主的。"

李弘悲痛而肯定地说:"不!是她!你一点儿也不了解她。当然是她,一定是她。她就是这么一个狠毒的女人。"这儿子控诉母亲口无遮拦,无所顾忌。

李弘之前从来没听过如此凄惨的事情,也无人肯把这事告诉他。他觉得这实在是一种羞辱,一种欺骗。那两个无辜的姐姐怎么妨碍你了,竟然下如此狠毒的禁令?与其将她们锁在掖庭苦熬日子,远不如赐一丈白绫了却她们的性命来得更痛快些。他义愤填膺,痛恨母亲,更是痛恨那个懦弱的父亲。作为一个父亲,怎么能眼睁睁瞅着亲生女儿遭此厄运竟然无动于衷、袖手旁观呢?身为那两个可怜女子父亲的李治还真就无动于衷,可年轻气盛的弟弟李弘却做不到坐视不理。他不顾一切地来到皇宫中宫嫔所居的掖庭。这地方狭长逼仄且阴暗无光,屋舍简陋且破败不堪。或许,他想去证实些不愿相信的什么。可是,当他见到永巷中那两个骨瘦如柴、苍老憔悴的女人时,顿时泪流满面。他与那两个可怜姐姐抱头痛哭。他要为母亲造的孽赎罪，将那么可怜那么无助的两个姐姐带出这座活坟墓。他满眼哀怜地望着她们发誓说："你们等着，我一定会把你们从这儿救出去的。请你们相信我。"

李弘倒是言出必行的诚信之人，不像他父亲只打嘴炮却不见行动。李治当年说将王皇后和萧淑妃救出去，结果害得她们白白丢掉性命。他不像父亲那样优柔寡断、思前想后，只顾明哲保身，而是雷厉风行。第二天早朝时，他便英勇而愤怒地当着满朝文武百官，奏请皇上开恩，释放宣城、义阳两位公主，并将她们许配给朝中功臣。他孤零零地跪在殿前，言辞灼灼地说："如果皇上皇后不答应儿臣的请求，那儿臣便长跪不起，直到释放两位遭受磨难的可怜的姐姐。"

李弘还真是愣头儿青。你说你想救人，不得迂回一下吗？你悄悄跑回后宫，在父母那里撒撒娇，哄哄他们开心，顺带一提，没准就成了。可他非要在大庭广众之下撕破脸，不顾父母颜面，竟然义正词严、声泪俱下地控诉谴责父母。这是一种明晃晃的挑衅，更是一种当众羞辱。李治和武曌万万没有想到，不敢相信。儿子李弘是疯了吧？他怎会如此放肆，不管不顾打父母脸，打得啪啪响？或许，李弘故意使得父母难堪，尤其使得母亲颜面扫地。坐在大殿之上的皇上皇后都很气愤也很尴尬。要是别的什么人胆敢如此这般猖狂，定会被推出殿外问斩。可眼前这个搞得他们尴尬致死的人是他们的亲儿子，是太子，是未来君王。无论多么不成器、多么冲动，他们断然不会要他的性命。但是，经李弘这么一折腾，武曌更加坚信儿子有推翻她的野心，于是一种寒彻骨髓的感觉油然而生。她也是热切期望儿子继承皇位的，只是不放心李弘身边那些古板僵化、没有朝气、只会抱残守缺又故步自封的近臣。儿子虽已成年，但斗争经验尚欠缺，还不懂政治，更没体味到政治的残酷和威力。在她看来，儿子若是轻信那帮老夫子谗言，如今这个生机勃勃的大唐在他带领下将失去今日的繁荣。所以，李弘现在统揽政权确实早了些。他还不是一个合格的君王。

这一切原本都是水到渠成的事，不可急于求成。太子李弘只需静静等待，等待母亲觉得他是一个合格帝王时，再把江山接过来。可现在，他竟然用那两个公主来当众羞辱他的父母，这实在是极其荒唐莽撞的举动。武曌胸中波涛汹涌，脸上却风平浪静。这就是她的厉害之处，总能将愤怒的情绪控制得极好。她才不会傻到干火上浇油的事。她瞅了一眼歪着脖子较着劲的儿子，强压住心底噌噌直往外冒的怒火。然而，李治被这突如其来的一击气坏。他脸色铁青，周身颤抖，坐都坐不稳，只觉得天旋地转、头晕目眩。他怒目凝视李弘，几次想说什么，或许想解释几句，可一句话也说不出来。他的嘴角不停地抽搐着，不得不用手捂住眼睛。

武曌却微笑地望向跪在地上的儿子，用温和的嗓音对儿子的奏请做了周全回应。她先是让儿子起身，接着说儿子念及姐弟亲情，仁义忠孝，是一个难得的好孩子，也是一个深明大义的储君，然后准了儿子的奏请。当然啦，把父亲气得犯病，还是要数落几句的，不然情理难容。于是，她说："你看你这孩子，有啥事不能回家说，非得在这儿丢人现眼？看把你父亲气得又犯病。皇上快不行啦，退朝吧！"她搀着李治退了下去，自始至终没有失态。那个尺度气度都拿捏得稳稳的。

李弘铆足劲准备跟母亲唇枪舌剑过过招，不承想一记重拳打出去，却砸在棉花包上，顿时泄气，斗志全无。"姜还是老的辣"，武曌能跟乳臭未干的儿子在大殿上一般见识，争得面红耳赤吗？那岂不是掉价没品位，段位太低？她绝对不会像泼妇似的撒野骂街，任由愤怒情绪恣意挥洒。她的微笑和温婉悦耳的嗓音，将李弘要发泄的满腔不满，于无形中悄然消解。因为她清楚，这朝廷之上不是自家客厅，显然不是教育孩子的地方。

李弘初战告捷，却无胜利的喜悦，偏偏有一种呕吐不出来的生理反应。他在文武百官面前撕开母亲的伤疤，竟然未能激怒母亲，觉得很憋屈，心里极其不舒服。他眼瞅着母亲搀着父亲走出大殿，对依然跪在地上的他不理不睬。他觉得自己好像被遗弃，被骤然间的遗弃。他知道母亲和颜悦色的背后是对他的失望至极。他原本不想伤害他们，可这次做得实在太过分。唉！李弘一声叹息，滋生出无限的委屈和悔恨。

早逝的太子

　　母子连心，终是难以割舍，更是无法拆散。那种延续生命的血亲是亘古不变的真情。人世间只怕母亲对孩子的感情是最真挚，也是最可靠、最无私的。那么，如果这种亲情出现裂痕甚至是背叛，无疑是一场莫大的劫难；如果孩子撸起袖子跟母亲对着干，更是人世间最惨痛的事。孩子可以平庸，但是不能成为刺伤父母的利剑。然而，造化弄人，武曌是一个能把天下捅个大窟窿的厉害女人，却无法阻止她的弘儿对她的伤害，甚至是大庭广众之下无底线的羞辱。她的心在滴血。她与李治默默回到后宫。一个早已埋葬在岁月深处被人们遗忘的疮疤突然被揭开，而且是以自己与最疼爱的弘儿的亲情为代价。他们的心情很沉重。李治一进寝宫，便独自卧倒在他的龙床上，紧闭双眼，心乱如麻，沉默不语。他或是在怨恨弘儿如此不懂事，或是在忏悔对亲生女儿的不管不顾。可不论他有多么难过、多么痛苦，都任由沸腾的情绪如野马般在心底驰骋。因为他清楚，弘儿之所以如此冒犯他们，是弘儿对母亲日积月累的怨愤已达到忍无可忍的地步。弘儿年轻，还不能娴熟驾驭自己的情绪，需要释放，需要发泄。所以，刚刚发生在朝堂上的那一幕，就在所难免。或许，这是每一个人成长中需要付出的代价。人的成长就是在不停地为自己的过错和鲁莽买单。可弘儿这次付出的代价太昂贵。不过，李治在心里默默地为武曌点了个大大的赞。武曌果然是个厉害角色，这事处理得真漂亮。她的冷静和克制，将他们的颜面捡回来不少。他真心地佩服她，也由衷地感谢她。

此时，武曌再也压不住内心的苦楚，便坐在李治对面暗自垂泪。武曌有泪不轻弹，只因未到伤心处。她再怎么强大，也是有血有肉的女人。她伤心难过，非常痛苦，非常失望。她刚刚克制住的情绪此时此刻猛然间涌上心头，化作泪水止不住流下来。她是那么地爱弘儿，可弘儿竟然那么无情地指责她，将那么恶毒的罪名扣在她身上。她之所以那么做，为了什么？为了谁啊？在皇室中，为争夺皇位哪个不是斗得你死我活、争得头破血流？不是我杀了你，就是你杀了我。自古以来就是这个样子，谁又能逃得出呢？当初，若不是她狠心杀了王皇后和萧淑妃，太子之位哪儿轮得着她的弘儿呀？不是李忠便是李素节，到头来弘儿只能是任人宰杀的羔羊。她背负双手沾满鲜血的罪名，使弘儿踩着她铺的路踏上东宫的阶梯，成为名正言顺的皇位继承人。现在，弘儿长大了，翅膀硬了，可以不需要她了。难道不需要她了，就可以如此没底线地任意践踏她吗？这么一想，她更是痛由心生，泪流不止。她哀怨地冲李治说："我千辛万苦把他送进东宫，让他无忧无虑地长大，难道就是为了让他如今天这般指控我、羞辱我吗？我这是不是自作孽不可活啊？他读了那么多仁义道德的书，就是教他这无礼放肆地羞辱他的父母吗？我没有他这么无情无义的儿子。"

"好了，好了。别伤心了，去睡吧。弘儿一时在气头上，等他缓过神来，那股邪劲过去就没事啦。他毕竟还是个孩子。"李治强打着精神对武曌说了几句宽心的话。然后，他觉得眼前的事物慢慢地变得迷蒙，真的累了。他觉得日后，孩子们恐怕是靠不住，只能与眼前这个泪流满面的女人相依为命。是啊，他作为皇上都不曾保护好自己的亲生女儿，活该被儿女们轻视。他沉沉地睡了过去。

第二天早朝时，皇上下了解除宣城公主和义阳公主监禁的诏书。当即，两位年近三十的公主离开了灰暗的掖庭，重见天日。然而，武曌并没将她们嫁给有功之臣，而是嫁给了皇宫门外值守的两名侍卫——权毅和王勖。要不是公主的母亲闯祸，这两个士兵恐怕八辈子也够不着皇帝的女儿。可偏偏地，这种做梦也不敢想的事竟然成真。这两个撞大运的士卒却对武曌没有丝毫感激之情，反而后来在地方当官时成为反对武曌的中坚力量。眼下，宣城公主和义阳公主已很知足，打心眼里感激那个仗义执言的弟弟李弘。

李弘却陷入痛苦的深渊。他很懊悔一时犯傻，在朝廷上顶撞冒犯母亲，给母亲造成深深的伤害。因此，他虽然救出两位可怜的姐姐，但并没有感受到一丝丝胜利者的喜悦。母亲再怎么凶狠残忍，但对他至亲至爱。母亲养育他，给他生命，给他太子之位，给他贤淑的妻子，给他现在所有的一切。可他呢？不但不知感恩，却还戳伤母亲。他只是听多了那帮反武派近臣们的谗言，才会油然生出一种淡淡的恨意和叛逆。或许，这是上苍的有意安排。他初出茅庐，太年轻、太幼稚、太冲动。他需要经历一种被亲情割裂的灼伤，锤炼那尚不成熟的心智。如果一个男人没有抱头痛哭过，没有受过彻夜难眠、刀架在脖子上的煎熬，就难以拥有坚定的意志和强大的心力。生活中受到的苦楚和磨难，可能会酿成生命里的甜蜜和幸福。人啊，就得经受挫折，那是对心性的锻炼，每受一次挫折都是一次成长。

在与武曌的较量中，李弘更像是一个蹩脚"小丑"，不停地乱蹦跶、胡扑腾，而武曌稳若泰山，见招拆招，于无声处将他抛过来的棘手问题一一化解。他一次次戳伤母亲，也一次次将自己推进痛苦的深渊。他最后才发现，自己依然是她的儿子，依然深深地爱着她。无论发生过什么，也难以改变一个儿子对他的母亲的最深沉的爱。自此以后，他的情绪一直不是很好，时而郁郁寡欢，时而唉声叹气。他总是躺在裴妃温情的怀里，不停地叨叨以前那母贤子顺的好时光。

五岁那年，母亲陪着父皇去洛阳，这是他第一次意识到要好久见不到美丽慈爱的母亲。于是，他哭着喊着拽着母亲的衣裙闹个没完。那时，母亲是那么温柔、那么慈爱，犹如山川般包容他的肆意胡闹。她既没有严厉地训斥，也没有大声地吼骂，而是将他紧紧地抱在怀里，轻轻拍着他那瘦弱的后背，"弘儿不哭，不哭。妈妈不走，妈妈永远也不会离开弘儿"。他在母亲温暖的怀里哭累便睡着了。母亲直等他睡得很实，将他安顿好，才恋恋不舍地坐上即将远去的皇家车辇。

八百里路，少说得走一月有余。走了十余天，母亲听说那天他睡醒后不见妈妈，哭闹得厉害，一天到晚哭着找母亲，谁也哄不好。于是，母亲恳请父皇将弘儿接来。这一来一回又得十天半个月，浩浩荡荡的皇帝出行队伍便原地待命，直到把弘儿接了过来，才又开始远行。那过往的种种旧事涌上心头，他很想念母亲。那时，没有母亲，他的世界就崩塌了。然而，他长大了，却为了他没有多少感情的两个姐姐而伤害母亲。他懊悔、悲伤，他在内心深处渴望着母亲的原谅。自那次冒犯后，他已经很久没见到母亲，他恐慌不已。他还是深深地爱着母亲，天天向裴妃诉衷肠，回忆母亲的种种艰辛不易和对他的好。他恨不得时光能倒流，那他绝不会当着众臣那么无礼、那么恶毒地顶撞母亲。可是人生哪有回头路，有些事一旦发生，就只好去承受结果。

突然间，李弘的身体又变得极其糟糕，远不如父亲硬朗。痨病难以根除，时好时坏。在一个明亮的月夜，他身体和精神稍有好转，正念叨着要去向母亲请罪，突然接到母亲的邀请："这到洛阳宫，一家人还没能坐下来好好吃顿饭。今晚夜色朦胧，不要辜负这么美的时光，过去的就让它随风去吧。来，来，搞个纯纯的家庭聚餐。"当然啦，李治求之不得，他最希望他们母子能冰释前嫌、重归于好。那样的话，他下的那盘大棋才能赢。不然，他所有的努力终将付诸东流。他很担忧儿子一旦有个三长两短，那他将会前功尽弃。他费尽周折、煞费苦心，总算压制住皇后在朝廷中那凶猛的发展势头，太子继承皇位指日可待，一切看似顺理成章。可是，老天偏偏又给了皇后新的机会。

裴妃却有种不祥的预感，劝李弘以身体不适为由推掉吧。可李弘期盼与母亲见面已久，岂能不去？谁也阻挡不了他重回母亲怀抱的步伐，哪怕搭上性命，他也是愿意的。就这样，李弘来到母亲的宫殿。武曌依然神采奕奕，一身素裙犹如睡莲般清新怡人。她笑着对儿子嘘寒问暖，一切还是原来的样子。李治开心极了，李弘亦然释怀，那么多天的阴郁情绪，在见到脸上挂着灿烂笑容的母亲的那一刻烟消云散。造化弄人，不承想这竟然成为李弘生命中的最后一顿晚餐。不过，他终是没了遗憾。

李弘与母亲吃晚餐的氛围很好，相聊甚欢。可是，他回到合璧宫绮云殿里睡下后，就再没醒过来。新婚不到两年的裴妃自然悲伤至极，苦熬不到一年也随他而去。有矛盾归有矛盾，有隔阂归有隔阂，可李弘的突然离世，也使皇上皇后悲痛欲绝。毕竟是亲生骨肉，白发人送黑发人，怎能使人不落泪？李弘活着没能当上皇帝，死了却享受了皇帝的待遇。爱子心切的李治和武曌追赠儿子为孝敬皇帝，并以天子之礼将其葬于恭陵，百官为李弘服丧三十六日。这也是开了先河，足见皇帝与皇后对这个儿子的用情之深。

然而，人们以及后来居心叵测的史官却将李弘的死安在武曌的头上。他们觉得武曌狠毒至极、利欲熏心，怕大权旁落才对儿子下黑手。可是，这种揣测失之偏颇，不合乎情理。李治不曾想到李弘会先于他离世，李弘像他的一切，包括身体。李治曾告诉李弘要将皇位禅让给他，还说母亲原谅了他。李弘太兴奋、太激动，一激动便哭个不停，一哭便旧病复发而病亡。然而，武曌虽然属于那种"我死之后，管他洪水滔天"的性格，可她真没毒杀儿子李弘的动机和必要，天底下真不可能有那么泯灭人性的母亲。再说，古时的毒药不像现在的毒药纯度那么高，无色无味，能杀人于无形之中。史书上常说鸩杀，这个鸩只是一种毒鸟。据考证，它就是现在的蛇雕，这种鸟喜欢吃毒蛇、蜥蜴等动物。所以，古人认为它的羽毛有剧毒，谁要被蛇雕的羽毛划伤，或是喝下用羽毛泡过的水，马上就会五脏俱烂，倒地吐血，去见阎王。而现代科学证实，那种鸟并不能使人当即毙命。因此，古人下的毒不可能使人即刻死亡。

李弘身体弱也不至于喝下毒药不折腾一阵当即暴死。他跟父亲都住在洛阳合璧宫，他中毒，李治能不跑过来见儿子的最后一面吗？李治一来，李弘边喊"有毒"，边口吐白沫，那站在一旁的武曌能不尴尬吗？再说，如果真是被毒死，李治能不验尸吗？那皇家御医并非无能，插根银针看看颜色，死因还是搞得清楚的。武曌是凶狠，可还没凶狠到毒杀她至爱的儿子。因为李弘膝下无子，她还将孙子李隆基过继给李弘，为他延续香火。她是深深地爱着儿子李弘的。比起丧子的痛苦，对大唐来说，李弘的暴死是一种巨大损失。太子的暴亡不仅使李治耗尽毕生精力下的一盘大棋化为乌有，也悄然改变了大唐的权力结构。随着身体越来越差，李治对皇后的戒心也就越来越松。原来水泼不进的宰相位置，被逼无奈之下，他也向武曌打开了一条缝隙。或许，冥冥之中，儿子李弘又成为将她推向皇位的又一波隐形力量。这只怕是命数，谁也拗不过。

李贤的首秀

长子李弘没福分熬到继承皇位的那一天,便英年早逝。他匆匆地来,又匆匆地走,不带走一片云彩,却带走了他的爱妃裴氏和李治的那个雄伟的计划。而从丧子之痛中久久难以自拔的还是那个懦弱多病的李治。他终日里痛哭不已,不吃不喝,觉得父亲送葬儿子是全天下最悲哀的事情。他下令,废朝三日,举国同哀。而那个女人却是超出常人的冷静,她默默无语,也无法表达她此时此刻对失去弘儿的深邃的悲哀。活着的人不能掉进伤痛海洋而不顾眼前啊,这日子还得一天又一天地过。再说,武曌最不缺的就是儿子,她继承了杨氏强大优良的健康基因,接二连三地生下六个孩子,光儿子就有四个。三天以后,她强忍满心伤痛,硬撑着重新开始临朝。她神色严峻,不苟言笑,虽不哭泣,可满朝文武百官还是看出她内心深处那一层淡淡的悲伤。

她就是如此厉害的一个女人,绝不会因丧子之痛而意志消沉或是一蹶不振,她超出寻常地理性和克制。人死不能复生,那就这样吧,既然弘儿没了,就把眼下的事做好,她不能让东宫主人长久地空缺。于是,她的次子沛王李贤登场,开始了他的太子首秀。李贤就是历史上大名鼎鼎的章怀太子。要说,这比哥哥李弘小三岁的李贤颇有王者之风。他不仅聪颖好学、眉清目秀,而且有一个身壮如牛的健康体魄。他二十二岁就已经是三个儿子的父亲。他是一个有血性、有谋略的男子汉,周身洋溢着青春活力和雄性魅力,不像哥哥那样书生气十足、弱不禁风。

李贤是在前往昭陵祭拜爷爷和奶奶的途中出生的。永徽六年(655年),武曌取代王皇后荣升为皇后的那一年腊月十七,武曌随皇上去咸阳礼泉昭陵,坐在摇摇晃晃的皇家马车上突然临盆,贤儿呱呱坠地。陪妹妹的韩国夫人武顺抱起这个小男孩,兴奋异常地说:"这个外甥长得真像我啊!"原本就是一支血脉,长得像无可厚非。可是,不知后宫的那些毒舌妇们怀着怎样的歹意,竟然杜撰出李贤是韩国夫人儿子的谎言。那时恰好李治与武顺爱得死去活来,这个荒唐的传言便如春风吹又生的野草般隐隐约约、年深日久地流传着。

李贤自幼住在远离皇宫的沛王府,鲜能得到父母的疼爱和关注。凡事都得有先来后到,尤其是选太子这等大事,更是不能乱了次序。历朝历代这么定的,皇位只传长子,那就只能这么做。所以,哥哥李弘在世时,无论他有多少过人的才智,都只能是怀才不遇。他即便是一条能翻云覆雨的龙,亦得乖乖盘着,不敢有半点儿造次。那时,他倒活得痛快,自知命定无缘皇位,就明智地甘于过着逍遥洒脱的沛王生活。他从来不去觊觎哥哥的太子之位,早早地生儿育女当父亲。然而,他得到上天的青睐。哥哥暴毙,他顺理成章成为太子。

李贤身份尊贵,命运却很"悲催"。原本以他的聪明才智、勇武刚强和健康体魄,完全可以在太子的位置上安然度过几年,待那病入膏肓的父亲驾崩后,就能成为风流倜傥而且又有一番作为的英明君王。可是,他却没有,太令人惋惜啦。人愚笨不要紧,勤能补拙,多用功能弥补。可是,人一旦聪明过头,还真是个灾难。李贤这人就是太聪明,而且极其自负和偏执,甚至成了一个偏执狂。后宫女人那无尽的争风吃醋和浴血奋战葬送了他的大好前程。无论那个"李贤并非武曌之子,其实是出于韩国夫人腹中"的传言多么荒诞不经,当这个传言不幸地传到李贤耳中时,他非但不排斥不反驳,反而听信风言风语。尽管他身体依然健康,可是他精神却出现偏差,以致后来,他着魔似的处处以韩国夫人的儿子自居。就连母亲武曌对他的关爱,他也看成武曌心中有鬼,故意这么做是为了洗刷她心中的不安和罪恶。他又一次将母亲看成杀母仇人。妖言惑众,谣言害人不浅。结果是,上苍给了他一手好牌,却被他打了个稀巴烂。

李贤自幼便过着使奴唤婢、锦衣玉食的贵族日子。自然,他享受着那个时代最好的教育资源。单是他的侍读十六岁就拿下"高考"状元,成为京城年纪最小的官。他就是名震一时的"初唐四杰"之一王勃。那时,斗鸡风靡一时,宫廷内外的人们都热衷于玩这种游戏。自然,十三四岁的李贤和弟弟英王李显也不例外。有一天,这哥儿俩相约斗鸡。玩归玩儿,可这次哥儿俩都撂下狠话,不把对方的鸡斗死誓不罢休,一副火拼恶斗的架势。王勃诗兴大发,随即写了一篇战斗檄文《檄英王鸡》助兴。这卖弄文采、玩耍尽兴要适可而止,可这次玩得有点儿过火。"雌伏而败类者必杀,定当割以牛刀"之类的词句都安排上了，这不是明摆着挑拨离间吗？皇上最怕儿子之间相互残杀，最担心的就是儿子之间的兄弟情义寡淡、不和睦。王勃倒好，煽风点火，生怕这哥儿俩关系融洽似的，恨不得让他们杀个天昏地暗？这不是明摆着使得皇帝闹心吗？就这样，李治看完这篇檄文后，一怒之下就将英气勃发的少年王勃赶出了沛王府。

王勃砸了侍读的饭碗，李贤虽有万般不舍，可碍于皇命不可违，只好目送王勃悄然离去。然而，李贤明白父皇的良苦用心，兄弟之间要和睦，千万别搞得你死我活。是啊，他父亲那两个亲哥哥不就是相爱相杀，最终落得个丢掉年轻生命的悲惨结局。帝王之家哪有什么亲情，哪有什么兄弟姐妹，最后只剩下赤裸裸的权力之争，只有为夺得皇位而无情地相互厮杀。可是令李治万万没有想到的是，他的几个儿子之间虽是兄贤弟恭，兄弟情深，可意外的是他的儿子们都被他那强悍的皇后一个个收拾了。

李贤若无那份执念，不信那荒诞虚无的后宫传言，或许不会步哥哥的后尘。那个传言犹如病毒侵入他年轻的机体，使他处处与亲生母亲武曌针锋相对。武曌真是有苦难言。"如果他真是姐姐的儿子，我怎么会让他当太子呢？我还有显儿、旦儿啊。"这是武曌的肺腑之言。以她的行事风格，若李贤非亲生儿子，哪还轮得到他当太子？可现实总是这么无情和悲催，在那个摇晃的马车上生下儿子李贤的情景至今历历在目，可李贤却怀疑这个不可颠覆的事实。自从李贤搬进东宫，她就被这种痛苦困扰着、缠绕着，犹如一根蔓藤越缠越紧。难道贤儿真的是上天派来折磨她的吗？

李贤住进东宫，那就是未来的皇帝，就得学习掌管政务，以他的聪明才能，假以时日便能熟悉那套流程，便能帮着母亲参朝议政。可他却一反常态，对朝事不感兴趣，对母亲戒心十足。他总是想到韩国夫人和哥哥李弘一家人的惨死。他不想卷进母亲编制的圈套中。对他而言，进驻东宫来得太突然，也来得太惊心。原本他可以在沛王府中无忧无虑、声色犬马、放心大胆地放飞自我，可如今住在东宫，离武曌那么近，他总是战战兢兢、心神难宁，觉得朝不保夕。他潜意识里将武曌视作杀人如麻的刽子手。他怕她，怕她那把杀人不见血的刀悄然砍向自己。而他时刻准备奋起一击，为了他固执地认为的死得不明不白的母亲韩国夫人。

太子不去学习如何治理国家，却带着一帮文人雅士修撰书籍。哪能编几本书就能将天下治理好？那人人想当的皇帝也不是随随便便就能胜任的，不去实实在在地操作一番，只是纸上谈兵，将来很难成为一个称职皇帝。不去朝廷中参议政事也罢，那总得跟你那掌管天下的母亲交流交流，谈谈工作体会吧？可这臭小子自以为是，武曌派人请他，他以修书工程浩繁为由拒绝。武曌拿他没办法，只好写家书邀请他得空来后宫吃饭，就这李贤也从来没应过，仍是置之不理。既然看不到你人，那就给你送点儿开窍的书好好读一读。于是，她派人将北门学士们编著的《少阳正范》《孝子传》等书送给李贤。这明摆着就是让李贤学习做太子的规范和做孝子的德行。她原本是为消除母子之间的隔阂才出此下策的，不承想，李贤将那些书统统扔进火炉，敏感地认为这是母亲即将对自己下毒手的征兆。

太子与皇后这对母子之间的关系很微妙，也很紧张。武曌想尽办法讨好李贤，可儿子岿然不动。武曌的心自然越来越凉，她对这个陌生的儿子失望至极。就在这个节骨眼上，一个闯进皇宫的江湖术士又使他们母子的关系雪上加霜。皇上李治被病痛折磨得痛不欲生，苟延残喘。皇宫里的御医们焦躁不安，四处寻求名医奇士，查阅医书，把脉问诊，来为皇上祛除病痛。御医们想尽各种办法，灵丹妙药也是时而管用，时而毫无用处。这时，一个来自洛阳城外偃师的巫医明崇俨进入病急乱投医的皇上的视野。

明崇俨生得容貌俊秀，风姿神异。原本他只是滚滚历史洪流中微不足道的一粒尘埃，青史留名恐怕是痴人说梦。历史是在每个时代生活的人们用生命写成的，只要热腾腾地活着就有无限可能。这不，那时有个刺史的女儿患得一种怪病，寻遍名医，久治不愈。后来，那刺史竟然找到明崇俨。他一出手，便药到病除。这事被传得沸沸扬扬，一传十、十传百，竟然传进李治的耳朵里。于是，李治旋即唤人将江湖神医请进后宫。这糊弄人得有点儿真本事，不然，光是牛皮吹破天啥事都干不成，迟早要穿帮遭殃。况且，这次要给当今皇上治病，那弄不好是要掉脑袋的。起初见皇上，他浑身哆嗦，吓得大气不敢喘，倒是站在一旁的皇后鼓励他："明大夫，快来帮皇上诊治吧！"

明崇俨连忙"哎，哎"两声，跌跌撞撞地来到饱受病痛折磨的李治身边，仔细诊断，又是把脉又是扎针，然后留下一个偏方，战战兢兢地说："这味汤药煎三次，一天喝三顿。如若不出意外的话，皇上三天之后能有好转。"

皇后命人接过药方，吩咐精心煎熬，浅浅笑道："三日后，若皇上身体好转必有重赏；若皇上的病情毫无起色，那休怪我无情，必将治你欺君之罪，推出殿外问斩。"明崇俨哆嗦着拜别皇上皇后，离开皇宫。

三日过后，李治病情果然好转，头没那么痛了，浑身有气力，竟奇迹般地可以下床缓步走动。皇上和皇后被明崇俨的高超医术折服，旋即重重奖赏，加官封爵，将他荣升为宫中正谏大夫，兼职御医。一个江湖巫医摇身一变成为御医，他还兼职皇室方术顾问的差事。皇家历来将蛊惑巫术列入被禁之列。那王皇后、萧淑妃被废丧命均是因蛊惑巫术违反朝规。然而，无论是普通百姓还是皇帝，终究会遭遇迷茫无助的困惑。那时便会问苍天，问苍天不就是相信冥冥之中有一种神秘力量的存在？而略懂巫术的巫医便自然成为那股神秘力量的代言人。

明崇俨整日守在皇上身边，寸步不离。他还真收藏了不少民间失传已久的治病偏方。一旦皇上被头疼折磨得痛苦不堪时，他总是能拿出对症的偏方，效果立竿见影。李治对他甚是满意。他原本是一个小小黄安县丞，凭借雕虫小技赢得皇上和皇后的信任，成为皇上和皇后的座上宾、"双圣"身边红得发紫的宠臣。因此，他成为朝野内外红极一时的"香饽饽"，大小官吏挤破头巴结讨好他。他一时春风得意，飘飘然了，越发放肆起来。

人狂没好事

执拗、偏执、顽固的人多数命苦福薄，他们跌入自我封闭的固执陷阱难以自拔，甚至最终毁掉自己。而李贤是妥妥的一枚"偏执狂"，他听信传言，愣将生母武曌视作洪水猛兽、杀母仇人，而将那个逝世多年的姨母视作生母。身为大唐太子，心思不花在治国理政上，整日里无事生非。而狂妄自大、不知好歹的明崇俨火上浇油，硬生生地加速了偏执狂李贤的毁灭。皇上和皇后在商议接班人大事时，明崇俨竟然不知天高地厚地横插一杠子。选太子的事多敏感、多重要、多危险啊！历朝历代，哪次选太子不是搞得血雨腥风，死伤无数？远的不说，单单就是李世民驾崩前，李承乾、李泰哥儿俩那争斗的惨烈程度，将一代明君李世民气得早早归西。所以，谁卷进这个巨大旋涡之中，谁就会命在旦夕。那些官场的老手们躲得远远的，只有贴上皇子标签的侍臣才会不遗余力地想尽一切办法把主子扶上太子之位。可明崇俨这个伺候皇上的大夫有何资格对三位皇子品头论足？他太狂妄，得意忘形，忘乎所以。

于是，在一次拜见皇后时，他突然间神秘兮兮地问武曌："天后，您对您的三个儿子的未来和发展有没有兴趣啊？"

武曌直言道："当然有啦，不妨说来听一听。"

可他左看看右瞅瞅，一脸难堪之色，好像有些难以启齿似的。武曌不傻，令左右退下，旋即说："这下你大可放心吧，大胆地把你看到的一切如实地说出来吧！"

这家伙故弄玄虚，就是故意把皇后的胃口吊起来。他在地上跪了一阵子，长长地叹了一口气，像是下了很大决心似的，才拉开架势侃侃而谈。他率先亮出了自己的中立态度，接着就对武曌说："皇后，臣对几个皇子都无偏见，没藏什么私心，只是借助相面之术做一个客观分析。臣从三位皇子脸上、身上看出他们日后的端倪。您可以信也可以不信，但一切判断只待日后的事实来验证。"

然后，这家伙自鸣得意地发表了一次送命演说。他郑重其事地告诉皇后："太子贤的面相不好，不足以继大统。他满面的幽怨之气必然会毁掉他的前程，只是迟早而已。那英王显则像极了先皇李世民，但却空有一副好皮囊，也不像大有作为的样子。反而那个相王旦嘛，相貌高贵，生有帝王之相，乃大富大贵之人，很有可能将来能成大事。"

这不是赤裸裸地挑衅太子的权威吗？这番说辞若是被李贤听到，他该怎么想？恐怕不杀你也得把你折腾个半死。明崇俨舌尖上不着边际的巫语，终究没能影响武曌的决定。反而，他点醒了武曌。于是，武曌将三个儿子做了个比较。她不看面相，只是从每个孩子的优缺点去判断，谁将来更适合当皇帝。最后得出的结论，还是太子贤儿。如果李贤不那么偏执，愿意与母亲沟通，就能知道母亲的想法。那样的话，恐怕历史要重写，一代女皇也就无从谈起。然而，历史的车轮只能滚滚向前，也就没有所谓的如果。李贤偏偏将自己封锁在一个固定的思维体系中，错误且固执地认为武曌对他怀有歹意。在他眼里，武曌对他的种种好意成了武曌掩饰罪恶的遮羞布。结果，他倒是验证了明崇俨的预言，最终毁灭了自己。

皇室中复杂的斗争，使密探十分发达。后宫到处布满眼线，几乎没有秘密和隐私可言。尽管武曌在明崇俨大放厥词之前让左右退下，这事还是很快传到了章怀太子李贤的耳中。那个江湖术士说他没帝王之相，使他如惊弓之鸟，终日恐慌不安。于是，他推想着自己死期临近。自此以后，他每日戒备警惕且忧心忡忡，神经高度紧张。与其坐以待毙，倒不如先下手为强。他开始琢磨如何绝地反击。很多时候，人在绝望无助时，上苍往往会打开一条向阳而生的路。李治派太子李贤由洛阳东宫前往长安处理政务。这才是李贤想要的生活，远离洛阳，远离那个令他惶恐的女人。他太喜欢离东都洛阳八百里的太极宫了。在那里，他度过了一段无忧无虑、无需警戒、不用提心吊胆的轻松日子。然而，太极宫却埋藏了太多太多母亲的悲伤和苦难，那儿是武曌不愿意多待的伤心地。她常年住在洛阳皇宫，不愿回长安。那个令母亲窒息的阴森大殿却是儿子李贤自由呼吸的天堂。现在，李贤远离母亲，就像脱缰的野马般肆意奔腾，在秦岭里狩猎玩耍，在大殿里嬉戏取乐，好不快活。他很想在长安长久地住下去，无奈母亲一次又一次地催促他，办完事赶快回东都。一想到回洛阳得面见母后武曌，他轻松的心态就荡然无存，无限的哀愁和苦闷涌上心头。在即将起程离开长安的最后一段日子里，他疯狂到穷奢极欲的顶点。

母亲武曌虽然身处东都洛阳,可对儿子在长安的所作所为还是了如指掌的。贤儿如此放纵像极了那个曾被废掉的太子承乾。她想到了那个血洗东宫、令人发指的夜晚,她亲眼看见李世民遭遇的煎熬和折磨。她誓死不愿悲剧重演,更不想承受先皇李世民曾遭遇的那种彻骨悲痛。可是,她的贤儿自我封闭,自甘堕落,一味地坠入邪恶的深渊。李贤纵情声色的行径分明就是承乾的翻版。她的贤儿到底是怎么回事,难道真的疯了?堂堂大唐太子,未来大唐的主人,游手好闲、不干正事,沉迷于乌七八糟的糜烂生活而执迷不悟。这不是让天下人耻笑吗?这不是辱没太子高贵的身份吗?长此下去,恐怕性命难保。也不知,李贤怎么会变得如此愚蠢。最愚蠢的人就是如他这般,对已经发生的事耿耿于怀,对没有发生的事忧心忡忡。他被一个执念、一个臆想,折磨得近乎癫狂,失去理智。那个执念就是他固执地认为他不是武曌的儿子而是大姨武顺的儿子。那个臆想就是他总觉得武曌随时可能取他性命。他有些神经兮兮,就一直这么胡思乱想,过着提心吊胆、生不如死的日子。他纵有万般不舍,尽管百般拖延,终究还是极不情愿地返回洛阳。

武曌看见他那一副颓废萎靡的样子时,简直不敢相信自己的眼睛。这个男人还是她那个英俊潇洒、健康强壮的贤儿吗?整个人都脱了相,鸠形鹄面,目光呆滞,没有一点儿精气神。她痛苦地闭上眼睛,在心里默默地说:"我怕是又要失去一个儿子了。"

李贤一回到洛阳,就住在母亲宫殿隔壁的东宫,看着风轻云淡、坦然自若，可内心焦躁不安，惶惶不可终日，越来越紧张。那一墙之隔的母亲随时随地有可能杀将过来，要他小命。这是非常令他害怕，也是非常有可能的。他不能束手待毙，而要有所准备。于是，他开始发动东宫的所有人马，四处搜集盔甲和刀剑。他将那些搜集来的兵器密藏在马厩，总觉得有了这些，一旦皇后起事，也能抵挡一阵。他内心深处难得有一些安全感。不承想，这些东西倒是成为断送他性命的祸端。

就在这时，那如日中天的宠臣、四品大员明崇俨却发生了意外。调露元年（679年）的一个黄昏，东都洛阳城里的牡丹花开得正艳，满城花香沁人心脾。夕阳从邙山落了下去，女人们从伊水洗完衣裳归来。在皇宫忙了一天的明崇俨在余晖的映照下回到府上。他今天又"瞎猫碰上死耗子"，胡乱搞几味药缓解了皇上头疼。李治精神好转，便将他夸个不停。而最使他得意的是，皇后越来越依赖他。一向颇有心计、城府颇深的皇后竟然开始倾听他的想法，这远远超出他的预想。如果真能赢得皇后完全的信赖，那么他成为一人之下万人之上的宠臣的梦想就即将成真。男人的勃勃雄心在他胸中激荡。他坐在自家后花园，欣赏满庭繁盛夏花，想着他如此小小角色不久将走向大唐政治舞台的中央，便情不自禁地喜上眉梢、嘴角上扬。想着想着，他竟然迷迷糊糊地睡了过去。就在这个打盹儿的工夫，他竟然做了一个令人迷醉的美梦。在万花丛中冒出一位百媚千娇、雍容华贵的女人。那女人长久地凝视着他，面容如雾里看花，模糊不清。那女人说："君听我一曲。卜得上峡日，秋江风浪多。巴陵一夜雨,肠断木兰歌。"说罢,那女人不见了踪影。正在他恍恍惚惚、半梦半醒之时,从院墙上跳下来一位蒙面侠盗,走到他面前,问:"你是明崇俨吗?"

他下意识地回应道:"正是在下。"

说时迟,那时快。话音未落,一把利剑旋即刺进他的心脏。双圣那么信任的近臣突然在自家后花园被来路不明的歹徒刺杀,这还得了?那皇上的头若再疼起来如何是好?难道那贼人想要皇上早早疼死吗?即便是上苍饶恕那个不明来历的杀手,天皇和天后也绝不会放过。他们下令彻查,必须将刺客缉拿归案,不查个底朝天绝不善罢甘休。

轻狂货明崇俨就这么莫名其妙地来,又如此火急火燎地死了。他来得很突然,去得很离奇。他曾冒犯过太子李贤,所以武瞾认定李贤是幕后黑手。这种事不能靠主观猜想,定罪要靠证据。所以,她一时不好发作,静待最后结果。此时,大唐名探狄仁杰出场。武瞾令他尽快侦破此案。这个以明察秋毫著称的办案专家,摊上这么一个没有头绪的案子,甚是为难。那个莫名其妙地冒出来的杀手容易缉拿归案,可明崇俨的死却与皇室有着千丝万缕的联系。他发现只要往深里挖,就有可能挖到太子或皇上的头上。太子记恨明崇俨的相面之说,嫌疑比较大。可皇上也不无可能啊,毕竟这狂徒巫医曾给皇上戴绿帽子。男人只要有一口气,谁也受不了这个呀。

狄仁杰倒是聪明,自知刨根问底会惹火烧身,思来想去只好草草了案。他快刀斩乱麻,当机立断给出一个劫匪误杀的结论。只要有点儿脑子的人都不信，只是大伙儿心照不宣，也就不了了之了。可是，一种太子贤记恨他、派人杀他的说法却悄然流传开来。然而，朝中大臣却将误导皇上皇后的明崇俨没当回事。他们觉得明崇俨就是一个江湖骗子，只是用雕虫小技将皇上糊弄住了而已。这回他被刺杀，死就死了，没啥可惜的。由此可见，他是多么地遭人恨啊！明崇俨活着时，得多么嚣张、多么飞扬跋扈，才会落得死后都无人念他好的凄凉下场。人啊，永远不知道明天和意外哪个先到来，活着就得有敬畏、要谦卑，切忌目中无人、狂妄自大。明崇俨的尾巴翘上天，没得意几天便丧命。这个代价实在太高。

偏执狂的宿命

飞蛾扑火般的毁灭恐怕是偏执狂的宿命。李贤这个偏执狂只怕是坠入了万劫不复的深渊。明崇俨的死虽然以劫匪误杀结案，可是，有人竟然不肯如此这般草率了结。没找到任何证据，可是那种预感十分强烈。有人想把明崇俨的死当作一把利剑，刺穿那个偏执狂李贤的胸膛。

狄仁杰不敢懈怠，明知不可深挖，却又不得不用力挖，不搞出点儿大动静来难以交差。所以，他动用一切能调动的资源和力量，将个洛阳城里里外外地毯式搜查了两轮。大唐上至三司，下至县衙小吏，都迅速行动起来。街头混混、流氓地痞、打家劫舍的匪徒、偷鸡摸狗的盗贼以及招摇撞骗的江湖术士抓了一大堆，就连明崇俨家里的仆人也全部关进天牢，一一审讯。庞大的工作量，将狄仁杰累瘫，可依然徒劳。抓那么多人，审讯那么多天，终究没找到一丝丝李贤与此案有关的线索。武曌只好作罢。

然而，李贤却给那些想置他于死地的人递刀子。东宫司仪郎韦承庆倒是有担当的好青年，实在难以忍受太子的胡作非为。他本着对大唐江山负责的态度，本着履行自身规谏的职责，对太子的私生活颇有微词。一日，他趁着李贤的心情好，善意地试探着劝道："太子,您不会忘记您大伯承乾怎么死的吧？您若继续如此作践荒唐下去,只怕会走他那条死路,自毁大好前程！"

李贤懒得理睬,不屑一顾地反驳道:"你瞎操什么心,操好你自个儿的心吧！"

韦承庆碰了一鼻子灰,只好作罢。可是,任由太子如此胡作非为下去,有朝一日一旦皇上怪罪下来,他就得吃不了兜着走。若是只砸饭碗丢官倒还能承受,要是丢掉性命就太不值了。在其位就得尽其责,这是做臣子的本分。眼下,他们做臣子的磨破嘴皮子什么用都不顶。是啊,人微言轻,太子压根儿不会正眼瞧他,那他的好言相劝就一文不值。可是,皇后总该管管你吧！她一管,你总得乖乖地服吧！李贤天不怕地不怕,就怕他那强势凶猛的母亲武曌。

司仪郎就是太子的"跟屁虫",天天盯着太子,尽可能使太子不犯错或少犯错,千万别犯大错。这差事的任务就是时常给太子敲敲警钟,提醒他啥该干、啥不该干,啥该说、啥不该说。换句话说,就是专门给太子挑刺儿的,及时把太子心中燃起的那些邪恶小火苗扑灭。这活儿不好干,可不好干也得干啊。于是,太子司仪郎韦承庆只好向皇后告状。他将执迷不悟的太子的荒唐行径写了一份情真意切、有理有据的奏章,衷心希望朝廷能尽快铲除太子身边的奸佞小人,以匡正太子的过失。不然,长此以往,只怕太子玩物丧志,终将难堪大任。

皇上李治看到奏章,立即头疼眼晕。这太子怎么会如此荒唐,要他这个父皇如何是好？他又气又恨又悔,后悔将儿子打压得太狠,给儿子的压力太大。这时，武曌已凉半截的心彻底凉透了。她对儿子的丑行心知肚明，只是佯装不知。这次司仪郎当个事报上来，就不能继续装傻充愣。于是，她对病恹恹的皇上说："圣上若实在看不下去，索性就将东宫还有什么心术不正的奸佞小人一并处置，统统赶出东宫，再重新给儿子派几个德才兼备的贤良君子，不就行了吗？"

李治抬头满眼失望地看着武曌，欲言又止。武曌自知皇上身病心不病，对她仍有戒备，于是又接着说："这事非同一般，还得找个信得过又经验老到的人去办才行啊，不如圣上亲自派一个主审吧。"

李治这才顺水推舟地说："是啊！事关太子就是事关大唐江山社稷的大事，让薛元超去主审吧！"

这位薛宰相跟皇上的交情绝非寻常，他俩被誉为"白首君臣"。李治当太子时，他是东宫侍臣；李治主政当皇上时，他一直跟随其左右，在朝中为官。他们相识相伴三十余年，从青葱少年一起并肩作战到垂暮之年。李治时常在后宫设私宴请他参加，就当他是自己家人。这种事只有交给这样知根知底、忠心耿耿的老臣才是最放心的。皇上指定主审中书侍郎薛元超，皇后配副审黄门侍郎裴炎，又会同御史大夫高智周组成三司合议庭。如此这般配置的"豪华阵容"，只有性质特别严重的大案要案才有。殊不知，一个毫不起眼的"风化案"竟变成富有政治色彩的"教唆杀人案"，后来竟然上升为谋反叛逆的杀头之罪。

然而，这个中书侍郎薛元超是个识时务的官场老手，他也清楚皇上把这个事交给他意味着什么。可是人在江湖，身不由己。有一天深夜，他已早早地睡下。突然，一位不速之客敲响他的府门。他从睡梦中醒来得知来客姓名后睡意全无，披上衣服出来相见。论官职，他是副宰相，论年龄，来人比他小三十多岁，但他不敢有丝毫怠慢，更不会倚老卖老，以官压人。只因来者是天后武曌的侄子宗正卿武承嗣。

武承嗣深夜只身到访，便服着身，寒暄两句后便切入正题，"晚生有要事相告，请您屏退左右"。这个平日懒得理睬你的重要人物，半夜三更不睡觉，神神秘秘地跑到你家来，可不是漫漫长夜无心睡眠找你解闷打趣的，也不是顺便整两杯加深一下感情的。薛元超一时拿捏不准武承嗣的来意，只好轰走仆从侍女。

武承嗣这才直言道："明天皇上会下诏令，委派您主审东宫户奴赵道生。近来朝廷不太安宁，东宫多有失德。希望薛公您凡事三思，千万别让皇后娘娘失望。"

闻听此言，薛元超如坠冰窟，全身发凉，直冒冷汗。一句"千万别让皇后娘娘失望"意味深长啊！他混迹官场多年，岂能不知背后深意？这不是有人意欲构陷太子来给他提醒，千万别从中作梗，坏人家好事？作为皇上的亲信自然明白李治的用意，可是武曌的暗示他也不敢违背。若不合李治心意，顶多挨李治几句训斥；可若违背武曌心意，只怕性命难保。孰重孰轻，如何抉择，那还用多说吗？

将武承嗣送出门，薛元超的心底一片凄凉，向着皇宫的方向跪拜："圣上，老臣辜负您啊！不是臣不愿尽忠、不信任您。可是您信任您吗？"薛元超突然想起那位文采斐然的老臣上官仪，上官仪被满门抄斩的那一幕恍若昨日。那是他的文学导师，至今，他依然热衷于写"上官体"的诗。他不愿重蹈覆辙，白白丢掉性命。是啊，在那个女人的威逼下，李治时常朝令夕改，说变就变，就连他最亲密的战友、近臣心腹薛元超也不敢轻易违背那个女人的旨意。

于是，薛元超将赵道生秘密抓捕归案。这个肤白体健的赵道生不堪一击，是个彻头彻尾的软骨头，一进去便被吓瘫在地。为求自保，将功赎罪，他竟然脑洞大开，交代出太子策划刺杀明崇俨的惊天大秘密。那名震四海的神探狄仁杰折腾了好久，愣是没有发现蛛丝马迹，眼下竟如此轻松地得到最有力的证据。这简直是一个天大的意外收获。李治无可奈何，只好任由那个女人派兵去东宫。

一帮杀气腾腾的士兵兴冲冲地闯进东宫，将李贤的宅子掘地三尺，角角落落翻了个底朝天。若是什么也没发现，他们也只好灰溜溜地离去。可偏偏李贤竟然私藏五百副盔甲和利剑。人赃并获，只怕李贤浑身是嘴，亦是百口莫辩。

皇上李治看走了眼。薛元超虽与他是老朋友、旧相识，可这位才高八斗的仁兄哪边风劲往哪边靠。李治活该吃哑巴亏，谁让他有眼无珠、识人不善呢？他总是把坏人当好人，又把好人看成坏人。或许，在帝王眼里人无好坏之分，只有忠奸。可他偏偏忠奸不辨。他能稳坐皇位三十余年，占据近三百年大唐王朝的十分之一，也算一个奇迹。李贤很快被以刺杀大臣和私藏军械为由坐实治罪。

薛元超为避免面见圣上尴尬，就案情经过写成一份详细的奏章呈给皇上。李治看完便气愤地摔在地上。武曌捡起来匆匆浏览一下，轻声细语地说："皇上切莫为这么一个不成器的逆子动怒，伤着龙体大有不值啊！原本抓赵道生是为其魅惑太子治罪，再顺藤摸瓜将太子身边的奸佞小人一网打尽，哪知赵道生竟然供出他是刺杀明崇俨的凶手，还指证太子谋反。随后，在东宫的马厩里，还真的搜出那么多兵器。这不是"司马昭之心，路人皆知"吗？"

李治已失去了长子弘儿，再也不想失去次子贤儿。可皇后言之凿凿，他一时词穷无法反驳。利剑盔甲是军事物资，私藏便是砍头重罪。他有气无力地说："这会不会是居心叵测之人故意嫁祸于太子？这也不能证明贤儿一定谋反啊！朕可以赦免他。"

至此，一直与母亲处处作对、充满敌意的偏执狂终是成了母亲的一枚"弃子"。一个背叛自己的儿子终究是留不得的。她清醒地知道，贤儿心里恨她，恨之入骨。贤儿就是埋在她身边的一枚"定时炸弹"，不知哪刻就会突然将她炸得血肉模糊、灰飞烟灭。那种不可预知、不能掌控的潜在危险最令人焦心难安。而唯一能消除这种担忧的办法就是拆掉那枚炸弹。于是，武曌借户奴赵道生的嘴指控李贤。她虽心痛不已，却纯属无奈之举。她最懂自己的男人，天生一副热心肠，易动感情，往往遇事不顾及原则。她的男人不像他父亲那样有胆识，做事勇敢果断，具有男子汉气概。于是，她冷冷地笑道："身为太子，心怀谋逆，天理难容。不杀已是仁至义尽，速速废其储位吧。前朝隋文帝废杨勇的事，难道您忘了吗？"

李治怅然望向武曌，然后痛苦地闭上眼睛，两行老泪顺着脸颊流了下来。她最烦男人流泪，一个顶天立地的大男人动不动就流泪，实在有失颜面。可与她相依相伴风雨三十余载的男人偏偏感情脆弱爱流泪，真是造化弄人。

永隆元年（680年），明崇俨被害的第二年的九月一日，李贤被废贬为庶人，流放巴州。李贤是"倒霉蛋"，更是"糊涂蛋"。赵道生指控他不重要，重要的是他太偏执，总是将真正的亲娘当成假的，而将假的误以为真的。在被贬之地巴州，他仍然不思悔改，我行我素，作诗讽刺母亲。其中一首《黄台瓜辞》直抒胸臆："种瓜黄台下，瓜熟子离离。一摘使瓜好，再摘使瓜稀。三摘犹自可，摘绝抱蔓归。"在这首诗中，他道出对母亲的愤慨和希望。母亲啊，您的确是一个旷古未有的女强人，但若把儿子如摘瓜般一个个摘掉，最后您只能收获那吃也吃不成的空空瓜蔓。不幸的是，这首诗飘到洛阳，飘进武曌的耳朵里。文明元年（684年），仅仅在巴州生活四年的李贤被逼自尽，享年二十九岁。执拗的性格注定李贤早亡的悲惨结局。而办李贤案子的主副审劳苦功高，薛元超由副转正，官至权倾朝野的中书令，成为名副其实的宰相；裴炎升任侍中，位列副宰相。

武曌自然不会放过太子余党，借机搞了一场轰轰烈烈的清洗运动，该杀的杀，该贬的贬，该流放的流放。那些曾与太子贤友善的宗室亲王和朝臣被驱逐殆尽。她就是这么一个女人，做事决绝，不留后患。为警醒反对她的朝臣，她下令将从李贤宫中搜出来的几百副惹来滔天大祸的盔甲运到洛水桥,在河畔当众焚毁。浓浓烟雾从洛水河畔腾起,黑雾遮住太阳的白光,犹如暗无天日的黑夜。她向世人宣告:逆我者亡。

个个是戏精

病恹恹的李治百般无奈、费尽心思，总算捡回儿子李贤的一条命。但是，他已无力保住李贤尊贵的太子之位。那女人的心机城府太深，谁也难以看透在那副好皮囊包裹之下有着怎样的一个灵魂。如今她年近六旬，虽已无青春靓丽之色，可依然神采奕奕、光彩照人。李治同样看不穿，一直蒙在鼓里，甚至一度将她视作贤内助。平心而论，武曌掌控朝政这些年，多数在尽心尽力帮病痛缠身的李治打理政务，基本没打自己的小算盘。要是从显庆五年（660年）李治患上风疾算起，她坐在翠帘后参与朝政已有十余年。她要是真有什么自己的想法，只怕早已悄无声息地变成事实。实际上，她只是用自己的智慧和才华帮皇上好好管理大唐王朝。从麟德元年（664年）的"二圣临朝"算起，她在朝堂之上抛头露面也有六七年之久。在这么长的时间里，她既没有在外朝培植新的政治势力，也没有引进任何强势干政的外戚。反而，她将武姓亲戚一个个要么治罪处死，要么流放外任，朝堂之上无一武姓重臣。从这一点上来说，她这个辅政皇后算合格，是李治的贤内助。她也没有多少值得人们诟病和指责的地方，也许正因如此，李治越来越倚重她。或许是这个女人的演技太精湛，迷惑住感情细腻脆弱的李治。事实上，李治亦是实力演技派。李治上演"逊位"老婆是七年前的咸亨元年（670年），武曌曾倾情演出"请辞皇后"的戏目。那年，大唐不太平，战乱不断；三月至八月关中地区遭遇久旱，秋季粮食颗粒无收，民不聊生，饥民四处流窜，闹起大饥荒。大唐处在一个内忧外患的多事之秋。武曌的日子不是很好过，她面临重重危机。而使她深感身单力薄的是，那些在朝廷中曾力挺她的心腹相继离去。李义府犯错，早年被皇上流放荒蛮之地，没挨几年便撒手人寰；许敬宗是在这一年三月因年事已高身体衰老，不得不告老还乡。她抬眼望去，朝堂之上那些熟悉面孔已寥寥无几，陷入了一种前所未有的孤独和茫然。

那个年代，人们普遍相信天人感应的说法。老天不下雨，使人们饿肚子遭饥荒，定是有人做逆天之事。人们认为，天灾一定是人祸引发的。因此，那些朝中对武曌早已看不惯的势力借机发难，纷纷将矛头指向她，四处散播谣言，制造舆论。很快，朝野内外形成一个对她伤害极大的论调：大旱是武后专权所致。面对骤然而来的压力，她做出一个令众人意想不到的决定，她竟然主动以大旱为由正式向高宗提出避位。"这天大旱，说是因我专权惹的祸。那好，我干脆辞职，这下总归行吧？"她不按套路出牌，李治却慌了神。朝廷一片哗然，视权如命的女人怎么会如此轻易放弃权力呢？

在这么一个微妙的时刻，朝廷上下的目光都聚焦到了李治身上。李治除却惊慌亦是备感压力。正当朝臣睁大眼睛盯着他时，他倒是不再犹豫，干脆利落地批示：不准。简简单单两个字，将人们的一切幻想化为乌有。要知道，这个女人绝非一般。她在提请避位时，已断定李治不会应允。古往今来，只听说出天灾由皇帝下《罪己诏》，哪里有皇后自请避位？她这么做无疑是将皇上置于不仁之地。她以退为进、欲擒故纵，故意做出一副高姿态平息朝野上下的不利舆论。"不是我要专权，我皇后都不愿干，可皇上不准啊！皇命不可违，那我只好硬着头皮继续干。"这正是一石二鸟的好戏，不但堵封了悠悠众口，还树立了"心系天下，不徇己私"的伟岸形象。她又一次用绝顶聪明的政治手腕化解了危机，巩固了她在朝廷中的地位。

人生如戏，大唐皇上皇后的生活亦是戏。不过，有些是顺势而为、时势所需；有些却是假戏真做，惹来无尽烦恼，带来无限痛苦。武曌已失去一个儿子，又有一个儿子将踏上不归之路。丧子之痛成为她生命里无法躲避的苦难。这种灾难却撑大了她的胸怀，坚硬了她那颗心。真正的强大来自内心的充盈和丰富，挫折苦难是一个人变得坚强乃至强大的最好的老师。在重压之下，心性智慧能迸发出无坚不摧的力量。苦难悲情是非凡人物的生命底色，她在一次次丧子之痛中变得冷血冷漠，少了感情用事，多了铁腕处事。她一旦决定的事，必会雷厉风行，立竿见影。一个冷血女人就是在一场场你死我活的血拼中成就的。

在李贤被废的第二天，武曌第三个儿子英王李显闪亮登场，开始了他的政治首秀。那时，她仍遵从旧制，无勇气掀掉面前的翠帘，自己坐上那把龙椅。她最不缺的就是儿子，一个没了，下一个很快就会补上。于是，调露二年八月，英王李显被立为太子，朝廷改元永隆，大赦天下。李显跟他大哥二哥根本没法比。他自幼沉湎于斗鸡走马,喜好射猎宴游,既无出众的品行,也无过人的才学,属于皇族中不学无术、游手好闲的纨绔子弟。对于一个普通亲王来说,他这么做无可厚非。可谁能料到李治这老两口三易太子,那储君的宝冠竟然奇迹般地戴在他这个老三的头上。他原本已认命,对太子之位根本不敢奢望,过他逍遥的亲王日子也是快活的。所以,他自幼不曾按太子的培养方式去学习生活,身上自然多了些不羁放荡。

李治带着皇后去东都洛阳时,特意安排李显监国,并请薛元超宰相辅佐。可李显依旧该玩玩该喝喝,照样飞鹰走马,射猎宴游。他一到球场骑上马就生龙活虎,一到政务殿批阅奏章、处理政务就跟丢了魂似的无精打采。深受皇上重托的薛宰相哪敢放任自流,一再劝谏。可那太子压根儿不理不睬。无奈之下,薛宰相只好一纸奏折状告到东都:"实属老臣无能!太子一天到晚就知道喝酒、踢球、玩耍,对国事政务毫无兴趣。我实在是难以辅政啊!圣上,您还是另请高明!不然,耽搁国之大事,老臣怕担不起如此重的责任啊!"

李治失望透顶,可也没得选,只能劝慰薛宰相:"你有经验,多担待一些,多教教显儿,多带带他!出什么乱子,朕给你兜底。你就在长安好好地待着吧!"这李治不光下旨给薛宰相吃了定心丸,还特意派使者带着厚礼回长安去慰劳安抚他。他受宠若惊,皇上如此有情有义,只得硬着头皮继续干。

这位太子算历史上一朵"奇葩"。他两次被立为太子,又两次当皇帝。第一次做太子时日不久,皇上驾崩,便登基称帝。可他在龙椅上屁股还没坐热,仅仅当了五十五天皇帝,便被武曌废为庐陵王,赶到湖北。在被贬之地,他心惊胆战地生活十四年,又奇迹般地回朝,又戏剧性地再次被立为太子。后来,女皇百年之后还唐于李,他又顺理成章地继承皇位,再次成为皇帝。

李显说到底是个简单的人,只是历史滚滚浪潮将他推到大唐王朝的舞台中央。他生来爱玩,不是给他太子之位,就一下子能把坏毛病改掉。无论李治多么不情愿多么失望,只好认命。他突然间觉得自己一旦走了,唯一能掌控大局的人竟然仍是那个他既爱又恨的武曌。

大唐的萧何

人世间的事，有些是可以预知的，能事先安排，有些却是突如其来的，来不及准备就已成为事实。好的就是幸事，坏的就是悲事。可无论悲喜，该来的总会来，躲是躲不过去的。所以，人就得活在当下，明日愁来明日忧。李显当太子，对李治而言是件不幸之事，对武曌来说可能是件大好事，对整个大唐而言是件祸福相依的事，很难说是好是坏。可无论怎样，李显带着老婆韦妃和孩子们住进东宫，过上了储君生活。

李治在有生之年能做的唯有费尽心思用心腹能臣充实东宫，在生命的最后一段时光里给大唐塑造一位哪怕不够优秀但基本称职的帝王。他配强班底、搞速成，可李显根本不是那块料，依然照旧。因此，他忧心忡忡，闷闷不乐。这朵飘在皇上心头的愁云，谁也无法将它消解，压得皇上难以喘息。屋漏偏逢连夜雨，边疆战事频发。内忧外患使得病痛缠身的李治愁上加愁。

该打的仗得拼尽全力打，太子也得尽心尽力培养。可皇上每况愈下的身体令朝臣担忧。若主心骨一旦倒下，天下怕是只好落入那女人之手。从理性角度上讲，李治倒是放心把父辈们浴血奋战打下的李室江山交给能干的皇后，交给儿子李显反而是一百个不放心。

可从礼制层面来说,他一旦驾崩,只能是儿子李显继承大统。他很纠结也很迷茫,甚至很沮丧也很失落。他整个人的精神萎靡不振,时而内心深处回荡着一个声音:"贤儿在,仍是太子,该多好啊!"

李贤虽然偏执,却创作了一些脍炙人口的好曲子。他曾写了首《宝庆之曲》,命乐工在太清观里演奏。这皇家乐队的演出真是非同凡响,众人皆拍手叫好。有一个名叫李嗣贞的县令偶然听见,他懂点儿音律,没跟着起哄,静静听完曲子,脸上浮现一层浓重的忧虑之色。他跟身旁的道士说:"此乐宫商不和,君臣相阻之征也。角徵失次,父子不和之兆也。杀声既多,哀调又苦,若国家无事,太子受其咎矣。"李嗣贞还真听出些端倪,他或是太子知音,或是信口开河。可不幸的是,被他言中,数月之后,大唐安然无恙,太子李贤却被赶出东宫。后来,有人将这事报告给李治。李治念其忧国之心,给他升了官,提拔为太常丞。可能这位仁兄尝到吹牛的甜头,不久后,又发出一番感叹,也可以说,他又做出一个大胆的预言。

然而,这次他可不敢在大庭广众之下乱说,而是在私密聚会时跟挚友聊天。他透露了一个天大预言,预言涉及天皇天后、李唐皇室,以及整个大唐帝国未来。妄议皇室弄不好会掉脑袋,可这位仁兄憋不住话,神秘兮兮地说:"祸犹未已。主上不亲庶务,事无巨细,决于中宫。宗室虽众,俱在散位,居中制外,其势不敌,恐诸王藩翰,为中宫所蹂践矣……将见患难之作不久矣。"这段话被记在《唐会要》中。

这位仁兄真是忧国忧民,身处庙堂之远,心却忧天地之高,一个小吏操着一品大员的心。他这段论述颇有见地。大唐内忧外患的祸乱依然没有结束，皇上病得没力气治国，朝廷中的大小事务均由中宫裁决。要说，权力交给别人容易，可想要收回就难于登天。虽然李唐宗室亲王不少，可大多数散落在天南海北。反而中宫养精蓄锐，势力越来越大，无人能敌。他担忧啊，怕唐室诸王一个个被中宫蹂躏！分析一番现状后，他大胆提出这样一个惊人的预测：大唐王朝的危难不久后将降临。

眼下，不管李嗣贞有无预言，大唐的现状确实令人担忧。皇上的病情日益严重，哪有气力处理繁重的政务？更为可悲的是，帝国储君相继罹祸。儿子们一个个不成器，死的死，废的废，只好将恩威刑赏、生杀予夺的大权拱手相让，使那能干的女人称心如意。如此阴阳颠倒、上下违和，如何能不使诸如李嗣贞等人忧心忡忡？那些饱读诗书的唐代大儒眼睁睁地瞧着大唐变天，岂能不担忧、不愤怒？他们无力阻止，只好发牢骚。

这天底下的事无巧不成书。永隆二年（681年），李显继任太子的第二年的三月，春风吹绿柳树，桃花开得正艳，花香四溢，一座新建的富丽堂皇美轮美奂的宫殿在长安城里落成。在一个暖日的清晨，久病深居后宫的李治乘着和煦的春风，由老臣刘仁轨陪着前往参观。那个负责这项工程的官员为拍天子马屁、讨其欢心，别出心裁地在宫殿四壁装饰许多光可鉴人的铜镜。因此，这座宫殿名为镜殿。然而，就在李治带大臣刚入殿中时，那个出将入相在官场和沙场摸爬滚打大半辈子的刘仁轨突然面色苍白，拔腿往外跑。李治被他这一突如其来的反常举动搞得莫名其妙,忙叫住:"刘宰相,你这是怎么了?跑什么呀?"

他无所顾忌,直截了当地说:"天无二日,国无二主。臣适才发现四壁有数位天子,这是非常可怕的不祥之兆!"

这说的不是废话嘛!这大殿四壁安装铜镜,看谁都是数位啊!很明显,刘仁轨纯粹借题发挥。你说说,照个镜子怎么就是不祥之兆?再说,他这么个"老江湖"怎么可能被区区几面铜镜吓倒?只怕心里郁结太多困惑和忧虑,才会做出如此反常之举。李治不傻,自然明白老臣的弦外之音。可明白又能如何?冰冻三尺,非一日之寒。武曌操控朝政,又不是一天两天。她当权的政治现实是事出有因、由来已久的,不是谁想改变就能改变的。倘若除掉一颗小苗,那是轻而易举的事,可一旦小苗长成参天大树,要想再除掉就困难重重。老树盘根错节,很难撼动。如果李治身体很好,不是一直被病魔所困扰,或是病情能有所好转,恐怕一切另当别论。只可惜,活生生的现实摆在眼前,李治的身体越来越差。历史没有如果,这个世界上也从来没有如果。

当日,一回后宫,李治便下令拆掉那些带来"不祥之兆"的铜镜。当然啦,镜子说拆就拆,可大唐帝国政治中潜伏的种种危机和隐患,又岂能是说消除就能消除?然而,武曌对这个倔强老头却没那么恨,反而有一种难以名状的情愫。要知道,刘仁轨当年可是站在反武派阵营中的。如今,这老头故意折腾事,含沙射影地提醒皇上警惕她。在她看来,这个倔老头已是强弩之末,泛不起多大浪花。所以,她一笑而过。

刘仁轨是唐初一位奇才。出身贫寒的他因刻苦读书入仕,他靠自己实力,从陈仓县尉干起。他一步一步从县城干到京城,成了皇上身边的工作人员,官至给事中。这差事既要帮皇上处理公务、拟批示、传文件,做类似文书工作,还要参与皇上交办的案件审理以及人事调整任命等重要工作。可他生性耿直,秉公办事得罪了李义府。那是个典型睚眦必报的小人,心狠手辣,打击报复异己不择手段。果然,后来他遭其陷害,被一脚踢出京城,到山东青州当刺史。就这样,李义府仍不满意,继续伺机迫害他。这不,机会来了。

刘仁轨作为青州长官负责向在朝鲜半岛的军队运送粮草。一次运送途中遭遇恶劣天气,狂风掀翻载满物资的船只,粮草全撒在海里喂鱼了,没能按时送达。李义府煽风点火、添油加醋,大有不置刘仁轨于死地誓不罢休的架势。还好,有人站出来替刘仁轨说话,那是意外,是不可抗力造成的。李治没犯糊涂,免了他死罪,但处罚是必然的。他年近六旬却以士兵身份入伍,被派到异国他乡去打仗。谁又能料到,一个六十岁的老头竟然在军队扬名立万,因白江口之战而名垂青史。他以少胜多,将敌军彻底击败。这一战不仅为大唐平定高句丽扫除后患,还使得东瀛人朝拜几百年。一个手无缚鸡之力的文官却一战成名,岂能不厉害?而最厉害的还是,他屡屡顶撞甚至讽谏那个狠毒女人,那女人始终以礼相待,还将他视作"大唐的萧何"。

刘仁轨得罪李义府是显庆四年(659年)的旧事。那时,如日中天的李义府色胆包天，竟然将缉拿下狱的洛州女子淳于氏，从大理寺监狱捞出来纳为妾室。大理寺卿怕事情败露被问罪，于是，他一纸奏章向皇上告发。皇上把审查这事的活，顺手交由给事中刘仁轨办理。李义府私下找他通融通融，想着大事化小，小事化了。可他不畏权势，公事公办，不给李义府留情面。就这样，他就无形中给自己的仕途埋下了"雷"，与势头正劲的李义府结下梁子。李义府是武曌身边的大红人，因力挺武曌为后而飞黄腾达，是权倾朝野的宰相。刘仁轨为此付出惨重代价。李义府作恶多端，龙朔三年（663年）四月，被李治流放到四川西昌。乾封元年（666年），泰山封禅，朝廷大赦天下，可没免他的罪。他实在想不开，愤忧至极，引发疾病，便一命呜呼。那年，李义府只有五十三岁，而刘仁轨比他整整多活三十一年。人在得势得意时，稍微骄傲是人之常情，但是做人处事要留点儿余地，千万别太任性，不然，迟早有人收拾你。只怕李义府的死有一定的政治因素，是李治伺机拔掉皇后安插在朝廷中钉子的有意之为。如果你为官清廉，品行端正，做人厚道，那谁又能将你治罪？自身不洁迟早被当成弃子扔进泥潭。无论在哪里、做什么，人就得自身能力过硬、洁身自好。不然，终将坠入无尽的罪恶深渊。按常理来说，李义府身为武曌的心腹，她理应将他的死对头刘仁轨视作"眼中钉"。可偏偏她不但从未加害他，反而委以重任，留其在长安辅政。

　　刘仁轨倔强如顽固不化的石头，他三番五次话里有话地讽刺窃取李室皇权的武曌。可她始终不怒不火，反而坦然待之。她的心胸有时比海洋还辽阔，可有时狭小得容不下一只蜜蜂。女人的心，海底的针，使人琢磨不透。滚滚历史长河中唯一女皇帝的心更是像天边的云彩般变幻莫测，使人无法看透。在执政期间，她还特意加授八十岁高龄的刘仁轨为特进。特进是相当于荣誉功勋之类的散官，是一种国家级别的政治待遇。而刘仁轨依然我行我素，时不时冷言冷语讽刺她，总以西汉吕后乱政说事。她依然待他如初，该得的礼遇从未怠慢。

武曌向来不曾在宰相队伍里安插亲信，是因为她觉得皇上靠得住。只要李治对她的心不变，谁也无法撼动她的地位。然而，对她用情至深的李治的身体状况愈加糟糕，她不得不为自己做些打算。她心里清楚，要干一番惊天动地的伟业，就需要朝中有坚强后盾，尤其重要岗位上得是亲近的人。因此，宰相队伍对她的忠诚度也就尤为重要。她觉得是时候清洗大唐宰相队伍了。

于是，永淳二年（683年），大唐宰相班子频现人事变动。三月初，先是李义琰出问题。他因改葬父母之事有违礼制，被武曌揪住了小辫子。她将芝麻大点儿的瑕疵说成不可饶恕的罪过。要知道，李治"逊位"时跳出来闹得最凶的就是这家伙。李治耳根软，自然听得进去。李义琰自知不能再贪恋宰相之位，若再贪恋，恐怕凶多吉少。于是，他急流勇退，以行动不便为由提出辞职。李治亦无挽留，随即获准。为大唐效忠大半辈子的李宰相就如此这般回洛阳农村种地去了。他是聪明人，远离政治，回归平静，但寿终正寝。紧接着，三月末，深得皇上信赖的五十七岁宰相崔知温因患重疾而亡故。至此，宰相班子除年过八旬的刘仁轨，其他清一色是武曌提拔的。八月，李治命太子李显返回东都洛阳，留下年仅一岁的皇太孙李重润留守京师。而老臣刘仁轨作为副留守，辅佐李重润。这是多么绝妙的一个安排啊！只怕只有如此智慧的武曌才做得出来。刘仁轨老态龙钟，行将就木，那幼儿蹒跚学步，牙牙学语，偌大京师长安真要出什么乱子，真不知老幼两位留守长官该如何应付。她这么做颇有用意。她担心倔强老头刘仁轨来东都会碍手碍脚，甚至坏她大事。她只是想把那文武双全的倔强老头钉死在长安。在李治生命最后的时光里，只能是她在身边相伴。

　　后来，武曌仍然对刘仁轨委以重任。可这老头以年纪大、身体患病为由婉拒。可武曌是谁？是一代女皇。她想办成的事还真没落空过。于是，她派侄儿武承嗣到长安面见刘仁轨，劝他顺从。刘仁轨还真没老糊涂，自知胳膊扭不过大腿，无奈接着老老实实地留守长安。自此以后，这位老臣远离了东都洛阳的政治旋涡。

艰难的大唐

人无法真正做到物以类聚、人以群分。有时，往往是一种潜在的相互需要，更多的是彼此支撑扶持。起初，武曌对李治的感情很深。无论那份感情夹杂着怎样的用心，终究是从心底燃起的来势汹汹的一股爱意。人可以说谎话、演假戏，但是无法欺骗自己的灵魂。在感业寺守着青灯古佛苦熬日子时，她或许骂过、恨过、悔过，甚至诅咒过。可是，一年后重聚，在那间逼仄的尼姑庵住所，他们相拥，再次点燃封存的激情。一切又回到最初的模样，那么美好，令人迷醉。她顺势摆脱厄运，重新回到金碧辉煌的皇宫，才拥有了无与伦比的灿烂辉煌人生。可她与这个主宰天下的男人却并非同类，反而性情大为不同。她做事干脆果敢，他却优柔寡断；她性情刚烈，他却懦弱胆怯。他们是夫妻，更像合作的队友。风风雨雨几十年里，他们既相互猜忌又相互依存。你从朝廷赶走甚至干掉我的心腹，我又从庙堂陷害甚至残害你的近臣。那些将相王侯甚至几个儿子都成为他们玩弄权术的棋子。

武曌在儿子李贤离开时，她的心在滴血。她在皇苑里策马扬鞭，宣泄着凝结在心中的痛楚。相伴三十余年的男人病得奄奄一息，养育三十多年的儿子又远赴他乡。那一刻，她的心破碎不堪。向来坚强的她也情不自禁地流下几行清泪。忽然，乌云压城，电闪雷鸣，倾盆大雨从天而降。她没有勒马停下来，而是任由冰冷的雨水拍打在脸上，浇灌着她。她依然在暴雨中策马奔腾。雨水冲走了她脸上的泪水，浇透了她的衣服。她在心里清楚地告诉自己："我没有那么一个不知好歹的逆子。"李贤毁灭自己，再一次撕碎了一个母亲的慈心。她要让儿子们轮番登场，让他们在太子舞台上淋漓尽致地表演。唯有如此，她才能在他们中找到那个最听她话、最懂她、与她最贴心的储君。眼下，二十四岁的三子李显住进东宫，荣登太子宝座。这个儿子绝对想不到自己会成为大唐帝国的接班人。前不久，李显只是感觉二哥与母亲之间好像发生了什么不愉快。他们的关系越来越紧张，母子之间越来越冷漠、越来越疏远。不曾想到，他们竟然闹到这般天地，真是王室无亲情。

在二哥被废的第二天，他被要求火速搬进刚刚屠杀过叛臣、血迹尚未被清洗干净的东宫。在很长的时间里，他只看到硕大的东宫中遍地是鲜血，随处是杀戮。他和妻儿都闻到这座与母亲一墙之隔的宫殿中久久不曾散尽的血腥味道。他们一家人战战兢兢，可母亲安排的事无论如何也得遵从。他们靠顽强的毅力驱走心中的焦躁不安和惊慌恐惧。其实，他也是一个毅力薄弱的男人，但幸运的是他有一个内心强大的妃子韦氏。这个妖艳的女人活力四射，终日纠缠在他的生活中，用女人的魅力和温情消解他无尽的担忧和恐惧。她陪伴他，给他以勇气和力量。他们还生下唯一的儿子李重润。他太倚重韦妃，成也萧何，败也萧何。他最终从神坛坠落，也拜韦妃所赐。

眼下，这个心理素质极好的韦妃成为他的定海神针，使他从屡次被血洗的东宫的阴影中走出来，慢慢摆脱了东宫血腥味道的困扰。

而这个时期的大唐朝廷面临的形势异常严峻，天灾人祸不期而遇。连日来的强暴雨造成大水灾，使得全国百姓在水深火热中挣扎，闹起饥荒。人们流离失所，死亡无数。恰恰此时，皇上李治病入膏肓。内忧尚未平息，外患又是频现。大唐边境屡遭侵犯。东边的新罗、高句丽等国出尔反尔，打怕了就跪地求饶，一旦缓过劲又闹腾，不是去西边打秋风，就是去北边抢地盘，一度虎视眈眈地盯着大唐。大唐天皇天后被毫无信誉的几个岛国气得肺要炸裂，决定无论付出多大代价，有多么艰难，也要将这帮人收拾得服服帖帖。

咸亨年间，公元670—674年这四年中，高句丽的旧势力依然没消停过，发动了一波又一波叛乱，屡屡被唐将高侃击败。由于新罗一直全力支持高句丽的反叛势力，因此，高侃再有能耐也无法将高句丽彻底荡平。新罗将"打一个，拉一个"的战术玩得炉火纯青。这边背后使劲鼓捣拉着高句丽牵制大唐军队，那边又打百济，出兵侵占百济故地。新罗大有吞并小鱼长成大鱼的势头，足见其称霸朝鲜半岛的野心。

李治和武曌哪能任你一家独大？难道想一统朝鲜半岛与我大唐抗衡不成吗？大唐绝不允许朝鲜半岛上任何一个小国一枝独秀，而是要它们相互牵制，彼此制衡。他们都是大唐的附属国，谁做大做强都不行。于是，咸亨五年（674年）正月，"双圣"又给那曾在朝鲜半岛叱咤风云的刘仁轨委以重任，任命其为主帅。那时刘仁轨已七十多岁。他们自然考虑老头年事已高，又派卫尉卿李弼和将领李谨行为副帅。他们将出兵征讨新罗的事安排妥当，又下诏消除新罗王金法敏的封号和官爵，旋即封他的弟弟金仁问为新罗王。当时金仁问正在大唐任职工作。大哥不听话就免他王位，封给老二。金仁问一刻不愿耽误，立即背起行囊，踏上回国上任的漫长征途。

来年，上元二年（675年）二月，老将刘仁轨不负众望，亲自率领主力军在七重城将新罗军队打得落花流水。同时，他又命李谨行率众部在新罗南部登陆，横扫驻扎在这一带的守军，大获全胜。新罗受重创。远在京都的"双圣"得知战况颇为高兴，考虑那战争一时半会儿难以结束，特意将七十四岁的刘仁轨召回，任命勇将李谨行为安东镇抚大使，进驻新罗买肖城，摆出一副打持久战的架势。金法敏不愿善罢甘休，一连三次对驻扎在买肖城的唐军发起进攻，试图拔掉大唐钉在新罗心窝子上的这枚钉子。李谨行勇猛善战，打得金法敏满地找牙。金法敏这才意识到实力悬殊，在军事上已无牌可出，便转而打起俯首称臣的政治牌。他立即派使者带着金银珠宝及悔过书赴长安进贡，向高宗谢罪。

那时，大唐西边悄然崛起的吐蕃王朝折腾得更厉害。大唐若东西两线作战太艰难。两军对垒的战争不光是将士们冲锋陷阵、打打杀杀，更是白花花的银子和综合国力的较量啊！大唐若是一对一，那些蟊贼不足挂齿。可架不住四面楚歌，一对多啊，那精力、物力、财力及兵力只怕捉襟见肘。不假时日，富足的大唐也会因难堪重负而被拖垮。因此，李治虽有怨气，但又不得不面对困境，只好向现实低头。既然金法敏的认错姿态很诚恳，见好就收吧！于是，他当即赦免金法敏的罪过，恢复金法敏的封号及爵位。那正火急火燎赶往新罗的金仁问在半道上就被朝廷召回。李治又将爵位"临海郡公"还给他，回到原来的样子。

谁知，金法敏一点儿不讲信誉。李治和武曌将驻守在新罗的唐军主动撤出朝鲜半岛。可他们断然没有想到，唐军前脚刚走，金法敏后脚翻脸，故态复萌，马上又派兵蚕食国力薄弱的高句丽和百济。反正这是家门口的事，退起来方便，扰起来也快。可大唐不行，得坐船在海上漂泊好些时日，这一进一退折腾得人困马乏。对唐军来说，这种跨海域作战是极其不利的疲劳战。面对朝鲜半岛如此风云突变、反复无常的形态，整个大唐朝廷到最后确实有些疲惫和无奈之感。天皇天后带着群臣商议对策，不能坐视不理。

强攻蛮干不行，巧取智夺可行。于是，仪凤二年（677年）二月，大唐应对新罗的战略悄然发生改变：一方面收缩战线，把安东都护府从朝鲜半岛的平壤搬至辽东的新城；另一方面给高句丽和百济的王室后人加爵封王。大唐将原高句丽国王高藏任命为辽东州都督，封爵朝鲜王。同时，大唐将原来百济国的太子扶余隆任命为熊津州都督，封爵带方郡王。这纯属无奈之举。新罗不是喜欢以大欺小吗？那大唐就做高句丽和百济的坚强后盾，支持他们跟新罗铆足劲干。如此一来，大唐省事不少，名义上给高句丽和百济复国，实则在朝鲜半岛上建立亲唐政权，以此遏制新罗。毕竟带方郡王和朝鲜王还兼任大唐地方长官。策略很完美，但很遗憾结果不尽如人意。问题出在高藏和扶余隆身上。一个是复国理想不灭的猛人，当了多年傀儡，不愿再寄人篱下，琢磨回国后摆脱大唐的掌控，实现真正意义上的独立；一个是贪生怕死的怂包，当孙子就当孙子，只要活着就好。

先说说高藏这个家伙。九年前，他作为一个屈辱的亡国之君来到大唐京都长安，备受优待。高宗李治是惜才之君，大唐也是包容之国。无论你是谁，来自哪里，只要有能力、有才华，愿为大唐效力，就不会斩尽杀绝，就赐你施展才华、释放能量的舞台。高藏有点儿能耐，便获得工部尚书的要职。要说，高藏该知足。国家灭亡，他这个国王没成为刀下之鬼已属万幸，可他的亡国之痛却一刻不曾消失。是啊，曾经是一国之君，如今是大唐之臣。这位兄弟大有宁做鸡头、不做凤尾的志气。李治赐他"朝鲜王"封号，看似复国，可他很清楚，在大唐扶持下重新建立的高句丽远不是原来的高句丽，它只是被大唐驯服的一只猛兽。如今，主人放虎归山，是为让它撕咬那只比它更凶残、更危险的野狼。然而，高藏不愿再做傀儡，狂莽的野性使他燃起真正复国的希望。于是，一回到辽东，他便开始联系以前的兄弟，企图联手先把操控自己的大唐干倒。他刚刚开始谋划，铁哥们还没见几个，兄弟酒还没喝几顿，就被朝廷安插在他身旁的耳目察觉。结果可想而知，他很快被朝廷召回，流放到阴冷潮湿的邛州。后来，这个心怀复国梦的高句丽国王在那偏僻之地含恨而死。

再说说另一个吧！百济原来就已残荒，国已不成国。高句丽的复国行动因高藏被流放而搁浅。新罗如猛虎般向北扩张，一举攻下高句丽旧都平壤，占为己有。扶余隆待在辽东坐山观虎斗，却不急着回国。他见高藏被流放，新罗凶猛异常，势如破竹，干脆随遇而安，赖在大唐不敢回国。那么，指望他重建百济政权就无从谈起。就这样，大唐扶植政治势力遏制新罗的策略就落空了。大唐在朝鲜半岛上多年经略，竟然到头来为他人做嫁衣，让那个一向装可怜的新罗笑到最后。

东边战事频发，西边也不太平。对大唐帝国最有威胁的还是西边日益强大的吐蕃王朝。自从咸亨元年（670年），唐朝名将薛仁贵率大军惨败于大非川之后，唐帝国在与吐蕃的较量中就败多胜少。八年之后的仪凤三年（678年），李治派李敬玄率十八万大军全线压境，去灭吐蕃王朝锐气。可李敬玄这个书生压根儿没指挥实战的经验，在青海被吐蕃国将领论钦陵打得落花流水。更为荒诞的是，他的左卫大将军刘审礼竟然被吐蕃军队活捉。刘审礼可是大唐工部尚书，一位大唐部长稀里糊涂成为俘虏。眼瞅着，唐军又濒临全军溃败。在这个生死存亡的危急关头，有位智勇双全的将士站了出来。他率领敢死队夜袭敌营，迫使吐蕃军队败退，这才为李敬玄赢得了喘息的机会，带领残兵败将逃回鄯州。李敬玄福大命大，死里逃生捡回条命。而那位力挽狂澜的将士便是将军黑齿常之，他出生在百济，降唐后成为帝国骁勇善战的将领。正因有他这样新近成长起来的优秀将领守御边境，才使得吐蕃有所顾忌。然而，唐军却丧失将吐蕃国打得俯首称臣的实力，不敢轻易进攻，始终采取守势，苦苦维持边境的安宁。

大唐处在一个异常艰难的境地。李治原本被病痛折磨得精疲力尽，现在又因战事忧心忡忡。武曌陪伴着他，与群臣商议应对之策。然而，这个女人意识到军队中尚无她值得信赖的人。那些骁勇善战的名将不屑与她为伍，总觉得女流之辈抛头露面有违常理。当然啦，她自然以大局为重，不会玩小伎俩使得大唐雪上加霜。可她明白，没有军权就很难拿住皇权。她是一个冷静理性且睿智敏感的女人，她不干傻事，只会借力打力、顺势而为。偏偏上苍总是站在她这边，她被一种莫名的力量推向原本不该是那个时代的女人所能承担的耀眼位置。

名将裴行俭

一个男人真正的衰老，往往是从认怂服软不再倔强开始。那颗曾装满豪情壮志的心会慢慢地变得麻木，不再那么容易激动。那股热血沸腾的冲劲不再那么轻易澎湃。五十多岁的李治感觉自己真的老了，不光身体机能衰退，还有诸事力不从心，从未有过的无力感时不时涌上心头。他满腔激情已退却，只剩下满眼沧桑。谁也难以逃脱岁月的流逝，可比李治大四岁的武曌年近六旬，依然神采奕奕，精神状态极好，说话走路亦无老态。她的身体真是健康强壮啊！岁月催人老，只是催老李治，却没催老这个强悍的女人。虽然她也生华发，可她胸腔里的那颗心依然年轻，生命力依然如古槐逢春般旺盛。眼下，宰相队伍里已有裴炎等唯她马首是瞻的好几位大臣，可在军界抬眼望去，熟悉面孔寥寥无几。她开始关注驰骋疆场的将士们。而大唐边疆的不安宁，着实使她和她的男人头疼。

东边隔海相望的朝鲜半岛上，新罗这只猛兽开始肆无忌惮地侵犯那两个败落的小国——百济和高句丽。这个背信弃义的岛国竟然占据百济故地和高句丽部分领土后，继而统一朝鲜半岛大同江以南的所有地区，国势蒸蒸日上，进入新罗历史上最鼎盛的一个时期。眼瞅着小老虎长成猛虎，牙齿和爪子越来越锋利。它对之前大唐的关照不管不顾，不念及曾经大唐的好，以怨报德。这可把李治气得恨不能披挂上阵率大军杀过去，将这个嚣张跋扈、厚颜无耻的新罗国狠狠教训一番，打得它跪地求饶。可他这病痛缠身的身体不允许啊，站得太久都会头晕目眩，哪还能骑马征战沙场？他虽不能亲征，那得派得力干将去。于是，仪凤三年（678年），他在政务殿面对文武百官郑重其事地宣布，准备再度发兵征讨新罗。眼下，日渐强盛的吐蕃王朝三番五次进攻大唐，李治已派大军西讨。他脑门一热，又决意攻打东边的新罗。这打仗不是放两句狠话过瘾就算完事，那得有雄厚的国力做支撑啊！然而，连年逢灾使得富足强盛的大唐国库亦不殷实。无论是长安还是洛阳，饿死的人不计其数，特别是长安街头到处布满沿街乞讨的灾民。国家现状如此凄惨，哪里还有东西两线作战的实力啊？在如此天灾之中，就连那一向强势的女人武曌似乎也失去了在朝廷中斗争的能力。

患病卧床在家养病的宰相张文瓘一听皇上又要东征，立马坐不住了，拖着病体连忙进宫劝谏："今吐蕃为寇，方发兵西讨；新罗虽云不顺，未尝犯边，若又东征，臣恐公私不堪其弊。"这老宰相言之有理，句句属实。西边的吐蕃王朝挑起了纷争，那砸锅卖铁也得打，而且李敬玄已带大军西征。而新罗只是在朝鲜半岛上一枝独秀，做大做强，尚未侵犯大唐一寸领土，就任由它去吧！不然，再派大军东征，国力承受不住啊，万万不可。

如此的担忧，李治何尝没有？可是，新罗飞扬跋扈、背信弃义，实在太遭人恨，不杀杀它的嚣张气焰，大唐难以咽下这口恶气。武曌这个女人不简单，清醒且理智，没像李治被愤怒冲昏头脑。她好言好语劝李治："千万别意气用事，大唐经不起再折腾。要是还像以前那么挥霍，迟早把李家王室败光。"就在李治万分踌躇、左右为难之时，西部边境传来李敬玄率领十八万西征大军溃败的噩耗。那颗怒火冲天的雄心顿时跌入冰窖，无奈放弃东征新罗的计划。

然而，大唐的灾难远不止此。紧接着第二年，调露元年（679年），北方边境爆发严重的危机，使大唐雪上加霜。那归附大唐五十年的东突厥亦要武装上访，原因很简单，跟西突厥一样，看唐军两次兵败吐蕃，他们也想趁机踹一脚。他们就是趁火打劫，看大唐吃败仗遭水灾很虚弱，就想反咬一口。他们先搞内部统一战线，整合力量。两个部落的首领阿史那德温傅和阿史德奉职先把阿史那泥熟匐立为新可汗。这三个"阿史"在东突厥境内二十四州的影响力不容小觑。他们振臂一呼，一呼百应，在很短时间内聚集数十万大军。这股来势汹汹的叛军从大草原开拔，直挺大唐腹地。当年跟着苏定方灭掉西突厥的唐朝名将萧嗣业二话没说，抄起家伙就去平叛。苏定方那可是初唐战神，"前后灭三国，皆生擒其主"，曾征西突厥、平葱岭、夷百济、伐高句丽。强将手下无弱兵，那跟在战神身边东征西讨多年的萧嗣业自然身经百战，是打仗的厉害角色。他压根儿没把那群乌合之众当回事。一上来，两军对垒，萧大将军轻轻松松打了好几场漂亮仗，使得"草原三剑客"连连损兵折将。结果，这位仁兄有些骄傲。那帮草原"剑客"在萧嗣业将军放松警惕之时，发动大规模偷袭，斩杀唐军一万多人。

萧嗣业遭遇敌军偷袭兵败的消息传到遥远的长安，李治气得心肺乱颤。去年攻打吐蕃连吃败仗，今年攻打东突厥又惨败。大唐的颜面何在？李治气归气怨归怨，可他明白大唐的当务之急就是要不惜一切代价将那群强敌挡在疆土之外。可是，大唐那些能征善战的曾驰骋疆场的将军，死的死、老的老、病的病。眼下，身体尚好亦能披挂上阵的将士寥寥无几。若再派李敬玄之类手无缚鸡之力的文官奔赴边疆征战，怕又是重蹈覆辙，白白送死。李治思来想去终究选择了知根知底的裴行俭。一贯优柔寡断的李治，这次选定主帅后，调集了自唐朝攻打突厥以来最大规模的军队。到底有多少兵马？据史书记载是三十多万。他将这支庞大的军队兵分三路，对东突厥发起全方位立体式的重击。他任命裴行俭为定襄道行军大总管，挂帅中路军，领兵十八万，如一把利剑直插单于都护府。唐朝后起之秀、时任丰州都督的名将程务挺挂帅西路军，率六万多人防止叛军西逃。幽州都督李文暕则为东路军统帅，率领六万多人堵截叛军东窜。最后，东西路军压根儿未动一兵一卒。"草原三剑客"藐视裴行俭率领的十八万大军，更没把东西路各率领的六万兵卒当回事。在他们眼里，裴行俭以前击败西突厥，但眼下不见得能打败东突厥，毕竟西突厥的实力远不如东突厥。那牛气冲天的萧嗣业曾经活捉西突厥首领，前不久也成为东突厥的手下败将。再从以往经历来分析，裴行俭的战斗力远比不上萧嗣业。萧嗣业驰骋沙场半生，打过薛延陀、西突厥，还打过高句丽，而裴行俭只有一次突袭西突厥的战争经历。所以说裴行俭是从未打过硬仗的"小白"也并非言过其实。所以，这三个"阿史"对唐军压境不屑一顾,并没被吓得魂不附体、仓皇而逃,而是在黑山集结重兵,拉开架势准备迎战,根本不跟裴行俭玩虚招。

裴行俭看他们自不量力,竟然如此傲睨自若,那就真刀真枪地开战。调露二年(680年)三月,双方在黑山展开一场生死大决战。裴老头如猛虎下山般率领十八万唐军一路狂奔、一路猛砍,势如破竹。训练有素的唐军将"草原三剑客"纠集的十万散兵游勇打得落花流水。裴行俭对垒厮杀攻打不久,便好事连连。先是阿史德奉职被活捉,紧接着有个叛军砍掉刚刚立为可汗的阿史那泥熟匐的头颅拿来献给裴行俭,只有阿史那德温傅幸运逃过一劫。顷刻间,"三剑客"便成独行侠。

独行侠阿史那德温傅再也不敢那么目中无人,小瞧裴老头。他意识到耍狠斗勇并非明智之举,关键还得迂回得利。既然硬碰硬打不赢,那就耗死你。咱在大草原溜达大半辈子,找一个你难发现的藏身之地"猫"起来,那不是轻而易举的事吗?于是,他跟唐军玩起捉迷藏,远远躲起来。庞大的唐军对茫茫大草原是陌生的,但裴行俭话少人狠,不把三个挑事的首领全部干掉绝不撤兵。于是,他带着十八万唐军在一望无际的大草原上四处溜达,寻找独行侠阿史那德温傅的藏身之所。然而,独行侠行踪尚未发现,唐军却差点儿被一场洪水击败。

那日黄昏,裴行俭带领众将士溜达一天,溜到单于都护府的北边,人困马乏。他见天色暗下来,便下令寻一处开阔之地安营扎寨。

于是，大唐将士们搭建军帐、埋锅做饭，放松一下连日来草行露宿的疲惫身心。食材均已备好，架起来的全羊正烤得滋滋冒油，眼瞅着能下嘴。可裴老头仰天一望，顿感大事不妙。于是，他当即下令："快，快！收拾东西立即撤往高处！"

这帮流着口水的将士们顿时火冒三丈："肉都快熟了，香气扑鼻，不让吃一口就走，太过分了吧！"

裴行俭懒得解释，一个劲催促他们立即行动。几个时辰之后，众将士们心里虽不痛快，但还是动作麻利地打好背包，将行李辎重全部搬到高地。就在此时，原本星光闪闪的天空突然阴云密布、狂风骤起，瓢泼大雨倾泻而下。众将士顿时惊呆，裴将军真乃未卜先知的神人啊。如若不是他当机立断下令撤退到高地，恐怕此刻众将士已成为滚滚洪流中的一抹浪花。堂堂大唐勇士并非战死在叛军刀下，而是丧命于暴雨洪流，岂不是奇耻大辱？众将士对裴统帅心悦诚服。自此以后，他指哪儿那群将士就打哪儿。躲过狂风暴雨之后，裴行俭意识到，前几天把叛军打得太狠。在人家地盘上，还把人家打得狼狈不堪、四处逃窜。这"地头蛇"不但没尝到一点儿甜头，还吃尽苦头。他觉得真心不该如此，不然谁愿跟你玩儿？于是他贴心地送上一份"大礼"。

几日之后，一群弱不禁风的老大爷扛着唐朝军旗，推着三百辆装满小麦的运粮车，颤颤巍巍地出现在大草原上。逃跑的独行侠其实很有理想，他见一群瘦骨嶙峋的唐军推着那么多粮食，就如同饥肠辘辘的豺狼看见肥羊似的两眼冒光，实在难以忍受，便派出一支精兵强将去搞突袭。一碰就倒的大爷们自然难以抵挡突厥骑兵。他们见千里之外尘土飞扬，传来响亮的马蹄声，便扔下运粮车作鸟兽散。这打打停停打了好几个月的仗，突厥兵每次都被唐军打得抱头鼠窜。他们这次终是以强胜弱，小胜一把，太不容易。他们欣喜不已，二话没说，推着运粮车就往葬身之所去了。跑到一处水草丰美之地时，突厥兵已快累瘫了。于是，他们解鞍牧马，准备卸下粮食好好犒劳自己一番。正当他们说说笑笑地从车上往下搬粮时，突然听见叮叮当当刀剑碰撞的响声。顿时，麻袋里冒出一千五百名全副武装的大唐勇士。裴行俭跟独行侠阿史那德温傅演了把"大变活人"。那帮突厥兵慌乱中急忙牵马迎敌。可马儿吃嫩草吃得正香，哪儿管打仗不打仗，自顾自地啃食丰美的嫩草。这帮突厥兵只好抄起家伙与唐军打斗起来。不承想，外围潜伏的三千唐军如潮水般涌来，内外夹击，那支突厥兵成为任唐军宰割的鱼肉，很快横尸遍野。

　　独行侠刚刚还收到大获全胜的消息，正在准备设宴好好款待胜利归来的将士，一洗数月来连连吃败仗的晦气。可还没等把牛羊肉煮烂，全军覆灭的噩耗便传来。独行侠顿时吓得脸色苍白，毫无跟裴行俭继续缠斗下去的兴致。裴行俭智勇双全，能文能武，独行侠硬干实力不如人，巧取智谋亦不如人，打又打不过，只好卷起铺盖夹着尾巴逃跑了。原来之前，东突厥叛军曾成功偷袭萧嗣业的运粮队，尝到甜头。裴行俭料定突厥人会故伎重演，这才将计就计。他专门挑选老弱残兵伪装成运粮部队，负责押送三百辆粮车，同时在每辆车中隐藏五名勇士，一律装备劲弓和长柄大刀，专等突厥人上钩。果然，突厥人上钩了。短短数月，十多万叛军被裴行俭打得七零八落。

捷报传至长安，按照以往惯例，李治那得高兴地狠狠拍一通大腿才行啊。这次可能兴奋过头拍得过猛，竟把自己拍蒙了。他误以为，东突厥已经成为池塘里的泥鳅，再也掀不起多大风浪。一条被裴行俭拍在草滩里的"咸鱼"，岂能再次翻身？于是，他迫不及待地将打得正起劲的裴行俭召回京城，派户部尚书崔知悌做安抚大使奔赴前线慰劳官兵，做收尾工作。裴行俭班师回朝时，无论是高宗李治本人，还是朝中大臣，几乎都认定东突厥的叛乱已彻底平息。可哪里想得到，裴行俭前脚刚走，独行侠又冒了出来。第二年，永隆二年（681年）正月，独行侠在部众拥戴下把东突厥一个酋长阿史那伏念立为可汗，卷土重来。李治这才后悔啊，没有斩草除根，留给了敌人喘息之机。没办法啊，又得麻烦裴行俭再辛苦一趟。裴行俭率右武卫将军曹怀舜、幽州都督李文暕，日夜兼程再次踏上北征之路，他们又一次赶到一望无际的大草原。阿史那德温傅见裴行俭又来，闻风丧胆，立即躲起来。这个吃尽苦头的独行侠这次吸取教训，既不主动找裴行俭决战，也不去劫粮道，全程就念"拖"字诀。反正司马懿干过这种事，打不过躲着不丢人。再说，咱是草原上主人，唐军背锅扛粮长途跋涉而来，是扛不了多久的。咱不费一兵一卒，就这么稳稳地拖着就行。

老将不简单

李治和武曌在长安太极宫中各怀鬼胎：一个想着裴将军早日胜利归来，老朋友再叙叙旧，喝两杯切磋一下书法技艺；一个琢磨着裴将军连连破敌，威名远扬，恐怕后患无穷。所以，裴行俭这次平定东突厥叛乱凯旋之后，等待他的是福是祸尚且难以定论。裴行俭年轻气盛时爱出风头，曾干过傻事。而他与皇后武曌的恩恩怨怨至今难以消解，是拜年少轻狂所致。眼下，裴行俭顾不上那么多，当务之急是先将阿史那伏念和手下败将阿史那德温傅降服。老将真是不简单啊！兵不厌诈，虚虚实实，真真假假，就看谁更胜一筹。战场上没有真与假，只有输和赢。无论用何种手段，最终赢得胜利才是王道。裴行俭首次北征获胜的锦囊妙计，这次只能束之高阁。他明白，别出心裁、出其不意是继续不败神话的真谛。最厉害的猎手往往会让狡猾的猎物尝到甜头，使之放松警惕后，再一举捕获。所以，诱饵至关重要。足智多谋的裴行俭显然是一个富有经验的好猎手。

东躲西藏的阿史那德温傅不承想竟与裴行俭派出的先锋部队偶遇。那是永隆二年（681年）三月，好大喜功的曹怀舜率领先遣部队刚刚越过边界，就得到一个来源不明的情报。人若一旦急于求成，智商即刻减半。而贪功颇盛的曹怀舜智商原本不高，这下更是跌落为零。那情报说阿史那伏念和阿史那德温傅正在阴山北面的黑沙巡视,随从骑兵不足二十人。稍有脑子的人亦不会信以为真。可曹怀舜不但深信不疑,还为抢得头功立即亲率一支精锐部队向黑沙狂奔而去。他心急如焚,一路快马加鞭,很快便跑到黑沙。可那儿连突厥可汗的影儿都没有,只是一片荒芜的草地。曹怀舜那拔得头筹的高傲心气瞬间一泄而尽,很是沮丧失落,只好垂头丧气往回撤。不料,那情报是阿史那伏念放出来的诱饵。当曹怀舜众将士撤至长城北面人困马乏时,竟然与东躲西藏"猫"了好久的阿史那德温傅偶遇。阿史那德温傅见是一支唐军,拔腿欲跑,可定眼一瞧,统帅并非诡计多端的裴行俭,而是草包曹怀舜。他顿时血脉偾张,一声令下发起猛烈地突袭。曹怀舜在慌乱中率军奋起迎战。幸亏唐军训练有素,未被偷袭成功。这次小规模遭遇战难分胜负,纠缠一阵后,各自领兵离去。

此时,唐军第二梯队在李文暕及副将刘敬同率领下翻过长城,驻扎在横水,恰好曹怀舜率众部也抵达此地。旋即,大唐一二梯队会师于横水。他们在茫茫草原上相遇分外亲切,背井离乡,愁绪纷飞,再加上曹怀舜遭遇突袭惊魂未定,便在军帐中设宴把酒言欢,替曹怀舜压惊。可是,他们美酒没喝两杯,话亦没说两句,阿史那伏念主力军突然在不远的地方出现。阿史那德温傅率残部迅速折返与新可汗合兵一处,将唐军"包了饺子"。曹怀舜率部队在大草原上长途奔袭好几日,消耗大量体力,人困马乏,疲惫不堪。眼下,仓促迎战,战斗力自然不尽如人意。所以,他不敢恋战,与李文暕部队结成方队，且战且退。这两个"阿史"眼瞅一块"肥肉"送到嘴边，岂肯轻易放手？他们紧紧咬住唐军，从白天追到黑夜，又从迎着星光追到朝阳东升，整整追击一天一夜。次日，突然刮起一阵狂风，而且突厥人处在上风头。阿史那伏念见天赐良机，旋即发起总攻，如饿狼扑食般冲向唐军。那势头如决堤的洪水般汹涌袭来，冲乱曹怀舜部署的方阵。唐军死伤无数，丢盔弃甲，惨叫连连。曹怀舜见大势已去，丢下部队，骑马便逃。统领临阵脱逃，士兵哪能继续英勇杀敌、血拼到底？唐军顷刻间崩溃惨败。士兵跟无头苍蝇似的四处乱窜，无数人成为突厥人的刀下之鬼。这个愚蠢的曹怀舜担心难以逃出突厥人的包围圈，为能保住他那条贱命，竟然将带在身上的所有金帛献给阿史那伏念，请求放他一马，饶他一命。不承想，这个新可汗是见钱眼开的主。他见金帛数量不少，收钱便收刀。令人惊诧的是，他竟与曹怀舜杀牛盟誓，喝了场大酒，带兵撤往北方自己的地盘。这个捡了条命的草包曹怀舜回到长安后就被革职流放。

横水之战是突厥人精心编织的一个陷阱。先是抛出假情报，就是要让愚笨至极的曹怀舜率领部队在茫茫大草原上日夜奔袭，白白消耗体力。再就是那场不期而遇的遭遇战，阿史那德温傅正面突袭小试牛刀便撤离战场，明显是试探唐军的实力。最后等李文暕率部与曹怀舜会师时，突厥主力如滚滚洪流般随之而来。突厥人就是盯着，要将两支部队一块吃掉。不得不说，这两个草原上的剑客并非头脑简单四肢发达的莽夫，而是颇具智谋。他们一环套一环地设计好这一切，然后把唐军一步一步引入圈套。而唐军能被牵着鼻子走，全拜那个贪生怕死的曹怀舜所赐。如此怂货活该被流放至荒蛮之地，郁闷至死。

如何才算高人？就如裴行俭这般，无论敌人多么狡猾，总能找到对付敌人的最好办法。他派曹怀舜和李文暕率先锋部队越过长城，开拔至突厥人的地盘试探。不承想，反中了突厥人连环套，死伤惨重，一败涂地。而绝非等闲之辈的他不会因一时吃败仗而自乱阵脚。突厥人有连环计，他裴行俭自有计中计。他并未将大获全胜的赌注全部押在曹怀舜身上，而是暗中打出一张绝妙的好牌。曹怀舜自然成为促使阿史那伏念上钩的最大诱饵。可以说，他人怂没本事，为活命贿赂阿史那伏念，丢尽大唐军人颜面，可是作为诱饵还是称职的，将诱鱼上钩的作用发挥得淋漓尽致。若非他牵制住突厥人的主力军，裴行俭声东击西，端掉阿史那伏念老巢的计划也就泡汤了。就在前锋部队刚刚出发不久，裴行俭悄然派遣裨将何迦密、右领军中郎将程务挺各率一支精锐部队兵分两路火速杀向金牙山。为将唐军一二梯队先行军全部歼灭，阿史那伏念倾巢而出，将全部主力军拉了出去，留守金牙山的兵力极其薄弱，不堪一击。后果可想而知，很快，阿史那伏念的老巢沦陷，老婆孩子被唐军俘虏，辎重粮草尽数成为裴行俭部队的补给。当阿史那伏念自以为斩断唐军手臂自鸣得意之时，裴行俭神不知鬼不觉地端掉了他的老巢。

苍天似乎都在帮裴行俭。阿史那伏念正准备率部回老巢跟裴行俭决一死战时，军中却爆发了一场突如其来的瘟疫。疫情肆虐、疾病蔓延。突厥士兵精神萎靡不振，战斗力瞬时全无。无奈之下，他只好带着一群病秧子向北方逃窜而去。裴行俭岂能再次放过将突厥人一网打尽的良机，急命程务挺狂追百里。阿史那伏念不管不顾径直逃进浩瀚如烟的大漠深处。裴行俭自知穷寇莫追，再加上荒漠地形复杂，自然条件恶劣，凡事得从长计议，不宜操之过急。于是，他命部队暂时撤到代州，开始歇息休整。毕竟横水之战亦使大唐军队遭受重创。部队休整，可他却并未停止对突厥人战争的谋划。在常人看来，赤膊对阵、兵刃相见是打仗，但那只是肤浅的战争。战争的最高境界乃是不战而屈人之兵，他追求的就是战争的这个至高目标。他一刻不曾歇息，精心酝酿着一个更大的计划。他频频派出间谍对突厥人实施一系列的离间。他在阿史那伏念和阿史那德温傅之间导演一出又一出的无间道。他硬生生地在一条心的两个草原剑客之间撕裂出一条缝隙，慢慢又将这条缝隙变成狭谷，最终使他们彼此生出异心，相互猜疑。人一旦想不到一起，就很难干在一起。此前，阿史那德温傅得知阿史那伏念收受曹怀舜金帛而放人，便对这个新立的可汗大为不满，背后怒斥他"竖子不可与谋"，再加上裴行俭煽风点火，使得他们之间的猜疑愈演愈烈。阿史那伏念担心阿史那德温傅暗地下黑手，再加上妻儿尚在裴行俭手上生死不明。这个草原可汗在各种不安和忧愁的折磨下，动了向裴行俭磕头认罪的念头。于是，他派密使拜见裴行俭，表达愿意归降，唯一的条件就是保证他妻儿的人身安全。这个条件不过分，裴行俭当即应允。尽管他与阿史那伏念暗中达成协议。可是，阿史那伏念依然心存侥幸，依然舍不得可汗之位，毕竟大唐主力远在千里之外。裴行俭对阿史那伏念那点儿花花肠子心知肚明。既然草原可汗举棋不定，那他就让可汗彻底死心。实际上，他早已派程务挺调集单于都护府的兵马盯着阿史那伏念。此时，唐军早已潜伏在阿史那伏念军营附近原地待命，只等他下一步的指令。

这不，一个满天星星的夜晚，阿史那伏念在牙帐中睡得正香，突然闯进来一群全副武装的唐军。他毫无戒备，被突如其来的一幕吓出一身冷汗："这唐军不是在千里大漠之外么，怎么突然间从天而降？"如梦初醒的他彻底放弃顽固抵抗的念头，死心塌地地跪拜裴行俭。为表示诚意，他转身设计将阿史那德温傅给绑了过来，率领跟随他的酋长和余部向大唐投降。至此，"草原三剑客"全部被裴行俭打败降服，再加上新可汗阿史那伏念恰好四人。其中，两人被砍死，两人被活捉。

如果随后事务处理得妥当，闹腾几年的突厥会随之消停。可往往忠臣良将鲜有功成名就的，总会遭到不经意间冒出来小人的无端陷害。在最为关键时候，像历史上的很多英雄人物会遇到奸佞小人一样，裴行俭也遇到同为裴族后裔的裴炎。然而，他们为人做官的差距却是天壤之别。两人各为其主、各安其命，自然大相径庭。裴行俭先后两次平定东突厥叛乱，使他名震朝野。这个世界上，凭借勇悍和武力取胜的名将常有，而善于用智慧和谋略克敌的名将则不常有。裴行俭显然属于后者，是智勇双全的名将。尤其是平叛东突厥，淋漓尽致地展示了他运筹帷幄、决胜于千里之外的杰出军事才华。同时，他用生动的战例再一次诠释了孙子那句名言："百战百胜，非善之善者也；不战而屈人之兵，善之善者也。"这么优秀的人，该是人见人爱，花见花开啊！可总有人看他不顺眼，偏偏在鸡蛋中挑骨头。若是个小角色倒无妨，无非说几句风凉话而已；若是如日中天的武曌那可就麻烦大了。偏偏看不惯他的还就是天后武曌。所以，他打胜仗回朝，头功却记在别人身上。表面看是宰相裴炎捣乱，实是武曌授意，裴炎不过是武曌在朝廷的影子而已。

永隆二年（681年），自正月裴行俭领皇命率军北征，到九月底班师回朝，历时九个月，从初春打到深秋，把嚣张跋扈的东突厥彻彻底底打得俯首称臣。九月末，北征大军凯旋，将带头挑事的阿史那伏念和阿史那德温傅押回长安，向朝廷献俘。李治兴奋不已。三天后，为庆祝这次大捷，朝廷改元开耀。然而，武曌的心情却极为复杂，说不高兴吧也高兴，毕竟唐军北征大获全胜是件令人欢呼雀跃的事；说高兴吧也不高兴，毕竟那统帅将领裴行俭一向对她充满敌意。所以，裴行俭的威望声誉在朝野内外越高，她就觉得威胁越大。于是，她不得不使阴招杀一杀老将的威风。因此，宰相裴炎便在皇上耳边喋喋不休地说什么这次大获全胜，将叛军首领降服，全归功于副将程务挺的英勇善战。他还言之凿凿地说："皇上啊，这老裴倚老卖老，整天待在军帐中喝奶茶、吃烤肉、看歌舞，根本连突厥兵的影子都没见着，更别说杀敌一千。他只会纸上谈兵，说的比唱的还好，一动真格就露馅儿。这次能如此干净利落地平叛东突厥，全是副将程务挺率兵深入敌营、英勇作战的结果。"

不知李治是担忧裴行俭功高盖主，还是听信谗言，竟然将裴行俭的头功按在程务挺头上。裴行俭倒是不在意那功劳，只是在改元后第二天发生的一件事令他心灰意冷，甚至滋生无限悲凉。这件意外的发生又给大唐北境带来无休无止的战乱。阿史那德温傅和阿史那伏念降服时，裴行俭满口答应留人家一条性命。可是李治在裴炎的撺掇下，竟然突然下令将带头挑事的主谋及五十二名东突厥战俘全部押到长安闹市问斩。他完全将裴行俭苦口婆心的金玉良言抛之脑后，而逞一时之快斩杀阿史那德温傅和阿史那伏念以宣泄愤怒。裴行俭惊诧慌乱不已，他那保证人家归降就能活命的承诺，就如此轻而易举地被李治打破。大唐朝廷背信弃义，公然杀降，岂能不令天下人齿寒心冷？以后，谁还心甘情愿地投降？横竖一死，与其被羞辱欺凌一番斩杀，倒不如拼命战死疆场来得更痛快悲壮。真是，杀人一时爽，祸患又无穷。难道李治真的昏庸无能？岂能做出如此有违大唐一贯做派的蠢事？自从贞观初年以来，唐军几乎每一次出征都会带回一大批高级战俘。朝廷基本都会赦免，授予官爵。最为典型的是贞观四年（630年）那次平定东突厥，自颉利可汗以下所有东突厥战俘和降将一律收纳为朝廷的人，大唐给予优待。最使人震撼的是，当时竟然有一百多个这样的战俘和降将在朝中官居五品以上，几乎占据大唐高阶官员的半壁江山。每临大朝，那大殿之上的人肤色迥异。这样的包容是自信的体现。这样一来赢得周边四夷的尊敬和拥戴。李世民制定的这种怀柔政策是唐帝国所向披靡、百战百胜的法宝之一。李治起初一贯执行这种深得人心的宽大政策，一直维系大唐在军事上的强势地位。这次竟然一反常态，大开杀戒。

裴行俭百思不得其解，只好无奈接受现实。这又是拜他的死对头裴炎所赐。裴炎不光三言两语将裴行俭平定东突厥的功劳一笔勾销，还出馊主意使大唐犯下低级错误。

宰相裴炎带兵打仗的能力尚且薄弱，可他搬弄是非、无中生有的本事真是一绝。他把皇上李治忽悠得团团转，就连先皇留下的好办法也抛之脑后。就在东突厥降将被斩那一天，裴行俭仰天长叹："浑，浚争功，古今所耻。但恐杀降，无复来者。"一位忠心耿耿、文武双全的老臣发出由衷的感叹。他才不会像王浑那样与自己部下争功劳。所以，这次大捷的功劳算在谁头上，他都能坦然接受，根本不在乎。他唯一担心的是，大唐如果开杀降先例，日后恐怕没人敢来归附。一代名将就这样心灰意冷，佯装患重病不再上朝，淡出朝廷，也逃离天后视野。果然不出裴行俭所料。第二年，公元682年，对李治杀降不满的东突厥人在阿史那骨咄禄的带领下又对大唐发起进攻。李治自知之前的滥杀降将的行为酿成大错，可是悔恨已晚，又不得不第四次请裴行俭挂帅，任命其为金牙道行兵大总管，再次北征讨伐东突厥，平定叛乱。然而，不幸的是，裴行俭已无法复命。连续两年的千里奔袭，加上遭遇小人的冤枉陷害，早将这位文武双全的老将军的精力耗干。未等大军出征，他在家中因病重医治无效撒手人寰，享年六十三岁。他以六旬高龄平息三次东突厥叛乱，以超群的智慧和完美的行动证实他卓越的军事才华，为他在古代名将录中赢得一席之地。

名将炼成记

一个非凡卓越人物的成长不会平淡无奇，而是跌宕起伏、充满传奇色彩。他的阅历、见识、遭遇，都是非凡气质的潜在密码，也是藏在生命里最可贵的品质。裴行俭作为大唐一代名将，绝非偶然。裴行俭以他六十岁后进行的三次战役而在后世名将录中赢得一席之地，可以说，他比起那些一生驰骋疆场、东征西战的名将是幸福的。因为有人戎马一生，尚未榜上有名。很多英勇果敢的将士湮没在历史过往的云烟里。那么，一代名将又是怎样炼成的呢？这个还得往根上说。裴行俭是一个非凡人物，他父亲也并非平庸之辈。而裴氏家族更是名门望族。他父亲就是隋末唐初大名鼎鼎的裴仁基。当年他父亲带着有"万人敌"的哥哥裴行俨、大将秦叔宝和罗士信投靠割据群雄之一的李密。要说，裴行俭的爹和哥哥及那两个叔叔全都属于"拳打南山猛虎，脚踢北海苍龙"的那种类型，并且他爹裴仁基比起那三个人的脑袋瓜更灵敏。如果李密听从他爹的意见坚守不出，那王世充必死无疑。李渊亦不会那么快统一天下。可自以为是的李密一意孤行，不听裴仁基劝告非要强出头，结果一败涂地。他爹和他哥随之被王世充所俘。

那个年代正是天下大乱之时，群雄逐鹿。王世充好歹算一方诸侯。既然爷儿俩被王世充俘虏,那就只好先跟着他谋图大业。然而,裴仁基见王世充心胸狭窄,预料他难成大事,而在山西起兵的郑龙军阀代表李渊有帝王之相。于是,他准备带儿子弃暗投明,跟随李渊干一番惊天动地的伟业。不承想,他的心思被王世充察觉。皇泰二年(619年),王世充在洛阳无情斩杀他们父子。就在父亲和哥哥双双被害的这一年,小小的裴行俭随之来到这个兵荒马乱的人世间。他一出生就没了父亲和哥哥,但他并未因此而十分凄惨。反而,他衣食无忧,过着贵族子孙的富足日子。他能有这样难得的人生际遇,全归功于父亲死前给他留下的一笔巨大财富。这笔令人衣食无忧的财富并非花不完用不尽的金钱,而是高质量靠得住的人脉。

他们祖上属于河东裴氏,本身在隋唐时期是名门望族中的翘楚。算上武曌,唐朝一共有二十一位皇帝,河东裴氏就出过十七位宰相。再加上他爹为人仗义,对秦叔宝、罗士信等名将有过大恩。李世民击败王世充之后,还是罗士信出资亲自将他爹厚葬在洛阳邙山。那份曾经一起出生入死的兄弟情难能可贵,也弥足珍贵,是永远割舍不断的。兄弟命丧黄泉,那兄弟的儿子就是自己的儿子。所以,裴行俭从小就受到各种高官贵人的格外关照。他刚刚到上学年纪,就被送进弘文馆学习,弘文馆是大唐最顶尖的贵族学校。这所学校到底有多豪横?首先并非你有钱就能上,你的父亲或祖上必须是高级大员才行;其次是你一旦入学,就能跟皇上的儿女们成为同学。唐朝实行科举制度,弘文馆便是朝廷给皇亲国戚、国之重臣的孩子开的"小灶"。这既是唐朝的国家藏书馆,也是高干子弟的专修学校。

师资力量没的说，授课的老师都是大唐的顶尖学者。这儿的学生大多毕业后不用参加科举考试，注定将来能入仕从政。

你想想，你整天跟皇上的儿子一起学习玩耍，将来能差哪儿去？比如裴行俭，那是一个妥妥的学霸。他在弘文馆里不仅熟读历代经典著作，还学会阴阳八卦。裴行俭学的阴阳八卦是一项观天象测风雨的实用技能，主要钻研天气预报学。这项技能在他行军打仗时发挥了极大作用，挽救了大唐军士性命。除此之外，他练就一手好字，尤其草书令人称绝，李治对他的字都赞赏有加。有皇帝这样重量级的粉丝，他慢慢地自然有些膨胀。于是，他时常跟人吹牛说："如果没有好笔好墨，褚遂良一般不写字，他写字一定要用上好的笔墨。只有我和虞世南不挑笔墨，啥笔拿起来都能写出一手好字。"褚遂良、虞世南在书法界地位都相当了得，都是初唐书法大家。裴行俭有自信敢与他们较量，足见他的字写得有多么漂亮。

如此这般书读得好，字写得漂亮，还掌握一门独特技能的年轻人，岂能不脱颖而出？然而，他虽然在弘文馆读书，但是到他这代，裴家已无直接入朝为官的特权。话说回来，对裴行俭这样的学霸而言，他对参加科举考试毫无畏惧。于是，在毕业那年，他参加唐太宗明经科举考试。要说，若无父亲那些生死兄弟的暗中相助，他能耐再大，一考中亦无法在禁军中谋得八品左屯卫仓曹参军的官职。如此芝麻大的官职没什么值得炫耀的，但它的含金量却极高。它虽阶位不高，但负责管仓库兼人事考核，是炙手可热的肥缺。

裴行俭对这个官职是不是肥缺漠不关心，但这个职位确实是他人生中最重要的一个转折点。左屯卫是唐朝十二卫之一，相当于现在的一个军分区。在这里，他遇见了良师益友苏定方。这个砍杀界的杰出代表人物竟然是裴行俭的顶头上司，更为奇妙的是，杀人如麻的战神苏定方一见到裴行俭，就觉得他骨骼奇异、天赋异禀，是难得的习武用兵之才。于是，苏定方执意将毕生炼成的绝世武功传给裴行俭。

这不是天上掉馅饼吗？裴行俭就是如此被命运青睐。多少人跨过千山万水来拜苏定方为师学兵法，可都被他无情地一一拒之门外。唯独见到裴行俭，他却说："吾用兵，世无可教者，今子也贤。"一个类似于军长的首长对下面小连长或小营长说："我用兵的谋略，世上没有可传授的人，现在你很合适。"这个战功赫赫的名将对裴行俭就是如此情有独钟。就这样，裴行俭成为苏定方用兵奇术的传承人。艺多不压身，裴行俭倒是愿意学。他悟性极高，不仅学得苏定方用兵真传，掌握排兵布阵精髓，还有不少使他如虎添翼的独到心得。因此，世人称他为"儒将之雄"。

如此优秀的青年才俊、负有传奇色彩的人物，自然得到朝廷重用。事实上，他一步入仕途便开启开挂人生，接连六次得到升迁。在三十多岁时，他又从军界转战政界，一举成为长安县令。县令多了，可前面加上"长安"两字就大为不同。皇亲国戚、重臣名将都在他执政的辖区内居住生活，自然免不了与这帮达官显贵打交道，那可是直通天庭。这无疑为他的仕途铺就一条快车道。

年轻人中有才有德的颇多，为何偏偏他能脱颖而出，年纪轻轻便位居要职？难道真是因他足够优秀出色吗？事实未非如此。或许还有这么一种可能，他已经早早地站在顾命大臣长孙无忌和褚遂良这一边。有这二位权倾朝野宰相的赏识和提携，他的仕途能不顺畅么？所以，年纪轻轻的他能在军政两界混得如鱼得水，就不足为奇。很不幸，他这次恐怕站错队了。永徽六年（655年），刚满三十六岁的他遭遇仕途上的第一次挫折。这年，李治欲将王皇后废掉立武曌为后，史称"废王立武"。要说，这等朝廷大事跟他一个小县令八竿子打不着。可他义愤填膺，固执地认为大唐祸患就是从废王立武开始的。他极其不冷静地找到褚遂良和长孙无忌大发牢骚，还出谋划策用以阻止。殊不知，隔墙有耳。武曌的眼线袁公瑜偏偏听到他的满腹牢骚。于是，袁公瑜迫不及待地拿此向武曌邀功去了。就这样，裴行俭与武曌这个智慧冷静理性的女人结下梁子，至死不渝。他也在无形中将自己置于一个强大女人的敌对面。

当即，前途一片光明的裴行俭就遭到打击报复。他被胡乱扣了顶帽子贬到西州，要说，裴行俭得罪武曌，余生只怕要客死他乡。然而，令人意想不到的是，他凭借一身才华和本事依旧能步步升迁。在西域边陲十年，他多有建树。自然父亲那帮位高权重的兄弟不曾忘记他，尤其是深得皇上李治信赖的大唐战神苏定方无时无刻不在帮他。到永徽六年（665年）时，他已经是掌管数十万平方公里土地的安西大都护。那些周边小国因仰慕他的仁义，都自愿归顺大唐。因此，他用人格魅力换来西域边境多年的安宁。自然，这份安宁得有苏定方的保驾护航。在裴行俭执政西域的数十年中，苏定方曾多次领兵平定西域叛乱。

唐朝有个惯例,边疆大吏做出斐然成绩之后,均会调回京都委以重任。裴行俭自然不例外,由于政绩卓著被调回京都长安,任吏部侍郎。武曌一时也无可奈何,只好听之任之。他顽强不屈、百折不挠,扔到哪儿都能爬出来,这是他身上难能可贵的优秀品质。他遭遇贬官不气馁不灰心,反而愈挫愈勇,在磨难中修炼心性、锤炼意志、激发斗志。这就是从历史长河中打捞的碎片构成的裴行俭调回朝廷的事实。然而,这只怕是落在古籍书上的事实。或许,还有一个真相存在于皇上李治的心中。曾经的粉丝如今成为主宰天下的君王,身为人臣便是皇上手中的一枚棋子,任由摆布。在西域喝了二十多年西北风的裴行俭在知天命之年依然能调回京都工作,只能是大权在握的皇上李治的意思。李治发现,以长孙无忌为首的把持朝政的老臣被一个不留地赶出朝廷后,武曌的势头过于迅猛,急需遏制。于是,他将知根知底的旧故、又曾极力反对立武为后的裴行俭召回朝廷。再加上战神苏定方临终前再三托付,祈求他将裴行俭调回京城委以重任。关键是,他之前也动过召回裴行俭的念头,可怕触怒天后。如今,反武立后的陈年旧事已过去多年,只怕武曌那无名火早该消失殆尽。就这样,李治权衡再三,最终将裴行俭召回了京都。

裴行俭在吏部干得如鱼得水,展现出非凡的政治才华,为大唐选人用人慎之又慎。因为选有用之才为朝廷所用,造福百姓是国之幸,若选酒囊饭袋入朝为官,误国误民则是国之祸,但若使得高端稀缺人才流失，那亦是国之损失，吏部之渎职。所以，裴行俭创造了作为官吏选拔和升降标准的著名的诠注法。何为诠注法？具体来说，在选拔官吏时，要从身、言、书、判四个方面进行考察。身就是要求体貌丰伟，长相太猥琐不周正就不行；言就是要求言辞辨正，那人云亦云说话没啥水准的人不行；书就是要求楷法遒美，字写得歪歪扭扭太丑不行；判就是要求文理优长，写的文章既要有文采也要有道理，不能是堆砌华丽词语、言之无物的空洞文章。先是观其书和判，笔试写篇文章；再就是察以身和言，进入面试；最后再注明其有何特长，以此标准来任命官吏。这套做法最终成为大唐的人事制度。

更令人惊奇的还有一件事，裴行俭作为朝廷吏部二把手，经常会有人向他举荐人才。当时，有人向他推荐因作诗而名声初起的四才子——王勃、杨炯、卢照邻和骆宾王。裴行俭的眼光敏锐独特，用他自创的那套人才选拔办法全面考核后，以寥寥数语就预见四位神童的未来。他坦言："才名响亮，官运不佳，福禄短浅。"因此未将四人重用。果然这四位神童命运如裴行俭所预言的那样，王勃活到二十几岁，不到而立之年掉水里淹死；杨炯仕途颠沛流离，不是在去上任的路上，就是在等上任的命令，年纪轻轻便在工作岗位殉职；卢照邻更是凄惨，疾病缠身数十年，四处寻医问药终究无济于事，终因不堪忍受病痛折磨，结果了自己性命；骆宾王身体虽没啥毛病，但眼拙欠缺政治眼光，跟着徐敬业起兵谋反，没嘚瑟几天，徐敬业兵败被杀，骆宾王不辞而别，从历史舞台上销声匿迹。不过，他骂武曌的那篇雄文至今仍在流传。

　　要说文质彬彬的裴行俭能威震西域数十年真是不简单！他既能上马带兵打胜仗屡建奇功，又能为朝廷选尽天下英才，的确算历史上一个不可多得的全才。永淳元年（682年）四月二十八日，他在长安延寿里的家中走到生命的尽头。李治闻讯悲痛万分，追赠裴行俭为幽州都督，还让儿子李贤挑选一位六品官员做裴家的管家，直到裴行俭的子孙长大成人。落叶归根，当年十月，裴行俭被葬在家乡闻喜县的东良原。一代名将，传奇一生，有此一世，足矣！

最后的辉煌

裴行俭溘然长逝,刘仁轨风烛草露。大唐能化解边境危机的老臣名将已捉襟见肘。李治疾病缠身,身体状况不容乐观。东突厥开始闹腾,西突厥又来凑热闹。还好裴行俭不光自己能打仗,还培养了一批后起之秀。在主政西域那些年,他一手带出来的得力干将王方翼已能独当一面。当他回京时,王方翼自然接替他任安西都护。如此一来,平定西突厥叛乱的重任就毫无疑问地落在王方翼身上。要说这个王方翼还真是一员猛将,也是个狠人。在热海一战中,一支流箭射穿他的手臂。他拔出佩刀砍掉箭杆,拿块布简单包扎一下,继续与敌人拼杀,直至激战结束都无人发现他已负伤。后来,那西突厥人用奸计想阴王方翼,却被他识破。王方翼将计就计,一举击溃叛军,平定了叛乱。李治西征大兵尚未派出,捷报已传回长安。他大喜过望,忙将王方翼召回。原以为,王方翼这次入朝,肯定是接受封赏和嘉奖。然而,现实并非如此。李治在政务殿接见他时,见他衣袖上渗出血迹,连忙问:"这是怎么回事?"

王方翼解开衣襟,露出手臂上的箭伤,如实禀报热海苦战的经过。李治见那伤口仍在流血,只是不住地叹息。然而,他只能叹息,恐怕说什么都显得多余。王方翼虽有赫赫战功,可他是那被废王皇后的族兄,一直受到武曌的嫉恨。碍于这个,李治未给这位身负箭伤、为大唐立下汗马功劳的王将军论功行赏,更未给他委以重任。王方翼强忍箭伤之痛击败叛军,千里迢迢回到长安,除却听到天子几声叹息外,什么也没得到,这岂能不使人伤心甚至寒心?他因裴行俭逝世而落泪,更替自己遭此冷遇和不公而落泪。男儿有泪不轻弹,只是未到伤心处。他不光是堂堂七尺男儿,还是领兵驰骋疆场杀敌万千的大将军,更是流血流汗不流泪的铁汉。可眼下,他情不自禁地落泪,任由泪水顺着脸颊往下流。他擦干眼泪,悄然返回安西护都府。

此时真是大唐的多事之秋。永淳元年(682年)四月,西突厥的二次叛乱刚刚被王方翼平息,十月,东突厥的第三次叛乱旋即爆发。战乱此起彼伏、前仆后继,按下葫芦浮起瓢。这次挑起叛乱的是东突厥残部阿史那骨咄禄和阿史德元珍。他们将残余兵部召集起来,先是占据黑沙城,紧接着又去进攻北边的九姓铁勒,抢了大批牛羊。他们不满足于在草原上小打小闹,又向南进攻大唐的并州、岚州,杀了岚州刺史王德茂。这群叛贼势力逐渐强盛,其他各部落纷纷归附。于是阿史那骨咄禄就更加猖狂,他自立为可汗,准备向大唐开战。

此事传至长安,李治又是一阵头晕目眩。面对一波比一波更凶猛的叛乱浪潮,他真是不知如何是好。为什么突厥人如此热衷于一次又一次地挑衅大唐,对叛乱又是如此情有独钟呢?他思索着,寻找答案。论主观原因,这固然出于那些叛乱头目的权力野心。可要论客观原因，却显然跟他上次不听裴行俭的谏言却听信裴炎的谗言杀降密切相关。此时此刻，他会不会为自己当初草率而错误的行为感到后悔呢？不过为时已晚，眼前的事实已难以改变，当务之急是他要物色一位合适的将领率军北上抵御东突厥。他思前想后，最终决定再次起用薛仁贵这名老将。

这名老将三十岁前在家务农，后参军屡建奇功，但一世英名却毁于朝廷塞给他的一个副将郭待封。这位副将曾是李勣的助手，其父是开国名将郭孝恪。然而，郭待封才能平平，只是靠父亲和父亲那帮开国功臣的好兄弟混资历。咸亨元年（670年），征伐吐蕃，薛仁贵是将军。郭待封瞧不起贫民出身的薛仁贵，总觉得自己身为薛仁贵的副将是一种耻辱。所以，这个愣头儿青一路上不听薛将军调遣。薛仁贵让他向西，他偏向东；让他按兵不动，他却发起总攻。就这样，在大非川（今青海中部）唐军遭遇了一次伤亡惨重的溃败。薛仁贵这只白虎也随之跌入人生低谷。

薛仁贵是个猛人，只管带兵打仗，从不参与政治斗争。可身在庙堂之中岂能洁身自好？后来他曾被短暂起用过一次，去征讨高句丽叛军，可打仗归来后不知犯了什么错，再次被罢官免职，流放象州。他感慨道："邓艾所以死于蜀，吾知所以败也。"到头来，他还是败给了自己人。在广西凄凉生活好几年后，碰上朝廷大赦天下，薛仁贵又回到心心念念的长安。此时，他已从威风凛凛的大将军沦为一个无权无势的老百姓。他稀里糊涂丢官，在七十岁高龄这年，又莫名其妙被高宗李治任命为右领军卫将军兼检校代州都督。由此足以可见，大唐皇帝手里王牌所剩无几，在紧急关头，不得不起用赋闲在家多年且年事已高的有罪之臣。

李治在政务殿召见薛仁贵。病魔缠身的李治说起话来气息虚弱，可他还是跟老将薛仁贵诚恳地说："现在朕的身体越来越差，大唐北边也不太平。你是大唐战功赫赫的名将，如今只怕又得你去收拾那帮气焰嚣张的东突厥叛军。"

薛仁贵刚想张嘴谦虚两句，李治又打起感情牌，接着说："爱卿啊，你可是朕的救命恩人啊！那年朕巡游万年宫，突遭大暴雨，山体滑坡，是你及时护驾救了朕。你曾消灭九姓突厥、高句丽，使得漠北、辽东俯首称臣，换来了多年边塞的安宁。这些都是你为大唐立下的汗马功劳，朕从来都不敢忘记。然而，朕听信小人谗言，说你在乌海城下故意放走敌人，以致失利。这件事至今仍然使朕感到深深地遗憾和愧疚。你要以大唐安危为重，千万不要怪罪朕啊！"

薛仁贵年事虽高，可依然没老糊涂。于是，他忙跪拜表态："请皇上放心，臣将立即赴任，去将那叛军击败。一日不平定东突厥，臣一日不还朝。臣生在大唐就为大唐而战，与大唐共风雨、共沐荣耀。"不承想，这话竟灵验了。

当年英姿勃发，曾创下"三剑定天山"不朽传奇的薛仁贵，如今已是两鬓斑白的老将军。古稀之年的他还能不能挑起捍卫帝国边塞的重任？事实证明，只要身体好本事大有毅力，年龄根本不是问题。薛仁贵刚到代州上任都督，便接到战报，阿史德元珍正在云州一带活动。老将军还真不含糊，"既然皇上派咱来打叛军，那就别瞎耽误工夫了，走，先去会会阿史德元珍"。于是，他随即率兵出发奔赴云州堵截阿史德元珍。

阿史德元珍听说大唐名将薛仁贵来讨伐他，半信半疑。因为他早年就听说薛仁贵被流放到遥远的广西象州，他岂能突然出现在北方大漠？他为弄清楚，便亲自上阵前喊话："来将何人？"

薛仁贵当即答道："我乃大唐薛仁贵。"

阿史德元珍怕自己上当，就又问："听说薛仁贵被皇帝老儿踢到象州，已经死了好多年啦。你少拿薛仁贵的名号吓唬人。"

薛仁贵哈哈大笑，旋即摘下头盔，冲着他高喊："睁大你的狗眼看清楚，你薛爷爷还没有死，活得好好的。"

那阿史德元珍定眼一看，脸色顿时变得煞白。眼前这位发须皆白、威风凛凛的老将军正是名震天下的传奇英雄薛仁贵。他立即服软，下马行礼，后撤了一段距离，不敢对阵厮杀。就这样，薛仁贵摘帽便把突厥人吓跑了。倔强的薛仁贵怕贻误战机，果断下令出击。突厥兵一听来袭的是薛大将军，吓得调头四处乱窜。东突厥叛军四散奔逃，唐军势如破竹，初战大捷，战果丰硕，斩杀数万敌军，俘虏两万多人，获得三万余头的骆驼、骏马及牛羊。云州大捷使得老将薛仁贵威名再度远播塞北，令突厥人闻风丧胆。史书是如此记载老将军威震塞北的："贼闻仁贵复起为将，素惮其名，皆奔散，不敢当之。"薛仁贵是神一样的存在，突厥人怕得要命。听说他作为将军来讨伐叛乱，叛军个个四处奔散逃命，无人应战。刚刚被草原众多部落拥立为可汗的阿史那骨咄禄更是连连叫苦。这么一位强悍老将镇守大唐帝国北大门，意欲掠夺大唐就是痴心妄想。然而，人算不如天算。老将薛仁贵打完胜仗，回到代州后便一病不起。不承想，云州大捷竟然成为他一生中最后的辉煌。苦挨一阵后，他的生命定格在七十岁。他兑现了对皇上的诺言。作为一名战将，古稀之年披甲上阵击退叛军，而后又死于前线，已死而无憾。

裴行俭和薛仁贵相继离世，大唐两颗将星陨落，这不仅对于危机四伏的大唐帝国是一次沉重打击，而且宣告了一个辉煌时代的终结。自此以后，大唐帝国在军事上已不再是一枝独秀，告别了天下为我独霸的巅峰时刻。大唐步入一个漫长的衰退期，直到半个多世纪后的唐玄宗时代，才又重新拾起往日的辉煌。

薛仁贵逝世，有人欢喜有人忧。身处太极宫的李治自然悲伤不已，镇守边疆的大将病逝，恐怕帝国北塞难保。那个在牙帐内正郁闷犯愁的阿史那骨咄禄欣喜若狂，一扫连日阴霾，命人杀牛宰羊祭天。薛大将军没了，那大唐北塞边防形同虚设。于是，永淳二年（683年），东突厥开始对大唐发起一次又一次地猛烈进攻。二月，北方天气尚寒，东突厥人旋即攻打定州，又践踏妫州。他们如入无人之地，接连获胜。三月，他们围攻云中的单于都护府。这个位于现在内蒙古和林格尔县的单于都护府是大唐在北方疆域的政权象征。然而，都护府司马张行师率领唐军慌乱迎战，终是力量悬殊，溃不成军。张司马被砍掉脑袋，以身殉国。五月，东突厥又进攻蔚州，刺史李思俭兵败被杀。紧接着，丰州都督崔智辩带兵在朝那山去截击东突厥的叛贼，结果遭遇惨败，崔智辩被俘虏。仿佛一夜之间，突厥人又回到战无不胜攻无不克的雄霸时代。大唐广袤且绵长的北部边境线上缺少名将镇守后，东突厥的铁蹄纵横驰骋，呼啸而来，刮起一阵比一阵更猛烈的战争旋风。以致后来，这个崛起的东突厥被称为后突厥。

然而，李治一时顾不上北边东突厥进攻。他感觉自己的人生越来越像一场噩梦。首先是他没有一个强壮健康的身体，长期饱受病痛无穷无尽的折磨；再就是好不容易眼瞅着两个儿子长大成人，能替他分担治国理政之累，可他们太不成器，一个突发疾病猝死，一个被废流放巴州；如今对外军事上屡屡受挫，干将相继离世。这一切，使他顿感无力，陷入无尽的痛苦深渊。他的病情进一步恶化，不得不走上先皇吃长生不老药的老路。他曾在未患病前嘲讽过希望长生不老的秦皇汉武。自从患病以后，御医、江湖游医均束手无策时，他开始秘密征召方士开炉炼丹。前前后后从各地招募的数百名江湖术士，炼了一大堆五颜六色的丹药丸。可他心有芥蒂，再加上碍于几位近臣的善意告诫，未曾服用。但这次年过五旬的他实在难以承受病痛的摧残，毅然决然地服用了用化学元素凝结而成的丹药丸。然而，他的病情非但未减轻，反而日益加重，生命进入倒计时。

武曌焦急不安，不想让李治在长安太极宫离世。这里盘根错节，潜藏在朝廷里的关陇贵族集团势力不容忽视。最好是去洛阳，那里空气都是新鲜的，朝廷内外的面孔亦是熟悉的。永淳元年（682年）四月，关中地区遭遇了一场严重的饥荒。在长安城里，一斗米价格涨到三百钱，吃饭问题又一次摆在朝廷面前。那时大唐腹背受敌、内忧外患。东都洛阳有河,有漕运,自然储备了大量从江淮运来的粮食。并且自隋朝开始便有关中出现灾荒,朝廷前往洛阳就食的惯例。为躲避饥荒,无论李治病得多么严重,都不得不强撑着宣布东幸洛阳。

　　武曌笑了。

值得信赖的天后

永隆二年（681年），李治带着朝廷众臣东幸洛阳，这纯属无奈之举。从长安到洛阳，不远千里，朝廷百官、后宫嫔妃，再加上马夫丫鬟等司勤人员，皇上这一东游队伍浩浩荡荡，足足有上万人。这么庞大的队伍长途跋涉，且不说一路上负责这么多人吃喝拉撒的人员忙得够呛，而且负责安全保卫工作的护卫们也累得要死。皇帝东巡可来不得半点儿差池，稍有不慎，便是掉脑袋的事。按惯例，这项吃力不讨好的苦差事理应由军队承担。可是武曌急于打造属于自己的一片天地，自然不会用忠于李治的老臣。而那时军队最高领导正是尚未病逝的老将裴行俭。武曌可不想让裴行俭跟着去，怕他背后给自己一刀。她只想随皇上去洛阳的旧臣越少越好，尤其是那帮将她视作洪水猛兽的迂腐老将。在皇上生命的最后时光里，她要将全局稳稳拿住，绝不允许有任何闪失。所以，身边反对的人越少越好。出于这种考虑，她毅然决然地放弃了皇上的正规军。

在一个改朝换代的重要历史节点上，身边的朋友越多越好，敌人越少越好。那些心思活泛能拉拢的臣子，她不惜一切代价拉拢过来；那些迂腐守旧死脑筋的臣子，她想尽一切办法将其留在长安，或者派其出征平定叛乱。可皇上一路上的安保工作总得有人承担。

她思来想去，将这项重要任务交给了新晋监察御史魏元忠。这个人虽然官阶偏低，但他够灵活不迂腐，办事雷厉风行，处理突发情况有条不紊、应变能力强，关键还很会来事，有眼力见。她断定此人能堪当护卫皇上东巡的重任。

然而，对魏元忠而言，入了天后法眼，是何等荣耀，日后想平庸平淡地过一生都难。可是，眼下他面对这么一个千载难逢的机会，一时束手无策，有点儿犯难。对他这么一个手无缚鸡之力的文官来说，写报告断案啥的还凑合，可打打杀杀捉山贼防强盗啥的就不灵。但多少人梦寐以求而求之不得的攀上天后这个高枝的机会，他也不能轻而易举地放弃。他喜忧参半，忧心如焚，凭一己之力如何能把天后交代的事办妥呢？

魏元忠数日茶饭不思、夜不能寐，苦思冥想终于想出一个不是办法的办法。他利用手中仅有的这点儿权限，跑到长安县和万年县大牢里，命看守将牢房一一打开，这儿看看，那儿瞧瞧，几乎将羁押的死囚犯挨个儿看了个遍。最后，他在一位举止做派、说话气度颇像江湖老大的死囚面前驻足，端详一阵后，像是下了很大决心似的自言自语道："就他了。"是啊，他将后半生身家性命全押在这个死囚身上，能不慎之又慎吗？人若选对，事办利索，飞黄腾达指日可待；人若选错，事情办砸，恐怕小命难保。于是，他紧接着轻声问那囚犯："你还想活命吗？"那囚犯惊疑万分，心里打起鼓来，他可是被朝廷判死刑秋后问斩的重犯啊。可是，他见魏元忠一脸严肃，身上没有酒味，不像要笑，不由得窃喜，脱口而出："做梦都想再活几十年啊！"

魏元忠命人卸掉那囚犯的脚镣，好酒好菜一顿招待。这个囚犯重获自由，心中更是忐忑不安，恍若做梦一样。魏元忠见他一脸迷惑，才娓娓道来："想活命，也得有活命的本事。只要你能替我办成一件事，我保你活命，还能有享不尽的荣华富贵，像这样的好菜好酒天天有、顿顿吃。"

那万念俱灰的死囚惊诧不已，将死之人哪敢奢望荣华富贵，能捡回条命已属万幸。于是，他兴奋地说："只要能免一死，别说办一件事，就是办一千件一万件也可以。"

魏元忠又说："不过，这件事办起来十分危险，不知你怕不怕？"

那死囚哈哈畅笑道："老子鬼门关走了几遭啦，生下来就不知道怕字怎么写。别磨叽，说吧，到底啥事？"

于是，魏元忠说明来意，要他代替皇帝禁卫军为高宗李治的这次东巡护驾。

那死囚行走江湖多年，刀刃上舔血讨生活，是个臭名昭著的狠人。造化弄人，他居然一下子从死囚变成皇帝的贴身护卫。虽然身陷牢笼退出江湖数日，可江湖上依然流传着他的故事，那些三教九流打家劫舍的盗贼山霸都得卖他薄面。他拍着胸脯说："算你有眼光，这事找我算是找对啦！"就这样，那一万多人的天子队伍在没有军队护驾的情况下，平安无事地抵达洛阳。那死囚还真是有本事，但凡在道上混的劫匪一听是他在护驾，都乖乖撤退不敢滋事。

魏元忠急中生智想出的办法，武曌极其满意。她不喜欢中规中矩、迂腐僵化，不承想魏元忠竟然如此天马行空、不拘一格。他赢得了她的信赖。他不寻常的脑回路不仅成功化解了燃眉之急，而且铺就了他的非凡仕途之路。然而，武曌亦是全无最初的纯真，成为如今这么一个视权如命、玩弄权术的女人。十四岁那年，她进宫只想好好活下去，一个柔弱女子在危机四伏的后宫狭隘缝隙中苦苦寻觅一丝生机，那是多么艰难多么不易！她经受的苦难和委屈慢慢喂大了她的欲望。当年她只想成为盖世英雄李世民身边知冷知热的贴心女人。可偏偏命运将她逼上皇后之位，使她的欲望如烈火般越燃越旺。然而，她的女儿身使她自始至终都面临一个无法避免的矛盾。在大唐帝国，一个男人滋生出对权力无限膨胀的欲望，就有可能成为开疆拓土的霸主。在儒家传统中，女子无才便是德。身为女人就得大门不出二门不迈，在家相夫教子，不该抛头露面，参与政事。所以，她一直以来都不被主流思想认同。可是，她偏偏燃起对皇权无限向往的欲火。她发誓要撕碎那些虚伪的面孔，书写一段属于女人的绝世传奇。

　　眼下，高宗李治奄奄一息，她莫名地生出些许担忧。一旦高宗驾鹤西去，那么迎接她的将会是什么？她不敢想也不愿想。可她心里明白，只要把生杀予夺的皇权紧紧攥在手里，来什么都无所畏惧。她在朝堂之上摸爬滚打已二十年，早已对朝廷种种伎俩了如指掌，俨然成为老谋深算的政治高手。她亦不再是一个美丽漂亮的女子，而是一个铁腕冷血的政客。她费尽心机使高宗东巡洛阳，就是要以最快的速度重组宰相队伍。这些年的政治历练使她明白，一个人再厉害也是身单力薄，必须有死党有心腹，不然很可能被架空，甚至取而代之。她还知道，关键位置上要有自己人。所以，她必须将一个个心腹置于朝廷要职。而宰相中的裴炎、薛元超是她亲自提拔的，对她唯命是从。在李贤被废之前，刘仁轨、郝处俊、李义琰、崔知温、裴炎、薛元超、王德真、张大安八位组成大唐政治生命中枢的宰相团。张大安跟随太子李贤多年，因李贤谋反案而被牵连罢相，贬到四川普州任刺史。时隔不久，王德真、郝处俊被她构陷踢出宰相圈。在剩下的五个宰相中，刘仁轨、李义琰是铁打的反武派，绝不会跟她一条心。崔知温的态度忽明忽暗，一时不好拿捏，但显然不是她的人。由此可见，在掌握大唐政事的宰相队伍里，她的力量略显薄弱。所以，她意欲打造一个听命于她的宰相班底。

　　这次东幸洛阳之时，李治将刘仁轨、裴炎、薛元超三位宰相留在长安，命他们辅佐监国的新立太子李显。要说，李治对李显这个纨绔儿子最不满意，瞅哪儿都心烦。可是，他疼爱欣赏的儿子，死的死，流放的流放，只得立李显为太子。此时身为太子右庶子的李义琰职责使然，必定留在太子李显身边。所以，只有年迈体弱的崔知温一个宰相跟随高宗来到东都。如此一来，她便有绝佳的重组宰相队伍的机会和借口。四月二十二日，她与高宗的皇家队伍浩浩荡荡抵达洛阳宫殿。三天后，她便以闪电般速度提拔黄门侍郎郭待举、兵部侍郎岑长倩、检校中书侍郎郭正一和吏部侍郎魏玄同四位官员拜相。要说，这四位新晋宰相论资历论官秩都不足以进入掌握朝廷最高权力的班底。可她就是一个不按常规办事的人，坚信不破不立。

她打破常规，提拔重用有识之士，尤其是对她忠心耿耿的朝臣。无论是早年提拔的裴炎和薛元超，还是这次突击提拔的四个人，在拜相前都仅仅为四品官员。而这次新晋提拔的四位宰相的资历还远远比不上当初的裴炎和薛元超。她为了堵住悠悠众口，不给别人留话柄，使得四位新人的入相显得不是太过突兀，便挖空心思炮制出一个崭新的官名。她将这四位新晋宰相命名为同中书门下平章事，区别于先前宰相官衔同中书门下三品。她是一个充满智慧的聪明女人，自然明白凡事得讲方式方法，切不可鲁莽行事。所以，她在重用年轻人时，顾及那些为大唐鞠躬尽瘁熬白头献尽心血而升任宰相的老臣的颜面，就在官名上做了文章，使得老臣们更容易接受些。此后，她独创的这个新官衔就成为年纪轻、资历浅、品秩低的官员们拜相的常用头衔，后来甚至取代了同中书门下三品，成为中晚唐时期宰相的唯一头衔。

如此明目张胆地大换血，任谁都看得出她的野心。可病重的李治对她如此折腾不但默许，还怕有人说三道四替她打圆场。他将老臣中威信颇高的崔知温叫到床前耐心地解释说："待举等资历尚浅，且令与闻政事，未可与卿等同名。"李治劝崔知温千万别有抵触情绪，要有肚量，好好带新人。李治这么做，并不是他病糊涂了，而是他知道，一旦自己驾鹤西去，唯一可以稳定大局的人，唯一可以保证李室皇权不会旁落且在交接过程中不会出现动荡的人，就只有武曌。现在，他只能信任与他一起主政大唐江山二十年的这个女人。如果说，李弘或李贤仍然是太子的话，他也绝不会任由武曌胡作非为，而会想尽一切办法遏制武曌,去加强太子的权力。如今储君却是一直使他深感失望的李显,他有多么令高宗失望?按常规,太子活着是不会立皇太孙的。这个"太"字可大有来头。皇子立为太子就是指定接班人。若皇孙立为皇太孙就是指定隔代接班人。只怕是李治实在等不及失望至极的儿子李显去世,才不顾礼制,一意孤行地要立仅仅两岁的孙儿李重润为皇太孙。只可惜,那个孙儿太小,只能给李治一些虚无缥缈的慰藉。所以,儿子靠不住,孙子又太小,他只能靠武曌。

  李治在想清楚身后事之后,萌发出一个执念。这个主宰天下的男人虽身体虚弱,可那颗征服世界的雄心亦是不灭,如同父亲当年不顾年老体弱非要东征高句丽似的,他竟然异想天开要封禅嵩山。朝廷上下一片哗然。这身体走路都费劲,哪还有力气长途跋涉登上嵩山?可那个信念却深深地植入他的心中。在生命弥留之际,他似乎非要干一件惊天动地的大事。泰山封过,那就再去封一次嵩山。永淳二年(683年)的七月,因为李治的身体原因,不得不将原定于十月举行的嵩山封禅,推迟到来年的正月。十月,武曌陪高宗从东都起程,来到嵩山脚下的奉天宫,似乎一切都是在为筹备两个月后的封禅大典。事实上,此时李治病情已经危重,不争气的身体难以支撑他的雄心。他无奈只得下诏取消封禅嵩山。

终结与开始

高宗李治来到嵩山脚下,却没爬上山顶的力气。永淳二年(683年)十一月初,他的病情再度恶化,一度失明。人在病痛的折磨中,情绪极易波动,李治时而痛哭流涕,时而狂躁不已。武曌寸步不离地悉心照料。看着深爱自己并成就自己辉煌的男人病魔缠身、饱受折磨,她不时地偷偷抹眼泪,内心深处滋生出浓浓的伤感和茫然。她能为他生儿子,能为他打理江山,甚至能为他杀戮政敌,可是她却不能替他承受病痛,不能阻止他生命即将走到尽头的步伐。她唯一能做的就是一直陪在他身边,给他以自己特有的温情和暖意。

眼下,李治病势沉重,双目失明。她旋即将大唐名气颇大的御医秦鸣鹤召来。秦鸣鹤仔细观察了一下症状,凭借专业知识立刻做出诊断:"风毒上攻,若刺头出少血,则愈矣。"就是说,只要释放一下淤血,视力自然就能恢复。秦御医话音刚落,珠帘后当即传出一声怒叱:"这个庸医胆大包天,竟然想放皇上的血,拉出去斩了。"那年代,从天子到百姓,谁生病都是把脉问诊喝汤药,哪儿见识过西医动刀放血操作啊!秦鸣鹤只是说了说治疗方案,还没上手治病救人就面临丢性命的危险。他面无血色,吓得魂飞魄散,连忙跪地叩头谢罪。

在这个紧急关头，李治孱弱地说："御医说病情怎么能治罪啊？朕眼前一团黑，实在难受极了，就让他试一试吧。"

这下武曌只好悻悻地闭嘴。秦鸣鹤小心翼翼地用银针轻刺李治头部的百会、脑户两个穴位，浓黑的淤血顺着银针流了出来。

李治发出一声惊呼："朕能看见了！"

秦鸣鹤如释重负，悬着的心终是落地。

武曌异常欣喜，说："这简直就是神医啊！"她不光口头嘉奖，还赐予秦神医丰厚的赏赐。《资治通鉴》卷二〇三如是记载："自负彩百匹以赐鸣鹤。"她竟把那一百匹彩帛给秦神医扛了过去。她这么做无非在向高宗献殷勤。

俗话说，无事献殷勤，非奸即盗。更有中唐时期一个文人刘肃在他写的一本书《大唐新语》中，将武曌这一夸张做派归结为有所企图。他在书中说，高宗李治的病情之所以极度恶化，就是因为武曌希望李治病情加重，以便早日实现她心中不可告人的意图。甚至，刘肃还偏执地认为，武曌不希望李治病愈，所以私底下耍花招儿，阻止名医给李治看病。他是这么写的："幸灾逞己志，潜遏绝医术，不欲其愈。"无独有偶，司马光在《资治通鉴》中也有类似表述："（武后）不欲上（高宗）疾愈。"可是，这些仅仅是文人墨客带有偏见的主观性判断。她亦是有血有肉有情有爱的女人，对日夜相伴多年的男人又爱又恨，只怕爱会更多。这个男人是她生命里最重要的人，如果没有他，她只怕依旧在感业寺里吃斋念佛。因此，她不至于眼睁睁地瞅着自己心爱的男人遭受病痛的无尽折磨而袖手旁观，甚至从中作梗加速或加重男人的病痛。是李治把她从青灯古佛的枯寂生活中解救出来的，她一步步走向辉煌，攀爬至权力巅峰的精彩人生的确是拜李治所赐。所以，她对李治的感情中夹杂着感恩。她没有那么无情，那么残忍，她是真心希望李治康复。李治是她的大靠山、主心骨，成就了她的非凡人生。这么一个另类女人正在拼尽全力向整个社会主流思想挑战。李治的信任和支持犹如一股清流，赐予了她无穷的力量。李治的身体状况越差，她就会越感到迷茫。她对没有李治庇护的日子充满恐惧。所以，她更需要一个活着的李治。

可是，无论她希望李治病愈还是不愈，都无法改变李治生命即将终结的事实。尽管秦御医敢在天子头上放血，可令人遗憾的是，短暂的复明对李治这样一个病入膏肓的人来说，只是一次回光返照罢了。十一月末，李治下诏命留在长安监国的太子李显紧急赶回洛阳。紧接着，十二月初四，为了祈福，他又宣布改元弘道，大赦天下。他原本想着登上则天门亲自宣布赦令，可他的病情严重，喘得太厉害，连马都骑不上去。无奈之下，退而求其次，只好选些百姓代表来大殿前听宣。

李治强打精神完成简化的大赦典礼，颤颤巍巍地返回寝宫。他躺在病榻上轻声问在身边伺候的臣子："百姓们都高兴吗？"

侍臣忙回答："百姓蒙赦，无不感悦。"

李治苍白脸上挂着的一抹笑容最后在他嘴角竟然凝结成一种淡然的凄怆。他耗尽最后一丝力气，说出这辈子最后一句话："苍生虽喜，我命危笃。天地神祇若延吾一两月之命，得还长安，死亦无恨！"落叶归根，帝王亦是如此。在生命弥留之际，他依然想着回到他的故乡、他的长安、他的太极宫。他多么渴望上苍再赐给他一两个月的生命，好让他重回故乡怀抱。然而，这成为他帝王生涯的最后心愿，随着生命终结而永远无法实现。

天道无穷，人寿有期。李治只能在美丽而忧伤的回忆中静静地遥望故乡，当五十多年的岁月云烟和人世沧桑从眼前飘过时，他无力地伸出手想要抓住些什么，可终究什么也没能抓住。最后，他的手垂了下去，随之那噙满思乡之泪的眼帘也垂了下去。弘道元年（683年），高宗李治在洛阳贞观殿驾崩，享年五十五岁。一颗君王星坠落预示着一个属于高宗的大唐时代终结，也开启了一个属于女皇的新时代。

李治自贞观二十三年（649年）继位，举步维艰，四面楚歌，但生命不止，战斗不息。初登宝座，他便跟顾命大臣长孙无忌斗，终究是斗赢，将权柄紧紧攥在自己手里。正值年富力强干事业的大好年华却患上久治不愈的顽疾。于是，他又与病魔缠斗二十余年。他拖着病体勉强支撑着大唐帝国运转。他作为帝王，在位时间算是久的，可身为病人，他也遭受着难以想象的病痛折磨和煎熬。与此同时，他跟野心勃勃的武曌斗到生命最后一刻。在位三十四年，他与老臣斗，与疾病斗，与皇后斗，真可谓战斗的一生。或许，他亦是一个胸藏智慧的帝王。

然而，史书对他评价却相当一致：差评。原因显而易见，他丢掉了先祖浴血奋战打下的大唐江山。他所托付的皇后太厉害。皇后几乎将李室皇族屠杀殆尽，最后取而代之，改朝换代，建立周朝。这笔账只能算在高宗李治头上。那个年代讲究的是家天下，皇权交给外姓人，哪怕是亲近的皇后，亦属背天逆祖。李治有一个英武神明的父亲李世民，李世民总想把一切都安排妥当，交给儿子一个蒸蒸日上的大唐王朝。临终前，他还嘱咐儿子别担忧。可一旦当上皇帝还能无忧无虑吗？唐朝疆土那么大，总有种种烦心事。自然，大国有大国的好处，可能存在得比较久。可大国亦有大国的难处，唐朝地盘大，不是东边叛乱，就是西边兵变，没一天省心过，岂能天下无忧？所以，李治极其艰难。但是，他从未犯战略性错误，延续了大唐盛世，算是好皇帝吧。是非功过任由后人评说。总之，李治抱恙多年，终是彻底摆脱了病痛的折磨。

高宗李治驾崩后，三年前立为太子的李显顺理成章迎来继位的高光时刻。李治留下遗诏由宰相裴炎辅佐朝政。同时，他留下一份政治遗嘱，史称《大帝遗诏》。这份遗诏在《唐大诏令集》卷十一中如是记载："天下至大，宗社至重，执契承祧，不可暂旷。皇太子可于柩前即皇帝位。其服纪轻重，宜依汉制，以日易月，于事为宜。园陵制度，务从节俭。军国大事，有不决者，兼取天后进止。"从此，真正属于武曌这个女人的时代拉开帷幕。然而，大唐臣民并不知道，这将是一个令天地变色、令历史改辙的时代。

李治的那道遗诏耐人寻味。他竟给儿子李显当皇帝留了个尾巴，亦是给武曌继续参与朝政开了个"后门"。整篇遗诏中，除却一贯使用的官方说辞外，最引人注目的是最后一句，"军国大事，有不决者，兼取天后进止"。意思是李显当上皇帝，如果遇上军国大事犹豫不决的，就得交由母亲武曌裁决。这固然是授权，但也是对武曌的一种双重限制。一般政务处决权都在李显和宰相的手中，只有在特殊军国大事上她才有裁决权。不过，这很有可能是武曌夹带的私货。

面对这份遗诏，她自然喜忧参半。身为李治的女人，她可以名正言顺地替李治处理政务。可身为李显的母亲，她恐怕要远离朝廷，无法像以前那样指点江山。然而，在翠帘之后裁决天下大事二十年，岂能轻而易举放下？那被摄政多年日渐喂大的权力欲望岂能突然消失？无尽的忧愁在她心底如潮水般泛滥。可是，她的忧愁总是有朝臣乐意化解。高宗逝世三日后，老臣裴炎奏道："由于太子尚未即位，那么他就不具备发布诏敕的资格。若遇紧急情况，理应由天后发布政令，交与中书、门下两省施行。"他真会察言观色，从武曌那脸愁云中察觉端倪，便看风使舵地上了一个如此深得武曌之意的奏请。就这样，李显还没坐稳龙椅，发号施令的权力就被剥夺。武曌自然会心地笑了。裴炎自是得意扬扬。

弘道元年（683年），二十七岁的太子李显，武曌的第三个儿子荣登大宝。按照大唐旧制，他正式继位，是为唐中宗，同时尊母亲为皇太后。继位当日，武曌喧宾夺主"自临朝称制"。李显上朝第一天就被人监视，岂能不别扭？然而，母亲势力庞大，他无可奈何，只能受着熬着。他虽已是皇帝，可服丧期间朝政大权依旧在母亲武曌手中。在服丧的二十日内，武曌以一种胸有成竹、举重若轻的姿态，不声不响、不慌不忙地出手,将这段过渡性的权力用到极致,将朝廷至高无上的皇权紧紧攥在手中。她接二连三地发号施令,掀起一阵波涛汹涌的人事变动风波。

她下令将李唐宗室中一批"德高望重"的亲王加封为一品大员。高祖诸子韩王李元嘉被封为太尉,鲁王李灵夔被封为太子太师,太宗诸子越王李贞被封为太子太傅,纪王李慎被封为太子太保。她知道,这股势力不容小觑。如此一来,她将李室皇亲凉透的心又焐热了,将他们与自己紧紧地捆绑在一起,他们成为利益共享者。这波暖心操作彻底麻痹了李唐宗室的心志。他们悄然坠入武曌编织的温柔陷阱却浑然不知。

嗣圣元年(684年)二月,武曌毅然决然地先将大侄子武承嗣任命为礼部尚书。仅仅三个月之后,武承嗣顶着"同中书门下三品"的头衔,成为名副其实的位高权重的宰相。之前,他只是大唐"图书馆"位卑言轻的管理员。她将武承嗣拜相之后,也没忘记二侄子武三思,随即将其任命为夏官尚书,兼修国史。这个女人对娘家人的感情极其微妙。时过境迁,老一辈的恩恩怨怨已变得风轻云淡,欺凌她的可恨的那两个侄子的父亲早已化为灰烬。如今,手握皇权贵为太后的她亦有雄心壮志,还岂能对幼年承受的那点儿屈辱斤斤计较?她需要值得信赖、值得依靠、对她绝无二心的忠臣,而有着武氏血缘的侄子自然是比较合适的人选。因此,她不计前嫌,将他们委以重任。

紧接着,她开始调整操控大唐政权的宰相队伍。她先是一纸诏令将老臣刘仁轨擢升为从二品左仆射，命其继续留守西京，将他死死钉在长安。随后，她便将前不久刚刚擢升的新任宰相转正，将他们"同中书门下平章事"的头衔改成"同中书门下三品"。除此之外，她积极纳谏，听从心腹之臣裴炎的建议，对宰相制度进行了大刀阔斧的改革，将政事堂从门下省迁至中书省。同时，她将裴炎从门下省侍中调任中书省中书令。要说，这场改革看似漫不经心，未曾发生颠覆性的改变，实际却是唐朝政治制度史上一次重大变革。唐朝汲取汉室宰相一言堂、权力过重的惨痛教训，通过在皇帝下面设三省，凡朝廷政事均由三部门宰相协商裁决，用以制衡相权。这便是唐朝的三省合议制。一般先由中书省起草政令，然后交门下省审核驳议，最后再由尚书省颁布施行。这场改革大大削弱了门下省的封驳权。自此以后，手握出旨权的中书省获得独尊地位，原本属于"三省宰相联席会议"的政事堂，逐渐就变成中书令独大的"一言堂"。宰相裴炎自然成为首席宰相，不但每次会议都由他主持，就连官员进入政事堂亦要经他批准。裴炎俨然成为"一人之下万人之上"、令朝野侧目的权臣。武曌如此雷厉风行改革的真正意图就是肃清她前进道路上的障碍。天资聪慧的她明白集权相对分权更易掌控。对她而言，使得一位宰相死心塌地臣服于她与使得一群宰相忠心耿耿跟随她相比，前者易如拾芥。

无声的厮杀

武曌拉拢朝臣的手段直截了当且粗暴豪横，一手挥舞赏赐笼络人心，一手高举着权柄肃杀政敌。得人心者，投其所好。她竭尽全力满足朝臣的愿望。朝臣最想得到什么，她便赐予什么。朝臣岂能不死心塌地、忠心耿耿地跟随她？反之，无论是谁，如果总跟她唱反调，不识抬举，阳奉阴违，那她只好大棒伺候，打得其永无翻身之日，甚至下狱治罪，不是被流放便是被问斩。

在新旧君王交替的紧要关头，不宜暴力制裁，而宜用怀柔之策。因此，她才趁李显服丧不能临朝的间隙，大肆搞这场翻天覆地的人事变动。不过，这仅仅是九牛一毛。她又将无形的权力之手伸向军界。她混迹朝廷多年，深知没有军队拥戴、手无兵权，任何执政者的地位终将难保。她数年苦心编织的权力之网中，兵权一直是薄弱环节。这次，她特意提拔两名将军程务挺和张虔勖，分别掌管左右羽林军。武曌将两人放在如此重要的位置上，他们自然感恩戴德，从此成为武曌的铁杆拥趸。

皇权新老交替的敏感时期往往危机四伏。有的地方诸侯趁火打劫、跃跃欲试，甚至掀起腥风血雨的叛乱。那种动荡不安，使得百姓遭殃、大唐受创。为以防万一，武曌做出了一个英明的安排。

弘道元年（683年），她派遣四名心腹将领——王果、令狐智通、杨玄俭和郭齐宗，分别前往并州、益州、荆州、扬州，与当地的府司共同镇守。这四地是经过深思熟虑后精心挑选的，用意很深。并州是李家唐室龙兴之地，又是防御东突厥进攻的桥头堡。益州是天府之国，沃野千里，经济发达，殷实富足，是大唐钱袋子的主要来源之一。荆州是中南地区水陆交通的重要枢纽，四通八达，历来是兵家必争之地，战略地位尤为突出。而扬州富甲天下，自然成为唐朝赋税的支撑，与益州同为充裕大唐国库的重要来源。武曌深谋远虑，足见其卓越的政治智慧。这样做既可以防止地方叛乱，又可以给自己多留条后路，是一个进可攻退可守的万全之策。所以，这个女人成为一代女皇不足为奇。

要说公元684年这一年注定是大唐王朝动荡不安的一年，光年号就改元三次：嗣圣、文明、光宅。而这背后则是一段云谲波诡、变幻莫测的历史。

这一年，朝野中各派势力竞相登场，开始彼此较量、博弈甚至厮杀。而武曌此时处在权力塔尖，眼观六路、耳听八方，用尽手段，将居心叵测、心怀鬼胎、各式各样的政敌统统置于万劫不复的死地。新年伊始，李显脱下孝服，换上龙袍，开始他短命皇帝的笨拙表演。摆在他面前的，只有承受煎熬、积蓄力量这一条路。唯有等他羽翼丰满，才有可能夺回属于自己的权杖，做一个真正意义上的帝王。可他竟然自不量力，操之过急，一坐上龙椅便大刀阔斧地行使其至高无上的皇权。不过，没折腾几天，他便偃旗息鼓了。人啊，无论身处何种地位都要对自己有清醒的认识，宁可低估，不可夜郎自大。否则，遭殃的便是自己。

正月初一，李显迫不及待地改元嗣圣，大赦天下。同时，他将相濡以沫的韦妃册封为皇后。历来新任皇帝都是如此做，所以他的行为无可厚非。可接下来他竟然挑战母亲的权威。他虽身为大唐帝国皇帝，但在朝廷诸多事务上并无话语权。他只不过是影子皇帝而已，而强悍的母亲才是真正的君王。他抬眼望去，整个朝廷上下几乎布满母亲的党羽。他身单力薄，孤零零立于庙堂之上，岂能不悲凉、不郁闷？他若是聪明，做一个孝顺乖巧的儿子，兴许有不一样的人生。可他年少气盛，执意要拿回属于自己的东西。他开始愤而行使天子权力，要尽快安插一些熟悉的面孔进入朝廷。在韦妃封后的同日，他将岳父韦玄贞从一个小小的普州参军连跳数级擢升为豫州刺史。这对在官场摸爬滚打半生的韦老爷子而言，无疑是一个天大的惊喜。一夜之间，他从九品芝麻官荣升为从三品封疆大吏。李显依然觉得不够，又将韦妃的远房亲戚韦弘敏从左散骑常侍提拔为太府卿、同中书门下三品，使其拜相，一步登天。

武曌冷眼旁观，任由李显开始他初涉政坛的笨拙表演。她很清楚，李显愈是倚重外戚，他的朝廷地位愈发危险。他滥用皇权将朝廷折腾得乌烟瘴气，只会销蚀他的威严。显然，浅薄的李显尚未有如此深远的见识，只顾着迫不及待地培植自己的政治势力。几日之后，他的荒唐行径令满朝文武瞠目结舌。他觉得岳父官居封疆大吏委屈，又将他从豫州刺史擢升为门下省侍中，跻身宰相班列。同时，他竟然意欲赐予奶妈的儿子五品朝官。他任性鲁莽，肆意乱发官帽，将朝廷选人用人如此重要的政事视作儿戏，荒唐至极。若再如此胡乱折腾下去，朝廷势必乱成一锅粥，大唐将礼崩乐坏。忧国忧民的老臣裴炎对李显如此荒诞无稽的行径忍无可忍。身为先皇驾崩前钦定的顾命大臣和朝廷的首席宰相，若是朝廷大乱，他难辞其咎。他自然理解李显急于讨好岳父的迫切心情，但是这天下并非他李显独有。国有国法，家有家规，朝廷亦有朝廷办事的规矩，升官亦要讲条件、论资历、走程序，而非逮着谁算谁。贵为天子的李显理应遵照制度而非肆意践踏。像如此这般有违大唐官员升迁法度的擢升，裴炎只怕难以从命。裴炎官居中书令，是专门将皇上旨意变成法律文书的人。他若久拖不办，不起草诏令，不走法定程序，李显亦是无可奈何。

其实，裴炎也藏有私心。他好不容易独揽相权，若李显的岳父封为侍中，那不是给他添堵吗？侍中乃是专门给中书令提建议的，手握封驳之权。在朝廷混迹大半辈子的裴炎岂能使得无名之辈韦玄贞轻而易举分他的蛋糕？所以，任李显说得天花乱坠，老臣就是不同意。裴炎异常坚决地忤逆天子之意。有个一手遮天、霸道贪权的母亲就够憋屈了，又冒出一个不识抬举、胆敢肆无忌惮顶撞他的老顽固，李显顿时勃然大怒，指着裴炎鼻子吼道："朕将这个天下送给岳父韦玄贞又有何不可？更何况一个小小的侍中？！"李显被愤怒冲昏了头脑，竟然大放厥词。

裴炎倒是沉着冷静，一言未发，转身前去觐见皇太后武曌。他将李显口无遮拦的诳语原封不动地讲给武曌。

武曌淡淡地说:"既然这个不合适,那就换一个吧。"

裴炎觉得以李显的能耐不宜久坐皇位,可身为辅佐大臣,他能如此想却不能如此说。眼下,皇太后金口玉言这么说了,自然就得这么办。李显轻浮短视,实在难成大器。

嗣圣元年(684年)二月初六,武曌将文武百官召集在洛阳宫的乾元殿,准备举行一场与众不同的早朝。朝臣们你瞅瞅我,我看看你,都很纳闷:"今儿不是轮休吗,怎么又莫名其妙地要早朝?"按惯例,自高宗显庆二年(657年),朝会两天举行一次,逢单日上朝,双日休息。而这日恰逢休息日。事实上,不光朝廷命官们一头雾水,皇帝李显亦是大惑不解。他虽然拿捏不准母亲想干什么,可隐隐嗅出一丝不祥的气息。

李显坐在御榻之上,手扶龙椅,神色惊慌。武曌依然坐在翠帘之后,若隐若现。人们看不清她的脸,却感受到一种威严和肃杀之气在整个大殿中弥漫开来。朝臣自顾自找到位置站好后,赫然发现班首位置缺少两人。正当众朝臣满腹狐疑、胡乱猜想之时,殿门口响起一阵急促而杂沓的脚步声。随之,脸色凝重的宰相裴炎和刘祎之双双急步走入殿中,禁军将领程务挺和张虔勖紧随其后,还带着一大群铠甲铿锵、杀气腾腾的羽林军士兵。百官不约而同地在心里发出感叹:要变天!

那一刻,年轻的李显瞬时脸色变得煞白。裴炎径直走到丹墀前,轻蔑地瞅了一眼李显,转身向百官高声宣读太后敕令:自即日起,废皇帝李显为庐陵王。话音未落,两名全副武装的羽林军士兵迅速冲上去,不由分说地将李显架了下来。李显挣扎着却无济于事,扭头冲隐于翠帘之后的母亲吼道:"我有什么罪?为何要治我的罪?"

翠帘后传出不容置疑的声音:"汝欲以天下与韦玄贞,何得无罪?"

李显旋即泄气,任由士兵架出大殿。李显愚蠢糊涂,竟然偏偏说把天下送给岳父这等要命的诳语。如此一来,别说丢掉皇位就是丢掉性命亦不足为奇。百官面面相觑,乾元殿鸦雀无声。这一场政变在悄无声息中结束。高宗亲自指定的接班人坐上皇位尚且不足两月,仅短短的五十五天。他愤怒之下说出的一句诳语,使得他的帝王首秀悄然谢幕。

武曌似乎连手指头都未动,瞬息之间便将李显废黜。要说,李显真不是做皇帝的材料。一国之君,岂能信口开河说出"把天下给韦玄贞"这种话呢?天下是多少人用生命换来的,岂能是你随心所欲想给谁就给谁?这犯了大忌。既然你如此不珍惜这来之不易的天下,那你亦不是称职的皇帝。若你足够强大,犯大忌就犯大忌,无人能治罪于你。就像他母亲冒天下之大不韪摄政多年,照样活得好好的。可关键是,他没母亲那么大的能耐。

在跟裴炎争执之时,李显太激动,未控制好情绪,口出狂言。这不明摆着向以裴炎为代表的朝廷旧势力挑战吗?可他亦是不动脑子,裴炎这股势力背后站着的人是谁啊?那可是把宰相、禁军全攥在手里的武曌。他肆无忌惮地挑战实力相差悬殊的母亲,结果可想而知。

再说，李显即便将韦玄贞拉入宰相班列亦是徒劳。韦玄贞根本没什么政治能量，女儿都已贵为太子妃，他还只是一个小小的九品参军，足见他在朝廷根基尚浅。所以，韦玄贞对李显扭转朝廷被动局面亦无用处。李显实在愚蠢至极，最终成为历史上五十五天的短命皇帝。一个高高在上的帝王就因一句没头没脑的蠢话，便成为庐陵王；他的儿子曾被高宗李治立为皇太孙的李重润亦被武曌废为庶人；直升宰相的韦玄贞也被流放到遥远潮湿的广西钦州。

武曌做事干净利落。李显被废的次日，她便直接让四子李旦继承皇位，成为大唐的第五位皇帝唐睿宗。这次她连立四子李旦为太子的步骤都省了，直接以普通亲王的身份将其册立为皇帝。同日，改元文明，大赦天下，册立睿王妃刘氏为皇后，六岁嫡长子李成器为皇太子。

皇帝一旦成年，皇太后垂帘听政就不合法。三子李显继位时，尚有高宗李治的遗诏可以拿来当幌子继续摄政，可四子李旦为皇帝后，她就无继续插手朝廷事务的理由。然而，李旦是个孝顺乖巧听话的儿子。他虽说是皇帝，可朝廷诸事皆听命于武曌。他安心在母亲安置的旁殿里悠闲地生活，而不去触碰流血的政治。二月十二日，武曌亲临武成殿，皇帝李旦率王公大臣向母亲重新奉上太后尊号，正式确立武后临朝称制的合法性。自此以后，洛阳宫的紫宸殿上赫然升起一道淡紫色的纱帐。这一年，她六十岁，是她独断朝纲的开端。

一个女人活到六十岁，最大的幸福莫过于含饴弄孙，在尽享天伦之乐中安度晚年。然而，对她而言，非凡人生中真正的华彩乐章刚刚奏响，由她领衔主演的空前绝后的历史大戏刚刚开锣。六十岁之前，她以男人为梯向上攀爬只为活着；六十岁之后，她以自己为梯向权而生只为活得更出彩。她的生命将绽放出不一样的璀璨。一个女人愣是在男人掌控的封建王朝中立于权力之巅，让那些认为"女子无才便是德"的男人们俯首称臣、跪拜听命。她的非凡是智慧的升华，亦是历史的馈赠。

唯一的主宰

武曌喜欢权力带给她的威严感,痴迷于享受万人崇拜的荣耀。六十岁的她依然神采奕奕、精神抖擞,一天到晚忙个不停,一点儿也不觉得累。一个女人就这样用三四十年的光阴,从男人堆里爬到了权力巅峰。无数男人尽管心里愤愤不平,可依然面若桃花般笑迎她临朝的每一天。

李旦乐于清闲,对皇权毫无非分之想,反而躲得远远的。他只想做一个洒脱富足、无忧无虑的亲王。他一直庆幸自己是排行最小的儿子,不管是当太子还是当皇帝,肯定轮不到他。可是,他错了。无情的现实一举击碎了他纯真的梦想,也打破了他恬静的生活。

人生就像是一场可笑而荒诞的梦。这恐怕是李旦一夜之间从亲王成为帝王最深刻的生命体验。在这个变幻莫测、危机四伏的春天,他的人生犹如坐过山车,忽高忽低,忽上忽下,完全失去了自己的控制。他被母亲直接推上掌握大唐帝国最高权力的位置,还没等他缓过神来,又被母亲无情地打入了冷宫。以他肤浅的人生阅历实在看不透这大起大落的命运背后暗藏的玄机。

李旦对政治毫无兴趣,压根儿不喜欢当皇帝。从小到大,他最喜欢的事情就是静静地坐在书房里读书、写字、思考。他对权力也没野心,不愿陷入权力欲望、阴谋权术所编织的政治樊笼中。他更不愿像大哥李弘和二哥李贤那样为皇权而压抑心灵、斫丧天性,到头来落得个身死或流放的可悲下场。皇帝不好当,他就不愿当。但是,母亲需要一个傀儡和垫脚石,为了自己和家人的安危,他不得不硬着头皮顶了上去。

然而,就在他当皇帝的前一天,洛阳城里发生了一件令人不寒而栗的事件:几十个禁军士兵一夜之间全部脑袋落地。这些曾经护卫皇宫的士兵在前一天还因参与废黜中宗李显的行动,而获得了一些赏钱。手里有了闲钱,他们便相约结伴去洛阳城里一家妓院里饮酒作乐,好好释放一下白日拿下皇帝的紧张情绪。喝着喝着就有点儿喝大了,舌头直了,说话也就口无遮拦了。

其中一个喝得脸红脖子粗的家伙,可能对发的赏钱不满意,旋即借着酒劲发牢骚:"这样提着脑袋干活儿,才这么几个赏钱,也不给加官晋爵。早知道这个样子,还不如拥护庐陵王呢?"一帮人深以为然,连声附和:"就是,就是!"

谁也不曾料到,正当他们酒酣耳热,聊得忘乎所以、兴奋异常之时,其中有一个人已起身离席。他并非喝得顶不住了,而是出门骑马飞奔玄武门,向他们的长官告密去了。

过了没多久,一群凶神恶煞的羽林军冲进了他们喝酒的这家妓院,那些沉醉于温柔乡的士兵悉数被羽林军扔进了禁军监狱。当天夜里,带头发牢骚的那个士兵可能酒还没醒就被砍了脑袋。其他的都以知情不报治罪,也被一一送上绞刑台,无端丢了性命。唯独那个告密者得了好处，提升为五品官吏。这件事情的劲爆点，不在于杀了多少个士兵，而在于告密者得到的赏赐太重。这个出卖同僚而当官的告密者，因一次轻巧的告密换来别人奋斗几十年都不一定能得到的一袭五品官服，使人羡慕不已。

"榜样"的力量是无穷的。人们从这次告密事件中找到了升官发财的一条捷径。如此一来，哪里能有朋友？全是投机取巧的敌人。越来越多的人开始以出卖朋友为荣，以知情不报为耻，以拥护朝廷为荣，以诋毁时政为耻。所以，大唐告密之风盛行。以至于在武曌登顶之后，告密之风像空气一样弥漫在大周帝国的每个角落，甚至渗透到了人们的呼吸和血液之中。

在李显被废的这一年的二月初九，武曌突然间想起了远在巴州的二儿子李贤。于是，她派遣左金吾卫将军丘神勣去看望。二月末，丘神勣不远千里跋山涉水，终于到了巴州。李贤在看到母亲派来的使者丘将军的那一刻，意识到自己的生命已走到了尽头。丘神勣嘴角虽是挂着微笑，但眼里布满杀机。丘神勣一上来直言不讳地说："太后派臣来看望您，身为母亲的她十分想念您这个儿子。"

还未等丘神勣把话说完，李贤就突然发出几声刺耳的笑声，然后从牙缝里挤出两个字："母亲？"这个称呼原本有多温暖，对李贤而言就有多么残酷。他搞不清楚谁给了他生命，谁是他真正的母亲。可他知道，这个人是那个所谓的母亲派来拿走自己生命的。他懒得听那丘神勣叨叨个没完没了，转身走进屋内，把一条白绢抛上了房梁，毫不犹豫地结束了自己二十九岁年轻的生命。

丘神勣干完这趟差事回来，不但没得到奖励，还被武曌以误传太后懿旨错杀李贤为罪，贬到偏远的大西北叠州任刺史。不过，去那儿没待多久，就官复原职，回到洛阳继续做左金吾卫将军。这一切不过是武曌掩人耳目而已。

身为母亲的武曌把李贤的身后事办得相当体面。她先是追封儿子李贤为雍王，然后又率文武百官在洛阳宫的显福门前，为儿子默哀。她这么做，是为了彰显自己的爱子之情，同时也向天下昭告了李贤已死的事实。她做事情从来都是这么的决绝，就是要那些打着李贤旗号乱搞事情不听话的人死了这条心。收拾好了二儿子李贤，她又腾出手来安顿好三儿子李显。这一年的四月末，庐陵王李显又被流放到更远的房州。更为可怜的是，李显在去房州的路上，又再次被押往均州。在那儿，他被软禁在当年魏王李泰住过的那所旧宅院里。

武曌在高宗去世后短短数月内，排除了所有障碍，将大唐帝国的最高权柄紧紧地攥在手中。大局稳住了，她才心无旁骛地处理高宗的后事。她命睿宗李旦护送高宗灵柩返回长安。在公元684年的八月，高宗被安葬在乾陵。随着高宗入土为安，她摆脱了附属的身份，不再是别人的妻子和配角，而将彻底成为自己命运的主人、生命的主角。自此以后，她不再是帝国的天后，而是大唐的唯一主宰。她从四十六年前入宫，历经磨难和艰辛曲折，终是伫立于仅容一人立足的权力之巅。四十余载恍若一梦，她将在余生里笑傲天下、无人能敌。

就在安葬完李治的次月，武曌宣布改元光宅，大赦天下。接着她掀起了一波改名狂潮，将东都洛阳改称神都，将洛阳宫改名为太初宫，还将所有城墙殿宇上插的旗帜旌幡全部改成了鲜艳夺目的金黄色。这还没完，她又将中央各级政府机构和官职名称全部更换一新，似乎要建立一个灿烂辉煌的新世界。

沿袭数年的尚书省、中书省、门下省这三个国家最高权力机构都有了新称谓，分别为文昌台、凤阁、鸾台，比起"三省"显得更文气了。相应的官衔也随之改变，左仆射改称文昌左相，右仆射改称文昌右相，中书令改称内史，侍中依其职责改为纳言。吏部称天官、户部称地官、礼部称春官、兵部称夏官、刑部称秋官、工部称冬官。此外，御史台改为左肃政台，增设了右肃政台，二者分工明确，左肃政台监察中央，右肃政台监察地方，从而加强了对全国各州的掌控。其他的中央机构如"省、寺、监、率"等也全部易名。这么做摆明了就是要制造一种开天辟地、女主当政的气氛。

这波翻天覆地的造势，使得大唐臣民陷入一片眼花缭乱之中，不知道为什么这个女人如此热衷于玩文字游戏？然而，武曌在未来的日子里，依旧在世人诧异的目光里继续着改文字、改名字、改年号。武曌攀上了人生的巅峰，可名不正言不顺。她的一生纠缠在那些儒教思想的名头中难以自拔。或许，改名换姓是一种自我救赎。这个女人的精彩生命，就是由这些字符构成的。她以一己之力向那个时代对女人的偏见宣战。那些带着她个人深深烙印的文字、官称、年号，既华丽又典雅，既意味深长又引人入胜。它们摇曳多姿、凝然厚重，犹如她生命华章中风情万种的音符、端庄肃穆的表演。

武曌这一顿折腾，犹如一次大规模的改弦易辙。未等朝野上下回过神来，她再度做出一个更令人惊诧的举动。也不知是武承嗣趁热打铁拍姑母的马屁，还是这个颇有城府的女人私下授意，身为礼部尚书的武承嗣竟然上书建议追封武氏祖先爵位并建立"武氏七庙"。"七庙"是祭祀七代祖先的宗庙。依照礼制，这是天子的特权，只有皇帝才具备建立的资格。而这个女人竟然纵容武承嗣如此上书，岂不是司马昭之心，路人皆知吗？她还有更大的野心。

曾经的政治盟友，此刻却忍无可忍。一位老臣悄然间开始与她对抗。她也没料到，原以为那个固执的刘仁轨会处处刁难，可最终不顺她意的人竟然是一直以来视作心腹的首席宰相裴炎。面对这个女人近似疯狂的举动，裴炎鼓足勇气站了出来。

在一次早朝时，他谏言说："太后母临天下，当示至公，不可私于所亲。"他是在告诫武曌，要以天下为公，可不能以一己之私给自己的祖宗追尊封号。他又接着举例说明这样做的危害："独不见吕氏之败乎？"难道太后忘记了吕后是怎么死的吗？吕后就是因外戚专权导致灭族的，太后要引以为戒啊！这话说得够狠够直白。

武曌虽极为不快，却仍面若春风，轻声细语地说："吕后把权力交给那些活着的外戚，所以招致败亡，而如今我只是追封先祖。死人和活人怎么能相提并论？这没什么值得大惊小怪的吧。"

武曌把话说到这份儿上，已给足裴炎面子，让他见好就收。可这个倔强的裴炎仍没完没了地据理力争："蔓草难图，渐不可长，殷鉴未远,当绝其源。"裴炎不敢直视那高高在上的武曌,可仍寸步不让,劝武曌凡事要防微杜渐。

武曌的脸色越来越难看凝重。这个曾经的心腹当上宰相以来,第一次在公众场合与她唱反调,言辞竟然还如此激烈,咄咄逼人。立于大殿之上的满朝文武噤若寒蝉,亦无一人胆敢再站出来。早朝不欢而散。裴炎迈着沉重的步子走出紫宸殿,望着天空中变幻不定的浮云,心头掠过阵阵悲凉。他痛恨自己以前帮太后太多,不承想这个女人竟然有如此之大的野心。他很清楚,只要是她想做的事,普天之下已经没有人可以阻拦。

但是,此时此刻,他不能再做缩头乌龟,即便是飞蛾扑火也得上。他这种大义凛然的样子,也可视为儒家知识分子的气节和风骨。然而,他的这种觉醒似乎来得太晚了些。此时,武曌已成大器,他却不愿俯首称臣,这无疑是想早早地去向高宗谢罪。

是啊,高宗那么器重他,临终前钦定他为李显的唯一一个顾命大臣。可他在先帝驾崩后都做了些什么?不是尽心尽力地辅佐新皇帝治国,而是跟新皇帝的母亲一举将要辅佐的人给废了。如果时光可以倒流,他在处理和中宗李显、太后武曌的关系时,肯定要多思索一些。当初他因李显太不成器,不愿大好河山败在李显手里,才配合武曌的。按照他的想法,可能多数人亦是如此这般的想法,将皇帝换作睿宗李旦,依然敬重太后武曌,好好干就行。可是这个女人不按套路出牌,把四子李旦晾在一边,自己单干了。此刻,裴炎才意识到这个女人有窃取皇权的野心。他身为大唐一人之下、万人之上的首席宰相，岂能眼睁睁地瞅着李家皇权落入他人之手？

在外人眼里，裴炎在早朝上的行为完全是螳臂当车的愚蠢之举。可是，裴炎无奈，明知不可为也得为之。这是职责所在，也唯有如此才算不负皇命。之前，他与武曌通力合作完成的一系列大动作，并没有触碰到他的底线。在合乎道统和法统的范围内，他与武曌实现了政治上的互利双赢。武曌如今在背离传统的道路上越走越远，甚至已经暴露出篡夺皇权、颠覆李唐的野心，这就彻底击碎穿透了裴炎的底线。

自此以后，曾经的盟友反目成仇。裴炎不可能无动于衷，而是冒死谏阻，以一己之力阻止武曌登顶的步伐。纵然为此付出了生命，他也无怨无悔。他不愿助纣为虐、成为武曌篡唐的帮凶。武曌没再与裴炎撕破脸争执下去，而是迂回了一下。她放弃了在老家文水修建"七庙"的打算，做出让步，只追封五代先祖，修建了五代祠堂。然而，她却给裴炎记了一笔。

裴炎有"异图"

面对野心勃勃的武曌，朝中两位老臣裴炎和刘仁轨不约而同地想到历史上同一个女人——吕后。在朝会上，裴炎不顾一切地拿吕后羞辱武曌。殊不知，刘仁轨早在给武曌的书信中劝她以吕后为鉴。然而，刘仁轨虽然第一个提出"吕后"的问题，可远远没裴炎那么倒霉。武曌很尊重老臣，在刚刚废完中宗李显之后，她就给留守在长安的刘仁轨写了封信，通报朝廷的变化，又叮嘱老臣安心镇守好关中地区。

这如日中天的太后的来信，刘仁轨自然不敢懈怠，立即回信。他说自己已八十多岁，人老不中用了，申请辞职。说完自己，他还不忘尽一下大唐老臣的最后一份忠心，婉言劝谏武曌别走吕后的老路。武曌的答复中引用了他的话，说得不比裴炎轻。他如是说："吕后见嗤于后代，禄、产贻祸于汉朝。"吕后专权不但坏了身后的名声，吕氏家族也遭到屠灭。她的两个侄子吕禄、吕产都被闹市问斩。这意思说得足够直白，太后专权最终还是亏本的买卖。

权欲熏心的武曌，早已将老臣用心良苦的劝谏抛之脑后。她该专权依然专权，沉浸在权力带来的快意之中执迷不悟，哪里能想到遥远的身后之事？不过，刘仁轨倒是给她提了个醒，太后掌权不是很牢靠，外戚易被皇族反攻。一向高调的武曌这次一反常态，放低姿态给刘仁轨认真回了信，自然未能应允刘仁轨辞官。她在信中那叫一个谦虚，说什么"远劳劝诫……引喻良深，愧慰交集"，"公忠贞之操，终始不渝；劲直之风，古今罕比。初闻此语，能不罔然；静而思之，是为龟镜"。这姿态哪里是谦虚？简直就是谦卑。

武曌向来就不是一个谦卑的人，突然对他的态度如此谦逊，不知是祸还是福？刘仁轨也懒得理睬，该来的总会来，无尽的担忧只是徒增烦恼而已。可令人意想不到的是，他竟然被提职，依然在宰相之位上为大唐尽忠效力。他拿吕后劝谏未能遭殃，很大的一个可能就是他离权力斗争的旋涡比较远。武曌废了中宗后，将主要精力放在了安抚稳定朝廷政局上，根本无暇顾及远在长安的刘仁轨。刘仁轨只要不捣乱，她定然不会动他。

武曌是一个有仇必报的主，突然对刘仁轨如此大度，显然是不合乎常理的。在给刘仁轨的答复中，她专挑刘仁轨说得很重的刺耳的话来复述。这既可理解为颇有感触、深以为然，也可理解为对刘仁轨的不悦和威胁。

那么，武曌的真实想法是什么呢？历史已经给出了答案。她不但做了吕后，还做了皇帝。所以，她那些"罔然""思之"之类的话纯属欲盖弥彰。要是刘仁轨多活两年，那些话算是"进谏忠言"，还是"违逆圣意"，就不太好说了。刘仁轨年轻时吃过亏，因得罪武曌的大红人李义府差点儿丢掉性命。后来，他在百济屡立战功，回朝后做了宰相，面对帝后共治的局面，对武曌的态度慢慢地发生了变化。

刘仁轨之前是刚正不阿的人，给人的印象是不畏权贵，坚持原则，颇有点儿理想主义气概。等官至宰相，实现了"富贵此翁"的目标，情况就大为改观，对有些事就不再那么较真了。比如他在尚书省任左仆射时，发生了一件很有意思的事。那时，他和戴至德主政尚书省，分别任左、右仆射，轮流值班，接受大案要案的申诉。一日，有个眼神不太好的老太太前来告状，错把戴至德当成了刘仁轨。当戴至德接过诉状正在看时，老太太发现认错人了，眼前这个人并非"懂事"的刘大人，而是"不懂事"的戴大人。于是，她嚷嚷着要回诉状不告了。戴至德无奈地笑了笑，将诉状还给了那老太太。

要知道，能找这么大的官员告状说事，还敢要回诉状，说人家戴至德"不懂事"，老太太绝非一般人。她若不是皇亲国戚，起码也是京城的高门大户。否则，普通人只怕连门都进不去，更别说挑肥拣瘦了。而这老太太之所以撤回诉状只找刘仁轨是有原因的。刘仁轨对这些人的态度是做和事佬，能不能办成，好话先说两句。戴至德恰好相反，先挑毛病，能不能办先报皇上再说。这件事情最能表明刘仁轨已成为圆滑世故的大官僚。

然而，刘仁轨与武曌的关系一直亦近亦远。武曌对李治任用宰相的态度是：你任命谁都无所谓，但是反对她的一定要除掉。刘仁轨稳稳当当身居宰相之位数十年，肯定早已与武曌化干戈为玉帛，建立起了一种默契微妙的关系。以武曌的处事风格，如果刘仁轨暗地较劲，将他们之间的关系闹得很僵，只怕早被她一脚踢到不知哪个犄角旮旯儿凉快去了。武曌亦早将他忘得一干二净，根本懒得多费笔墨，更不会有如此谦卑的姿态。刘仁轨岂能在历史舞台上继续他身为宰相的表演？

实际上，裴炎和刘仁轨代表了朝廷中多数臣子的态度：对武曌的权威逐渐认可。权威是时间积累的结果。一个人坐上某个位置，起初总是困难重重，坐上数年之后自然就顺了。自李治继位后，武曌垂帘听政二十余载，朝中大大小小官吏早已认可她能管事、会管事、管成事的能力了。日积月累、积沙成塔，她的权威和威信逐渐在朝廷中建立了起来。可是，大唐朝臣的这种认可亦是有底线的。

权力斗争是实力较量，更是智慧博弈。武曌执意立武氏宗庙，又将武承嗣任命为宰相，所有这些行动表明她已跨越了培养"武氏外戚集团"这道红线。这么做的影响是极坏的，"时诸武用事，唐宗室人人自危，众心愤惋"。是啊，李唐宗室的子子孙孙岂能坐视不理？外戚要拿权，从谁手里拿呢？当然是皇室李家。你多我就少，你强我就弱。武家的人拿得多了，李家的人必然"自危"。唐朝建国近七十载，李家亦是根深蒂固。武曌如此毫不顾及李家的感受而肆无忌惮地弄权，难道不怕出事吗？在离洛阳一千七百里外的扬州还真爆发了一场来势凶猛的叛乱，震惊朝野。

这场叛乱就是历史上赫赫有名的李敬业兵变。李敬业并非无名之辈，而是一代名将李勣的孙子。而李勣原本是大将徐世勣。他因战功显赫，皇帝赐予李姓，又因避讳唐太宗李世民的名号，去掉"世"

字，最终被叫李勣。所以，李敬业是妥妥的名门之后。原本他承袭了祖父英国公的爵位，在眉州做刺史，可不知何故，他被贬任柳州司马。这一安排使他尤为愤懑，极其不爽，落魄失意。试想，原本在富庶的四川眉州做最高行政长官，却突然被赶到偏远的广西柳州。这事搁在谁身上，也会难以接受！更何况他乃"武庙十哲"之一的千古名将李勣的孙子？于是，他纠集了一帮在朝廷失意的公子哥，一群遭贬的同病相怜的朝廷官吏、地方州县长齐聚扬州，意欲揭竿而起。

要说，这群在官场混得不好的颓废之人亦无雄才大略。不然，武曌那么爱惜人才，岂能使得明珠遗落甚至埋没？他们胸无大志，只是做官不太称心如意，完全是为了一泄私愤。然而，师出得有名，闹事得有一个冠冕堂皇的由头。于是，他们喊出"讨伐武氏，匡扶李唐"的政治口号，打着使庐陵王李显复位的旗号，意欲谋反。李敬业在这群人中官最大，干过刺史，封袭公爵，自然被推举为首领。他还费尽脑汁给自己想出了一个响亮的名号：匡复府上将兼扬州大都督。同时，以唐之奇、杜求仁为左、右长史，李宗臣、薛仲璋为左、右司马。在这支队伍里，还有一位写"鹅鹅鹅"而名扬天下的大文豪骆宾王。他因文采出众被选作记室，负责宣传造势。另外还有一个聪明灵活的魏思温被推举为军师。就这样，一个与武曌分庭抗礼的兵变集团配齐了。

按常理，这么一个由落魄失意之人组建的草台班子难成大事，翻不起多大浪花。虽然武曌在朝廷中大肆弄权，折腾地没消停，可大唐此时是太平盛世，不像隋末那种饥民遍野的乱世，岂能说反就反呢？

李敬业一时头脑发热，一拍脑门就起事。为了增强叛军的号召力和信服力，他们还千方百计找了一位相貌酷似李贤的人，以章怀太子的名号聚集天下义士。可是，武曌早已给儿子李贤举行了声势浩大的葬礼，昭告天下章怀太子已死。所以，他们玩的这种小把戏，只是掩耳盗铃、自欺欺人罢了。

起事之初，他们上演了一出智取扬州的戏码。他们在京城找了一个身为御史的同党官吏来扬州出差，这个人多少还是有些分量的。然后，又找了一个扬州当地的人向这位朝廷派来的御史状告当地官员贪污腐败。于是，扬州的最高官员被就地关押审查。那位御史轻而易举地控制住了局面。数日后，李敬业拿着假诏书，冒充朝廷新任命的扬州都督就来上任了。那时消息闭塞，亦无法核实。就这样，不费一兵一卒，扬州就落入叛兵之手。李敬业复称"嗣圣"，将武曌改的年号"文明""光宅"取而代之。他以此来抗议，不承认武曌政权，甚至连傀儡皇帝李旦亦不承认，而是执意恢复李显的帝位。他占据江东之地，数日内聚集十几万人马。这反对武曌的势力还真不可小觑。

军马未动，舆论先行。骆宾王精心炮制了一篇《代李敬业传檄天下文》。很快，檄文传遍了四方州县。这篇檄文气势磅礴、汪洋恣肆，文采绚烂、词锋犀利，与王勃的《滕王阁序》并誉为"唐赋双璧"，堪称千古绝唱。很幸运，这篇文章被改名为《为徐敬业讨武曌檄》收进《古文观止》，流传至今。先不说别人读了是何感受，单就是被讨伐对象武曌读了也深被骆宾王出众的才华所折服。尽管骆宾王极尽尖酸刻薄之词将她骂得狗血喷头、体无完肤，可她在读到"一抔之土未干，六尺之孤何托！"时，不仅不愤怒反而动容，忙问身边的人："这是谁写的？"有人说是骆宾王。她长叹一声："这是宰相的过错啊！这么有才的人怎么能流落到民间呢？为朝廷所用多好啊！"这个女人还真是惜才之人。

李敬业打着"讨伐武氏、匡扶李唐"的旗号揭竿而起，身为武姓后起之秀的武承嗣和武三思心急如焚、坐卧难安。"这还了得？这不是要武家人的老命吗？"他们还真是操心的命，不怕那位千里之外的李司马，而是怕根深蒂固的宗室亲王韩王李元嘉和鲁王李灵夔与李司马里应外合，一起讨伐他们的姑母武曌。于是，他俩不厌其烦地天天上书，要将高祖李渊的第十一个儿子和第十九个儿子置于死地，以绝后患。然而，这种问罪皇室后人的事情需要悄然进行。此时此刻，分清敌友显得尤为重要。于是，为探宰相们的口风，武曌反其道而行之。在一日早朝上，她将此事抛了出来，看看这几位宰相的屁股究竟坐在哪一边，会有怎样的反应。中书侍郎刘祎之和黄门侍郎韦思谦，一言不发，沉默不语。反而是年龄最大、资历最老的裴炎一听便急眼了，脸红脖子粗地高声嚷嚷着坚决反对。武曌静静地望着裴炎那张因激愤而涨红的面孔，不禁冷笑一声，眼中隐隐掠过一道杀机。

这裴炎心里苦闷至极啊！作为顾命大臣，已经严重渎职。他不能一错再错，眼睁睁地瞅着李唐江山落入武家之手。所以，他以命相搏，无所顾忌。然而，武曌已看破老臣裴炎的心思，为防患于未然，早已暗地里开始动作，先从裴炎的心腹、禁军首领程务挺下手。不然，不将程务挺挪走，武曌相当于在身边埋了颗定时炸弹。因此，她以西突厥叛乱为由，将程务挺派去边疆御敌戍边了。此时，武曌有足够理由拿下这位一手遮天的权臣了。

在扬州叛军阵营中，竟然有一位小头目薛仲璋是裴炎的亲外甥。这层关系太劲爆了，朝野上下议论纷纷。更有甚者，说他是图谋不轨的舅舅暗自派去的。那么，人们有理由怀疑裴炎极有可能是这场兵变背后的真正主谋。再就是，自扬州兵变发生以来，他只字不提讨伐大计，整天优哉游哉的，跟个没事人似的，对平叛之事漠不关心。这态度、这做派不禁使人浮想联翩，裴宰相究竟有何居心？或许，裴炎在隔岸观火，却不急于出手，先看看风向再说。然而，这种种迹象将裴炎推向了与朝廷对立的另一端。无独有偶，这时洛阳坊间又疯传着一首神秘的歌谣："一片火，两片炎，绯衣小儿当殿坐。"这首歌谣直指裴炎有窃取皇权的野心。俗话说，无风不起浪。裴炎若是未曾动过这种邪念，如此耸人听闻的歌谣岂能在洛阳疯狂传唱？

尽管杀机重重，裴炎依然在大殿上慷慨激昂地反驳，大义凛然地极力维护李唐宗室的最后的颜面。武曌心中杀机已炽，可脸色依然平静如水。她淡然地说："行啦，先不议那两个亲王的事情了。当务之急，还是议一议讨伐扬州叛乱的急迫事情吧。你官居大唐中书令,先来说说有何良策吧。"她静待裴炎作答。

裴炎似乎不曾察觉武曌眼里藏着的杀机,猛然向前走了几步,扑通一声,跪伏在地,用一种凄怆而决绝的声调高声说:"皇帝年长,不亲政事,故竖子得以为辞。若太后返政,则不讨自平矣!"这话直戳武曌的心窝。皇帝李旦是二十大几的小伙子了,不干皇上该干的活,那帮叛贼才聚集起来发动兵变的。你若放弃摄政歇着,将皇权归还睿宗李旦,那叛乱自然就平息了。他的应对之法,就是要让武曌还政于睿宗。

此言一出,整个大殿内的朝臣一瞬间脸色全变,有的惶恐不安,有的幸灾乐祸,有的惊恐错愕,有的瞠目结舌。总之,各怀鬼胎。武曌这么能控制情绪的女人此时竟然也难以抑制内心翻滚的怒火,腾得一下从御榻上跳了起来,刚刚还一脸气定神闲,却因气愤而变得异常狰狞。她犹如一只毛发竖立的母老虎,恨不得将趴在地上的裴炎一口吞噬。这一刻,山雨欲来风满楼。整个紫宸殿的空气似乎停止了流动,人人喘息沉重、毛发皆竖,气氛到了剑拔弩张的地步。突然,有一位勇敢的年轻人打破了这种僵局。他挺身而出,朗声道:"裴炎是托孤重臣,手握朝廷大权,若无异图,何故请太后归政?"

这人便是监察御史崔詧。他突然冒出来的这句话犹如一把尖锐的匕首,直接刺进了裴炎的心腹。众人皆知,李旦毫无政治追求,还政于李旦实则是将整个朝廷交在了裴炎的手上。所以,在崔詧眼里,裴炎利用叛乱要挟武后还政,日后架空天子,意欲独揽大唐政权。这便是他所指的裴炎的"异图"。

同相不同命

对于裴炎这么一个沉浮宦海多年的老臣而言,他到底有无独揽大权的"异图"?要说丝毫没有,自然违背常理。裴炎毕竟是一个从政者,尽管他身上依然还有传统士大夫的气节和儒家知识分子的风骨,但是一个从政者做事情的出发点不可能仅仅是气节和风骨,而多数是出于政治利益的考虑。他之所以能身居首席宰相,不就是与武曌的政治利益交换的结果吗?他的发迹就是一连串的政治交易。所以,裴炎被年轻人说有异图,也就不足为怪了。

然而此时,裴炎的"两片火"是否意欲烧掉武曌的野心已不再重要了。在当着朝廷百官要挟武曌还政睿宗的那一刻,他已经将自己多年与武曌形成的默契和联盟彻底粉碎了,彻底暴露了他借助叛乱进行逼宫的意图。武曌岂能容你如此这般放肆?所以,裴炎早已将脖子伸进了死亡的绳套,崔詧做的只是将绳子勒紧了而已。随即,武曌下旨以谋逆之罪将一代权相裴炎逮捕。几名威风凛凛的御前侍卫立刻如狼似虎地朝裴炎扑了过去。就这样,权倾朝野的宰相锒铛入狱,沦为阶下囚。

然而,朝廷中力挺裴炎的官吏仍然不在少数。因此,在处置裴炎的问题上,武曌甚是谨慎,意欲借机将裴炎在朝廷中编织的党羽一网打尽。动手之前，担心局势全盘崩溃，她依然跟远在长安已八十三岁的老臣刘仁轨知会了一声。

于是，她派了一个叫姜嗣宗的特使赴长安向刘仁轨传达她的旨意。要说刘仁轨远比裴炎聪明，就在于他懂得以卵击石毫无意义，与其白白丢了性命，还不如苟延残喘地活着。所以，这个特使一到长安，他便热情地接待，相聊甚欢。要知道，在这之前，他与裴炎亦是一个立场。眼下，李敬业在扬州造反，裴炎在洛阳被下狱，武曌突然派这么一个特使来，愚蠢至极的笨蛋也知其来意。绝顶聪明的刘仁轨岂能看不透？武曌终究对他放心不下。

可眼下，摆在刘仁轨面前的路无非两条：要么像程务挺那样替裴炎说情，要么像李敬业的爷爷李勣当初那样表态坚决支持武曌。但刘仁轨与李勣又有差异。李勣一直支持皇上，从未改变。而他起初是反对的，现在突然要转变，那就得有投名状。正在犯愁之际，姜特使主动投料。

刘仁轨向姜嗣宗打听洛阳的情况。姜嗣宗鬼使神差地冒出来一句："刘宰相，不瞒您说，晚辈早就察觉裴炎心怀异志了，如今看来，果不其然。"不知姜特使说这话有何用意，出于什么心理，或许是为了套近乎，想从刘仁轨嘴里套出点儿更猛的料，故意来了个抛砖引玉；或许是平日里就有爱吹牛的毛病，加上刘仁轨向来老好人的形象使他放松警惕，纯粹过过嘴瘾而已。岂不知祸从口出。

刘仁轨眯着昏花老眼打量着这个太后的心腹，突然有一阵生理不适，直犯恶心。在他看来，裴炎助纣为虐，这些年朝廷大的动作亦是他在背后搞鬼，如今机关算尽，反被太后治罪，可谓死有余辜。然而，眼前这个落井下石、幸灾乐祸的特使亦不是什么好鸟，一副龌龊小人的嘴脸，只是太后膝下的走狗而已。既然撞在他手上，那就别怪他心狠手辣了。心念电转之间，他便有了主意。

于是，他一脸疑惑地望着姜嗣宗，虚心地问："特使大人，您早就看出来不正常了吗？"

姜嗣宗得意扬扬地点了点头，说："那是当然啦！"话聊到这个份儿上，刘仁轨的"投名状"就有着落了。

刘仁轨突然话题一转，淡淡笑着说："老臣这儿有份密报，还劳烦特使大人带回去亲自呈报太后啊！"

这个愚蠢的姜嗣宗大祸临头却浑然不知，便满口答应了。他并不知道，这封密报便是他的"死亡通知书"。姜嗣宗返回东都洛阳，便兴冲冲地去向太后复命，旋即将那份密报呈了上去。武曌拆开一看，上面短短八个字：嗣宗知裴炎反，不言。

武曌立即明白刘仁轨的用意，下令将姜嗣宗砍断手足，绑赴都亭绞首示众。这份密报虽然只有八个字，可是内容却异常丰富。刘仁轨表达了三层意思：第一是姜嗣宗有裴炎谋反的证据；第二是姜嗣宗明知裴炎谋反还不报告；第三是老臣现在向您报告这件事，就是与这群反贼划清界限，坚决拥护太后。政治往往是冷酷的。曹操借杨修的头颅稳定军心，刘宰相便拿姜嗣宗的头做了"投名状"。显然，武曌公开接受了。姜嗣宗的死预示了告密政治即将到来。堂堂宰相亦是靠告密才活命，足见这种风气已深入大唐朝廷的骨髓了。

武曌见刘仁轨亦算识相,尚未替裴炎求情,总算稳住了长安。那么,她就无所顾忌地腾出手来收拾裴炎及其党羽了。她亲自选定左肃政大夫骞味道和侍御史鱼承晔成立专案组。她的目的显而易见,将裴炎的谋反罪名坐实,不择手段地置其于死地。这就是武曌,顺我者昌、逆我者亡,一个对敌人如秋风扫落叶般残酷的女人。裴炎还真是块硬骨头。在审讯中,他软硬不吃,语气坚定,从未妥协。不少旧故好言相劝,劝他向太后俯首称臣,低头认错,或者态度谦逊一点儿,好歹能留条命。可他这个倔强的老头却说:"宰相一旦下狱,岂有活命的可能?"实际上,裴炎已对死亡无所畏惧了。从发现那个女人有改朝换代的决心和野心后,他就明白自己只有一条路可走:与曾经有许多默契的政治交易的女人决裂,然后坦然赴死。

无论心里还藏着多少不可告人的个人政治目的和利益诉求,裴炎在生命的最后时刻,在涉及君臣纲常、社稷安危的根本性问题上,还是异常清醒的。一个自幼在大唐弘文馆读圣贤书的儒学知识分子,宁可成为殉葬品,也不愿成为颠覆李唐的帮凶。他绝不可能给后世留下一个乱臣贼子的恶名。所以,与其在武曌石榴裙下做一个摇尾乞怜的哈巴狗,倒不如引颈一死来得更痛快些。这样起码保住了一个李唐忠臣的名节,死了也好有脸面觐见高宗李治。

裴炎选择了名节,亦是选择了死亡。身陷牢笼的他从未抱有活命的幻想。只不过,能如此坚定地选择死,除了名节,他还有更多悔恨。是啊,如果没有他的竭力相助,武曌哪能成为天下的主宰?在武曌问鼎的路上,他曾是竭尽所能为其助力的;若无他的尽力相助,武曌岂能轻而易举地摆平那几个儿子?又岂能获得临朝称制、君临天下的合法性?所以,死亡对此刻的他来说,不是一种惩罚和灾难,而是一种救赎和解脱。

裴炎心死了,可他的旧故挚友依然不死心。他们为裴炎活命,不畏获罪四处活动。而给武曌上书、为裴炎求情最活跃的是侍中刘景先和中书侍郎胡元范。这两人曾与裴炎同朝为官数年,交往甚密,感情深厚。然而,他们竭力为裴炎鸣冤叫屈,亦是感到了唇亡齿寒的危险。他们在朝堂上公然顶撞武曌,说:"裴炎是开国元勋,是大唐的有功之臣,全天下的人都知道。我们敢保证,他肯定不会谋反。"

如今朝廷之外有扬州叛乱,朝廷之上有首席宰相谋反,而朝廷正是用人之际。武曌亦不想将事情做得无法收拾,强忍着心头翻滚的怒火,冷冷地说:"你俩有些事情不知道罢了,裴炎有种种谋反的迹象。"

物以类聚,人以群分。他们跟裴炎一个样,倔强且耿直。他们根本不买武曌的账,异口同声坚定地说:"如果裴炎谋反,那我们无疑也是反贼了。"他们倒也不糊涂,这么拼命地力保裴炎,不就是在竭力自保吗?他们清楚地看到,裴炎沦为阶下囚甚至死于非命亦是他们即将面临的悲惨下场。

武曌望了一眼他们,仍然以息事宁人的口吻说:"我知道裴炎谋反,也知道你们不是反贼。"话说到这份儿上,明摆着武曌没有将他们治罪的想法。若是他俩识相点儿,乖乖听话,立即像刘仁轨似的转变态度,与裴炎划清界限,尽心尽责,尚且能够逃过一劫。可令武曌意外的是,她的容忍和克制并未获得宰相和大臣们的理解,她的暗示和警告被他们当成耳旁风。在他们的鼓动下,文武百官个个替裴炎求情。那奏章如雪花般纷纷飞到了她的面前。她愤怒了,绝不允许一帮臣子胁迫她。

很快,带头挑事的刘景先和胡元范被逮捕下狱,跟裴炎做伴。那群看风使舵的墙头草般的朝廷官吏眼见武曌下手如此之狠,为了自保,纷纷夹着尾巴做人,再不敢替裴炎求情。

光宅元年(684年)十月十八日,裴炎以谋反罪被押往洛阳城郊的都亭驿斩首了。他的家产被抄没,亲属全部流放岭南。令人惊奇的是,一帮士兵气势汹汹地冲进裴炎的宅院,里里外外翻了个底朝天,竟然只搜到一石粮食。这位权倾朝野的宰相竟然一贫如洗,如此清廉。若是要评大唐最清贫宰相,那么裴炎绝对名列榜首。人们听说后,无不感叹。

临刑前,裴炎瞅着来跟他见最后一面的兄弟们,满脸凄惶地说:"真是惭愧啊!你们都是靠自己奋斗才当官的,我没有尽一点点力。如今却受我牵连流放边远之地,实在令人悲伤。"要说,裴炎真是铁面无私,在身居高位时未曾使亲朋好友沾什么光,而如今却受他牵连惨遭流放之苦。这日,浓云低垂,瑟瑟秋风呜呜咽咽地吹着,砍头行刑的法场四周参天大树的叶子在空中飘飞乱舞,辗转无依,犹如一个人在这世界上的命运。曾经精神抖擞的裴炎形容枯槁,拖着沉重的枷锁脚镣,一步一步走向了行刑台。面对死亡,他内心异常宁静。因为他终是走向了解脱。刀光闪过,一代权相人头落地。曾经的辉煌随风而逝,一世功过任由后人评说。

但凡替裴炎求过情的官吏,无一幸免,不是遭贬流放,就是降职问斩。那叫得最欢的侍中刘景先被贬为普州刺史,屁股还没坐热,又被踢到更偏远更潮湿的吉州,干员外长史。他顷刻间从金字塔的顶端跌到了谷底,从大权在握变成了偏僻地方的闲差调研员。这断崖式的降职来得太猛烈了吧!再就是中书侍郎胡元范,被流放到琼州,他一时难以适应,终是怨愤不平,客死他乡。

在这场政治风暴中,被非常规提拔的年轻宰相郭待举亦是立场摇摆不定,跟着起哄,也就稀里糊涂地丢了宰相之位,被贬为太子左庶子。

武曌这个做事不留后患的女人,清洗完文臣,亦不能放过那些与裴炎交情颇深的武将。而首当其冲的是骁勇善战的程务挺。自从裴行俭逝世后,程务挺便成了大唐帝国军界最耀眼的一颗新星。短短的两三年,他从一名普通将领迅速升迁为单于道安抚大使兼左武卫大将军,手握重兵,在抗击东突厥的叛乱中英勇杀敌,立下了汗马功劳。戎马一生的程将军是一个知恩图报的讲义气的壮士。他能有如此非凡的成就,不光靠自己能打胜仗,还有裴炎的保荐和美言。所以,程务挺一直将裴炎视为恩师。于是,当他得知裴炎被下狱,便写了一道密奏为其求情。

武曌是多么敏感的女人啊!这道密奏立刻引起她的警觉。裴炎和程务挺,这两个人若是一拍即合,那可就毁了。一个在朝廷呼风唤雨，一个在军界一呼百应，身份地位太特殊太敏感了。他们若是联手结盟，那无疑是统治者的噩梦。武曌固然不能漠然待之。再说，还有密报李敬业叛军中的两个核心人物唐之奇和杜求仁亦是程务挺的故交。若将凡此种种勾连起来，程务挺倒戈，与李敬业南北呼应，而后与裴炎党羽里应外合，后果将不堪设想。武曌思之极恐，寝食难安，只怕程务挺命不久矣。

果然，裴炎被问斩不久之后，武曌派左鹰扬卫将军裴绍业带着她的敕令悄然来到程务挺的军中，在程务挺毫无防备的情况下，一刀将其砍杀。同时，程务挺的妻儿遭到流放，家产全部充公。

这下，突厥人欢呼雀跃。裴行俭和薛仁贵相继病逝之后，程务挺替代二位老将成了突厥人的噩梦，逢战必胜，打得突厥人闻风丧胆。不承想，如此厉害的战将却被他所效命的主子因猜疑而斩杀了。突厥人设宴庆贺，更为怪诞诡奇的是，他们竟然给将他们打得抱头鼠窜的敌手程务挺立了一座祠堂，用以供奉祭祀。突厥作为草原民族历来有浓厚的英雄崇拜情结。他们一旦将那个人推崇为英雄，才不管其来自哪个阵营，是敌是友呢。他们真的做到了英雄不问出处。

与此同时，裴行俭培养的另一位守疆戍边的将领王方翼也跟着吃了瓜落儿。原本在夏州做都督做得好端端的，祸从天降，清洗程务挺军中余党清到了他头上。上次他独立平定西突厥叛乱立下汗马功劳没捞到什么好处，这次却因与程务挺私下交往甚密而获罪。无可奈何，谁让他姓王且与武曌的死对头王皇后是同族呢？武曌绝对不会留下哪怕一丁点儿的隐患，只是借机将他除掉而已。他先是被丢进大牢，旋即被流放到孤岛崖州。他终日郁闷寡欢，没挨多少日子便抑郁而亡。

两员猛将无疑成了朝廷政治斗争的牺牲品。裴炎之死掀起了一场大唐朝廷的政治风暴。武曌这个女人毫不心慈手软，雷厉风行，将裴炎党羽连根拔起，一个也不留地斩杀得干干净净。

比起刘仁轨的世故，裴炎的固执牺牲也太大了。显然，刘仁轨活得更明白更圆滑，而不像裴炎活得那么顽固执拗。同朝为相，同样拿歹毒的"吕后"羞辱了武曌，可两人的人生际遇却截然相反。一个享尽宰相荣耀，寿终正寝；一个却落得身首异处、闹市问斩的可悲下场。真可谓同相不同命。

李敬业兵变

公元684年的大唐政治风暴一波比一波凶猛。然而，处在风暴旋涡中心的那个女人却不慌不忙、镇定自若。她有条不紊地一个问题一个问题地处理。在清除裴炎这股势力的同时，从来没有放松对扬州闹事的李敬业的打击和防范。她凭一己之力正在挑战男人统治的封建王朝，以她过人的智慧和谋略慢慢地走向权力的巅峰。她运筹帷幄、决胜千里之外的本领和智谋不知甩了李敬业几条街。

不过，李敬业这群叛贼起初占尽上风，开端连连得胜，但离摧毁武曌政权尚且远矣。翻开尘封已久的历史，太平时节，天下一统，地方造反夺取政权的概率基本为零。那个年代，专制王朝的权力斗争首先得有一位具备做皇帝资格的人才行，一般是某位皇子。若是毫无皇族血统，再厉害的人也不具备这样的资格。在这一点上，李敬业存在天然缺陷。他虽然用一个假李贤掩人耳目，其实只是自欺欺人而已。

此外，他们还面临一个作战方针的问题：打哪儿？怎么打？在如此关键的问题上，他们的阵营竟然无端地产生了分歧。灵活敏锐的军师魏思温说："咱们打着匡扶李唐的旗号，就得率领众兵一举北上，直捣武曌的洛阳老巢。只有这么干，才能让全天下人知道咱们是为李显夺回属于他的皇位而战斗的，是正义之师。声势足够大，四面八方就会响应。这是抢占先机，取势为先。"

可裴炎的外甥左司马薛仲璋却不敢苟同，极力反驳说："我们现在只有扬州这么大点儿地盘，实力完全不能与朝廷相比，贸然去打洛阳，无疑是以卵击石，胜算为零。我们应该先站稳脚跟。金陵有帝王之气，而且有长江这个天然的屏障，易守难攻。咱们为图霸业，就得打牢基础，应该先攻常州、润州，再取金陵，慢慢发展，最后再与朝廷军对抗。这是从长计议、取地为先。将来北上即使兵败，也可退回自保。这才是进可攻退可守的良策。"

面对一个统一的强大王朝，他们既无各地军阀混战可以浑水摸鱼的机会，也无占据一地慢慢发展的可能。所以，薛仲璋的良策显然脱离实际。

要说，魏思温这个军师还真是具有踔绝之能。他看透了这一点，他们唯一可以依靠的就是人心。若是无人呼应支持，唱独角戏那将必败无疑。于是，他苦口婆心地劝李敬业："山东那边的英雄豪杰早就对武曌的专制愤愤不平，听说您起兵讨伐，自蒸麦饭作粮，扛起锄头当兵器，就等您过来一起北上呢。咱们就得依靠这种势头一举北上建功立业，而不是做缩头乌龟，南下建立自己的巢穴。如果光想着自己占地为王的话，只会凉了天下仁人志士的心。"

再说，武曌将睿宗李旦架空，自己操控朝政，既背离道义又违背那时的正统观念，造成众多饱读儒家经书的仁人志士的强烈不满。只因这个女人阴毒狠辣、铁腕弄权，使得朝廷上下的官吏敢怒不敢言，心里怨愤的怒火无处宣泄。突然冒出来一个明目张胆讨伐武曌的李敬业，众多官吏嘴上不说，心里却痛快极了。这就是可载舟亦可覆舟的人心。可是，李敬业一旦拒绝北上、调头南下，那无疑暴露了他仅仅只想割地称王的野心和意图，必然使得天下人心寒，失望至极。况且，在大唐高度统一集权的庞大帝国面前，什么"帝王之气""长江之险"都是一个笑话。

发动兵变本身就是拿命赌明天，百赌九十九回输。若李敬业是贪生怕死、胆小如鼠之辈，他安安心心做衣食无忧的公爵不舒坦吗？为什么偏偏要发动危险系数如此之高的命悬一线的兵变呢？刚起兵就求稳，这可是完全违背了兵变的基本规律。身为将门之后的他岂能不懂如此浅显的道理？他只是觉得柿子先挑软的捏。再就是，刚刚起兵，他要缓一缓，万一有人呼应呢？因此，他采纳了裴炎外甥的策略，而对魏军师的劝告充耳不闻。或许，他鼠目寸光，根本没有魏军师的深谋远虑。于是，他命左长史唐之奇留守扬州，亲率大军南渡长江，攻打润州，就是现在的江苏镇江市。

魏军师见此仰天长叹："本来就弱小，还兵分两路，岂不是自取灭亡吗？"

要说，李敬业智谋不如军师魏思温，可带兵打仗依然如父辈那么英勇。光宅元年（684年）十月中旬，他竟然生擒了叔父润州刺史李思文，一举攻下了润州，首战告捷。他训斥叔父："你不配姓李，应改姓为武。"

五日后，他的姓却被朝廷改了。武曌剥夺了他的世袭爵位和皇姓,恢复了他原本祖上的徐姓。不承想,一世英名的徐茂公受孙子连累,死后都不得安宁,他的坟墓被刨开,而且剖棺暴尸。可怜子孙玷污了他的美名,连灵魂亦要背负耻辱。武曌做事就是如此这般决绝。

李敬业兵变是大唐建国以来规模最大的一次叛乱,又是在帝国财税重地扬州起兵。因此,这场叛乱对武曌产生的危机是不言而喻的。世人拭目以待,看这个在朝廷上一往无前、所向披靡的女人,是否在战场上依然战无不胜、攻无不克。因此,武曌从一开始就从未对李敬业发动兵变掉以轻心。在选扬州道大总管时,她费了一番心思,终是选定淮安王李神通的儿子李孝逸。

要知道,用李孝逸并不是因为他善于打仗,而是要狠狠打李敬业一个耳光。你不是天天叫嚣着匡扶李唐吗?那就派一个李唐亲王来平定你,让世人都知道李唐宗室始终跟朝廷站在一边。如此一来,她将李敬业那块政治遮羞布撕了个粉碎。那喊得震天响的口号自然就变得滑稽可笑。这一举措在向世人宣告李敬业是假勤王、真叛逆。由此可见,武曌这个女人足智多谋、思虑缜密、富有远见。

在大军开拔之前,她已经在道义上扳回了至关重要的一分,使得李敬业的起兵丧失了起码的合法性,同时使他丢掉了站在道义一边的人心。

接着,她又以将军李知十、马敬臣为副总管,率领三十万大军开赴战场。同时,她又给这支出征的军队配了监军魏元忠,这个人就是曾经替她解过燃眉之急的厉害角色。要说,疑人不用,用人不疑。

可她用了李孝逸，亦是半信半疑。毕竟李孝逸是李唐亲王，是不是真正地忠于她还很难说。为了万无一失，防止李孝逸临阵倒戈，她这才派心腹随大军出征。只有魏元忠跟着去，她在洛阳宫才踏实心安。再说，聪明伶俐的魏元忠能弥补李孝逸在战略战术上的不足，确保击溃叛军。事后证明，她的这个安排亦是英明至极。

为了确保胜利，她还增加了一道保险。在李孝逸开拔的一个月后，她任命了一个江南道大总管，作为第二梯队的主帅。而这个主帅就一个条件：能征善战。所以，她选定抗蕃名将、时任左鹰扬卫大将军的黑齿常之。如果说选用李孝逸打的是一张政治牌，那么起用黑齿常之则是一张百分之百的军事牌。

李敬业祖上战功赫赫、骁勇善战，可到他这一代已无法同日而语。他的军事能力跟黑齿常之相差甚远。他混迹官场数年，养尊处优，并无多少实战经验。而黑齿常之自从会骑马就天天打仗，不是在打仗就是在去打仗的路上。所以，就算李孝逸战败，武曌还有黑齿常之这张王牌，足以摆平李敬业。

从武曌的军事部署和人事任命来看，她的心机和智谋绝非常人所能及。相比之下，李敬业的表现就是云泥之别、天差地远。十月下旬，李孝逸率领的三十万大军逼近润州。此时李敬业已被武曌剥夺皇姓，而成了徐敬业。他兵分三路迎战，自己亲率一路进驻高邮，派同胞弟弟徐敬猷率兵马至淮阴，最后一路人马由将领韦超、尉迟昭带领进驻都梁山。

在淮河北岸，大唐前锋雷仁智与徐敬业的叛军对阵，首次交锋，以失利而告终。

李孝逸吃了败仗，便心生胆怯，于是逗留不进。事实上，他的心理负担过于沉重，打赢或是打不赢，他都进退两难。毕竟徐敬业打着匡扶李唐的旗号起兵，他若打赢必然得罪其他亲王；可他若打不赢只怕性命堪忧，那武曌岂能容他？正在他犹豫不决之时，监军魏元忠毅然决然地站了出来。

他说："总管，咱可不能一朝被蛇咬，十年怕井绳啊！这徐敬业打着匡扶李唐的旗号，而您又是李唐宗室。若您一直畏缩不前，难免会让人猜疑您是不是与徐敬业暗中勾结。万一太后怪罪下来，只怕您罪责难逃。"这话里话外说得李孝逸直冒冷汗，只好下令军队出击。

朝廷军队的战斗力自然比徐敬业纠集的那帮乌合之众强百倍。若不想被太后处死，李孝逸唯有将徐敬业击败。主帅一旦有了这样的决心，唐军自然势如破竹，所向披靡。十月二十四日，大军出去打了一仗，效果果然不同凡响。副总管马敬臣在都梁山击败叛军，砍下尉迟昭的人头。这是朝廷开战以来取得的首次胜利，但尚未对徐敬业的叛军造成毁灭性的打击。徐敬业的部将韦超等人依然固守着都梁山。看那情形，若无十天半个月，亦是难以攻克。

李孝逸一时茫然不知所措，毕竟他是善于舞文弄墨的皇族宗室，而非擅长排兵布阵的驰骋疆场的武将。可是，他并非故步自封之人，而是善于广开言路的人。于是，面对两军对垒、陷入困境的局面，他召集众将商讨进兵计划，集思广益。

"贼将韦超依托山险自守，咱们不好进攻，骑兵也无法投入战场。况且，穷寇死战，如果咱们强攻，必然伤亡会很惨重。不如留下一些军队牵制，大军直扑江都，相信不过数日必然会破敌制胜。"这是诸将的普遍意见，亦是李孝逸比较倾向的进兵策略。

然而，支度使、广府司马薛克构却极力反对。按理说，一个管军需的后勤小吏，保证作战时军需物资供应充足就行，至于行军打仗的事，跟他并无多大关系。可是赤胆忠心的他，出于对大唐的负责，勇敢站了出来。

他直抒胸臆，娓娓道来："韦超虽然据险而守，但他手下的军队并不多。如果我们对这样的小股敌人置之不顾、不去攻击，又怎么能够显我军威、震慑叛军？再说，留在这儿的军队多了少了都不合适。留得多了，会削弱主力军，对我们进攻不利；留得少了，相当于放弃，这股势力终究会成为后患。所以，不如一举将都梁山拿下。攻陷了都梁山，淮阴的徐敬猷、高邮的徐敬业所部才可能会望风瓦解。"不承想，这位后勤小吏言之有理。

李孝逸能成为宗室第一名将，恐怕有一个极其重要的原因，那就是他能够在众说纷纭中辨别出最为合理的建议。无论是监视他的魏元忠还是搞后勤的薛克构，只要所提意见对唐军有利、正确可行，他都会欣然接受。于是，他听从薛克构的建议，派兵向都梁山发起了猛攻。正如薛克构所预料的那样，韦超的兵力相对不足，仅勉强死守了一日，便难以支撑下去趁夜逃跑。

紧接着，又有一个棘手的问题摆在李孝逸面前：是一鼓作气直接消灭徐敬业，还是先攻打他的弟弟徐敬猷呢？军中诸将一致认为，别绕弯子费周折了，大军直接攻打高邮，一举灭掉徐敬业。再说，先进攻徐敬业，击败他，徐敬猷自然不战而降。如果先打徐敬猷，徐敬业一定赶来相救。那样的话，朝廷大军腹背受敌，只怕胜负难以预测。

这时，又有一个人与众人背道而驰，坚持先对徐敬猷发起进攻。他坦诚地说：" 你们都错了。敌人的精兵都在徐敬业手上。这些人虽是一群乌合之众，可也是名副其实的亡命之徒。他们希望一战决胜负，毕其功于一役，一旦我军有任何闪失，则大势去矣。"

李孝逸目不转睛地望着他，继续听他的分析。那人侃侃而谈："而徐敬猷是个赌徒，不懂军事，兵力相对薄弱，军心也容易不稳。我军一旦出现，他肯定不攻自乱。等徐敬业闻讯率军前来解救时，黄花菜都凉了。算算路程，他哪怕有翅膀，只怕飞也飞不过来呀！他自然担心我们突袭江都，一定会想方设法在途中阻击。那时，他们跑得人困马乏，而我们以逸待劳，岂能不胜？"这个人摸透了敌人的性格特点和行为套路，并做到了对症下药。

李孝逸自然深以为然。他又接着分析："这就像打猎时追逐野兽，要先抓住弱小的。如今，如果舍弃一举能拿下的弱敌，而去与强敌拼杀。这绝不是上策啊！"这人不是别人，正是足智多谋的监军魏元忠。

李孝逸又听从了他的作战思路。十一月初，朝廷大军没费什么力气，击败了叛军首领徐敬猷。至此，徐敬业的左膀右臂均被砍断了。

这下，李孝逸尝到打胜仗的甜头，便更加来劲了，下令乘胜追击，一直追了数十日。十一月中旬，在下阿溪与徐敬业决一死战。一开始，徐敬业屡屡得胜，而朝廷军队频频受挫。前锋苏孝祥率五千人趁着夜色抢渡，却遭到叛军的顽强阻击。苏孝祥战死，多数士兵溺水身亡。紧接着，李孝逸又发起多次进攻，都被叛军一一击退。这下，生性懦弱的李孝逸又胆怯了，萌生退意。魏元忠又是一顿劝说，连吓带哄，总算使其打消了退兵的念头。

魏元忠观察了风向之后，力劝李孝逸采取火攻。李孝逸一贯善于纳谏。于是，他又按魏元忠的计谋实施对徐敬业的歼灭之战。

冬季，漫山遍野全是枯草。他命兵士捡拾枯草，制造了一大批草船。在一个北风呼啸的日子，数千艘燃烧着熊熊烈焰的草船顺风扑向驻守南岸的叛军。火船撞上南岸之后，漫天大火在叛军营帐中疯狂蔓延，犹如火龙船吞噬了七千部众。身陷火海的叛军一个个被烧得叫苦连天。这场火攻一举击碎了徐敬业的妄想。徐敬业见大势已去，便带着大文豪骆宾王及其亲信落荒而逃。多数叛军不是葬身火海抑或沉入下阿溪喂鱼，便是丧命于大唐将士的霍霍战刀之下。

徐敬业逃到扬州之后，匆忙带上家眷，又夜以继日地逃往润州。十一月十八日，徐敬业及其残部狼狈不堪地逃到了海陵，意欲从此地码头乘坐船只渡海逃往朝鲜。然而，天公不作美，似乎与其针锋相对。这日，突然刮起了猛烈的东北风，使他所乘的船无法张帆出海。他望着浊浪翻涌的海面，一种冰冷的绝望瞬间弥漫到了全身。这日深夜，他命丧部将之手。一个叫王那相的部将趁他熟睡之际，偷偷潜入寝室，轻而易举地将他头颅砍了下来。随后，王那相又接二连三地砍下了骆宾王和其他首领的头颅。次日天亮，他便带着这群人的首级来向李孝逸投降。数日后，叛军军师魏思温、左司马唐之奇等成员相继落网。按照唐朝律法，李孝逸命人将他们一一砍杀，并将那凝结鲜血的头颅全部送往了神都洛阳。

就这样，武曌用短短不足两月的时间，平息了这场来势凶猛的叛乱。

贪婪的武后

这场兵变对武曌来说，是一次登顶前的大清洗。她借机对朝中大臣排了个队。谁听招呼，谁掉链子，谁能扛事，谁紧跟，谁反对，谁观望，一下子摸了个清清楚楚。排完队、摸清底细后，她就快刀斩乱麻，挨个儿处理，该杀的砍头，该贬的流放，该用的提拔。她又将大唐宰相队伍进行了一次彻底的"大换血"。此时，恐怕她的野心已经是人人皆知。至于她的野心什么时候能实现，她仍然拿捏不准。可能就在她想要修建武氏七庙，享受一下皇帝特权的那个时候吧。

徐敬业及其余党的头颅被送到神都后，她命人将那些面目狰狞的人头悬挂在端门前的旗杆上示众。那日，她特意穿上华丽的盛装，登上则天门，站在门楼上远远地望着那几颗沾满血迹的头颅。她站在那儿，静静望着远处，像是欣赏晚霞映照的美景。然而，细心的朝臣依旧在她嘴角看见一抹矜持的笑容。傍晚时分，状若血火的凄美晚霞在西边天空灼灼燃烧，犹如下阿溪岸边的熊熊烈焰。那场大火烧掉了徐敬业的雄心，也点燃了武曌的野心。她望着绯红的天边，心中一时激情澎湃。

在那时，追求权力的路上，双手必然沾满鲜血。那使人痴迷的权力恍若是从红色烈焰中幻化出来的。权力角逐就是一次次流血的政治。在起驾回宫时，随行的文武百官站在甬道两旁，敛首低眉，莫敢仰视。武曌端坐在御辇上，从太初宫宽广的殿廷中徐徐而过。那张方额广颐的脸庞在金黄色余晖的映照下，似乎铺满了一层绚丽的光晕。众人望去，她恍若一尊凛然不可侵犯的神祇。

人活着就得有雄心壮志，这自然是人之常情。不然，浑浑噩噩，虚度光阴，岂不是辜负了灿烂的生命。然而，有凌云壮志，那也得有能力实现才好。武曌嫁入皇室，便是千载难逢的天赐良机。她难免慢慢滋生出前无古人的野心。况且，她具备支撑那种野心的实力。若是没有比较，就显不出优劣。若无人欣赏，百灵鸟的歌声亦如乌鸦的一样。夜莺若在白天夹杂的聒噪里歌唱，世人就不会觉得它比鹩鹩唱得更动听。诸事只有发生在天时地利的环境中，才能达到尽善的境界，博得一声恰当的肯定……她赢得了一个很好的环境。

公元685年，又是新的一年。她改元垂拱，取"垂衣拱手，无为而治"的意思。很显然，过去改了三次年号的公元684年太惊心动魄了。她高度紧张的神经确实需要好好放松一下。更何况，一个被权欲压弯了腰的暮年女人，剜去了不羁者的膝盖，带走了痴情者的爱情，泯灭了天真者的稚嫩，摧毁了逐梦者的理想……她要向着心中最高的圣地奋勇前进。

她原本是一名柔弱漂亮的女子，生儿育女，相夫教子，过得幸福甜蜜。可是，在皇宫过的一天又一天担惊受怕的日子喂大了她的野心，激发了她的志向。为登顶，她将义无反顾，不惜用亲人的鲜血铺路。也许，唯有打破传统、突破束缚，她的生命之花才能开得更璀璨夺目。在对女皇之位发起最后的冲刺之前，她需要养精蓄锐，储备充足的能量。

要说与同龄妇人相比，她的身体状况异常健康，容光焕发。不然，在紧张且惊险的政治生涯中，她难以保持旺盛的精力。她与去世的高宗形成鲜明对照。整个中年时期，骨瘦如柴的高宗几乎是在病痛折磨下苦挨度过的。而她恰恰从这个时期开始爆发出令人惊诧的旺盛生命力。

从母亲身上，她继承了长寿基因。人过花甲依然精神抖擞、神采奕奕。尽管数年钩心斗角、纷繁杂乱的政治斗争消耗了她大量精力，可一旦激烈的权力斗争暂时尘埃落定，在庙堂之上征服那些峨冠博带的男人们之后，她生出征服一些别样男人的冲动。

就这样，一个至今被人们津津乐道的男人堂而皇之登上大唐的历史舞台，他就是臭名昭著的白马寺住持薛怀义。

薛怀义原名冯小宝，龙朔二年（662年）在今陕西西安一个贫困家庭出生。最初，他只是个在街头以卖膏药勉强度日的货郎。洛阳城无尽的繁华是他遥不可及的。平日里，在城中人来人往的热闹繁华之处，他支起一个摊位，吼叫三两声，引来几位顾客有一搭没一搭地买他几副膏药，挣几个小钱。要不是千金公主的婢女偷偷将他带进公主的宅院，只怕他早已在历史长河中灰飞烟灭。然而，历史总是如此奇妙。偏偏地，一个籍籍无名的小角色，有朝一日竟然成为炙手可热的人物。

冯小宝与婢女在公主府内幽会，不小心被千金公主发现了。起初公主勃然大怒，但看到冯小宝长得一表人才，便留在了府内。千金公主如获至宝，甚是欢快。然而，她亦有性命之忧。她与李唐兄弟姐妹结盟反对武曌，惹得权威日盛的武曌大为不悦，杀了一批，又流放一批。她依然担心降罪于自己。于是，她决定忍痛割爱，将冯小宝推荐给武曌，用以缓和剑拔弩张的关系。

当她将冯小宝带进太初宫，武曌对这份特殊礼物自然笑纳了。就这样，一个街头卖药的货郎摇身一变，成了权倾天下的女人枕边的男宠。起初，冯小宝晕头转向、无所适从。可慢慢地，他渐渐适应了这个角色。

然而，皇宫禁地除皇上这个正常男人之外，唯有僧人和御医尚可领旨出入。如此健壮的一个无名无分的男子，经常无故在后宫禁地进进出出，自然会无端地滋生祸乱。武曌亦是喜忧参半。于是，她琢磨着要将小宝长久地留在身边，就得费尽心思进行一番精心包装。对大权在握的她而言，想怎么包装就能怎么包装，想包装成什么就能包装成什么。她先将驸马爷薛绍的姓赐予冯小宝，接着使其剃度出家为僧，取名为怀义。她又将古刹白马寺住持的位子赐给小宝。如此改造一番，药贩子冯小宝成为白马寺大住持，时常奉命进宫。

然而，狗仗人势的薛怀义改头换面之后，骄矜之气日益高涨，无赖之气毫无收敛。他私自剃光一群地痞流氓的头发，跟着自己横行街里。整日里，他骑着高头大马，前呼后拥地在洛阳城呼啸而过。无论是谁，碰见就都绕道走。但凡躲避不及的人，就会被他拉住暴打一顿，然后扔在街头，打不死算走运，打死自认倒霉。尤其是道士，只要被他及其手下撞见，不问青红皂白，先抓过来劈头盖脸地暴揍一顿，然后剃光头发。曾经一度，道士在洛阳城里消失得无影无踪。

轻狂的薛怀义从社会最底层一跃跻身大唐顶级贵族圈，但禀性难移，我行我素，变得更加肆无忌惮、更加放荡不羁、横行霸道。就连朝廷官吏见他都是毕恭毕敬，客客气气尊称其为"薛师"。普通官吏对他如此这般点头哈腰，尚且可以理解，但是武曌的两个侄儿武三思和武承嗣亦是对薛怀义阿谀奉承，自降皇亲国戚身份替薛怀义牵马，卑躬屈膝地讨好。武家兄弟尚且待他如此，足见他是不可小觑的。一时间，他将洛阳城搞得乌烟瘴气、怨声载道。

历朝历代都会有不畏强权的耿直大臣。大唐右台御史冯思勖疾恶如仇，实在看不惯薛怀义欺行霸市、肆意滋事。他便依法逮捕了几个为非作歹的薛怀义的手下，杖打、流放，甚至杀头，一律治罪。他亦多次冒着生命危险上奏章弹劾薛怀义。睚眦必报的薛怀义一时颜面扫地，发誓要给冯思勖好看。

自此以后，恃宠而骄的薛怀义总是骑着高头大马在洛阳宫旁驰道上徘徊。果然一日，薛怀义及其随从与刚从御史台出来的冯思勖不期而遇。他们将孤身一人的冯思勖团团围住，狠狠地羞辱，恶语中伤。冯思勖躲闪不及，便被他们堵在驰道中疯狂围殴。待得知消息的御史台官员们慌里慌张跑过来时，薛怀义与其随从一哄而散，只有被打得奄奄一息的冯思勖瘫倒在墙根痛苦呻吟。薛怀义仗着太后撑腰狐假虎威，就是如此猖獗，光天化日之下明目张胆地将朝廷命官冯思勖打得几乎断气。他故意如此羞辱朝廷命官,就是告诫那些弹劾他的文臣,这便是惹怒他的下场。冯思勖位卑言轻,挨打就挨了,幸亏性命无碍,亦是无处申冤。

薛怀义竟然狂妄自大到连大唐宰相也嗤之以鼻,一点儿也不友好。然而,唐代宰相历来地位尊崇,号称"礼绝百僚"。一日,薛怀义带着喽啰们大摇大摆地进宫,刚好在宫门口撞上宰相苏良嗣。苏宰相可不惯着他的臭毛病,自然不会让道。一向骄横霸道的薛怀义傲睨自若,对苏宰相亦是鄙夷不屑。于是,两队车马互不让路,僵持在南门。脾气暴躁的苏宰相当即喝令手下:"好狗不挡道。来人,将这挡道的不识抬举的光头教训一番!"手下一听苏宰相发号施令,自然心痒手痒,将薛怀义按倒在地一顿猛揍。然而,这依然难消心头之恨,苏宰相令其左右将薛怀义拉住,使尽浑身力气,噼噼啪啪扇了他数十个响亮耳光。那狂妄之徒被苏宰相抽得眼冒金星,却无计可施。那帮小喽啰一瞅宰相发威,亦是不敢轻举妄动。

自从成为武曌的红人以来,薛怀义哪里受过如此这般委屈?于是,怒不可遏的他捂着火辣辣的脸颊急匆匆地觐见太后武曌,央求太后替他出一口恶气,狠狠教训一番那不识时务的苏宰相。

武曌并非易被感情冲昏头脑、糊涂不明事理的人。她抚摸了一下薛怀义那红肿的脸庞,满眼爱怜,心疼地说:"怀义啊,你不要太张扬,以后进出皇宫就走北门吧。南门是百官和宰相出入的地方,你又何必招惹他们呢?尤其,别惹苏宰相。"

难道白白挨了几十个耳光吗?薛怀义的屈辱感油然而生。事实上，他并未白挨苏宰相这数十记耳光，起码将他抽清醒了。不可一世、目无一切的薛怀义，这才意识到自己在朝廷上依旧微不足道。男子汉大丈夫只有顶天立地，干几件轰轰烈烈的大事才能扬名立万。

然而，武曌由此也清晰地看到，朝廷尚未彻彻底底地在她的掌控之中。她成为天下主宰的梦想与其身为女流之辈的现实之间依然存在巨大的差距。老臣和反对她的那股势力不容小觑。她依旧需要在朝廷中深耕精作，铲除阻挡她登顶的"残渣余孽"。

告密者的时代

在君权神授的那个时代，一个女人意欲称帝无疑是痴心妄想。那么，武曌就得使天下苍生知道：不是我武曌非要做皇帝，而是上苍如此安排的，我只能顺从天意。这就需要消除残酷现实与称帝梦想之间的差距。武曌作为老谋深算的政坛老手，明白现实与梦想之间往往横着一道难以逾越的鸿沟。而跨越这条鸿沟，需要一种实用招数。垂拱元年（685年）二月，初春峭寒，她毅然决然地使用了一个最狠毒最厉害的招数，使大唐进入一个酷吏与告密、血雨与腥风交织的残酷时代。

她向全天下颁布诏令："朝堂所置登闻鼓及肺石，不须防守，有挝鼓立石者，令御史受状以闻。"登闻鼓是设放在朝堂外的一只大鼓，老百姓若有冤屈便可敲击此鼓，便会有人前来处理。肺石作用与登闻鼓相仿，常被放置在朝堂外的另一侧。它是一块红色大石头，有冤之人一旦站在上面，官府便需听取他的控告。这两样东西是百姓直通天庭用来告御状的，给普通人提供了一条洗脱冤屈的捷径。那么，她下令开放登闻鼓和肺石到底有何用意呢？

武曌此次下令"不须防守"。由此可见，之前肯定有人防守。试想，一旦有人虎视眈眈地盯着这只大鼓和这块红石，谁还胆敢轻易去敲击或站在上面啊？之前，这两样东西往往就成了摆设。

眼下，武曌不仅仅是摆姿态做样子，而是要动真格的。不过，她亦是挂羊头卖狗肉，看似是替百姓鸣冤、听取民意，实则是大行告密之风。在那种说句话就有可能掉脑袋的高压态势下，人人怕隔墙有耳，人人猜不透眼前的人是敌是友，往往话说三分留七分，生怕因一句不合时宜的话而丢掉性命。在废中宗李显那夜，十几个喝醉酒的禁军口出狂言，酒还没醒脑袋就落地了。前车可鉴，无人敢拿性命开玩笑。司马光在《资治通鉴》中情不自禁地感叹："告密之端，自此兴矣。"

这只是把旧的摆设重新启用，发挥新的作用。她又在五月颁布新令："制内外九品以上及百姓，咸令自举。"这项政策无疑使得天下怀才不遇的仁人志士尽开颜。你若意欲入朝为官，那就勇敢地站出来毛遂自荐吧！至于能不能成，全在武曌的一念之间。如此一来，基本上取消了当官的门槛，人人都可以自荐。她如此做，就是在原来大唐机器运转之外选可信可用之人。她如此接二连三地推陈出新，就是为了瓦解李唐王室早已固化的集团势力。可是，放了两支冷箭后依然波澜不惊、风平浪静，没有她预想的那么强烈的反响。然而，冰冻三尺非一日之寒。大唐历经三位皇帝经营近七十年，亦是根深蒂固，岂能是一两个诏令就能轻而易举瓦解的？要知道，钱袋子、印把子、刀把子、笔杆子依然紧紧地攥在他们手中，一时难以撼动。

这位强势的母亲帮儿子睿宗李旦掌控朝政数年，如上瘾般无法自拔,毫无放手迹象。然而,太后主政毕竟违背常理,久而久之难免引起朝臣和全天下人的猜忌和非议。这无疑成了武曌的一块心病。武曌是个聪明女人,很快想出了祛除心病的办法。

垂拱二年(686年)正月,她突然间下了一道诏书,说是要"复政于皇帝"。那个被软禁在东宫很久的睿宗李旦,一听大为惶恐,手拿诏令就像捧了一个烫手山芋。他太了解自己的母亲。三个哥哥的悲惨遭遇仿佛依然在眼前,血的教训历历在目。母亲这么做,绝不是真心真意的。母亲依然热衷于操控政权,尚无归还政权、颐养天年的意思。她只是自导自演一出还政把戏,打算一边堵住悠悠众口,一边试探儿子。李旦惧怕极了,只能一个劲地向母亲请辞。

于是,武曌突然召见李旦,推心置腹地说:"儿啊,这江山还是你来坐吧!我毕竟是个女人,是太后。"

李旦生性怯懦,跟他那病恹恹的父亲一个怂样,急忙推托说:"母后,儿子对朝政毫无兴趣,也没那掌管天下的本事和能力!您可千万别赶鸭子上架呀。再说,您那雄才大略、治国理政的智慧,谁也比不上啊。如今大唐国泰民安,河清海晏,都是您的功劳。母后啊,只有您才能将大唐治理得如此好。为了社稷苍生的福祉,为了黎民百姓的幸福生活,您还得接着受累,勉为其难,临朝听政,继续掌管国家诸多事务。"

李旦惧怕母亲,对母亲迷恋的皇权不敢有丝毫奢望。武曌不管多么谦让,他都碍难遵命,接连上了三次让表。武曌会心地笑了。看来老四最懂老娘的心。当初那李弘、李贤、李显如果像他这般乖巧懂事，不就安然无恙了吗？如此一来，那帮口诛笔伐、逼迫她还政的顽固不化的李唐老臣自然无可奈何，只得保持缄默。她精心设计、倾情表演的还政戏码是高明的，亦是奏效的。但是，她明白，那些冥顽老臣的嘴虽然被堵住了，可不见得心里能够坦然接受。那些宗室亲王和文武老臣亦是满腹怨言。他们难以心甘情愿地接受她的统治。那么，如何能防患于未然，深入人们的内心深处，预先察觉阴谋的存在呢？如何把所有的潜在风险扼杀在萌芽状态呢？她苦苦思索着破解之法。

很快，她又在大唐推行了一项全新的制度"瓯检制度"。这个制度说好听点儿就是广开言路、下情上达，说难听点儿就是恣意鼓励所有人告密。垂拱二年（686年）三月，她命当时最优秀的机械工程师设计铸造了一个四四方方的铜瓯，分成四格，开四个孔，可入不可出。四面正对东南西北，涂成四种颜色。东边青色，名叫"延恩"，献赋颂、谋求仕途者投之。此口专门供那些才华横溢的意欲入朝为官的有识之士，将自己写的歌功颂德的锦绣文章投进去，有点儿毛遂自荐的意思。南边红色，名叫"招谏"，言朝政得失者投之。此口专门收集四面八方对朝廷施政的意见建议，有点儿像现在设置的意见箱，对行使公权的官吏是一种无形的监督。西边白色，名叫"申冤"，有冤抑者投之。这个容易理解，就是给普通百姓提供了一个鸣冤的渠道，就是直接递交上访材料的窗口。北边黑色，名叫"通玄"，言天象灾变及军机秘计者投之。实际上，此口给天下能人异士一个发挥专业技能的舞台，可以将自己对自然灾害的判断结果直接贡献给国家。同时，此口亦是给那些意欲投靠大唐的掌握军中机密的人一个示好的渠道。总之，四方四口的铜匦是收纳各界人士真知灼见、冤假错案、上访材料的意见箱。她将其称为"匦"。

同时，她专门以正谏、补阙、拾遗各一人为"知匦使"，以御史中丞、侍御史各一人为"理匦使"。每天傍晚由知匦使开箱初审，紧急事件先行处置，其余转呈中书省和理匦使，最后汇总再向她直接报告。她依旧紧紧地攥着诸事最终裁决权。那些值守看管铜匦的官员，一不审查资格，二不审核内容，只管教会来人正确使用那匦，类似窗口引导员。

而这个创意来自一个叫鱼保家的狂热发明家。他可不是平头百姓，而是侍御史鱼承晔的儿子。按常理，他读书入仕，经父亲推荐，在朝廷谋得一官半职亦是顺理成章的事。那样的话，他即便无惊天动地的大作为，亦能过上锦衣玉食的富足日子，也不会早早丢掉性命。可他偏偏不走寻常路，自幼不喜诗赋经史，而是热衷于搞科技小发明。还好，武曌在选拔人才这方面亦是开明的。只要你具有一技之长，就能在朝廷谋得一席之地，还很有可能混得风生水起。朝廷不拘泥于科举和官荐，有才能的人往往都能吃上皇粮。鱼保家见太后为平息非议、铲除异端费尽心机，觉得这是一个天赐良机。于是，他将一种保密性极强的密信收集箱的设计方案主动献给了武曌。武曌觉得构思巧妙，便动了心。于是，她任命鱼保家为主管，成立专班，将这个设计变成实物。

这下，鱼保家深得太后信任。可是，好景不长。一封关于鱼保家为叛贼徐敬业制造刀剑弓弩等武器的密信通过铜匦到了武曌的手上。

原来，鱼保家早年与徐敬业交往甚密，是故交好友。在徐敬业起兵叛乱之时，他悄然为其提供了强有力的技术支持，还杀伤残害了数百名大唐官兵。兵变被平息后，他成为漏网之鱼，侥幸逃过一劫。如果他收敛低调，不再那么张扬，寻一处无人知晓的地方隐姓埋名过日子，等风声过后再出来，亦是不会遭殃。可他偏偏技痒，作茧自缚，仗着自己具有超群绝伦的技艺，非要跳出来设计制造这么一个东西。这下，他一时声名鹊起，成为大唐家喻户晓的名人。人怕出名猪怕壮。于是，那些冤家对头便将黑材料投进了铜匦。

武曌岂能饶过叛贼徐敬业的同党？他竟然自投罗网，无疑是飞蛾扑火，自取灭亡。果然，武曌愤怒地下令严查。喘息之间，他参与叛乱的事情水落石出，亦被朝廷问罪。最后，他落了一个在闹市被腰斩的悲惨下场。聪明反被聪明误。他发明的告密柜子终是将自己送上断头台，他亦是成为自己心血之下的牺牲品。

石头啊鼓啊还有铜匦什么的亦是工具，对武曌而言，关键是人。她需要一大批听从指挥、冲锋陷阵、勇于斗争，敢跟那帮根深蒂固的旧集团势力相抗衡的新生力量。为此，她又出台了一系列配套的特殊政策。史书记载如下："有告密者，臣下不得问，皆给驿马，供五品食，使诣行在。虽农夫樵人，皆得召见，廪于客馆。所言或称旨，则不次除官，无实者不问。于是四方告密者蜂起，人皆重足屏息。"这一系列政策无疑使人们产生告状的想法和勇气。

如今，大唐太后亲自过问。无论你是农民还是樵夫，只要有秘密呈送朝廷，就能亲眼见到雍容华贵、大权在握的太后。所以，这事在告状告密的人眼里，已经成功了一大半。那时，大唐交通闭塞落后，叫人们放下生计，整天往洛阳跑，翻山越岭，朝发夕至，那根本是不现实的。于是，所有花费国家全包。人们一看竟然有这等精金美玉的好事，原本毫无告密之意的人们亦是纷纷踏上了告密之途。

人们想想就美得笑了。能见太后，好吃好喝好招待还不花钱，这两条已使得告密的人喜出望外。不承想，她又出台更为厉害的第三条：保本不亏。告得属实，马上升官；告得不对，亦不追究诬陷的责任。在很多普通百姓眼里，进京城、见太后，已足够吹一辈子牛了。这下又有"告对能做官、告错不追责"的免责政策，使得全国告密者工作热情空前高涨。对这群人，各级官府无权过问，只能好心伺候着，安排快马将其送到洛阳，听候太后召见。无人知晓他们给谁找麻烦，也无人知晓他们找的什么麻烦。天下汹汹，一种人人自危的恐怖氛围在大唐的天空里飘荡。

武曌的精力极其旺盛，每日坐在大殿之上召见从四面八方涌入洛阳城来告密的人，从太阳东升一直见到夕阳西下，即便疲惫不堪，亦是乐此不疲。有些从偏远山区来京告密的人连官话都不会讲，一张嘴如鸟儿乱鸣，不知所云。还有些人讲的是道听途说的怪异奇事，直惹得武曌咯咯笑个不停。尽管有很多荒诞乃至捕风捉影的事情，但她依然耐着性子洗耳恭听。据史料记载，她竟然亲自召见了一万多个告密者，这不得不使人佩服她的耐心和毅力。明朝有位文人孙承恩对她如此评价："力乘阳刚，才济阴慝。运用四海，驱使百辟。"告密之风的兴盛消耗了武曌巨大的精力。然而，预期效果却是出奇地好。武曌付出如此多的时间和精力是值得的。她从这些告密者口中获取了大量有价值且极其重要的信息。

在众多告密者中，有一位不远千里来大唐的胡人脱颖而出。此人生得目深鼻高，满脸胡须，一副凶神恶煞的样子。这家伙以诬告陷害残杀朝中官吏为能事，死在他手上的冤魂野鬼不下数千人。他就是臭名昭著的生性残忍凶暴的大唐酷吏索元礼。他趋炎附势，攀附太后情人薛怀义，竟然将其认作干儿子。于是，在薛怀义的引荐下，武曌将他任命为游击将军，在洛州设置机构，专门审理"谋反案"。第一个栽在他手上的便是自作孽不可活的鱼保家。一接到太后命令，他立即将尚沉浸在因发明铜匦被太后给予重赏的喜悦之中且自鸣得意的鱼保家抓了过来。刚开始，鱼保家矢口否认，死不认罪，审讯一度陷入僵局。索元礼突然说了一声："来呀，把我的铁笼子拿来吧！"只见一个铁笼子被抬了出来。它的顶部仅有一个容纳头颅的小口，旁边还有一块上粗下锐的小木橛。而这个小木橛却是"楔"进罪犯头部的眼耳鼻嘴等部位的。鱼保家发明的那些东西与眼前如此残忍的刑具相比，显得微不足道。鱼保家顿时吓得魂飞魄散、浑身哆嗦，立即对自己参与徐敬业谋反的罪行供认不讳。自此以后，索元礼这句口头禅使人们闻风丧胆。

索元礼行刑逼供乃是受太后之命替朝廷办事。而太后大权在握，自然无人胆敢对恶贯满盈的索元礼指手画脚了。因此，他开始了在大唐惨无人道的逼供工作。他研制了许多新奇残忍的折磨人的玩意儿。一旦谋反嫌疑人落在他的手上，无论能否自证清白，他都颠倒黑白，一个也不放过，统统坐实处死。他甚喜连坐，抓着一个定然会扯出一串。一时间，冤狱大兴。武曌用索元礼这把"刀"成功威慑朝堂。然而，冤假错案亦是多如牛毛，监狱中人满为患，哀鸿遍野，血流成河。自此，大唐真正进入了惨绝人寰的酷吏时代。

酷吏的乐园

武曌身为一个女人，在大唐帝国冷酷的后宫里拼杀五十多年，从一个被先皇遗弃的才人，成为掌控大唐朝政的皇太后，越来越将这人世间的胜败兴衰归功于天命。她觉得自己每走过的一步，亦是上苍冥冥之中的安排。先皇的冷漠、感业寺的绝望、儿子的背叛、丈夫的怯懦，这一切都是天意。她尝尽了人世间的悲苦，变得异常坚强。那颗多愁善感、柔软如水的女人心亦是变得坚硬起来。她的男人早早地走了，儿子们一个个惧怕她远离她。身为母亲，她显然是失败的，遭受了失去一个又一个儿子的心碎肝裂的无尽悲痛。然而，作为一统天下的霸主，她显然是成功的。她运筹帷幄，平息叛乱，清除异己，处理朝政娴熟。在她统治的三十年里，大唐欣欣向荣，百姓安居乐业。她再狠毒再坏，亦是尚无危害到人们的生活。渴望安定祥和的人们亦是爱戴拥护她，她的统治亦是越来越稳固。

在顺应天意之为中，她除了大兴告密之风，又姑息养奸，造就了一批以索元礼为代表的臭名昭著的酷吏。其实，告密也好，酷吏也罢，自古就有。这些东西只是一个工具，都只为在朝廷"立威"这一件事。要立威巩固自己地位，这纯属正常。可为什么偏偏要借用这么残酷的东西呢？历史证明，别的办法不好使，只有这个最管用。一旦意欲处理的事情太多太急，普通手段就难以实现，只好用酷吏和告密。武曌意欲做皇帝，这种想法实现起来极其不易。她只好顺手捡起这两个最为管用的工具来使用了。可是，所有事情都具有两面性。这两样东西虽然好用，可是副作用也很大。告密搞阴谋，酷吏杀人多，坏了名声，又损德行。

汉武帝虽然功业大，但是后人给他的谥号是"武"。这可不是夸他威武，"夸志多穷曰武"，而是明褒暗贬的意思，讽刺他好大喜功、用刑严苛。所以，意欲留好名声的皇帝，一般对使用这两样东西都比较克制。比如唐太宗李世民也曾想用酷吏，但被魏徵那个倔强老臣劝住了。史书记载"权万纪与侍御史李仁发，俱以告讦有宠于上，由是诸大臣数被谴怒"。权万纪是一个残暴冷酷的典型酷吏。他性格褊狭，专以整人害人为乐。大理寺官员张蕴古就被他残害致死。魏徵见如此心理阴暗的人即将被皇上重用，急迫地向太宗进谏："陛下非不知其无堪，盖取其无所避忌，欲以警策群臣耳。而万纪等挟恩依势，逞其奸谋，凡所弹射，皆非有罪。陛下纵未能举善以厉俗，奈何昵奸以自损乎！"这位以劝谏而名垂青史的大臣一上来开门见山，直接点破皇上故意用小人。只因朝廷官吏惧怕小人，皇上欲借用他们制造高压态势和紧张气氛。可他又提醒皇上，亲近小人有损名声，得不偿失。一代明君李世民立即"默然，赐绢五百匹"，欣然接受了。

古人判断一个明君很重要的标准是死刑判决少。若要是用酷吏，那种滥杀无辜的事不计其数。若是要用此标准来衡量，明君就直接排除了酷吏。李世民号称明君,有一个重要原因是"断狱平允"。贞观四年(630年),一年才判了二十九个罪犯死刑。这个数字可能有水分,但唐太宗李世民听取魏徵劝谏,最终疏远了权万纪那几个狠人。可以说,太宗做到了节恶,节己之恶,节人之恶。节制人性中的恶,是一种伟大的品质。惩治别人的恶尚且不易,更何况刀刃向内惩治自己的恶?那是难上加难。因此,太宗能得到如此高的赞美的谥文,也就不无道理。

太宗有做明君的压力,亦有这么一个朴素的愿望。可是,武曌从掌权那日起就名不正言不顺。她的来路不正,对她而言,不是要不要做一个好名声皇帝的问题,而是做得做不得,做了又做不做得稳的问题。所以,她无所顾忌,毫不犹豫地使用酷吏的手段。她几乎每天一大早,会精神饱满地登上紫宸殿,以一种超乎寻常的耐心和毅力亲自接见每位告密者。事实上,她的辛苦尚无白费。因为她急需的一批特殊人才都借着告密之风来到洛阳。他们裹挟在告密的洪流中,带着异于常人的一身本领,胸中激荡着出人头地的强烈愿望,踌躇满志地来到了这个女人身边。

她用一种鹰隼般锐利的目光,仿佛沙里淘金,一眼从成千上万的告密者中将他们挑了出来。索元礼很快成了她打压残害李唐旧势力的一把利器。长安人来俊臣不甘落后,奋勇直追,其手段之残忍与索元礼相比,有过之而无不及。他俩被戏称为"来索",即来逮捕的意思。周兴与之相比就是小儿科,段位远远比不上。

这个来俊臣出生在一个赌徒家。唐初,有个叫来操的混混,在雍州以赌博为业。他有个整天厮混在一起的好友蔡本。两个人臭味相投,都是好赌成性的赌棍,经常一起赌钱。

一日,来操手气极好,赢了蔡本不少钱。作为资深赌棍,蔡本朝不保夕,哪有那么多钱?可这个人认赌服输。他虽没钱,可家里还有一位貌美如花的妻子。于是,他跟来操商量用自己的老婆抵赌债。来操一听乐了。这条光棍汉知道人家老婆长相很好,岂能不愿意?再说,无论怎样逼蔡本,他也拿不出钱来。就这样,来操将蔡本老婆接回了家,结束了单身生活。不承想,蔡本老婆已有身孕,过门数月,便生了个大胖小子。这个男孩便是日后的来俊臣。

实际上,来俊臣未从娘肚子里爬出来,就被亲生父亲送人。来俊臣在来操这个赌棍身边一天天长大,不学好,坑蒙拐骗啥都干。他跟养父来操不同,不但不学无术、整日瞎混,还生性残暴,打架敢下黑手。如果谁得罪了他,他就将人家往死里打。十里八乡,人人就跟躲瘟神似的躲着他。他成了混世魔王,无人敢惹,但坏事干多了总会激起民愤。

来俊臣为非作歹,引起众怒,被乡亲们告到了官府。恰好李唐宗室东平王李续任刺史,是当地最高的行政长官。李续一听,便将他抓过来。一审讯,这小子大错没有小错不断,罪不至死。李续只好命衙役将他打了一百棍,让他长长记性,便放了。来俊臣屁股被打得皮开肉绽,疼得咬牙切齿,恨透了李续。

然而,人在屋檐下,不得不低头。他一个街头混混,岂能与有权有势的亲王刺史李续叫板?他只好隐忍,将这份恨埋葬在了心底深处。他耐心地等待着上苍赐予的报复良机。不承想,武曌就是他的上天,给了他一解心头之恨的绝佳时机。武曌颁布的各项鼓励告密的制度,简直就是给来俊臣量身定制的。他加入告密者队伍,举报东平王李续,说自己向李续揭发琅琊王李冲谋反之事,李续不但不受理,还杖打自己一百棍。

这么大一个瓜,一下子引起武曌的注意。她正为打压李唐宗室找不到由头而犯愁。这不是踏破铁鞋无觅处,得来全不费功夫吗?这种黑白颠倒的诬告是经不起调查的,但是政治需要大于一切。于是,她很高兴地在紫宸殿接见了来俊臣。要说,来俊臣"酷吏之花"并非浪得虚名。人虽是无赖,长得却不赖,薄薄的嘴唇上爬满浓密的胡须,一双如剑的眉毛斜斜地飞入鬓角几缕乌黑的头发中,眉下那双眼里全然没有一丝温情,透着一股如刀般冰冷的寒光。

武曌阅人无数,一看便知眼前此人是狠角色。那种在社会底层苦苦挣扎苦挨日子的人,往往穷凶极恶。他们唯恐天下不乱,心理极其扭曲,但却极其忠诚。她需要如此这般对她忠心耿耿、唯命是从的走狗。因为他们能如疯狗般听从她的指令撕咬李家皇室的子孙,亦能残害反对她的官吏。正是因为她的纵容,来俊臣这帮酷吏掀起了一阵又一阵的腥风血雨。

在武曌把持朝政的那段时期,《旧唐书·酷吏传》列举了二十几个酷吏,最出名的要数来俊臣了。他集聚一批街头霸王和地痞无赖,专门罗织罪名构陷武曌潜在的敌人。他不仅无中生有,罗列罪名,还将这种恶行上升到理论层面。他大案要案办得多,在实践中不断提炼总结，专门组织人编写了一部奇书《罗织经》。

这本书最初写出来，只是当作酷吏入门教材。它教那些投奔来俊臣的人们怎么捕风捉影给人治罪。但是，读这本书给人一种错觉，它不像审案子的教材，倒是像一本讲人性的小册子。从内容篇幅上看，大概只有四分之一谈审讯，剩下的全在探讨人性、处世、做官等等。若是不知道，亦是误以为这书是某个法家人物的著作。

来俊臣编的这书虽然用很大的篇幅探讨人性，但深度尚浅，理论水平不高，相当于道家法家的一些高深莫测学说的通俗读物。而它真正厉害的还是讲审讯部分，属于专业人士的精华总结。虽然千年已过，至今读来依然令人不寒而栗。它写道："死之能受，痛之难忍，刑人取其不堪。士不耐辱，人患株亲，罚人伐其不甘。人不言罪，加其罪逾彼；证不可得，伪其证率真。"这段话的意思是，死可怕，但还有比死更可怕的，比如疼痛、羞辱、伤害你的亲人等。犯人不招没关系，罪加一等看他怕不怕。没有证据亦不要紧，胡乱捏造一个看起来像那么回事就行。这就是欲加之罪，何患无辞。

再谈到对待办冤案时，书中写道："事不至大，无以惊人。案不及众，功之匪显。上以求安，下以邀宠，其冤固有，未可免也。"这是说，审案子就要搞大，就要株连，不然，动静太小，牵扯人太少，审案子的人亦是功劳不大。在这么一个办案指导思想下去搞审讯工作，为了出成绩，不搞刑讯逼供，不搞五花八门折磨身体的歪招狠招，不搞屈打成招，只怕鬼都不信。这本书还总结了诬告套路。首先，确定对象；其次，发告密信，控制舆论；再次，逮捕、审讯、酷刑逼供，让犯人们相互揭发，按需要不断扩大外延；最后，整理被告口供，使之相互吻合，亦无破绽。

来俊臣提议武曌下诏设立了一座专门的监狱——丽景门，方便随时提犯人过堂。丽景门就是惨绝人寰的人间地狱，但凡被抓进去的朝臣，不管有罪与否，先往鼻子里灌上几大勺醋。倘若依然不招供，就会大刑伺候。他发明了十种令人生不如死的闻风丧胆的行刑逼供的刑具。然而，在丽景门监狱，亦是用不上那些刑具，只将刑具往犯人面前一摆，便将其吓得魂飞魄散，十有八九就会主动认罪。所以，只要踏进这所监狱，几乎无人能活着走出去。丽景门就是令人不寒而栗的鬼门关。当时许多人把它称为"例竟门"，意为只要入此门，就会循例丧命。

法制是社会最后一道防线。如此任由小人毫无底线地残害忠臣良将，鱼肉黎民百姓，肆意草菅人命，已彻底突破大唐最后一道防线。大唐上下朝廷内外弥漫着令人心惊胆战的恐怖气氛。官吏们早上去早朝，亦不知傍晚能否安然无恙地回家。于是，他们每日出门前，都跟妻儿做最后的道别，每一次走出家门就是与亲人的一次生离死别。一向被明君所唾弃的酷吏和告密者，却成了武曌替睿宗李旦掌管朝政特殊时期的香饽饽。这群丑陋的酷吏在大唐历史舞台上将人性的恶演绎得淋漓尽致。

政治的需要

　　武曌只是将以来俊臣为首的酷吏视作她操持朝政的一枚棋子。在向权力巅峰攀登的路上，她需要这样的棋子。酷吏可以打击异己、铲除威胁她安全的李家皇族旧势力。人们被陈旧观念束缚得太久了，想突破就得走不寻常的路。武曌一路走来，背负了太多人们的偏见和世人的执念。她一个女人，仅凭一己之力冲破了封建礼教禁锢千年的思想樊笼，实属不易。"女子无才便是德""大门不出二门不迈"等等诸如此类的思想毒瘤不知毒害了多少心智聪慧的女性。而她不但有才，还有治国安邦的雄才大略。所以，她冲破了封建思想的束缚，开启了无人能敌的奔腾人生。

　　在权力斗争旋涡中，她一次次从艰难走向辉煌。在被生活逼上绝路时，她总能绝处逢生、化险为夷。如今，她手握皇权，虽然仍是太后，实则已成了大唐真正的主人。然而，要稳稳坐在那把至高无上的龙椅上，她还要费一番周折，经受一波比一波更猛烈的风雨洗礼。她知道不破不立。唯有用这股不倚重运行多年的大唐体制的力量，才能冲破人们腐朽固化的精神藩篱。所以，来俊臣也罢，周兴也好，只是武曌选择的一把利器，是她成就一番伟业的工具而已。她大兴告密之风，使得打小报告这种为世人所不齿的小人行为风靡大唐。这么做，就是为了一夜之间剥去所有人的面具和伪装，让人们一丝不挂地行走在彼此的目光中，让藏在人们内心深处的欲望和罪恶从此裸裎在阳光之下。她要让全天下的人与人之间亦是尚无秘密可言。这一切都是政治的需要。

在酷吏中，除却前面讲到的索元礼、来俊臣，还有一个侯思止亦是凶狠至极。他的发迹颇具传奇色彩。他原本在街上以卖烧饼为生。要知道，做吃食生意挣得就是辛苦钱，起早贪黑，没日没夜忙碌，日子亦是过得紧紧巴巴。可这家伙好吃懒做，时日不长，烧饼铺便关张了。或许，人家不安于做烧饼郎，心中还藏着更大的梦想。殊不知，武曌给了他实现梦想的机会。可人不能靠梦想活着，总得要吃饭。他只好去给一个将军当仆人，在恒州参军高元礼的府上寻了份打杂的差事。在官员身边服务，耳濡目染，多少能听闻一些朝廷的事。那些不会抓住时代机遇的人，往往是远离朝堂的人，不关心政治的人。久而久之，他们便成了超脱世事的闲人，多数如蝼蚁般生生息息，活着、死掉，不曾有一丁点儿响动，似乎不曾来到这热气腾腾的人世间。然而，心性奸诈的侯思止虽目不识丁，亦是不想如此度过一生，却是闹腾一番。

这不，眼瞅着那么多混混甚至身陷牢笼的犯人因告密当上了官，过上了富足且有尊严的日子。他按捺不住那颗躁动的心，决意踏上告密之路。这也是时代给他改变命运的一次机会。于是，他大胆揭发恒州刺史裴贞与宗室亲王李元名串通谋反。太后需要这样的告密者，尤其是这种可以名正言顺地除掉亲王的黑材料。因此，他进入了武曌的视野。因诬告有功,他得了游击将军的官职。一个卖烧饼的文盲就此踏上仕途。

然而,侯思止不满足于如此卑微的职位。那时,告密者往往可以得到五品官。于是,他请求太后,赏自己一个御史的职位。武曌苦笑着说:"你不认识字,怎么判案呀?"

不承想,侯思止有备而来,得高人指点,不慌不忙地答道:"太后,獬豸也不认识字呀!可它能判别邪恶。"

獬豸是传说的一种神兽,体形大者如牛,小者如羊,类似麒麟,全身长着浓密黝黑的毛,双目明亮有神,额上通常长一角,俗称独角兽。它拥有很高的智慧,懂人言和人性,两人相斗,便以角触无理者。它怒目圆睁,能辨别是非曲直,能识别善恶忠奸。它一旦遇上奸邪不忠的官员,就会扑上去用独角将他触倒,然后张开血盆大口吃进肚子。它又有神羊之称,是勇猛、公正的象征。

武曌一听乐了:"人才啊,提拔重用。"

于是,侯思止当即被任命为侍御史。一言之合,他便从卖烧饼的翻身成为朝廷命官。他脸皮够厚心够黑,为人奸诈无赖,是个十足的无耻之徒。他亦是会玩欲擒故纵的把戏。

武曌见他忠心耿耿,办事干净利落,有一次将没收的反臣大院深宅赏给他。他竟振振有词地说:"臣子生来最痛恨那帮乱臣贼子,怎么能住进他们的宅院呢?"

如此不为豪宅动摇信念的"忠贞战士",不就是大唐的"中流砥柱"吗?她对卖烧饼的文盲侯思止刮目相看,亦是大喜,并"恩泽甚优"。

侯思止胸中无点滴墨水,之所以能有如此非凡的表现,得益于他的主子高元礼。这个站在侯思止身后的高人出身渤海高氏,是大唐的名门望族,浸淫官场多年,自然比侯思止懂得多。然而,小人得志必癫狂。升任中央官吏后,侯思止狂妄自大,对高参高元礼鄙夷不屑,直接一刀两断,不再来往。

在太后的恩宠庇护下,他嚣张跋扈,简直狂妄到上天的程度。东都洛阳城里有一个叫白司马坂的地方,还有一位将军名为孟青棒。侯思止虽认了几个字,可他把"白司马坂"看成"白司马反",固执地认为一个名为白司马的人欲将谋反。但是白司马何许人也?在哪儿?无人知晓。而孟青棒被他想当然地认为是一种叫"孟青"的杀威棒,是用在犯人身上的一种刑具。于是,每次断案时,他都会质问罪犯:"快说,谁是白司马?他在哪儿?"罪犯却一头雾水,不知如何是好。他便会气急败坏地继续说:"快交代吧!不然,老子让你吃孟青棒。"诸如此类的笑话比比皆是,弄得人们哭笑不得。他活成了一个笑话,却无人告诉他真相。

侯思止小人得志,却无自知之明,缺乏对自己能力的清醒认识。他若继续拜高元礼为师,言听计从,亦不至于闹出如此多令人啼笑皆非的笑话。不认识字,可以找个学识渊博的秘书啊,他来识文断字不就万事大吉?可他偏偏以己之短示人,结果就是赔了夫人又折兵,得不偿失。他已经被暂时拥有官位的胜利冲昏头脑,无限膨胀,放飞自我。

有一次，性情刚烈的大臣魏元忠遭人陷害被诬告谋反。案子落在侯思止手上。那日，他人模狗样高坐堂上，又逼问魏元忠谁是白司马，不然要他吃一顿孟青棒，甚至送他上西天。

魏元忠科举出身，又做过数年宰相，见多识广，亦被他如此无厘头的讯问搞得哭笑不得。他哪里瞧得起侯思止，便破口大骂。

侯思止觉得权威受到挑战，恼羞成怒，撸起袖子将魏元忠一把推倒在地，倒拽着魏元忠一条腿拖行。公堂之上出现如此震撼场景，恍惚使人觉得走错了地方。

魏元忠怒不可遏地大声训斥说："想要老夫的头尽管锯下来拿去，何必要诬陷老夫谋反呢？再说，你也是堂堂朝廷命官，穿着官服人模狗样的，居然连基本的礼数都不懂。怎么一天到晚张口闭口白司马、孟青棒呢？那是什么话？你不怕世人笑掉大牙？你这个跳梁小丑穿着官袍，身负钦命，却不行正道，满口黑话。你这是公然藐视朝廷啊！"

侯思止惊出一身冷汗，"藐视朝廷"可是掉脑袋的事情啊。戏剧性的一幕发生了。他立刻松手，将魏元忠扶起来，恭恭敬敬地请到上座。魏元忠亦是无所顾忌地大大咧咧坐上了正位。

他低头哈腰，连忙向魏元忠赔罪认错："魏老兄，您消消气。刚刚是我太冲动，太冒失，您多多担待。不知我刚说的哪句话是黑话、冒犯了朝廷禁忌？还望您老明示啊！"他跟孙子似的低眉敛目，立于公堂之下接受魏元忠的教导。

魏元忠哪里顾得上给他明示，先是一抒胸中怒气，狠狠地将侯思止痛骂了一顿。然后,他才将"白司马坂""孟青棒"的原委说清。

这场闹剧很快传遍朝廷。目中无人的侯思止被魏元忠训斥的消息不胫而走。一传十、十传百,很快传到森严的皇宫,亦是传到太后武曌的耳朵里。然而,她亦是放声大笑,笑到岔气儿了。

侯思止这个轻狂之徒自是多行不义必自毙。后来,他竟然异想天开,学来俊臣,意欲迎娶士族赵郡人李自挹的女儿为妻,彻底改良一下草根阶层的基因。他竟然堂而皇之上表请求朝廷商议。赵郡李氏亦是名门望族,岂能下嫁无赖出身的侯思止?

凤阁侍郎李昭德早对这个人面兽心的、心狠手辣的歹毒小人恨之入骨。于是,他借机将其美美羞辱了一番:"这也太可笑了吧!不撒泡尿照照,是个什么东西?竟然癞蛤蟆想吃天鹅肉,痴心妄想吧!此前,贼人来俊臣已经侮辱朝廷了,难道又让这奴才再一次使得朝廷蒙羞吗?"

几位宰相坚决不同意,武曌只好驳回侯思止的无理请求。

长寿二年(693年),武曌严禁官民私藏绸缎。侯思止这个胆大妄为的恶棍竟然公然违反禁令,私藏锦缎,被人告发。恰好又是李昭德负责审讯,也懒得多费周折,借机将侯思止乱棍打死。一代无情酷吏侯思止的小丑人生就这么谢幕了。

从高元礼、魏元忠和李昭德对待侯思止的态度,可以看出来,大唐士族、士大夫阶层誓死捍卫李唐王朝,不齿与告密起家的侯思止等鼠辈为伍,亦是对他们嗤之以鼻。然而,作为在夹缝中求生存的小地主阶层代表高元礼来说,在武曌与李唐王朝残酷激烈斗争中尚无立场，懒得理睬谁对谁错，只要能让自己活下去就行。要不然，作为侯思止曾经的主人，在侯思止高升后，他岂能献计献策？实际上，高元礼对侯思止又怕又恭维。他怕侯思止心血来潮随便安个什么罪名将他杀害，为给自己留条后路才不得已巴结讨好侯思止。这亦是那个时代的小地主阶层的悲哀和无奈。

作为大唐宰相的魏元忠和李昭德对侯思止只有痛恨和不屑。他们出身贵族，受正统教育，衷心拥护李唐，尽管酷吏横行霸道，可他们依然怀揣忠君爱唐的雄心。魏元忠三次被酷吏诬陷，可每每刀架在脖子上、命悬一线时，武曌终会赦免了他。因为她知道，硕大的国家需要能人贤士。李昭德出身陇西李氏，更是高门大户，与唐王朝皇帝同出一门。所以，当无赖侯思止痴心妄想娶士族女子为妻时，他毅然坚决反对。在他眼里，如果这种人能娶士族女子为妻，将是士族的耻辱，亦是大唐的耻辱。

这两种社会阶层对侯思止的态度也是政治的需要。一个人在滚滚时代潮流面前显得微不足道。唯有顺势而为才能有所作为。与这个世界死磕到底，必然死无葬身之地。当然，一个时代有一个时代的特征，智者往往能看清时代发展的趋势，乘势而上，在天地之间建立不朽的功业。酷吏只是一时之需，而非长久之计。

在武曌摆弄酷吏这把利剑铲除异己的过程中，还有一位无情酷吏周兴不得不提。周兴原本是一个优秀青年，靠努力奋斗，谋得县长职位，因精通律法，干得风生水起。不过，命运跟他开了个玩笑。他因干得出色，被朝廷召进京都。他满心欢喜地赶到京城，无情的现实却泼了他一头凉水。皇上听信谗言，说他科考有问题，就不再提拔。他失意至极，恨死了那些出身贵族的高官。无论他多么努力多么勤政，亦是抵不过人家祖祖辈辈的显赫家世。那一刻，相信奋斗改变命运的周兴开始怀疑人生，心性随之发生天壤之别的变化。这为他后来成为疯狗般的酷吏埋下了隐患。在他以专业特长加入酷吏这支黑血队伍以来，他是出了名的无情、冷血，迫害忠臣良将不下千人。他就是武曌饲养的一只疯狗。很多时候，武曌一个眼神，他便心领神会。谁胆敢冒犯他的女主子，他便毫不犹豫地置谁于死地。然而，他身为行刑逼供的行家里手，最终却落了个"请君入瓮"的悲惨下场。

而万国俊毫无疑问是武曌信赖的四大酷吏之一。他专管刑事，是酷吏"培训师"。他将酷吏训练成有文化的流氓，通过一系列手段控制朝中大臣。他不像来俊臣作为冤案编剧，杀人之前还要做些铺垫、动点儿脑子，编个罪名什么的。他简单粗暴，就一个字：杀。据说，有一次有三百多个无罪被冤枉的囚犯发配南方荒蛮之地，原本就是无妄之灾。可偏偏这群人又被告了一次，罪名是谋反。万国俊受命前来调查原委。不承想，他下马之后二话不说就大开杀戒。人狠话少，直接开杀。他不但杀了这三百多个囚犯，还鼓动手下斩杀其他犯人。仅仅这一次，他手上就沾满上千人的鲜血，真不愧为杀人狂魔。

至此，"夺命四酷"如数登场。因为抓住了机遇，他们一夜之间成了天下人闻风丧胆的酷吏。夺命酷吏索元礼、酷吏之花来俊臣、无情酷吏周兴、杀人狂魔万国俊，成了大唐无数官吏的噩梦。大唐朝廷上下弥漫着恐怖气息。一时间，朝堂之上反对武曌的声音越来越少。

酷吏们极尽整人之能事，争先恐后审讯犯人，挖空心思琢磨惨绝人寰的酷刑。在用刑上可以说无所不用，什么破招、损招、狠招、坏招、歪招、滥招都想得出来做得到。他们的目的只有一个，就是搞得你精神崩溃、俯首就范。每当有囚犯进来，先带去刑具陈列室参观一下，往往还未等动手，已吓得两腿哆嗦，冷汗直冒，精神防线开始瓦解，再清白的人也变得不清白。官员一旦落入酷吏之手，几乎无法生还。《资治通鉴》记载："中外畏此数人，甚于虎狼。"全天下人将他们视作比食人猛兽虎狼都可怕的冷血杀手，在太后眼里却是忠诚的臣子。

就这样，武曌通过重用酷吏，大搞恐怖政治，把一切政敌消灭于萌芽乃至无形之中，使得她的统治基础稳若磐石。她为迎来自己巅峰时刻做着最充分最完美的准备。箭在弦上不得不发，一旦射出，必成大业。她那颗已过六旬的衰老之心愈发坚定且豪迈。

刘宰相之死

非常时期，不走寻常路亦能获得巨大惊喜，取得意料不到的效果。酷吏和告密犹如两只巨大的怪兽，吞噬了阻挡武曌前进步伐的一切障碍。武曌正在昂首阔步地踏上夺取最高权力的征途，势不可挡地奋勇前行。大唐经过告密风潮和酷吏残杀的洗刷，满朝文武的嘴巴被堵得严严实实，似乎朝廷内外亦无人敢对太后揽政之事妄生非议、指手画脚。大唐为之震惊，臣民为之感叹。

来俊臣这群丧心病狂、心狠手辣的酷吏坐镇办案，使得囚犯们个个吓破了胆，"皆战栗流汗，望风自诬"，就不是招不招的问题，而是你要我招什么的问题。那些囚犯根据酷吏的需要，再看自己招认什么罪行。案件数量与日俱增，越来越多。大名鼎鼎的陈子昂，就是写"前不见古人，后不见来者"的那位，当时是一位耿直敢言的谏官。他义愤填膺，实在看不下去，写了份"坚决反对大兴牢狱"的报告。他形容"一人被讼，百人满狱，使者推捕，冠盖如市……天下喁喁，莫知宁所"。他于情于理地分析办案连坐无限扩大化的危害。酷吏查一个人往往会牵连百余人，一时间使得朝廷上下人心惶惶，人人自危。任由如此下去，时日不久，就会把大唐搞垮。可是，这个结果武曌是满意的。谁说无济于事？自然，陈子昂的劝谏付诸东流。

可以说，酷吏行刑逼供的手段已达到了登峰造极的程度。骨头再硬的铁汉一旦落在他们手上亦会浑身酥软，变成任人摆布的可怜虫。光就五花八门的酷刑名目就令人不寒而栗、心惊胆战。

他们发明的极其残忍的刑具，一旦用在犯罪嫌疑人身上，能产生什么效果呢？酷吏将其概括为以下十种表现：一是"定百脉"，整个人全身麻痹，比超剂量的麻醉药效果还好。二是"喘不得"，人几乎窒息，呼吸异常困难。三是"突地吼"，难以忍受折磨身体带来的痛苦，嗷嗷乱叫。四是"着即承"，刑具一上，马上招供。五是"失魂胆"，在上刑那一刻，人已魂飞魄散，晕死过去。六是"实同反"，不用多费口舌，供认同谋，将有关无关的只要酷吏需要收拾的人全交代个底朝天。七是"反是实"，胡乱承认自己谋反。八是"死猪愁"，这个刑具一旦用了，就算是死猪也会犯愁的。九是"求即死"，此刻不求有无罪过，但求快快地死去。十是"求破家"，别折腾了，赶紧把我们一家老小全杀了吧，死也好过戴这玩意儿。

酷吏办案手段花样繁多，刑讯逼供手段残忍，大大提高了结案率。朝廷还给了他们特权，对办案对象毫无限制。那位平定徐敬业叛乱的大将军李孝逸功劳足够大吧？身份亦是足够尊贵吧？他可是李渊的亲堂侄，亦是遭遇告密下狱，被流放海南岛儋州含冤死去。

为大唐征战二十多年的名将黑齿常之照样遭人诬告。一个战斗指数超强的大唐名将是抵御吐蕃和突厥的超级大英雄。作为一名名将，他既不站队攀附高官，亦不拉帮结派，只是一味地听命于朝廷，带兵在外打仗，不参与任何政治斗争。如此超脱，按理说他最不该卷入告密风暴。然而，永昌元年（689年），他遭到酷吏周兴诬告谋反，被抓进大牢。他不堪忍受酷吏们的百般折磨和毫无底线的羞辱，最终在狱中自缢，享年六十岁。就这样，曾历经无数刀光剑影、血肉横飞的战争的战功赫赫的大唐名将尚未战死疆场、以身殉国，却冤死在酷吏百般折磨之中，真是一种极大的讽刺。

除大唐这两位名垂青史的战将外，宰相刘祎之亦是未能幸免于难。他亦是对武曌纵容酷吏残害忠良心生不满、忧心愁悴，一时郁闷至极便仰天叹息、呵壁问天，私下说出诸如"归政睿宗"之类触犯太后逆鳞的狠话以泄愤慨。不巧的是，他被居心叵测的下属告密了。因这罪那罪，最终被赐死家中。在那大狱迭兴、人人自顾不暇的时刻，他逆流而上，竟对武曌临朝称制的合法性提出了疑问，恐怕不死亦难啊。

刘祎之是常州人，少年时便因写得一手好文章而名噪一时。入朝后，他才华出众，作为后备干部被延揽为北门学士，成为武后高级智囊团的骨干力量。那时，他无疑成为爱惜人才的武后治国理政的左膀右臂，也深得武后信任和欣赏。

那时，主宰天下的高宗李治依然健在，因他在亲族中素有孝友之名，亦是对他赞赏不已。李治下旨钦定他为相王府司马，成为睿宗李旦的授业老师。有这种命中注定将来极有可能登基称帝的潜力无限的优质学生，他自然欢喜，便尽心尽力授业解惑。

在武曌废黜李显、拥立李旦的政治风暴中，刘祎之与裴炎、程务挺等一起立下了汗马功劳。他如愿以偿，以中书侍郎拜相。然而，随着一起战斗的故交老友一个个相继遭构陷迫害而丧命，他愈来愈厌恶乌烟瘴气的、杀气腾腾的朝廷。直到垂拱三年（687年），他的内心深处亦是不可遏止地滋生出一种与挚友裴炎宰相当初一样的情愫，而这种情愫在胸中如决堤的洪水汹涌澎湃，令他心神难安。一种深深的担忧在他的心底蔓延开来，他怕自己变成令世人所不齿的武后篡唐的帮凶。

事实上，从李旦被软禁那刻起，身为李旦启蒙解惑老师的他已对武曌愤愤不平。后来告密蜂起，瞅着朝廷命官人人噤若寒蝉，武曌改朝换代的步伐越迈越大，学生李旦亲政的希望日渐渺茫，他心中的愤懑越积越深，亦是到了不吐不快的地步。这不，某日在一个私密场合，他便无所顾忌，将长久以来积压在胸中的愤慨和不满一泄而出。然而，他因这次鲁莽草率之举几乎丧命。他原以为部属值得信赖亦不会告密。人在追逐名利中，往往会良心泯灭、不择手段。平日在朝中建立的那点儿微不足道的信任，犹如初冬飘落在地的雪花稍纵即逝。

那日，刘祎之闲来无事，与最信任的手下凤阁舍人贾大隐聊天。他要是吹吹哪儿的酒好喝、哪儿的美女多等接地气不涉及政治的闲话，打发一下寂寞苦闷的日子，亦是无可厚非，亦无杀身之祸。可那胸中一腔报国热忱蜂拥而出，他竟然情难自抑，口若悬河地议论政事。若是将武后操持朝政赞扬一番，诸如大唐多么繁荣、子民多么幸福，那倒也无妨。可他偏偏冒出一句"太后既废昏立明，安用临朝称制？不如返政，以安天下之心"。这下可好，正愁无处可寻晋升捷径的贾大隐岂能放过如此这般千载难逢的机会？于是，他不顾平日刘宰相对他的栽培和提携，扭头转身便跑去向武曌告了密。

武曌一听，先是一阵愕然，继而脸色铁青地说："祎之是我一手提拔上来的，没想到竟然也背叛了我。"既然说出如此大逆不道的话，那肯定得给他点儿颜色看看。她授意有关部门给刘祎之捏造了两个罪名：一是收受归州都督契丹人孙万荣贿赂的黄金，二是与原宰相许敬宗的小妾私通。从她定的调子看，刘祎之只是贪污钱财和乱搞男女关系的生活作风问题，尚且不涉及丢掉性命的敏感政治问题。她又指派肃州刺史王本立负责调查。放着那么多京城手段残忍的酷吏不用，偏偏找一个外地官员赴京审查一个堂堂宰相，如此安排，她亦是用心良苦。她对跟随自己数年的心腹股肱之臣尚有一丝不舍。若她下了狠心，亦会让酷吏出马。一旦落在酷吏手上，那刘宰相凶多吉少，那帮灭绝人性的酷吏必将他置于死地。若那样的话，她便没了回旋余地。如此这般安排，她就是留给刘祎之一线生的希望。再说，如此安排亦是遵照她旨意办案的需要。毕竟刘祎之入相已久，朝中岂能没有几个肝胆相照的兄弟？没有几个受恩于他的位高权重的学生？他们必然会暗中回护，影响审案。因此，她才想出这么一个两全其美的办法。

然而，刘祎之心如死灰，压根儿不领她的情。在王本立向他宣读武后的敕书时，他发出几声冷笑，一字一句地说："不经凤阁鸾台，何名为敕？"意思是没有经过中书门下两省起草审议的敕令，也配叫敕令？没有经过法定程序就推出的法令算数吗？这句掷地有声的质问，成为中国政治史上一句经典名言。这实际上说明了唐代相权对皇权的制衡作用，但皇权至高无上，这种宰相制度仍然无法有效地制约皇权专制。相权与皇权碰撞，无疑自取灭亡。君王是集权独裁的，这种制约作用亦就荡然无存。刘祎之因一个嘲讽的质问而丢掉性命。倒是王本立被问得哑口无言，像被人狠狠扇了一记耳光。他只好去向武曌如实汇报。

这下，武曌勃然大怒。这个不识好歹的家伙，胆敢如此公然挑战自己的权威，岂能放过？刘祎之愣将自个儿推到武曌的铡刀下。武曌便以"拒捍制使"为名，将刘祎之又逮捕入狱。这个罪名可不是闹着玩的，是蔑视武后派来的使臣，涉嫌蔑视皇权的大问题。一旦坐实，必然丧命。

睿宗李旦虽怂，但也不甘恩师因发两句牢骚而白白丢了性命。于是，他壮着胆子，连忙上书为恩师求情。刘祎之的亲朋好友大为庆幸，皇帝都出面了，事情必然会有好的转机。众人便纷纷向刘祎之道喜。可刘祎之亦是清醒的，对武曌的认识亦是很深刻到位的。他毫无幸喜之意，依然满脸哀愁，摇头苦笑着说："这回我必死无疑了。太后临朝独断，威福任己，皇帝这么做只能加速我的死亡。"

刘祎之太了解这个跟随十多年的女人了。李旦为他求情，不但无法挽回她的心意，反而给她吃了一颗除掉刘祎之的定心丸。原因嘛，太简单了。刘祎之身为宰相，又是皇帝老师，这种朝廷身份、江湖地位以及政治威望皆非常人所能比。如果武曌真的同意皇帝赦免刘祎之的请求，那不仅使皇帝收买了天下人的心，而且谁敢保证刘祎之日后不会与皇帝联手来对付她呢？所以，留下刘祎之就等于给李旦留下了一个强有力的同盟，给自己留下了一颗重磅的定时炸弹。她那么聪明的一个女人，怎么会犯这么幼稚低级的错误呢？所以，刘祎之的死是谁也无法挽救的。不过，念及旧情，她网开一面，给刘祎之留了一个全尸。

数日后，武曌命人将刘祎之送回了家。紧接着，派出使者赐他在家自行了断。没有在闹市问斩、身首异处，算是留足情面了。既然是自行了断，那就从容多了。他沐浴更衣，神色自若，还将临死前的人生感悟写了下来，算是遗书，也是谢表。然后，他自缢而亡，享年五十七岁，一代名相就此坠落。

史书对他那篇临终遗作评价："援笔立成，词理恳至，见者无不伤痛。"当时见到这份谢表的人不在少数，多数朝臣只是把感触埋在心底，只有麟台郎郭翰与太子文学周思钧这两位初出茅庐的小官读罢忍不住赞叹了几句。不承想，这几句夸赞当天就像风一样吹进武曌的耳朵。她轻轻皱了皱眉头，一言未发。

几日后，这两个初为京官还未感知朝廷凶险的年轻人就被一起贬黜外放。或许，他们有感而发那一刻是无心的，只是一时被刘祎之的文字触动了灵魂深处那根敏感多情的神经而已。他们只怕做梦亦无法想到，这么快就因几句感叹被一脚踢出了京城。

那从地方抽调到京任主审官的王本立摇身一变，成了夏官侍郎，亦就是兵部侍郎。很快，他日转千阶，竟然拜相。武曌让一边流放问斩,让另一边连跳三级。她的态度极其鲜明:顺我者昌、逆我者亡。刘祎之之死,让朝廷内外愈发强烈地感受到这个女人消灭异己、改朝换代的决心和意志。人们蓦然间发现,不管是之前的裴炎还是现在的刘祎之,尽管曾经荣宠一时,但最终都沦落为她即将诞生的新政权的祭品。

这些大唐位高权重的官员的影响力是不可小觑的,然而,亦是一告一个准,说抓就抓,根本没有喊冤申诉的余地。一个个人头落地,死于非命。其他小官员、老百姓,可想而知,个个如惊弓之鸟,心惊胆战地过日子。如此高压态势持续两年多,到垂拱四年(688年),她觉得大概该换换花样,担忧再任由酷吏如此肆无忌惮地残杀下去,只怕自己龙袍尚未加身,朝廷已无忠臣良将可用,大唐亦是危在旦夕。再说,制造恐怖气氛,只是为立威、打压异己,如今目的已达到,就用不着了。接下来,她需要营造使人轻松的祥和氛围,缓解一下大唐黎民百姓和朝廷命官的压迫感,使紧绷的神经稍稍松弛一下。这种祥和氛围在古代有一个专用名词,叫"祥瑞"。

祥瑞人人喜欢,武曌亦是喜欢。这个多好啊,温暖、轻松、和谐、欢乐,城中热闹,人们欢悦,一派生机勃勃。垂拱二年(686年)九月一日,在新丰县境内露台乡突然涌出来一座山。据说,那日晴空万里,突然间雷电交加,发生地震。一座高二百尺的土山从地下涌了出来,周边瞬间形成一个三百多亩的大水池,池中还有龙凤形状的东西。更令人惊叹的是,这座山附近种的大豆和小麦,尚未到季节便已开花了。

胡县令向武曌绘声绘色地禀报了这一神奇事件。实际上，那就是一次小小的地壳运动而已。然而，那时人们哪懂得这个啊！他们便将这座山视作神灵降给人间的祥瑞。

武曌借机大作文章，将这座大土包赐名为"庆山"，将新丰县改名为庆山县。这祥瑞乃是九牛一毛，紧接着她侄子武承嗣又自导自演了一场献瑞的把戏，将祥瑞氛围彻底搞了起来。

明堂与宝图

中国历史上唯一的女皇正缓缓朝我们走来。她不停造势，就是为她坐上皇位寻找无懈可击的理由。只要是上天的旨意，那她只能顺从，谁亦不能说三道四。岁月催人老，不服老不行。毕竟她六十好几了，日益渐衰的身体机能使她开始不再相信自己的力量。她总觉得走到今天这一步，是冥冥之中上苍的旨意。于是，她骤然萌生了兴建明堂的意愿。她是一个说干就干、雷厉风行、执行力极强的人。她此生最厌恶那些整天抠字眼、玩文字游戏、搞权谋互害、自命不凡、坐而论道的所谓士大夫，以及饱读圣贤书的知识分子。这个愿望一经萌生便格外强烈，强烈得使她昼思夜想、心潮澎湃。

在古时，人们认知具有局限性，对很多自然现象无法理解。他们便把对未知的恐惧幻化成上天的旨意。皇上亦不例外。于是，皇帝就会建造一座雄伟壮观的建筑用来祭天，与神灵对话。这个建筑就叫明堂。实际上，明堂就是天子祭祀上天、宣明政教的神圣殿堂，是天人合一、君权神授等传统观念的物质载体，是人间社会秩序和宇宙万物秩序交合融汇的精神象征。它也是皇帝顺天应命、统治天下苍生的权威标志。明堂是名副其实的"上层建筑"，在古代的政治生活中历来拥有至高无上的地位。因此，历来帝王把建造明堂视作一项激动人心的伟业，甚至比封禅泰山还令他们心驰神往。隋朝的隋文帝、隋炀帝都曾动过这个心思，终是未能如愿以偿。武曌也深知太宗和高宗都曾萌发过修建属于自己掌管天下时气势磅礴的神殿。

太宗、高宗他们都因惧怕耗资、耗时、耗工巨大，加上世袭的李氏家族内心的懦弱守旧，只是有这么一个想法而已，最终偃旗息鼓。在他们眼里，祭天的殿堂只不过是个形式，任何形式都是可有可无的。他们就这样为自己开脱，轻而易举放弃了心中的理想。然而，武曌绝不会苟同于他们父子。她一旦形成意愿，就会付诸行动，一分一秒不再去等待。在她心里，这座浩大雄伟的明堂已不单单是一种形式，简直就是她能够替天行命的一个实实在在的佐证，或者说是一种象征。

再加上儿子们一个个背叛她，犹如一把把尖刀插在她的心上，那些伤口至今还在流着血。就在睿宗李旦默默的观望之中，她也能感觉到儿子无声的对抗和戒备。那么，既然这些儿子们不可依靠，那她为什么就不能名正言顺地做帝王呢？或许，此刻她心中曾一闪而过的隐秘已久且不强烈的称帝想法更加明朗强烈了。所以，她马上修建明堂，就连名字都想好了。她要把这座最具有大周帝国即将诞生的标志性意义的政治建筑命名为"万象神宫"。这就是她不久后称帝的前奏。

她知道，若将此事拿到朝堂上与那些奉守儒家精神的朝臣商议，就是瞎耽误工夫，白费口舌，终究得不到他们认可。于是，她巧妙地跳过朝臣,即刻召集豢养的北门学士们磋商。很快,这群人拿出了设计图和修建计划。选址颇有寓意,选在了那座气势恢宏的乾元殿。万事俱备,只欠东风。图纸计划都有了,谁来牵头实施却是个令人头疼的事。这差事无疑是"皇家一号"工程,来不得半点儿闪失。总负责人选得好,工程质量就有保证,就能将她的旨意不折不扣地融入这座壮丽辉煌的圆形殿堂;选不好,恐怕会走样,还会使她对上天的那份虔诚大打折扣。她慎之又慎,思来想去,最终选择了薛怀义。

这个男人天姿聪明且不受传统思想束缚,无疑是最佳人选。他有雄心壮志,想在这大唐帝国留下属于自己的伟大作品。单单伺候这个权倾天下的女人,绝不是他此生的追求。她看透了这一切,坚信薛怀义能堪重任。

垂拱四年(688年)正月的一天,精神抖擞、跃马扬鞭的白马寺住持薛怀义带领着几千名民工来到乾元殿,将这座雄伟壮丽的宫殿包围住。在他一声号令下,几千名民工带着铁镐铁锤攀缘上大殿,从屋顶的一砖一瓦开始,将这座历经百年沧桑的宫殿拆毁了。那日清晨,墙倒屋塌的响声伴随着冉冉升起的太阳笼罩在洛阳城的上空久久不去。那座矗立在城中心几百年的宫殿轰然倒塌,滚滚尘烟冲天而起,瞬间遮住了太阳的光芒。那尘烟,那响声,在人们心中撕裂出一种无以摆脱的哀婉和怀旧的思念。只因人们早已习惯了它的屋檐和房脊,以及它所代表的皇权与皇室的高贵和神圣。此刻,乾元殿毁于一旦,变成废墟,不复存在。在武曌看来,唯有毁灭才能带来真正的新生。她就是要打碎一个迂腐的旧大唐，亲手缔造一个朝气蓬勃的新帝国。

在尘土飞扬、噪音四起的工地上，薛怀义找到了一种久违的真正拥有阳刚之气男人的感觉。那种感觉太美妙，使人不知疲倦。他夜以继日地在工地上忙碌，丝毫感觉不到劳累，反而越忙越精神。在这儿，他可以喝令三山五岳，调动千军万马。关键是，他还能真切地感受到几百年庄严雄伟的乾元殿在他手上被毁掉的悲壮，也能亲身体验到更加庄严雄伟的明堂在他手上挺立起来的荣光。

他依然忘我地投入工作，全身心地盯着工程的每一个环节。很快，武曌在这个男人的疲惫中看到了明堂日新月异的壮丽景象。那一根根宏伟的石雕廊柱正在向天空竖起，通向新帝国的永恒阶梯正在铺就。每当火红的落日西下时，她都会站在宫中高处遥望西方。在沉落于火般炽烈晚霞的廊柱的暗影里，她似乎看到了那个骑在马上英姿勃发的男人的身影。这黄昏晚霞烧红了半边天的美景真是太壮丽太迷人了。

就在万象神宫破土动工的两个月后，雍州百姓唐同泰风尘仆仆地赶到神都洛阳，口口声声要觐见皇太后。那肯定是天大的事。不然，一介草民吃了豹子胆也不敢一上来就嚷嚷着要见太后。果然是与天有关。他说自个儿无意间在洛水中捞出了一块神物，要献给太后。接待他的官员将神物拿过来一看，不就是一块再也普通不过的白色石头嘛，怎么就成了神物？不会是这小子鬼迷心窍得了妄想症了吧？

唐同泰见那官员一脸失望疑惑之色，忙说："您仔细看看！这石头可不是一般的石头。"

于是，那几名官员又翻来覆去地仔细察看了一番。然后，他们不约而同地发出一声惊呼："果然是神物！"

这块石头上面竟然赫然刻着八个紫色的字：圣母临人，永昌帝业。河出图，洛出书。这是圣人出现、盛世降临的征兆，是旷古未有、千载难逢的一大祥瑞。那官员不敢耽搁，更不敢怠慢，立即将唐同泰和神物一起送进了宫。

武曌看到这块白色石头时，五味杂陈，惊喜中夹杂着慌乱。跪在地上的唐同泰结结巴巴地讲述自己在洛河南岸发现这块石头的经过。她听着觉得荒唐极了。那石头在洛河随处可见，字是有人雕刻上去的。虽然花功夫反复打磨做了旧，可新近刻凿的痕迹却依稀可见。坐在翠帘后面的她一时陷入沉思，不过很快回过神来。她觉得这块石头还是有价值的。虽然有些滑稽可笑，但或许这块白石是她登上帝王宝座的阶梯。她宁愿相信这是上天的意思，或许，这么做会被世人取笑，但是谁又敢去讥笑天命呢？于是，翠帘后面传来她发出的春风般的笑声。当即，她留下了那块石头，还将其命名为"宝图"。唐同泰自然得到好处，直接提拔为游击将军。

这下大唐朝臣再也坐不住了。这么大的事，可不能缺席。于是，百官上表称贺。那贺词说得武曌心花怒放，说什么"神道助教，相因发明……实当天地之心……"，瑞石是太后"以至明当宗社之寄，以至圣合乾坤之德，荷三叶之休光，承五形之历纪"，等等。总之，这块瑞石是太后治国有方的结果，是上天对太后的褒奖。溜须拍马的朝臣入戏太深，表演用力过猛、用情至深，竟然假戏真做，鼓动太后举行大典。如此卖力吹捧的识时务的朝臣竟然有如此之多，武曌很是受用，亦很欣慰。无论如何，她对目前的朝廷是十分满意的。

人们明知是假，可都比对待真的还虔诚认真。实际上，这些阿谀附会之言，歌颂鼓吹之词，亦是朝廷百官的政治表态。既然呼声这么高，民意不可违啊！于是，她接下来搞了一系列动作大肆渲染天降瑞石的舆论。不久之后，她便顺水推舟下诏将"宝图"改名为"天授神图"，把流经洛阳东南的洛水更名为"永昌洛水"，将发现神物的泉赐名为"圣图泉"，并封洛水神为"显圣侯"，将此泉所在地特置为"永昌县"，又将离洛阳最近的嵩山改名为"神岳"。她在这一类封号赐名的文字游戏中玩来玩去，实际上都是在强化"天授""神授"在人们心目中的印象，从而慢慢地接受她因顺从天命未来称帝的现实。她是在想尽一切办法在人们心里种下拥护她的善果，努力营造天意显圣、天授圣图、武氏广大永昌的舆论氛围。

一块刻着字的白石头竟然惹出这么一连串的事情。殊不知，这场声势宏大闹剧的始作俑者便是武曌最为亲近的侄儿武承嗣。人啊，一旦削尖脑袋琢磨着往上爬，就不再那么纯真善良，亦无心踏踏实实做事了，而是会跟着魔似的挖空心思、绞尽脑汁琢磨起人来，尤其乐此不疲地专注于揣摩捏着自己前途命运的大人物的心思。

在大唐那种男人主宰世界的时代，武曌身为一介女流，一而再再而三地冲破底线，演绎着无人能敌的不灭的传奇。在那位病痛缠身的高宗李治去世之前，她使尽浑身解数讨好那个病恹恹的男人。在那个男人驾鹤西去之后，她便相继从懦弱胆怯的三子李显、四子李旦手中夺走皇权，彻底掌控了大唐朝政。她仿佛是上苍派来拯救大唐的女神，超脱世俗社会的种种藩篱，站在了大唐之巅，成为震古烁今的、英姿勃发的大人物。自此以后，她亦无需再去讨好任何人，只需讨好上天、顺从天意。而滚滚红尘之中的众生及沉浮宦海的朝廷官吏唯有讨好她，才有好前程。

天权神授！称帝的心情无论多么的迫切，亦不能毫无征兆地坐到那把至高无上的龙椅上吧！若是那样的话，悠悠众口终将如洪水猛兽般将她淹没甚至吞噬。她即便得逞，亦是不踏实。唯有用上天的旨意才能堵住全天下人的嘴。武氏家族继承人武承嗣猜透了姑母的心思，这才精心策划导演了这么一出"献石"好戏。石头是他在河边捡的，那八个字是他找匠人刻上去的，做旧打磨亦是在他监督下由工匠完成的，就连那唐同泰的说辞也是他一字一句教的。他如此竭尽所能地帮助姑母实现凤愿，其实亦有私心。在他看来，姑母一旦称帝，那天下就不会再姓李而是姓武。帝位的继承人顺理成章就得选择姓武的人。那么，依照长子继承的旧制，姑母百年之后，真龙天子自然而然就非他莫属了。他对姑母的忠心背后隐藏着一种雄霸天下的私欲。

在这场纷纷扰扰的闹剧中，所有的局中人都殚精竭虑地倾情表演，演得太过投入、太过逼真，亦是作假成真了。人们真心以为那块武承嗣捡来的石头就是上天降予大唐的祥瑞之物。可是，众人皆醉，武曌独醒。然而，无论是真是假，有人能想出那八个字，而她又能奇妙地见到这八个字，就是天意。这八个字无疑是对她的启示。于是，她下诏宣布将在十二月亲自到洛水举行受图大典，然后祭告昊天上帝。她还将在新建落成的万象神宫中接受文武百官的朝贺。这一系列大典可是国家盛典。她要求全国各州都督、刺史及李唐宗室、外戚一律在大典举行的十天之前赶到洛阳，不得有误。关键是，在一日早朝时，她正式在大殿上宣布，以宝图所示，为自己加封了"圣母神皇"的尊号，要朝中百官从此称呼她为"陛下"。要知道，"陛下""神皇"这些名称唯有皇帝才能用。由此可见，她已经伸出手，试图掀开那张原本就形同虚设的翠帘了。她还制作了神皇三玺，将来要以圣母的身份出现。

明堂也好，宝图也罢，这都是她在向世人释放一个强烈的信号：我不愿再替老李家守摊子了，要取而代之，要成为流芳百世的女帝王。她正在明目张胆地一步一步走向大殿中那把至高无上的宝座。

嗜血的权杖

那个坐在翠帘后的女人终于不再伪装、不再掩饰，就要撕下那一席翠帘，端坐在大殿之上，接受文武百官的朝拜。在如此紧要关头，最着急的便是散落在大唐各地的李唐宗室。一旦天下改姓易帜，只怕身为旧朝皇室的他们性命堪忧。

那令人神往的最高权柄无疑是一头嗜血的猛兽。它虎视眈眈地盯着靠近它甚至窃取它的各色人等，时不时张开血盆大口将居心叵测的人们一个个吞噬掉。

李唐宗室亲王们在接到赴神都参加国家盛典的诏书时，仿佛看见了自己的死亡通知单。

武曌一个异姓女人，终将朝野侧目的、呼风唤雨的李室皇权紧紧地攥在了手里。她百足不僵，自然不会轻易放权。无论李唐宗室的亲王们是多么不舍，又是多么痛恨，亦是无济于事。他们一筹莫展，亦是无能为力抢夺回属于自己的东西。

近几年，随着武氏家族在朝廷中的地位日渐重要，武曌刻意打压削弱了李唐宗室的势力。前太子李贤、大将军李孝逸这样李唐带金佩紫的标志性人物亦是被她悄无声息地斩杀了。因此，李唐宗室知道武曌的厉害，个个如惊弓之鸟。不知道哪天祸从天降，就会稀里糊涂地丢了性命。他们天天提心吊胆，日子过得很不安生。这次邀他们共赴洛阳，凶多吉少啊。那地方虽是神都，可亦是告密之都，更是酷吏如云的人间地狱。他们得是啥样的心情啊？史书这样记载："诸王因递相惊曰：'神皇欲于大飨之际，使人告密，尽收宗室，诛之无遗。'"这不是明摆着要将诸亲王一网打尽地节奏吗？那柄权杖正在等着他们的一一到来。

这位行事不可预测的女人，一再幽废太子和皇帝，而今又是建明堂、封山水，还计划年底大搞拜洛受图庆典，做出诸多如此不寻常的事，只怕是要变天。

李唐皇族显然已嗅到了即将掀起一场腥风血雨政治风暴的气息。与其坐以待毙，不如奋起反抗。这些几乎全被贬谪或是流放的李家皇室的遗老遗少们，再也无法忍受这个专权的外姓女子这些年来强加给他们的种种屈辱了。

初唐时，李世民希望恢复周朝、汉朝的分封制度，让皇子皇孙们去地方任职，做藩王来拱卫中央。这个想法经过一番讨论，做了些变通，不像汉朝那样建立分国，而是把大唐王爷们派到各地去做都督、刺史等地方的行政长官。

这么做其实有用亦无用。有用是因为这些皇亲贵戚有名望、有社会影响力，又手握掌管地方的实权，对武曌这样意欲颠覆李氏政权的人来说，存在一定的实际威胁；没用是因为自打秦始皇统一六国、建立大一统中央政府以来，只要中央不乱，无论从财力、权力还是人力，地方的实力都无法与之相抗衡。所以，武曌大兴告密之风，任由酷吏残杀皇室亲族。显而易见，她是在无情地削弱李唐皇室的势力。

亲王们岂能听之任之？事实上，这些皇族"内不自安，密有匡复之志"，且"诸王往来相约结"，可以说有意图、有串联，就是不敢发动。这次，武曌以举办国之大典为由破天荒地将他们全部召集到洛阳，有何用意？众亲王们惶惶不安，亦是捉摸不透。坊间却广为流传着武曌借机欲将他们全部绞杀的传言。他们一个个更是被吓得心神不宁，恐慌焦虑。

在这惶恐不安的时候，东莞郡公李融私下找到交往亲密的一位官吏高子贡打听："可入朝否？"

子贡斩钉截铁地说："来必取死！"

李融便佯装抱病托词不去洛阳，静观其他亲王接下来的动作。

这帮达官显贵清醒地意识到刀已经架在脖子上，危在旦夕，动或不动横竖都得死。那个女人要斩草除根。

在武曌发动多次围剿之后，李氏皇族尚存的亲王和王公所剩无几了。高祖李渊的二十二个孩子仅仅剩下了四位，即韩王李元嘉、霍王李元轨、舒王李元名和鲁王李灵夔。而太宗李世民生育的十四个孩子也只剩下了两个，一个是越王李贞，一个是纪王李慎。武曌的男人高宗李治生育的八个孩子中尚有四人健在，他们分别是被武曌废了皇位的庐陵王李显和弟弟睿宗李旦。这两个儿子是武曌的亲生子，被她夺走皇权后幽禁起来。另外两个庶子李素节和李上金，早已被武曌折磨地半死不活。这些活着的亲王们大多都被放任外州做刺史，诸如山西、山东、河北、河南、陕西和四川。或许是因为他们身体里流着李家皇族的血脉，所以派去任职的地方都离神都洛阳不算太远。他们分布在神都的四周，从地图上看，自然形成了一个对洛阳的紧密的包围圈。这种分布在军事家看来是一盘胜棋，但可惜生在帝王家锦衣玉食的王孙公子们缺乏兵家常识，压根儿看不到这种地理位置的优势。

在这些亲王中，真正具有反抗实力的，只有李渊的四个儿子、李世民的两个儿子及他们的子嗣了。而被世人称为"神仙童子"的韩王李元嘉最负时誉，是当时皇族中威望最高的一个。他是当今圣上的第十一叔祖太尉，又官居绛州刺史，作为封疆大吏有一定实权。据说，他是个天才，自少聪俊，可以同时左手画圆、右手画方，口诵经史、目数群羊之时，还能作出四十个字的诗。他甚喜藏书也好学，是情商、智商均在线的厉害人物。早在武曌征召诸王入京的诏书发布之前，他已经预感到大事不妙，祸乱即将临头。

垂拱四年（688年）的七月，他吩咐儿子黄国公李撰给当时在豫州做刺史的越王李贞写了一份密信。在密信中说："内人病渐重，恐须早疗；若至今冬，恐成痼疾。宜早下手，仍速相报。"一般人读罢，只是普通家信。老婆病重，要抓紧时间治疗。可是，在受压迫多年已形成默契的亲王们读来，这分明是一道起兵的动员令。意思是说，武曌这个女人越来越疯狂，眼瞅着就要窃取咱们李家的江山了。咱们可不能坐视不理、按兵不动，而要团结起来早早地起兵。不然，等到冬天，黄花菜都凉了。其中，"内人"实指武曌，"病渐重"意指武曌篡唐的野心已经昭然若揭，而"宜早下手"当然就是号召诸王迅速起兵反武，夺回李家皇权。一封封密函在他们手中飞来飞去，基本上说的是一个意思：别再当缩头乌龟、听之任之了，起兵吧！不然，在大典举行之时，我们会被那个凶狠毒辣的女人全部诛杀。

死亡的恐怖气息如同乌云压城般向李室皇族逼近。他们即将迎来一场被清洗剿杀的狂风暴雨。韩王李元嘉在皇族中一言九鼎，说话有分量。他制造恐怖舆论，继续煽风点火，说武曌必然大开杀戒，将李氏宗族诛戮、斩尽杀绝。皇族众人惶惶不可终日。反正，伸头一死，缩头亦是一死，倒不如跟这个老太婆血拼了。

恰在这时，韩王父子为给众亲王吃一颗起兵反武的定心丸，上演了一出假传圣旨的戏码。李元嘉指使儿子以睿宗李旦的名义伪造了一份玺书，快马加鞭地送到李贞儿子琅琊王李冲的手上。所谓玺书就是盖着李旦玉玺大印的文件。这份伪造玺书上说："朕被幽禁，王等宜各救拔我也。"意思是说皇上被软禁，皇兄皇弟们快发兵来救他吧。

李冲一看便心领神会，立即又伪造了一份意思更明确的玺书，分送诸王。

然而，天下无不透风的墙。李元嘉父子与李贞父子自以为行事隐蔽，一切尽在秘密之中顺利进行。殊不知，眼线遍布天下的武曌岂能不知？密探们最终截获了李冲伪造的玺书。

那个密探向她禀报皇室准备起兵的消息时，一脸惊恐。可她面带微笑,神色淡然,缓缓地说:"这下可好啦!我一直苦于找不到收拾他们的机会,现在他们竟然亲自把首级送上门来。这群乌合之众根本掀不起多大风浪,有什么好惊慌的?他们恐怕连叛贼徐敬业那样的气势都没有。他们满打满算加起来不过区区几千人马,我只动用朝廷的五千精兵强将,就足以将他们扫平。"

要说,这个以韩王李元嘉父子和越王李贞父子为核心的反武同盟并非像武曌说得那么不堪一击。如果他们能够制订一个周密计划,并且统一指挥协调行动的话,能从四面紧紧围住洛阳,势必给武曌造成一定的威胁。但事实是,飞鸽传书吵得亦是热闹,亲王们情绪亦是被调动起来,空前高涨,可他们仍然各怀鬼胎。

这不,亲王圈里并非个个对武曌恨之入骨,亦有亲武派。在那个告密之风深入骨髓的时代,几乎无密可藏。在李唐皇族联合起兵前,除密探外,鲁王李灵夔的儿子李蔼亦成为人神共愤的告密者。这个胆小如鼠的家伙,为保命竟然背叛了自己的父亲和李唐皇族的所有亲人。他将李唐宗室的起兵计划毫无保留地全盘托出地告诉了武曌。他的这一愚蠢举动使得李氏皇族遭遇残酷的血洗,葬送了众多亲王的性命。

皇族亲王们异想天开地决计起兵,做着最后的挣扎。却不承想,因力量悬殊、告密者从中作梗,这次行动注定是一曲悲壮的挽歌。

因风声走漏,垂拱四年(688年)的八月十七日,无奈之下李冲带领募得的五千兵卒在博州仓皇起兵,正式向武曌宣战。同时,他亦是派快马分报韩、霍、鲁、越、纪诸王,望他们不再犹豫,立即起兵响应。

　　武曌亦是派遣由丘神勣为主帅的讨伐大军从洛阳浩浩荡荡地开拔。左金吾卫将军丘神勣乃是当年逼杀李贤的那个臣子。看来，在关键事情上武曌依然喜欢用信得过的心腹之臣。然而，令人惊诧的是，丘大将军未动一兵一卒便大获全胜。

　　李冲一向骁勇善战，但与训练有素的朝廷军队真刀实枪地作战，还是异常艰苦。他原计划率众部渡过黄河去攻占济州。可刚走出博州不远，在其管辖的武水县境内，遭遇曾经的部下武水县令郭务悌的顽强抵抗。看来，他在做刺史时高高在上，根本没将小小县令放在眼里。这下，偏偏阴沟里翻船。郭县令一点儿情面不留，竟然阻击拦住他的去路。李冲大怒，旋即向武水县发起进攻。兵临城下，县令郭务悌关闭城门，严防死守。

　　郭务悌自知势单力薄，与李冲相比力量悬殊，僵持下去必遭覆灭。于是，他便立即向魏州刺史求援。魏州刺史随即派与武水县西临的莘县县令马玄素带领近两千人投入战斗。

　　如此僵持久攻不下，极易丧失军威，亦会使得军心涣散。李冲心急如焚。于是，他心生一计，命士兵用草车堵在武水城的南门，欲顺风纵火破城。不承想，上天不帮忙也罢，竟然帮倒忙。大火刚一点燃，风向瞬间逆转，不但没有烧毁城门，反而火焰直扑自己人，烧伤不少士兵。

　　一个小小的武水城一时半会都难以攻克，士气一落千丈。就在这个两军对垒、胜负难决的时候，李冲军中大将董玄寂唱起反调，逢人便说:"琅琊王李冲与国家交战,这分明是谋反嘛!"

一语惊醒梦中人。那些募集而来的士兵,原本提着脑袋跟随李冲是为匡扶李唐而战,是为正义而战,经董玄寂如是一说,却成了图谋不轨的叛贼。这无疑是给士气低落的李冲军队雪上加霜,更是动摇军心。

李冲勃然大怒,将信口雌黄的董玄寂在军中斩首示众,以儆效尤。士兵们见状更是恐惧慌乱,一夜之间竟然逃了个精光。天亮时分,李冲身边只剩下数十名家丁了。

李冲一筹莫展,无奈之下只好先灰溜溜地返回博州老巢。然而,沉浸在巨大悲怆和沮丧之中的他,浑然不知死亡已悄然临近。在穿过城门那一瞬间,神思恍惚的他就被从城门拐角处冲出的一个守门人砍掉了脑袋。那个守门人就是侯酷吏误认为是一种刑罚的孟青棒。

孟青棒用他平生最快的速度一跃而出,只见刀光闪过,琅琊王的头颅应声落地。受到惊吓的坐骑载着他的尸身嘶鸣而去,扬起一道薄薄的黄尘。几粒尘埃,竟然落入了他睁圆的瞳孔。孟青棒拎起面目狰狞的琅琊王头颅直奔洛阳。他将反贼人头献给朝廷,自然得到丰厚奖赏。这么一个普通守门人,用一颗人头换来了一个将军职务。

李冲是不幸的,仅仅七日便惨死。那些皇室宗族的亲戚,平日里眉飞色舞、抑扬顿挫、慷慨激昂,在他浴血奋战急需支援的时候,他们中没有一个人敢带上援兵前来救他。他们只会在自己家的门楼上摇白旗。那个丘神勣捡了一个天大的便宜,率大军兵不血刃地开进博州，满城官吏素服出迎。然而，这兴师动众地出来平定叛乱，总不能两手空空地回去复命。他狞笑着望向博州官吏，忽然拔出刀将手无寸铁的他们及家人如数砍杀了。顿时，博州城内尸横遍野、血流成河，惨不忍睹。他拎着一大串头颅得意扬扬地班师回朝。果然有收获，他因杀敌有功旋即被擢升为大将军。

有人欢喜有人忧，平叛有功的升了官、领了赏，可身为李冲父亲的越王李贞却难以自证清白。儿子谋反，老子岂能脱了干系？纵有千万个不情愿，他也得迎难而上、积极响应。于是，八月二十五日，他在豫州孤注一掷，绝地反击，起兵反武。当时儿子李冲已死两日，头颅已送到神都。因路途遥远、消息闭塞，他却并不知晓。李贞果然比他儿子厉害，一度攻下了上蔡县。

武后即命左豹韬卫大将军麴崇裕为中军大总管、宰相岑长倩为后军大总管，又命宰相张光辅统领诸军，发兵十万直扑豫州。这可不是好兆头。李贞只有区区临时招募聚集的五千散兵游勇，而武后派来征伐他的训练有素的兵马足足有十万。如此力量悬殊，无疑是螳臂当车，若是李贞负隅顽抗必将全军覆灭。其他亲王持观望态度，亦是不敢轻举妄动。此时，李贞得知儿子李冲已经遭遇惨败，人头落地，他顿感顽强抵御毫无意义，一时陷入无尽的绝望之中。他思虑良久，不愿意跟随他多年的兵士白白送命，强忍着丧子之痛决意放弃抵抗。他明白，叛逆死罪难逃，已不敢奢望武曌能宽恕他饶他一命，只祈求自己负荆请罪能为那些兵士赢得一条生路。他希望用自己的一条命换得众将士的性命。若是那样的话，他亦是死得其所、死有所值。

就在李贞摇摆不定、意欲投降的节骨眼上，新蔡县令傅延庆招募了两千多名勇士前来投奔。有了这股新生力量的支援，李贞当即满血复活，打消了投降的念头，决意破釜沉舟，与朝廷拼死一战。为鼓舞军心、振奋士气，他亦向将士们谎称，李冲已连连攻破魏、相数州，正率领二十万大军驰骋来援。随后，他又招募了五千人，交给汝阳县丞裴守德率领。为收买人心，他拼命地封官，一口气任命九品以上官员多达五百余人。更有甚者，为使裴守德死心塌地跟着自己，他毅然将如花似玉的女儿嫁给裴守德，还任命新晋女婿为大将军。然而，这些士兵多数是被胁迫来的，并非心甘情愿反武，根本毫无斗志，亦毫无战斗力。眼下，全军上下唯有女婿裴守德跟他一条心。尽管他竭尽所能在最短时间内做了他能做的一切，然而，随着朝廷十万大军逐渐临近，这位孤掌难鸣的亲王依然感到一种莫名的恐惧。

很快，张光辅率朝廷十万大军直逼城下。李贞登上阁楼，望向城外，人山人海，军容甚盛，与之抗衡的底气荡然无存。可是，箭在弦上不得不发。出战就是送死，但也必须得战！于是，他命少子李规和女婿裴守德率部出城迎战，但这无疑是以卵击石。一帮乌合之众岂能是正规唐军的对手？两军刚一交战，李贞的军队全线溃败，死的死、逃的逃，最后只剩下满身鲜血的李规和裴守德仓皇逃了回来。李贞一时惊慌失措，连忙命人紧闭城门自守。征伐大军将豫州城围得水泄不通，势如水火。

李贞犹如被拔掉利齿的困兽，缩在城中无力抵抗。然而，围困若时日已久，城中便会缺水缺粮，亦是不攻自破。于是，有人劝他自我了断，以免"坐待戮辱"。他自知大势已去，亦不再做无谓的挣扎。在万念俱灰的绝望之中，他喝下毒药，与世长辞。紧接着，儿子、女婿及妻子等所有亲人相继自缢，随他而去。从起兵到灭亡，李贞的兵变前后不过十七天。一代枝繁叶茂的亲王家族就在自不量力的抗衡中颓败凋零直至灰飞烟灭。

　　几日后，李贞的头颅跟儿子李冲的头颅一样，被悬挂在太初宫门前的旗杆上示众。至此，李贞父子掀起的一阵反武风浪彻底平息了。可是，这却给了武曌一个收拾诸亲王们的绝佳契机。她现在以皇太后身份临朝，反她就等于叛国。有了这么好的理由，她当然可以堂而皇之地置诸亲王于死地。这次不是她主动出击的，而是他们主动送上门的，是自讨苦吃、自取灭亡。她知道，这便是最后的战斗了。

最后的战斗

武曌岂能轻易放过如此绝佳的清剿李室皇族的机会呢？她要将问鼎大道上的所有障碍物清扫干净，不留任何后患或是隐患。这是天意，是冥冥之中上苍的安排。这可能是她最后的战斗。她是一个遇事沉稳且在紧迫形势下依然能够优雅的奇女子，每逢大事必不慌，亦不会像李贞父子那么仓促行事。诸亲王们露出的狐狸尾巴犹如递给她一把锋利无比的尖刀。她亦会毫不留情地将他们全部斩杀，消灭干净。

她不费吹灰之力便歼灭李贞父子的叛乱，接下来也易如反掌地将其他蠢蠢欲动的亲王送上了断头台。这次是他们撞上刀口的，自作孽不可活。

从徐敬业到李贞父子，时隔四年，两拨兵变反叛武曌，力度声势却是日渐衰败。前者，一群失意遭贬的官员聚集在一起发动兵变。武曌派出的三十万平息叛乱的大军所向披靡，攻无不克，将那叛军打得落花流水。那群人终是落得身首异处、死于非命的凄凉下场。后者，那些手握地方政权的刺史、皇室的正统，费尽九牛二虎之力勉强凑够几千人，声讨大军未到便自行崩溃。这一切充分表明，武曌在朝堂之上精心经营多年，已经掌握了一种"势"。这种"势"

有两个核心，一个是"内势"，就是人心向背、舆论公议，有些政治正确、深得民意的味道；一个是"外势"，就是有兵、有钱、有权，拥有雄厚的物质基础。

李贞父子的起兵，之所以败得那么惨那么快，很核心的一个因素就是不得人心。武曌治理天下很有章法，对政敌残暴凶狠，对百姓却和善仁慈。在平定徐敬业叛乱后，她励精图治，改革科举考试，选用贤臣良将，采取了不少有益于大唐的措施，使得社会经济发达、政通人和，百姓安居乐业。因此，支持她统治的人亦是越来越多。

李贞父子的失败亦是宗室诸王袖手旁观、久久不愿出兵救援所导致的。起兵之前，他们父子与宗室诸王多次联系，密信往来频繁，约定好了起兵时间和进军路线。可当他们父子将生死置之度外，提着脑袋先后起兵后，竟无一个亲王站出来响应。没有老百姓的支持，亦无诸王的支援，他们父子孤立无援，数十日便丢掉性命遭遇惨败亦是自然而然的事情了。当然，武曌及时出击，将帅用兵得当，亦是加速他们灭亡的一个重要因素。

王爷们兵变是因为得到要将他们一锅端的消息，普通老百姓和官员自然觉得事不关己高高挂起，懒得理睬，不去响应。保卫李氏唐朝是那时的"公道"。武曌正是凭借高明的政治手腕，慢慢由"外势"获得"内势"，从朝廷上下的官吏到城市乡野的百姓，慢慢接受了她执政的事实。如此一来，她的称帝之路亦是变得水到渠成。

实际上，对待李唐宗室，武曌一向采取包容、容忍和拉拢的怀柔政策，不到万不得已，亦是不会妄动杀伐。李贞父子的兵变，使她不再抱有任何幻想，只好雷霆出击。然而，她依然不想将李唐宗室众亲王斩尽杀绝，尚且留有余地。因此，她没将宗室联反案直接交给丽景门的酷吏们，而是命监察御史苏珦去审理。当然，首批目标锁定了威望最高的韩王李元嘉、鲁王李灵夔等人。

在大殿上，她意味深长地对苏珦说："你身为朝廷监察御史，监督朝廷官员和宗室成员是你的义务，也是你的职责所在。那么，就由你去调查李贞父子谋反的党羽吧。"

苏珦领命，便去调查。然而，这个苏珦是书读傻了，不知是没有完全理解领导意图，还是故意装傻充愣不愿按领导意思办。他马不停蹄地在全国各地调查取证，跑了数日，竟然未曾发现韩王李元嘉他们与李贞父子串通谋反的任何蛛丝马迹，更别说如山的铁证了。

时日已久，尚无消息。等得极不耐烦的武曌便将苏珦召进宫来，责问道："过去这么多天了，你查得如何啊？"

苏珦淡然地说："韩王李元嘉和鲁王李灵夔与琅琊王李冲等人和谋反案没多大的关系，也就没有找到什么证据。"

武曌顿时不悦，这人办事不给力啊！折腾这么久，竟然一无所获。这些王爷暗中勾结、意欲谋反，已经是尽人皆知的事了，怎么你就偏偏找不到罪证，还替他们辩护？可她一时很无奈，拿苏珦亦是毫无办法。

朝中那群极力讨好武曌的摇尾派着急了，这人真是不识好歹，尽给主子添堵。于是，他们立即发挥无中生有的特长，直接密告苏珦跟韩王李元嘉他们暗地里勾结，是同谋。

武曌当面严厉质问苏珦:"你找不到他们的罪证,是不是因为你与他们暗中来往甚密啊?"

我的天啊,这个罪名要是坐实,他苏珦有几个脑袋也不够砍啊。苏珦顿时惊出一身冷汗,脸色苍白,立即辩解说:"臣忠心耿耿,秉公办案,绝对与他们没有任何交往。"

武曌又逼问:"那么,他们到底有没有与李贞父子串联谋反啊?"

苏珦仍一口咬定:"查无实据,尚不能定案。"

这下惹得武曌又好气又好笑,看着如此一根筋的书呆子,真是无奈。最后,她轻描淡写地说:"你是一个饱读诗书的文人雅士,不适合办案。我就给你另安排一个职位吧!宗室串联谋反的案子就不需要你审了。"当即,这个迂腐的苏珦被贬为河西道监军。

转过手,武曌便把这个大案交给最会办事、最令她放心的无情酷吏周兴。暴力机器一旦启动,那就再无回旋余地。周兴果然不负武曌所望。为了体现丽景门的办案效率,他懒得浪费时间去暗里调查、私下取证,直接派人将韩王父子、鲁王及高祖的女儿常乐公主等人悉数逮捕归案。这帮养尊处优的王爷公主们一个个细皮嫩肉,平日里雨淋不着、风吹不到,哪里经得住酷吏们惨绝人寰的折磨。很快,经过一番审讯,证据链完美无瑕。几天之后,这几个李唐皇室的核心人物一个个在狱中见了阎王。他们都是畏罪自杀,方式与他们的血缘一样整齐划一,全为悬梁自缢。就此,武曌拉开了秋后算账的序幕,开始了一次疯狂的肃清大行动。随后,韩王他们的亲党族人全部被诛杀,仅仅是鲁王儿子李蔼因告密有功而免于一死。

李蔼瞅着悬挂在旗杆上的父亲及韩王他们的头颅，暗自庆幸，当初自个儿弃暗投明是多么的英明啊！如今，他不但保住了颈上人头，还多出一顶乌纱帽。他被提拔为右散骑常侍。

　　然而，武曌善于识人，更会用人。这种背信弃义的小人有利用价值时，就给他些甜头，一旦毫无用处，留着亦是祸患，只会一脚踢飞。所以，连父亲也能出卖的李蔼的下场不会比其他亲王们好多少。他只不过比父亲多活几个月而已。酷吏信手拈来一个罪名栽在他头上，便不由分说地将他一刀砍死了。对武曌而言，他如同一只微不足道的蝼蚁，几日过后便会忘个一干二净。

　　垂拱四年（688年）的冬天，一股肃杀的凌厉寒风从神都洛阳吹出，猛烈地朝着所有李唐皇族的封地袭来。寒风所过之处，一茬一茬的人头纷纷落地，一群一群的男女老幼踏上凄凉的流放之路。昔日的金枝玉叶顷刻间凋零殆尽，以往的王孙贵族转眼间沦落荒地，像是山中树上掉落的野果任人践踏，随即消失在了泥土里。李渊曾经用生命种下的参天大树，历经太宗、高宗两代皇帝的精心培育，一度枝繁叶茂。可眼下，这棵李唐大树唯剩一条条瘦骨嶙峋的枝丫，宛如伸向苍穹的一只只手，向上苍求告。然而，一切都将在凛冽的寒风里逝去。

　　这一年的十月，继韩王他们之后，已经去世的虢王李凤的儿子东莞郡公李融，就是私下打探能不能去洛阳的那个人。他因被韩王的支党揭发而连坐谋反，在闹市中被残忍杀戮，家产被抄，家人被削籍，沦为人奴。那个给他回话的朝廷官吏高子贡也一同被诛杀。

紧接着，十一月，太宗女儿城阳公主的三个儿子薛绪、薛绍、薛颢被牵扯进来，因与琅琊王李冲串通谋反而被捕下狱。没过多久，薛颢和薛绪哥儿俩就被问斩。薛绍沾了太平公主的光而免于斩刑，他娶了武曌唯一的女儿太平公主。可是，头可以不砍，屁股还是要打。他被杖打一百，后来在狱中被活活饿死了。十二月，霍王李元轨坐罪与越王李贞连谋，贬为庶人，流放黔州，以囚车押送，行至途中死去。当月，他的儿子江都王李绪在闹市被砍掉脑袋。

来年，永昌元年（689年）的四月，已故蒋王李恽的儿子汝南王李炜、已故道王李元庆的儿子鄱阳公李埋等宗室的十二人全部被杀，家人流放巂州。仅仅三个月之后，太子太保、贝州刺史纪王李慎这个独不预谋的名王也连坐被捕。他虽免于死刑却被贬至巴州，被囚车押送，行至途中不幸身亡。他的八个儿女东平王李续等一一被诛杀，其他家人全被流放到岭南。载初二年（690年）的四月，舒王李元名被废为庶人，流放和州，稍后，与儿子豫章王李亶相继被杀。至此，高祖的二十二个儿子，太宗的十四个儿子，无一幸存。杀的杀，关的关，流放的流放，李唐皇室的人不一定殆尽，可影响力和反抗力一定是殆尽。酷吏办案，岂能不连坐？与他们沾亲带故的人家，都成为株连的牺牲品。

《旧唐书·列传第一四·高祖二十二子》中称："元嘉修身，元轨无短，元裕名理，元名高洁，灵夔严整，皆有封册之名，而无盘石之固。武氏之乱，或连颈被刑；奸臣擅权，则束手为制。其望本枝百世也，不亦难乎！"这是说，元嘉修身自持，元轨品德高尚，元裕善谈名理，元名秉性纯洁，灵夔治家严整，都有封王受册的名号，却没有坚如磐石的福泽。在武曌发起武周革命时，他们一个个相继被杀；酷吏擅权的时候，他们一个个束手待毙，任由折磨。原本希望李唐宗枝能够绵延百世，如今看来恐怕难了！这些人均涉谋反。多是亲属，也有挚友，还有部属，全被连坐残杀。

至此，武曌将当年为安抚而加拜一品大臣的亲王们一网打尽。但是她还意犹未尽，除少数之外，其他皇族几乎都先后被她借用酷吏之手加以迫害，或死或流，不一而足。

早就被监视的庶子泽王李上金和许王李素节，作为武曌的男人高宗李治与别的女人生的儿子，待遇自然与其他亲王有所区别。不管怎么说，名义上她亦是那两个孩子的后妈。然而，武承嗣却动了歪脑筋。在他看来，李家皇室的亲王只要活着，对武家人就存在一定的威胁。载初二年（690年）的七月，他指使周兴诬告李上金和李素节二人有谋反企图。于是，时任随州刺史的李上金和舒州刺史的李素节受召赴神都洛阳。此时，这哥儿俩的心就像跌进了冰窟窿般透凉透凉的。他们同这次皇室暴乱毫无牵涉，对这次兵变一直小心回避，可惜他们的想法亦是太天真无邪了。

李素节从舒州城出发时，在路上碰到办丧事的出殡人群。他听闻那亲属扶棺痛哭，不禁望着随从凄怆长叹："人啊，能够因生病或年老而逝世，是多么幸福的一件事啊！又何必如此这般伤心欲绝地痛哭呢？"他触景生情，显然意识到将来不久自己会死于非命。这次入京凶多吉少。数日后，他行至洛阳城南的龙门驿站，还未见到太后,果然就被酷吏缢杀。

李上金先到了洛阳,被关在御史台。当得知弟弟被杀的噩耗后,他怕连累亲朋好友,又恐惧酷吏的百般折磨,旋即自缢。

他们的孩子们亦是未能逃出魔爪。李上金的七个儿子全部被流放,多数死在边荒野蛮之地。仅有李义珣这一个儿子侥幸逃脱,流窜到岭南,隐姓埋名给高门大户的人家当仆人,算是保住了一条命。李素节的九个儿子悉数被杀,唯有年幼的四个儿子被流放雷州,长期监禁。

同年八月,已故密王李元晓的儿子南安王李颖等宗室十二人被杀。然而,李贤这个儿子是武曌这位母亲心头一道久久难以愈合的伤疤。世人说她派人鞭杀了李贤的两个儿子。可那两个孩子身上流着她的血液,是她的亲孙子。事实上,她的心还没那么歹毒。李贤的儿子李守义在垂拱四年(688年)被封为永安郡公后,因得不治之症而病死。而李贤另一个儿子李光顺则是被诛杀。李贤还尚有一子一女活了下来。儿子李守礼在天授二年(691年)八月被祖母立为嗣雍王,女儿则被封为长信公主。他们自此以后不再姓李,而是被赐姓武氏,与皇嗣诸子都被幽禁在皇宫。高宗李治的八个儿子,只剩下武曌亲生的庐陵王李显和当今影子皇帝李旦了。

从垂拱四年(688年)八月截至天授元年(690年)九月,整整两年时间,武曌以铁血无情的手段和犁庭扫穴之势,对李唐皇室及其党羽发起了一波比一波更凶猛的屠杀和清洗。《旧唐书》所记载的李唐皇族子孙有二百一十五人,自高祖武德年间到武曌称帝前夕，其中一百一十三人都遭遇非正常死亡，而被武曌掌权后所杀或是遭贬致死的就有六十三人。换句话说，李唐死去的子子孙孙中有一半以上拜武曌所赐。如果再把流徙、削掉爵位或是潜逃的十四个人算上，武曌对李唐宗室的迫害率高达百分之七十三。难怪司马光在编撰《资治通鉴》过程中写到这段历史时，情不自禁地发出一声悲凉的长叹："唐之宗室，于是殆尽矣！"一个偌大的人丁兴旺的李唐皇室，骤然间变得冷冷清清。而武曌身边围拢过来的，已是越来越多的武姓子嗣了。

这就是残酷的政治。她一个女人要掌管天下，只能像秋风扫落叶般对待政敌。随后，她将所有涉案的皇族开除宗籍，一律改姓为"虺"氏。虺是一种苟活于肮脏阴湿地方的毒蛇。由此可见，武曌是多么厌恶不听话的皇室亲王啊。只因她的生活阅历告诉她，对敌人的仁慈就是对自己的残忍。武曌那颗心已变得异常坚硬了。人们翘首以盼，等待着那个最后的事变。

女皇的诞生

当然,再凛冽的寒风亦有吹不到的地方。在这场肃清李唐皇室的风暴中,也有一些聪明乖巧的宗室之人逃脱了这场劫难。毕竟人心是肉长的,武曌亦不例外。她那唯一的女儿太平公主就安然无恙,可女婿薛绍就没那么幸运了。原本女儿与这个驸马爷生育四个儿女,过得其乐融融。不幸的是,驸马爷卷入政治风暴丢了性命,剩下孤儿寡母过得甚是凄凉。女儿年纪轻轻守寡,她也于心不忍啊!没过多久,她便要将女儿改嫁给她最信赖的侄儿武承嗣。起初,太平公主接受了强势母亲的这个安排。

然而,婚期临近,太平公主却突然变卦,因武承嗣有病不愿嫁了。事实上,这个男人身体很健康。只是她感情上一时难以接受。她总觉得丈夫的死与武承嗣有着千丝万缕的关系,甚至一度认为他就是残杀丈夫的幕后黑手。她是深爱着薛绍的。她无法想象怎么与一个有着杀夫之仇的男人朝夕相处,在一个屋檐下生活。再说,武承嗣离政治旋涡太近,说不定哪天卷进去又丧命了,她不想再失去一个丈夫。所以,她毅然不顾违背母亲的旨意,拒绝了这桩婚事。

后来,武曌又看上堂侄右卫中郎将武攸暨。这小伙子浓眉大眼、身材魁梧、英气逼人,长得那真是不赖。这回她不敢擅自做主,而是先让宝贝女儿拿主意。不承想,刁蛮的太平公主在见到武攸暨的那一刻,便情不自禁地坠入爱河。眼前这个帅气的男人就是她梦寐以求的白马王子。这恐怕就是一见钟情吧!这个大帅哥自然也是抚慰太平公主丧夫之痛最好的一剂良药。然而,人家已有妻室,这可如何是好?虽然她年纪轻轻守寡,但也是堂堂的公主啊,总不能嫁过去给人家做小妾吧?即便是太平公主愿意,只怕她的母亲武曌亦是不会同意的。这点儿困难又能算什么?对主宰天下的武曌而言就是芝麻粒大点儿的事。随便找个什么罪名,将武攸暨的妻子杀了不就完了。

那个可怜女人就这样不明不白地丢了性命。在太平公主二十五岁那年,武曌赐婚。武攸暨埋葬完发妻,便迎娶了太平公主。有如此霸道凶横的一个母亲,女儿岂能不任性妄为?然而,这桩婚事亦是颇有用意。太平公主总不能一直依仗母亲。毕竟母亲年过六旬,母亲的庇护还能有多久?谁也无法预测。人的生命总会有终结的那一天。所以,她嫁给武姓的男人,无疑是明智之举。眼下,武氏子嗣很得势。无论将来母亲百年之后,谁坐天下,她依然是皇室宗亲。因为她既是李唐的子孙,亦是武氏的后人。

除太平公主外,还有一个皇室的女人得以善终。她就是高祖的女儿千金长公主。要说,这个女人有先见之明。早在几年前,她便因向武曌进献面首薛怀义而得到武曌的信任。武曌对这个女人充满了感激。然而,这个比她年长近十岁的千金公主竟然恬不知耻地主动要认她做干妈。论辈分,千金公主是她的姑母,她只是人家的侄媳妇。可是，这一切也不妨碍她微笑着认下了这么一个善解人意、摇尾献媚的"超龄女儿"。既然是女儿了，那肯定不会诛杀。她又将这个比自己大的女儿改封为延安大长公主，并赐姓武。

在李家皇室男丁中，除武曌的亲生儿子李显和李旦外，成王李千里也幸免于难。他原来叫李琳，字仁，是吴王李恪的大儿子。他父亲遭长孙无忌陷害，涉嫌房遗爱谋反案无辜被杀。父亡之后，他和三个弟弟被流放到了岭南。直到武曌废帝那一年，大赦天下，已过不惑之年的他才回到阔别已久的洛阳。因他家遭遇武曌的死对头长孙无忌所害的缘故，武曌不由得对他亲近了许多。很快，武曌先是替吴王李恪沉冤昭雪，追封为郁林王，接着又封李琳为郁林县侯，安排了一个岳州别驾的闲差。这起码从流放罪臣摇身一变，成了朝廷命官。

不过，他又被任命为襄州刺史。他眼瞅着那些有德有才有想法的堂兄堂弟们一个个被武曌诛杀，便知道自己的小命攥在谁的手里。于是，他经过深思熟虑，研究了一下这个野心勃勃的女人，便开始巴结讨好之能事。他不问州里的政事，却到处寻找奇珍异宝，一旦找到，便进献给武曌。他经常向武曌进献祥瑞或稀奇古怪的东西，比如在一头猪身上贴金箔冒充神兽麒麟，还伪造一些自然现象。他这些功夫没有白费，深得武曌的欢心。有一次，他奉旨下江南出个差，地方官员贿赂他。他却不为钱财所动，断然拒收。这事很快传到武曌耳朵里。武曌旋即夸他道："儿，吾家千里驹！"他受宠若惊，自然要把这句话当成护身符，毫不犹豫地将名字改为千里。虽然他给世人留下一个马屁精、无政治野心的无能之辈的印象，可他在那个至暗的时代活了下来，而且活得悠然自得。史书评价李千里"褊躁无才"，意思是气量狭窄、急躁、无能力。事实上，这个人不简单，绝不是短视、暴躁、无能之辈。他是一个有智慧的人。

平叛及肃清唐室丝毫没有打乱武曌原先拜谒洛水的计划。垂拱四年（688年）十二月二十五日，在一个冬日灿烂早晨，一支浩浩荡荡的朝廷队伍从皇宫出发，前往洛阳南郊的"圣图泉"畔。一场她精心策划而且梦寐以求的"拜洛受图"大典将如期举行。在那一片洒满金灿灿朝阳的洛河南岸，旌旗招展，万头攒动，抬眼望去全是从四面八方涌来的百姓。路程不远，很快便到。她身穿华丽典雅的皇家朝服，缓缓地走下那辆奢华的皇家车辇，脸上是岁月掩饰不住的光辉和明媚。她的身后紧跟着睿宗李旦和太子李成器，四周环立着文武百官和八荒四夷的元首酋长。拜洛坛前摆满了来宾进献的各色珍宝和珍禽异兽。河出图，洛出书。轩辕以河出龙图为贵，尧舜以龟负洛书为尊。这是海晏河清、国泰民安的象征，是太平盛世降临时才会出现的最大祥瑞。正因为千百年来无数君王孜孜以求的王道理想和人间乐土在武曌的强权统治下得以彻底实现，才会出现这么一个万世瞻仰、千载一时的大祥瑞。胆敢质疑这一切的人已见了阎王爷，勉强活下来的人只能钳口噤声。

在洛水南岸，丝竹声起，万人齐唱太后亲自填词的《大享拜洛乐》。在歌声的伴随下，仪态万千、雍容华贵的武曌缓步登上拜洛坛。她举目四望，银装素裹的嵩山、北邙隐约可见，如一条银带的洛河自西向东从脚下缓缓流去。她跪了下来，虔诚地祈祷着。那一缕缕晨曦如同照进她心房的希望。天空碧蓝，洛水澄净，她此刻的心情简直好极了。置身于灿烂辉煌的仪式中，她感受到了大自然的伟大圣洁，也无比强烈地感受到，她是主宰一切的，是至高无上的。祭拜完毕，她又接着进行了受图仪式。一切都是那么的完美，步步紧扣，衔接流畅，各个环节天衣无缝，整个仪式隆重且庄严、热烈而肃穆。事实上，她如此兴师动众地大搞拜洛受图典礼，只是打着"天"的名义，为她窃取李唐皇权大造舆论而已。这也是一次很好的民意测验。结果是令她满意的。她走之后，老百姓便在洛河南岸立碑纪念。由此可见，多数人对她这些年的统治是满意的，对她长期临朝也是支持的。

  武曌在无限的沉醉之中离开了洛河，皇家车队又把她带到刚刚竣工而她也是第一次目睹的那个祭天布政的明堂。这座雕梁画栋的殿宇拔地而起，金碧辉煌，恍若仙山琼阁。它足足有九十米高，相当于今天的二十五层楼那么高，整座建筑分为三层，最低层为方形，象征一年四季；中间层为十二边形，象征一天的十二时辰；顶层四周雕饰着九条张牙舞爪的金龙，共同托起一个圆盖。圆盖的上面便是明堂的最上层，是二十四边形，象征一年的二十四节气。最顶端覆盖着一个圆形的宝顶，宝顶上面赫然耸立着一只高达一丈的铁凤凰。这只傲立穹顶的、周身涂满黄金的凤凰展翅欲飞。这座神殿的气势之宏伟，工艺之高超，前所未有。

  远远地，高耸入云的、辉煌壮丽的明堂便映入眼帘。武曌简直不敢相信自己的眼睛，即刻被震动了。她觉得雄伟明堂的风格像极了她的情人薛怀义。她小心翼翼地走进空无一人的神殿，抬头在大殿的穹顶之上，看到了那只由九条龙柱支撑着的展翅高飞的金凤凰。她不敢相信，这就是那个男人倾尽心血建成的属于她的神殿。她一时感慨万千，知道这就意味着一切，那权杖已唾手可得。她疾步来到案台前亲笔挥毫，写下"万象神宫"四个大字交给了他。

在拜洛受图大典举行的七日之后，也就是永昌元年（689年）的正月初一，武曌作为神皇在万象神宫举行了首次祭祀大典。她穿着天子衮冕，手中拿着帝王专用的祭祀玉器大圭，行初献礼，睿宗李旦行亚献礼，太子李成器行终献礼。他们先拜昊天上帝，再拜高祖、太宗和高宗，最后拜五方帝座。礼毕，她接受百官的朝贺，然后登上则天门，大赦天下，改元永昌。有心人发现，这几乎就是一次隆重的登基预演。

无论她怎样在各种朝廷的典礼和仪式中以天子自居，但是她毕竟还没有正式登基，那一席翠帘仍隔在她与群臣之间。尽管她登基称帝是早晚的事，可究竟选择怎样的一种方式和说法，仍然使她伤透脑筋。那个与她同床共枕的男人，便开始挖空心思地为她筹谋。明堂的成功，使他从白马寺小小的住持，一跃提升为左威卫大将军，正三品官员，并被封为梁国公。武曌见他有搞建筑的天赋，一高兴，便又给钱给人让他在明堂的北边建一座供奉巨型大佛的建筑。他还在此任上以清平道行军大总管的身份，亲率二十万大军征讨突厥，胜利归来。以前在街上卖药混日子的冯小宝，俨然成为一个出类拔萃的厉害人物。

薛怀义的平步青云，自然离不开自身的努力和才能，但确实也得益于武曌的苦心栽培。武曌对他年年岁岁的恩爱和提拔，使他觉得帮助这个女人实现称帝的愿望是他义不容辞的责任。于是，他从此便开始苦思冥想，几经搜肠刮肚，想到了"弥勒转世"的主意。

如今天意有了，还差民意。武曌离皇位仅剩一步之遥。紧接着，一波比一波声势浩大的请愿活动在洛阳上演。载初二年（690年）九月初三，一位从七品的芝麻小官侍御史傅游艺率领九百多个关中父老乡亲来到皇宫外请愿，声称"天无二日，士无二王"，请求神皇改国号为"周"，取代大唐自立，赐皇帝李旦姓武，降为皇嗣。武曌只是向这群可爱可敬的百姓露出了一个矜持的笑容，并没有马上同意他们的请求。不过，她转过身就将带头的傅游艺破格提拔为正五品的给事中。傅游艺就这么一步从"从七品"到"正五品"，跨过了整整九阶。这不过是傅游艺仕途开挂的一个小小前奏。紧接着，他一路飙升，短短数月后提拔为朝散大夫、鸾台侍郎，并一举拜相，次年五月又加银青光禄大夫。在不到一年的时间里，他青衫换绿衣，绿衣换红袍，红袍又换紫服，是真正的大红大紫。同朝为官的人既眼红妒忌又羡慕不已。他因此而被世人称为"四时仕宦"。

殊不知，傅游艺神话般的升迁之路，只是武曌在告诉朝廷百官，只要为我尽心尽力办事，我就不会亏待你的。果然，大伙儿品出了神皇的本意。九月初八，第二波请愿活动来势凶猛。这次规模远远超过第一次，洛阳百姓、番人胡客、和尚道士共计一万两千多人，齐聚宫阙大门之前，再度劝进，要神皇登基，当仁不让，缔造大周。然而，武曌仍然是"谦而未许"。或许，她仍觉得火候欠缺一些。

次日，比第二波规模更大的第三次请愿活动汹涌袭来。文武百官、宗室外戚、远近百姓、四夷君长等各方人士五万余人，齐聚在则天门下，黑压压一片。他们"守阙固请"，一副不达目的誓不罢休的劲头。那恳求之辞说得也是绝了，"天意如彼，人诚如此，陛下曷可辞之……陛下若遂辞之，是推天而绝人，将何以训"。瞧瞧，这是天意，又是民声，若再不同意只怕天理难容。而此刻，在手舞足蹈、神态癫狂的请愿人潮的最前列站着的正是她的儿子，当今皇帝睿宗李旦。这个白皙文静、神态谦和的儿子，正慷慨激昂地请求她当皇帝，并赐他武姓。据说前几日，有凤凰从南方飞来，先栖于明堂的顶巅，而后飞到上阳宫，然后又飞到左肃政台的梧桐树上，继而数万只朱雀遮天蔽日地从东方飞来，云集于朝堂之上……这些都是祥瑞征兆。请愿的队伍排山倒海，请愿的声浪铺天盖地。

武曌端坐在九重宫阙里，听着海啸般的"叩请太后早日登基"的呼声，目睹百鸟朝凤的景象，脸上绽放出灿烂的笑容。此时此刻，她心中五味杂陈。历经半个多世纪的沧桑沉浮，她踩着无数人的鲜血和白骨，终于走到了权力之巅。十四岁进宫，二十五被赶进感业寺削发为尼，二十七岁再次进宫，三十一岁当皇后，四十岁以"二圣"之名垂帘听政，五十岁晋升天后，六十岁又以太后身份临朝称制，一路走来，其中的酸甜苦辣只有自己知道。她抚慰着澎湃心潮，缓缓站起身来，冲着众人轻轻地说了一句："俞哉，此亦天授也！"

这是说：好吧，这就是上天授予我的天命。

要说，在如此轰轰烈烈的请愿活动中，最为尴尬的便是只让名字放在皇位前的睿宗李旦了。然而，他并不惶惑，而是很淡然地参与进来。除却站在请愿队伍前列外，他还多次以诏书的形式提出将皇位让给母亲。这是他继位以来第一次也是最后一次亲笔撰写诏书。他词句诚恳、态度明确、语气坚定。他衷心希望母亲即刻登上皇帝宝座。他这么做只是顺乎天意民意罢了。然而，他却没有一丝丝的委屈，而是如释重负，心境异常轻松明朗。他终于解脱，再也不用担天子虚名。

天授元年（690年）九月九日，九九重阳，艳阳高照，万里无云，秋高气爽，则天门外，人潮涌动。在万众的欢腾中，穿着天子衮冕的武曌终于登上了则天门。站在巍峨的城楼上，望着脚下的万千臣民，面朝明媚而喧嚣的尘世，她宣告大周帝国成立，她就是大周王朝永恒的神圣皇帝。这一年，她已经六十六岁。然而，她饱满而流光溢彩的面庞形若中秋之夜的满月，灿烂的笑容恰似阳光下灼灼盛开的白牡丹。她是人们眼里红颜常驻的不老女皇。在这一刻，李氏浴血奋战建立的大唐悄然间坍塌，取而代之的是如一轮鲜艳红日从历史地平线缓缓升起的大周王朝。大唐载初二年就这样成了大周天授元年。